C.Bertelsmann

18. Februar 1943.

Jetzt haben sie zwei verhaftet, ein Mädel und einen jungen Mann, Genaues weiß man nicht. Nicht wirklich verhaftet, es ist nur der Hausmeister, der sie an den Ärmeln hält, der kleine Wicht ganz groß, sogar das Mädel überragt ihn, kann man das Verhaftung nennen? Hat was mit den Papieren zu tun. Nicht mit ihren Papieren, du Dummkopf, mit dem Papier im Lichthof unten. Könnten auch Butterbrotpapiere sein, Papier ist Papier, da muss ein Hausmeister schon durchgreifen, für was hat man ihn denn. Hast du eines aufgehoben? Ich auch nicht, bin ja nicht lebensmüde. Ist eben doch noch etwas anderes als Butterbrotpapier. Schlimm ist das aber schon, und das gerade jetzt, wo uns Stalingrad noch so im Magen liegt, da sollte man auf Erbauung setzen und nicht auf Zersetzung bauen. Kopf hoch, Kameraden! Kopf hoch, Mädel! Ist ja nichts bewiesen noch. Der Kerl schaut mir verdächtig aus, der hat so etwas Verschlagenes an sich, aber dieses Mäuschen doch nicht, Augen wie Haselnüsse. Hast du's gelesen? Ich auch nicht, aber Frauen schreiben so was nicht, na also. Hält der sie dennoch vehement am Ärmel festgekrallt, sieht die etwa aus, als wollte sie türmen? Auch Hausmeister irren einmal, sind auch nur Übermenschen. Und wenn's doch sie war, die die Blätter in den Lichthof gestoßen hat, dann war es eben nur ein Versehen. Und wenn's doch Absicht gewesen ist, dann hat sie's eben nicht gelesen. Hast du's etwa gelesen? Na siehst du, ich auch nicht. Könnte auch Butterbrotpapier gewesen sein.

Ist nur leider eben kein Butterbrotpapier. Ist die Polizei jetzt endlich eingetroffen? Gut so, muss man aufklären, die Sache, Worten werden Taten folgen, haben wir Deutsche denn nicht schon genug Probleme? He du da, hüte deine Zunge, sonst kannst du gleich mitgehen mit den beiden und ab aufs Revier und rein in die Zelle. Ich glaube ja immer noch, dass sich das aufklären wird. Den Burschen kenn ich doch vom Sehen her, der ist Mediziner, und bei der Wehrmacht ist er auch. Alle sind bei der Wehrmacht, aber manche sabotieren und treiben Meuterei, das sind die Schlimmsten. Und was soll das heißen, der ist Mediziner? Was hat der Eid auf den Hippokrates mit dem Eid auf den Führer zu tun? Weniger als nichts, sage ich. Und ich sage: Bubenstreich, Jugendsünde, reine Dummheit. Das wird sich aufklären. Ach was, die zwei sehen wir nicht mehr wieder. Studienverweis? Mindestens. Die haben nichts zu tun damit, das steht fest, seht doch, wie gefasst die sind, die lassen sich nicht abführen, die marschieren ganz brav, wenn auch nicht unbedingt im Stechschritt, so doch festen Schrittes, geht denn einer so brav mit, der schuldig ist? Unschuldig sind sie vielleicht, aber wiedersehen werden wir sie trotzdem nicht mehr. Ach was. Beinahe sehen die ja fröhlich aus, ernst schon, aber irgendwie auch erleichtert. Marsch, marsch, und ein paar Uniformierte sammeln inzwischen die *corpi delicti* ein. *Corpora, corpora*, die Mehrzahl dekliniert auf -ora, konsonantisches Neutrum, Herr Kommilitone! Mir doch egal, die Butterbrotpapiere eben, weg damit und weiter wie zuvor. Weiter zur nächsten Lehrveranstaltung, hier gibt es nichts zu sehen, bald geht's an die Front, da werdet ihr erst gaffen! Marsch, marsch!

Aber auf einmal bleibt der junge Mann stehen, die halbe Aula ist schon durchschritten, das Mädel schaut mit großen Augen. Widerstand gegen die Staatsgewalt, jetzt also doch?

Über die Schulter hinweg ruft er, irgendjemandem oder uns allen zu: »Sag Alex, er soll nicht auf mich warten!«, dann wird er unsanft weitergetrieben, marsch, marsch, und ratlos bleiben wir Kommilitoninnen, wir Kommilitonen zurück.

Sommer 1941.

Seltsam, denkt Hans, vor nicht allzu langer Zeit wäre ihm ein Tag wie dieser noch als ideal erschienen. Das frühe Aufstehen in der Kaserne, traute Kameradschaft, sich waschen aus eisernen Schüsseln, einer neben dem anderen, auch das ist Vagabundentum. Das Anziehen der Uniform und die Hoffnung auf eine bessere irgendwann, auf Rang und Namen. In Stille beten während des Frühstücks, schlechter Kaffee und trockenes Brot, auch das ist Fasten. Dem Herrn für alles danken und um einiges bitten, dann ab in die Universität und den Vormittag in geistiger Betriebsamkeit verbringen. Hans hat mehr Fächer belegt als alle, die er kennt. Der Mensch besteht ja nicht aus Haut, Knochen und Blut allein, da reicht die Medizin nicht aus, um den Menschen als Ganzes zu erfassen. Am liebsten sitzt Hans bei den Philosophen im Vorlesungssaal. Dem Führer ist es schnurzegal, ob man etwas lernt oder nicht, solange man nur ja pünktlich zur Wehrsportübung erscheint, ein gesunder Geist wohnt in einem gesunden Körper und so weiter. Körperliche Ertüchtigung an der frischen Luft wie früher mit den Jungens in Ulm. Abends dann an ein Mädel schreiben, irgendeines. Patriotische Lieder singen. Keine Zeit für Trübsal.

Wie sich ein Mensch verändern kann, und dabei sind nur wenige Jahre vergangen.

Hans tritt in die Pedale. Jedes Mal kostet es ihn ein wenig mehr Mühe, das Fahrrad ist alt, er muss bald ein neues kaufen, und würde er nicht jede Reichsmark, die ihm in die Finger kommt, beim Buchhändler auf dem Tresen liegen lassen, hätte er das Geld sicher schon beisammen. Aber gerade die philosophischen Werke sind so unglaublich teuer und so wahnsinnig interessant, da muss er eben noch etwas länger auf dem alten Drahtesel hocken. Wenn man nur mehr Zeit zum Lesen hätte und der Staat einem nicht ständig im Nacken säße.

In der Ferne hört Hans Kirchenglocken, ein einzelner harter Schlag, die Mittagsstunde ist vorüber. Er tritt fester in die Pedale, immer fester, das Fahrrad scheint davon aber unberührt, es wird nicht schneller. Er fragt sich, ob es technisch möglich ist, dass sein eigener Widerwillen sich auf die Räder unter ihm überträgt und ihn ausbremst. Technisch vielleicht nicht, möglich ist es trotzdem. Ein paar Mädchen grüßen und winken lauthals vom gegenüberliegenden Gehweg herüber, Hans dreht sich nach ihnen um, nein, die kennt er nicht, kommt dabei ein wenig ins Wanken und fährt fast einen Zeitungsstand nieder. Was grüßen die so? Ach ja, er trägt die Uniform. Dumme Puten, wegen denen wäre er fast hingefallen. Sind aber noch ganz jung und im festen Glauben, ein jeder Soldat ist ein Held oder zumindest ein toller Hecht. Dumme Puten und dummer Zeitungsstand, der ihnen das mit seinen fetten Schlagzeilen und den feschen Kerlen auf den Frontseiten überhaupt erst eingebläut hat. »Unsere glorreiche Wehrmacht im Osten«, »unsere glorreiche Wehrmacht im Westen«, unsere glorreiche Wehrmacht hier und dort und überall. Und ein winzig kleiner Teil dieser Wehrmacht wäre jetzt beinahe höchstpersönlich in den Zeitungsstand hineingekracht. Die Mädchen auf der anderen Seite drüben kichern nicht einmal, die sind einfach weitergegangen. Doch kein so toller Hecht. Der Standbesitzer schimpft, einen Stapel Zeitungen hat Hans bei seinem Manöver vom Verkaufstisch gefegt. Der *Völkische Beobachter*, ausgerechnet. Sollen die Blätter ruhig liegen bleiben im Dreck, Hans ist ohnehin knapp dran. Zu spät bei der Wehrsportübung erscheinen, das ist ganz und gar undeutsches Verhalten, das wird streng geahndet. Der Zeitungsmann schwingt noch kurz und eher komisch als bedrohlich die Faust über dem Kopf, wie ein gehörnter Ehemann im Bühnenschwank, aber die Mühe, das lahmende Fahrrad zu verfolgen, macht er sich dann doch nicht. Der *Völkische Beobachter* ist diese Anstrengung nicht wert, da scheint er vielleicht gar nicht so anders zu denken als Hans.

Natürlich hätte Hans es sich auch leichter machen können. Die anderen aus seiner Kompanie rauchen jetzt im Kasernenhof, der vor dem Krieg noch ein Schulhof gewesen ist, gerade ihre letzten Zigaretten und machen sich dann in aller Gemütlichkeit auf den kurzen Weg zum Sportplatz hinüber. Hans aber ist über Mittag nicht wie alle anderen in die Kaserne ins Westend zurückgekehrt. Für sein Studentenzimmer zahlt er trotz vorgeschriebener Kasernierung immer noch Miete, irgendwo muss man ja die vielen Bücher unterbringen und zwischendurch auch sich selbst, wenn man es sonst nicht mehr aushält. In seinem Zimmer hat er wenigstens Ruhe, und durch das Fenster kann er in den Blumengarten der Nachbarin blicken. Es blüht jetzt nicht mehr allzu viel, aber herrlich grün ist es doch, und außerdem genießt Hans jeden Augenblick, der ihm nicht von oben vorgeschrieben wird. Und zur Strafe dafür kommt er jetzt ordentlich ins Schwitzen. Unerhört gutes Wetter eigentlich für Zeiten wie diese. Als würde die Sonne alles billigen, was auf der Erde so passiert. Na, wenigstens kann sie nichts dafür.

Hans lässt das Fahrrad achtlos in die Büsche fallen nahe des Kasernentors. Wenn's ihm gestohlen wird, ist es ein kleiner Verlust verglichen mit dem Disziplinarverfahren, das ihn mit großer Sicherheit sein nächstes freies Wochenende kostet. Bei dieser Wetterlage muss man auf den Jochberg rauf oder an den Starnberger See, man darf seine Zeit nicht einfach in der dunklen Kaserne versitzen, das darf man seiner Seele nicht antun.

Als Hans am Sportplatz ankommt, steht noch niemand in Habachtstellung, kein bellendes Kommando durchschneidet die schwüle Sommerluft, er hat es geschafft, er ist pünktlich. Noch ist da kein Heer, noch ist da nur ein Haufen junger Leute. Ein Schulhof wie früher, allerdings mit sehr großen Kindern, deren Mütter sie zufällig alle gleich angezogen haben. Die einen plaudern und lachen, die anderen kicken eine Dose hin und her, ein paar Übermotivierte messen sich im Armdrücken und machen Liegestütz um die Wette, nur wenige stehen etwas abseits und wirken in der Masse so verloren wie er selbst. Allzu lang kann Hans allerdings nicht verschnaufen, da wird schon zum Appell gebrüllt. Auf der Stelle werden die Studenten zu Soldaten, stehen stramm. Wenn wir sonst schon nichts lernen in dieser Welt, uns in schnurgeraden Linien aufstellen können wir sekundenschnell. Wer weiß, wann man's noch brauchen kann. Der Kommandant kontrolliert die Anwesenheiten von A bis Z, bis zum S ist es lang. Was man Zeit vertun kann.

Aberer? – Jawohl! Achleitner? Jawohl! – Biedermann? Jawohl!

Was man Jugend verschwenden kann.

Scholl? – Jawoll!

Was für ein dummer Reim, und nie schafft er es, das »o« im »Jawohl« ordentlich zu dehnen, um diesen Kalauer zu umgehen, das hat er sich doch vorgenommen. Auch egal. Weiterstehen und starren bis Z.

Als endlich der letzte Name aufgerufen und die Gruppeneinteilung für die geplante Übung erfolgt ist, machen sich alle wie befohlen auf zu ihren Abschnitten. Hans' Nebenmann jedoch, Hans hat ihn bisher kaum wahrgenommen, schert aus. Geht einfach weg. Und keiner sonst scheint etwas zu bemerken, jetzt, wo alles in Bewegung ist, geht der einfach auf das

Waldstück zu, übersteigt die niedrige Sportplatzumzäunung mühelos mit seinen langen Beinen und verschwindet dahinter mit einer Selbstverständlichkeit, als wäre es der Kommandant höchstpersönlich gewesen, der ihm dieses Davonstehlen aufgetragen hat. Hans denkt nach. Denunzieren? Wozu? Um dem System zu dienen? Dass ich nicht lache. In Ruhe lassen? Das wäre möglich, aber dann gewinnt doch die Neugier. Eben hätte er noch bereitwillig sein Fahrrad geopfert, um einer möglichen Strafe zu entgehen, jetzt riskiert er eine viel höhere ohne jeden Grund. Blickt sich noch einmal um, alle scheinen beschäftigt, keiner aufmerksam, auch der Kommandant nicht. Hans holt noch einmal tief Luft und marschiert dem anderen hinterher, über das Zäunchen in den Wald hinein, in die Freiheit.

Da sitzt er schon, der lange Kerl, im Schatten eines Baumes, Hans den Rücken zugekehrt. Weit ist er ja nicht gewandert, gerade dem Sichtfeld des Sportplatzes entschwunden hat er sich schon niedergelassen auf seiner Uniformjacke, die wie eine Picknickdecke auf dem Waldboden ausgebreitet liegt. Da kauert er jetzt im Ruderhemd, Hans kann es nicht genau erkennen: Liest er? Komischer Kauz. Vorsicht sieht anders aus. Wahrscheinlich blättert er in einem dieser Schundhefte, die sie in der Kaserne so gerne herumreichen, reine Papierverschwendung, wenn man Hans fragt. Nerven hat der schon, den Wehrsport zu schwänzen für so einen Mist, und doch, Hans tritt näher. Das trockene Geäst knirscht ein wenig unter seinen Stiefeln, der andere scheint ihn nicht zu hören und blättert unverdrossen weiter. Über dessen Schulter hinweg kann Hans jetzt endlich erkennen, was er liest. Kein Heft ist es, sondern ein Buch, und was für eines, ein prächtiger Bildband. Die auf den Fotos Dargestellten tragen zwar wie erwartet alle keine Kleider, aber das müssen sie auch nicht, sie sind aus Stein.

Rodin!, ruft Hans erstaunt.

Der andere zuckt erschrocken zusammen, geräuschvoll fällt ihm das Buch aus der Hand. Er muss Hans für einen Vorgesetzten halten oder sonst einen, der ihm wegen dieser Sache Ärger machen kann. Er rappelt sich auf und versucht gleichzeitig, die Jacke wieder anzuziehen, und versucht gleichzeitig, zu salutieren, und versucht gleichzeitig, eine Entschuldigung hervorzubringen, und versucht gleichzeitig, das alles mit einer gewissen Lässigkeit zu tun, als wolle er sagen: Komm schon, Kamerad, mach mir wegen dieser Lappalie kein Drama. Hans kann nicht anders. Er lacht los. Da weiß der andere: Drama wird es mit dem keines geben.

Kampfgeschrei dringt vom Sportplatz her, eins zwo drei los, der andere lacht jetzt auch, hängt nur mit einem Arm im Ärmel seiner Jacke drin, noch dazu im falschen.

Sie haben vielleicht Nerven, mich so zu erschrecken, sagt er, na, da haben Sie Glück gehabt, dass ich nur das Buch hab fallen lassen und nicht die gute Flasche.

Jetzt erst bemerkt Hans die dunkelgrüne Weinflasche im Moos.

Ja, um die wäre es schade gewesen, sagt er, aber um den Rodin auch.

Ein Buch zerbricht ja nicht, erwidert der andere, ich heiße übrigens Alexander Schmorell. Wenn Sie wollen, trinken wir auf der Stelle Bruderschaft, dann bin ich nämlich nur noch der Alex, das ist kürzer.

Hans, sagt Hans und streckt ihm die Hand hin: Kürzer geht es nicht mehr.

Und mit Nachnamen?

Scholl.

Hans Scholl, wiederholt Alex und schüttelt ungläubig den Kopf, kürzer geht es ja wirklich nicht mehr.

Dann bückt er sich nach der Flasche und zieht den Korken heraus.

Sommer 1941.

Es wird ein Ritual. Sie kommen am Sportplatz an, beide immer fast zu spät, auch Alex verbringt so viel Zeit wie möglich fernab der Kaserne, pfeift auf die Vorschriften und schläft meistens sogar zu Hause. Sie werfen die Fahrräder ins Gebüsch, laufen durchs Kasernentor und schaffen es gerade noch rechtzeitig zum Appell. Manchmal kommt es aber auch vor, dass Alex viel zu spät dran ist, dann muss Hans zwei Mal hintereinander sein ungeliebtes »Jawoll« abfeuern, zuerst bei »Schmorell«, gleich darauf wieder bei »Scholl«. Das ist natürlich schrecklich riskant, aber erstaunlicherweise funktioniert es jedes Mal. Überhaupt wundert sich Hans darüber, was alles möglich ist, wie leicht sich die straffe deutsche Organisation hintergehen lässt, vermutlich, weil niemand damit rechnet, dass jemand so etwas überhaupt versuchen könnte. Bis der Kommandant bei Z ist, hat es dann auch Alex immer schon geschafft, reiht sich unauffällig irgendwo auf der Seite ein und steht dafür ganz besonders brav stramm, eine schwarze Aktentasche unterm Arm, halb hinter seinem Rücken verborgen, er hat schon einige Routine darin, sie zu verstecken. Wenn es dann zur Gruppeneinteilung für die Übungen geht, marschieren zwei Soldaten zielsicher quer über den Platz und übersteigen in militärischer Synchronität das Zäunchen Richtung Wald. Sollte sie jemals jemand dabei beobachtet haben, so muss der Zeuge davon ausgegangen sein, dass diese Abweichung vom Üblichen schon irgendwie seine Richtigkeit hat, gemeldet werden sie nie.

Im Schutz der Bäume entledigen sie sich ihrer Uniformjacken, Alex zieht eine frische Flasche Wein aus der Aktentasche, und die Bücher, man sehe und staune, was alles in so eine Tasche passt, sogar der Rodin-Ziegel geht hinein mit ein wenig Pressen. Hans will Zigaretten beisteuern, aber Alex hat immer eine Pfeife im Mund, sogar dann, wenn ihm der Tabak gerade ausgegangen ist.

Es ist doch schön, sie immer wieder zu den Lippen zu führen wie die alten Dichter und Denker, sagt er, Hans solle es auch einmal versuchen, es lebt sich gleich ganz anders.

Nein du, lass mal, entgegnet Hans, da bleib ich lieber bei den Zigaretten und dem echten Rauch. Willst du auch eine?

Alex zuckt mit den Schultern: Na, zwischendurch kann eine Zigarette nicht schaden. Auch wenn sie ein bisschen banal ist.

Dann rauchen sie und trinken und blättern, Alex' Bücher handeln alle von Kunst.

Rodin ist der Beste, sagt er, und die Bildhauerei überhaupt das Spannendste.

Er selbst versucht sich ebenfalls in der Kunst, im Moment noch bei Privatlehrern und in Kursen, schwer zu sagen, ob einmal mehr daraus wird, schön wäre es schon. Ansonsten ist er Mediziner wie Hans, nur weniger fleißig, und wenn eine Vorlesung nicht allerdringlichste Anwesenheit erfordert, geht er gleich gar nicht hin.

Rodins Werke habe ich gesehen in Paris, sagt Hans.

Du warst in Paris?

Ja. Westfeldzug.

Hans hat nicht viel anderes zu tun gehabt dort: Die Franzosen haben sich nicht gerade gewehrt, sind eher abwartend um ihre Besatzer herumgeschlichen, während die Deutschen sich die besten Häuser und die teuersten Stücke unter den Nagel gerissen haben, Hans ist ganz schlecht geworden vor Scham für seine Landsleute. Da ist er in die Hauptstadt gefahren und dort ins Museum gegangen. Endlich hat sich der teure Fotoapparat auch einmal bezahlt gemacht, denn im Lazarett, wo er seinen manchmal furchtbaren, manchmal furchtbar langweiligen Dienst verrichtete, gab es zwar vieles zu sehen, nichts aber zu fotografieren. Schlimm genug, alles Elend während der Arbeit vor Augen zu haben, in seiner Freizeit hat Hans das Schöne gesucht. Wo die Fotos jetzt wohl sind? Müssen eigentlich noch bei den Eltern zu Hause herumliegen, sie sollen sie ihm bei Gelegenheit schicken, oder Alex kommt in den Ferien einmal mit nach Ulm, das wäre überhaupt eine gute Idee.

Westfeldzug, wiederholt Alex, da war ich auch dabei, aber nicht in Paris, leider.

Er seufzt und nimmt einen großen Schluck Wein: Was glaubst du, wann werden die uns wieder verschicken, und wohin?

An so einem Nachmittag können sie zu zweit schon einmal eine ganze Flasche versaufen, da müssen sie gut aufpassen, dass sie den Ruf zum Schlussappell nicht versäumen und sich dann auch nichts anmerken lassen von ihrem kleinen Rausch. Alex sagt, weil er in Russland geboren worden ist, vertrage er ganz besonders viel, aber so ganz stimmt das nicht, manchmal schwankt er schon ganz schön benebelt über den Sportplatz.

Als sie den dicken Rodin durchhaben und auch die kleineren Bücher und Hefte zur Bildhauerei, meint Hans, jetzt sei er einmal dran. Er kauft sich ebenfalls eine Aktentasche (neues Fahrrad, warte noch ein wenig) und steckt dort seine Philosophen hinein: Nietzsche in der Gesamtausgabe. Strahlend legt er die Bücher vor Alex hin.

Na, was sagst du?

Da werden wir eine Zeit lang dran zu knabbern haben, sagt Alex und rümpft die Nase.

Natürlich, antwortet Hans, aber es ist lohnende Lektüre.

Ich weiß nicht, sagt Alex, Philosophie ...

Er zuckt mit den Schultern und kaut ein bisschen an dem Mundstück seiner Pfeife herum: Es gibt einen Gott, oder, und was braucht man mehr?

Hans fällt es schwer, sich seine Entrüstung nicht allzu sehr anmerken zu lassen, etwas ins Stammeln kommt er dennoch:

Aber ... Nietzsche ... was er sagt über die heutige Kultur ... Form ohne Inhalt ... und über den freien Menschen und ...

Mag sein, sagt Alex, lies du deinen Nietzsche, und ich lese etwas, das mir gefällt.

So machen sie es dann auch, aber so ganz will Hans das nicht auf sich sitzen lassen. Er ist doch ein verständiger Mann, dieser Alex, warum sträubt er sich so gegen die höchste Form des Denkens?

Beim nächsten Mal kommt Hans wieder mit seiner Aktentasche an, ein einziges Buch liegt darin. Alex streckt sich lang auf dem Waldboden aus und blickt neugierig zu Hans hinauf.

Na, versuchst du's wieder mit der Philosophie?

Aber Hans schmunzelt nur ein bisschen, dann zieht er das Buch hervor. Alex reißt die Augen auf.

Noch nie haben die beiden über Politik gesprochen. Stumm sind sie darauf übereingekommen, dass es absolut in Ordnung ist, jede Woche den Wehrsport zu schwänzen, ob aus reiner Trägheit oder anderen Gründen, das ist zwischen ihnen nicht ausgemacht.

Am 1. April 1924 hatte ich, auf Grund des Urteilsspruches des Münchner Volksgerichts von diesem Tage, meine Festungshaft zu Landsberg am Lech anzutreten.

Hans liest mit fester Stimme vor. Überspringt die elendslange Widmung, liest weiter über Hitlers Elternhaus, oder besser gesagt seine Forderung, Deutschösterreich mit dem

Altreich zu vereinen: *Der Pflug ist dann das Schwert, und aus den Tränen des Krieges erwächst für die Nachwelt das tägliche Brot.*

Alex schaut ihn immer noch mit großen Augen an.

Na, was ist es jetzt, fragt Hans plötzlich und blickt vom Buch auf: Ist es jetzt ein Pflug oder ein Schwert, oder steht hier eine Metapher für eine Metapher, und seit wann wächst Brot wie Gemüse aus der Erde, pardon, aus den Tränen?

Alex' angespanntes Gesicht lockert sich, er zieht die Lippen zu einem breiten Grinsen auseinander.

Nein warte, ruft Hans, da gibt es noch sehr viel Komisches ...

Er überblättert ein paar Seiten: Hier zum Beispiel, im *von Strahlen deutschen Märtyrertums goldenen Innstädtchen* ist er geboren, hört, hört, deutsches Märtyrertum also färbt ganze Städte ein, oder meiner Meinung nach besonders gelungen: *Als der Dreizehnjährige aber siebzehn Jahre alt geworden ist,* na, das schafft auch nur der Vater unseres Führers, als Dreizehnjähriger siebzehn Jahre alt zu werden, oder das ...

Er blättert, aber Alex ist schon in ein lautes Lachen ausgebrochen, hält ihm bebend die Weinflasche hin: Da, bitte, trink und hör auf zu lesen, das hält man ja im Kopf nicht aus.

Dabei bin ich bei seinen politischen Abhandlungen noch gar nicht angekommen, protestiert Hans, zuerst müssen wir noch lesen, wie unser Führer für jeden einzelnen Beruf, in dem er sich versuchte, schlicht und einfach zu talentiert gewesen ist und so dann eben wohl oder übel unser Führer hat werden müssen ...

Sie machen sich ein Spiel daraus, reichen das Buch hin und her, schlagen es auf und lesen laut vor, auf jeder Seite findet sich ein verunstalteter Satz, ein unpassender Vergleich, eine schiefe Metapher. Sie lesen einander Satzschlangen mit unendlich vielen Beistrichen vor und komisch umständliche Konstruktionen: *Wie wäre Schiller aufgeflammt, wie würde sich Goethe empört abgewendet haben!* Das denken sie auch bei diesem Machwerk, nur, dass Schiller sich gleich in spontaner Selbstverbrennung übt und Goethe gar ein Futur II im Konjunktiv bemüht, das ist dann doch etwas übertrieben. So viel Unsinn muss man mit Wein runterspülen, und das tun sie dann auch, auf jeden Satz einen Schluck, um nicht vollends zu verblöden.

Aber da sind auch Sätze, die lesen sie nicht, nicht laut, überfliegen sie stumm. Sätze, die einen schalen Geschmack auf ihren Zungen hinterlassen. Nichts lesen Hans und Alex vor über die Rasse, die Auslöschung des Judentums, das werte und das unwerte Leben. Noch nicht, nicht heute wollen sie darüber sprechen. Heute wollen sie ausgelassen sein und den Umstand begießen, dass sie sich gefunden haben. Sie lachen gegen die Sorgen an und gegen die Angst, die einen lähmen kann, wenn man nicht zu zweit ist.

1917–1921.

Im selben Jahr, in dem Alexander Schmorell in Orenburg am Ural geboren wird, bricht in Russland die Revolution aus.

Der Vater Hugo entstammt einer deutschen Familie, die sich schon vor Langem im Zarenreich niedergelassen und ein kleines Vermögen erwirtschaftet hat: Pelzhandel, Wagenbau, ein dampfbetriebenes Sägewerk, die Familie ist weitverzweigt und vielseitig begabt.

Die Mutter Natalija ist Russin, Tochter eines Priesters und bildhübsch, so zumindest wird Alex sich später an sie erinnern.

Sie sind ein ungewöhnliches Paar. Die Deutschen bleiben sonst eher unter sich, die Russen trauen ihnen nicht so recht, Vermögen ist ja nicht alles. Aber Natalija und Hugo blasen alle Zweifel in den Wind, sie haben sich gefunden, und dabei bleibt es, im Glauben und in der Liebe muss man stur sein, sagt Natalija. Sie heiraten nach orthodoxem Ritus in einer prächtigen Kirche, und Hunderte Heilige blicken von ihren goldenen Ikonen stolz auf sie hinunter.

Hugo ist weder Händler noch Handwerker, sondern Arzt. Er leitet ein Krankenhaus für Deutsche und Österreicher. Früher war er an der Universitätsklinik in Moskau, aber dort will man seit Kriegsausbruch keine Deutschen mehr haben, der Krieg hat die Deutschen nicht nur verdächtig gemacht, sondern zu Feinden. Als »Zivilkriegsgefangenen« hat man Hugo nach Orenburg geschickt, und Natalija ist ihm gefolgt. Das deutsche Krankenhaus dort ist wie alle Krankenhäuser ein Lazarett, die

Betten voll belegt mit angeschossenen, mit halb zerfetzten Soldaten, und im Delirium fantasieren alle von Deutschland. Hugo versucht, nicht hinzuhören und fragt sich doch immer öfter, was werden soll, was nur werden soll mit diesem Land und mit ihnen.

Zu Hause aber herrscht uneingeschränkt Natalija und somit Russland: In jeder Ecke ein Diwan oder ein Samowar, prächtige Ikonen an den Wänden, von jedem Fenstersims blickt gütig mindestens eine Matrjoschka herab. Im Musikzimmer sitzt Natalija häufig am Klavier und spielt die *Katinka* und andere Lieder, auch als sie schwanger wird, spielt sie noch, sodass das Ungeborene zuallererst russische Volksweisen hört und nicht den Lärm des Krieges.

Was wird werden, fragt Hugo immer öfter, jeden Tag sieht die Lage bedrohlicher aus, von den alteingesessenen Deutschen ziehen immer mehr fort. Die alte Heimat lockt verheißungsvoll, die Worte der Auswanderer unterscheiden sich kaum von den Fieberwahnreden der Sterbenden, wieder versucht Hugo, nicht zuzuhören. Aber doch denkt er jetzt manches Mal ans Auswandern. Erst, als die Zeitungen die Abdankung des Zaren verkünden, wagt er es, vor Natalija diese Gedanken auszusprechen. Natalija reagiert, wie er es sich erwartet hat: Sie lacht ihm ins Gesicht. Sie sei eine russische Birke, sagt sie, fest im Permafrostboden verwurzelt, da gebe es kein Fortkommen, und ihr Kind komme hier auf die Welt.

Aber die Politik, entgegnet Hugo, die Revolution, der Zar ist abgesetzt, in der Stadt wird geschossen, in der Provinz lynchen die Bauern ihre Gutsherren, und Deutsche werden nach Sibirien verbannt, ob ihr das wirklich egal sei.

Egal nicht, erwidert Natalija, aber man müsse immer auf Gott vertrauen, und damit ist das Thema für sie erledigt.

Im September kommt ein Bub auf die Welt und heißt Alexander, wie sein Großvater mütterlicherseits, aber auch wie Puschkin.

Ein Vorfahre väterlicherseits soll den Wagen gebaut haben, mit dem jener Alexander Puschkin, der russischste aller russischen Dichter, zu seinem letzten, weil tödlichen Duell aufgebrochen ist. Das ist eine Familienlegende, nicht verifizierbar, aber man erzählt sie sich immer wieder gern: So eng ist man einst mit der Geschichte dieses großen Landes verflochten gewesen, so unsanft stößt sie einen nun aus.

Die Geburt verläuft gut, das Kind ist gesund, auch Natalija erholt sich schnell. Einige Tage lang geht Hugo ganz auf im neuen Familienidyll, die Schreie seines Neugeborenen lassen ihn die Schreie der Patienten vergessen, aber nur kurz. Dann beginnen seine Gedanken nämlich wieder mehr und mehr um die Außenwelt zu kreisen: In Petrograd haben Bewaffnete die Regierung abgesetzt, die Bolschewiken übernehmen die Macht, man spricht von Bürgerkrieg.

Petrograd ist weit weg, sagt Natalija.

Man muss nur auf Gott vertrauen, wenn die deutschen Klagen zu laut in seinen Ohren klingen, versucht Hugo, sich diese russischen Worte in Erinnerung zu rufen, manchmal gelingt es ihm.

Eine junge, dicke Russin zieht bei ihnen ein, bisher ist sie Haushaltshilfe bei einem von Hugos Verwandten gewesen, nun soll sie Natalija mit dem Kindchen helfen. Die Russin schläft auf einem Diwan an Natalijas Seite, daneben die Wiege mit dem kleinen Alexander, den sie nur »Schurik« nennt, eine jener Koseformen, deren phonetische Metamorphose nur ein Russe nachvollziehen kann. Und die Kinderfrau selbst heißt für die ganze Familie bald nur noch Njanja.

Eines Tages beginnt Natalija plötzlich über Kopfschmerzen zu klagen. Hugo bringt ihr Pulver aus der Klinik mit, und Njanja kocht Tee aus geheimnisvollen Wurzeln, es hilft nichts. Später tut Natalija der Bauch weh, am nächsten Tag liegt sie mit hohem

Fieber darnieder und kann nicht mehr aufstehen. Njanja pflegt sie mit Wickeln und Kräutern, nach kurzer Zeit aber geht sie dazu über, Tag und Nacht zu beten, mit beiden Händen Schurik an die Brust gedrückt, die Ikone der Gottesmutter immer fest im Blick. Wenn Natalija im Fieberwahn nach ihrem Kind schreit, darf Njanja es ihr nicht geben, das hat Hugo so verordnet. Er kennt die Krankheit, alle Krankheiten kennt er. Eine Epidemie nach der anderen schwappt über das Land, und die Ärzte können nicht mehr dagegen tun als die einfachen Mägde. Bete, Njanja, bete für uns. Zwei Wochen später ist Natalija tot. Ein schwarzer Wagen kommt angerollt, vorangespannt ist ein einziger magerer Gaul.

Man holt gar nicht mehr alle Toten, erzählen die Bestatter, die im Kampf Gefallenen zum Beispiel lässt man einfach in den Straßenrinnen liegen.

Gut ist's nicht, sagt der eine, denn wenn der Sommer kommt, hat man wieder neue Seuchen am Hals, und alles beginnt von vorne, aber was soll man machen.

Dann tragen sie auf einer Bahre die Verstorbene hinaus, die noch ganz lebendig aussieht, und auch von Verwesungsgeruch keine Spur. Viel mehr liegt ein zarter Blütenduft in der Luft, wird Njanja später erzählen, so ist es, wenn Heilige sterben, und sie weint nicht mehr, sondern ist ganz still vor Ehrfurcht. Auch Hugo schweigt, und sogar Schurik ist ganz leise, obwohl er noch gar nichts verstehen kann, so glaubt zumindest Njanja.

Alle Freunde, die wenigen, die noch geblieben sind, sind sicher, dass Hugo jetzt gehen wird, dass ihn jetzt nichts mehr in Russland hält. Aber nach kurzer Trauerzeit sieht man ihn schon wieder frühmorgens durch die Straßen eilen, auf seinem Weg zum Krankenhaus. Jetzt kommen auch hier die Verletzten von den Straßenkämpfen in die Klinik, nicht mehr nur Deutsche, alles ist in Auflösung, die ganze Weltordnung durcheinandergeschmissen. Zu Hause erklingt keine Klaviermusik mehr, sondern Njanjas Gesang mit tiefer, kräftiger Stimme. Hugo ist stiller geworden, ernster, aber keinesfalls verzweifelt, eher sogar noch gefasster: Er fragt nicht mehr, was sein wird, über Politik redet er kaum noch, übers Auswandern kein Wort. Jeden Abend pilgert er mit Njanja und dem Kind gemeinsam zu dem kleinen Friedhof hinüber, pflegt Natalijas Grab mit Blumen und Kerzen, Njanja betet und singt. Es sind die ersten bleibenden, wenn auch noch zarten Erinnerungen, die Alex in seinem Leben macht: dichter Schnee und Menschen wie Bären, riesige Fellmützen, kehlige Laute, der Geruch von Sauerkraut und schwarzem Tee aus Fensterritzen, Marktstände und Pferdewagen, Straßenlärm, die Ruhe des Friedhofs, Njanja warm und weich, die Stimme kräftig, Natalija, für immer verstummt.

Als Hugo eines Abends sein Büro verlassen will, wartet vor der Tür bereits eine junge Krankenschwester. Er kennt sie natürlich, Tausende Male hat er ihr schon Befehle zugebellt: Skalpell!, Verbandszeug!, Zange!, jetzt ist es ihm peinlich, dass ihm ihr Name nicht einfällt. Sie sagt etwas von Halsschmerzen.

Wenn Herr Doktor vielleicht …? Nur zur Sicherheit …?

Sie spricht deutsch. Fast alle Krankenschwestern hier sind höhere Töchter von deutschen Bierbrauern oder Kunstwarenhändlern, in Russland alteingesessen und doch stolz auf ihre Herkunftskultur. Wäre kein Krieg, würde sie vermutlich in einer warmen Stube Goethe-Zitate auf Tücher sticken, statt in der Klinik Wunden zu nähen.

Hugo lässt sie eintreten, sie nimmt auf seinem Schreibtischstuhl Platz und öffnet weit den Mund, keine Entzündungen im Rachenbereich, das sieht er schon von Weitem. Trotzdem leuchtet er mit einer Lampe hinein, gepflegte Zähne, überhaupt ein sehr ansprechendes Äußeres, und weil sie Natalija dabei nicht im Geringsten ähnlich sieht, kann er ihren Anblick ertragen.

Da ist nichts Ungewöhnliches zu sehen, sagt er und legt die Lampe weg, aber wenn die Schmerzen schlimmer werden, empfehle er lange Fußmärsche in freier Natur. Die Krankenschwester lächelt dankbar und schaut ihm dabei zum ersten Mal direkt in die Augen: Wollen Herr Doktor mich vielleicht dabei begleiten?

In dem Moment fällt ihm auch ihr Name wieder ein: Elisabeth Hoffmann. Von da an unternimmt Hugo jeden Abend zwei Spaziergänge, einen mit Njanja und Schurik zu Natalijas Grab, später einen zweiten mit Fräulein Hoffmann in die Wälder. Sie ist sehr gut erzogen, redet nicht viel, weiß aber alles, Freundinnen und Verwandte schreiben ihr täglich aus allen Teilen des Reiches, schlimm sieht es aus überall. Anders als Natalija ist sie immer sehr bedacht, sie spricht und bewegt sich langsam, vorsichtig setzt sie Fuß vor Fuß, um in der Unebenheit nicht zu fallen. Ihren Halsschmerzen muss ein langer Prozess des Nachdenkens und Planens vorausgegangen sein, vermutet Hugo. Bei der Arbeit ist sie fleißig und zuverlässig. Oft spricht sie von Deutschland. Einmal nimmt er, während sie so spazieren gehen, ihre Hand in die seine, sie wird ein bisschen rot und lächelt. Dass er sie liebt, aber eben auf eine so andere Weise als Natalija, macht es für ihn erträglich.

Elisabeth und Hugo heiraten in einer kleinen, bescheidenen Zeremonie, viel ist nicht mehr da, was man auftischen könnte, viele sind nicht mehr da, die ihnen gratulieren.

Njanja nimmt es Hugo etwas übel, dass er sich so schnell wieder in die festen Hände einer Frau begeben hat, noch dazu in die einer Katholikin. Und dass Schurik eine Mutter braucht, lässt sie als Argument nicht gelten.

Ich bin ja da, sagt sie.

Und wenn ich nach Deutschland gehe?, fragt Hugo. Das erste Mal seit Langem spricht er davon.

Dann bin ich auch da, sagt sie.

Aber Elisabeth ist sehr geschickt im Umgang mit Njanja, sie lässt der Dicken im Großen und Ganzen ihren Willen und mischt sich bei der Kindererziehung nicht ein. Nur manchmal, wenn Njanja gerade nicht im Zimmer ist, drückt sie Schurik heimlich an sich und flüstert ihm ein paar deutsche Worte ins Ohr, zumindest die Sprache soll er doch lernen.

Nach einigen Wochen Ehe sitzt Elisabeth dann blass und blümerant in ihrem Sessel und kaut eine Scheibe hartes Brot, etwas anderes verträgt sie nicht mehr.

Du weißt, was das bedeutet, Hugo.

Und draußen übernehmen die Bolschewiken immer mehr Macht, und immer mehr Weißgardisten schleppen sich in die Klinik, Demokraten und Monarchisten bunt gemischt, sonst können sie einander nicht ausstehen und Deutsche noch weniger, aber angesichts der bösen Lage kämpfen sie Schulter an Schulter und tragen gemeinsam ihre eitrigen Wunden zum deutschen Doktor.

Du weißt, was das heißt, Hugo, hier ist keine Zukunft mehr für die Kinder.

Und bald darauf macht Hugo sich ein letztes Mal auf den Weg zu seiner Natalija. In seiner Jackentasche trägt er bereits die erforderlichen Ausreisepapiere. Elisabeth und er selbst sind immer deutsche Staatsbürger geblieben, dadurch ist auch Schurik offiziell als Deutscher geboren, da dürfte die Aus- und Einreise nicht allzu schwierig werden. Bei Njanja sieht die Sache anders aus, er wird sie als Gattin eines verstorbenen Verwandten ausgeben müssen, auch dafür hat er die nötigen Papiere, ob's die Grenzsoldaten schlucken, das wird man sehen.

Ab jetzt heißt du Franziska, Njanja, hörst du, Franziska Schmorell.

Njanja zuckt mit den Schultern. Soll man sie nennen, wie man will, sie wird doch immer die Alte bleiben, und Russin.

Elisabeth hat das Nötigste in einen Koffer gestopft, mehr können sie nicht mitnehmen. Njanja holt den Samowar aus ihrer Kammer, der muss mit, sie besitzt ja sonst nichts, den und ihre Heiligenbilder. Das wenige Gepäck steht abfahrbereit im Vorraum, gedankenverloren wandeln die Erwachsenen noch ein letztes Mal durch die hohen, trauten Räume, nur so wenig können sie mitnehmen, den Rest werden wohl oder übel bald die Bolschewiken holen. Schurik tappt hinter ihnen her, sein Blick wandert nervös von einem zum anderen, Abschied ist ein großes Wort für ein so kleines Kind. Ein letztes Mal betrachtet Hugo das Klavier, an dem Natalija gespielt hat, das Bett, in dem sie starb. Dann drückt er Elisabeths Hand, und sie machen sich alle vier auf den Weg.

So jedenfalls erzählt Alex die Geschichte.

Sommer 1941.

Alex lebt immer noch bei seinen Eltern, oder, wie er gerne präzisiert, bei seinem Vater und seiner Stiefmutter. Die Villa der Schmorells ist eindrucksvoll elegant, davor hockt auf einer Gartenbank ein etwa sechzehnjähriges Mädchen und liest. Das muss Natascha sein, denkt Hans, Alex' Halbschwester, von der hat er ihm schon einmal erzählt. Und einen Halbbruder soll es auch noch geben, nur ein wenig jünger als Alex und momentan irgendwo zum Kriegsdienst eingezogen. Viel mehr weiß Hans nicht über diese Familie, denn wenn Alex von seiner Kindheit erzählt, kommt er selten weiter als bis zur Flucht, seine Geschichte endet an der russischen Grenze.

Als Hans näherkommt, blickt Natascha von ihrem Buch auf und grüßt ihn erst auf Russisch, dann scheint ein Schalter in ihr umzukippen, mit entschuldigendem Lächeln sagt sie in breitem Bayrisch: »Gehn's nur rein, die andren sind alle schon drin.«

Die anderen – Hans hat gedacht, es sind nur ein paar Freunde –, die anderen, das sind dreißig oder vierzig Personen, die sich da im Wohnzimmer drängen. Manche von ihnen sitzen um einen großen Tisch herum, der sich zu biegen droht unter gefüllten Eiern und Honigkuchen und Gläsern mit Eingemachtem. Andere knautschen in Polstermöbeln, dazwischen stehen die Restlichen in Grüppchen, alle in angeregte Gespräche vertieft. Oben an der Decke sammelt sich grau der Zigarettennebel, darunter ist alles bunt, die Möbel, die Tapeten und die Kleider der

Frauen, Gläser klirren, der Samowar blubbert behaglich. Und alle hier scheinen Russen zu sein oder Künstler oder beides, Hans kommt sich ein wenig fehl am Platz vor in seinem guten, hellen Sommeranzug, blickt sich Hilfe suchend nach Alex um, wo ist der denn bloß? Eine blonde Dame kommt auf ihn zu, in ihren Händen ein Tablett, darauf viele kleine Gläser gefüllt mit klarer Flüssigkeit und ein Teller saurer Gurken.

Sie müssen ein Freund von Schurik sein, sagt sie ohne zu lächeln und drückt Hans ein Glas in die Hand.

Von wem?, fragt Hans.

Von Alex, verbessert sie sich. Nehmen Sie ruhig!

Sie weist mit dem Kinn auf die Gurken: In Russland muss man beim Wodkatrinken immer auch einen Bissen essen, das gehört einfach dazu!

Hans hat saure Gurken bisher nur mit Brot oder im Salat gegessen, will die Dame aber nicht enttäuschen. Der Wodka brennt seine Kehle hinunter, die Gurke prickelt auf der Zunge.

Sie kennen Schurik ... Alex ... vom Sport, oder nicht?, fragt die Dame in höflichem Tonfall, ihr Blick aber bleibt unverändert streng.

Hans muss ein wenig grinsen, na, wenn man das Sport nennen will, antwortet aber brav: Vom Militärsport, gleiche Studentenkompanie, wir studieren aber auch miteinander, sind uns im Hörsaal nur irgendwie nie über den Weg gelaufen.

Aha, aha, die Dame nickt, Alex geht ja auch nicht allzu oft hin, nicht wahr?

Hans weiß nicht, was er darauf sagen soll, welche Antwort sie sich erwartet, und zuckt einfach mit den Schultern.

Was aus dem Jungen einmal werden soll, murmelt die Dame und schielt währenddessen schon zum großen Tisch hinüber, wo der Berg gefüllter Eier auf ein alarmierend kleines Häufchen zusammengeschrumpft ist.

Wo Njanja bloß steckt, murmelt sie, dann fragt sie geistesabwesend: Wollen Sie Tee?

Hans will die Dame nicht länger aufhalten, aber ohne seine Antwort abzuwarten, sagt sie: Ich bringe Ihnen Tee!, und verschwindet in der Menge.

Hans bleibt zurück, wieder ein bisschen verloren. Um ihn herum wird russisch gesprochen, er hört sich die fremden Laute an wie ein Konzert. Mitreißend sind die Reden überall, crescendo, forte, fortissimo, eine stark geschminkte Frau schlägt mit der Faust auf einen Beistelltisch, alle Gläser darauf wackeln, eines fällt um. Dort wird gelacht, hier und da verschwörerisch gemurmelt, das Murmeln bildet den Kontrapunkt, auch Deutsches ist darunter, Hans kann es aber nicht verstehen, egal, wie angestrengt er auch lauscht.

Bitte schön, der Tee!

Es ist nicht die Dame von vorhin, die Hans die dampfende Tasse überreicht, sondern Alex. Er strahlt über das ganze Gesicht, trägt eine weite, weiße Bluse und das Haar ziemlich ungekämmt, sieht aus, als wäre er eben noch durch die asiatische Steppe geritten und nur aus Versehen hier mitten in München gelandet. Hans nimmt dankend die Tasse entgegen.

Ist heiß, warnt Alex, aber es lohnt sich!

Heiß ist der Tee tatsächlich und unvergleichlich stark, auf eine wohltuende Weise bitter wie teurer Tabak, auch ein bisschen süß. Hans zieht anerkennend die Augenbrauen hoch.

Das ist echter russischer Tee aus einem echt russischen Samowar, sagt Alex, daran liegt's.

Du hast mich aber warten lassen, beschwert sich Hans, eigentlich im Spaß und doch ein bisschen vorwurfsvoll: Deine Mutter hat mich ganz schön streng gemustert.

Ach, meine Stiefmutter, sagt Alex und verdreht die Augen. Im Moment kann ich es ihr einfach nicht recht machen, und alles, was ich mag, lehnt sie von vornherein ab. Und jeden, den ich mag. Nimm's nicht persönlich. Und jetzt komm mit!

Fröhlich schiebt Alex sich durch die Menschenmenge, wirft dorthin ein russisches, dahin ein deutsches Wort, einmal zeigt er auf einen älteren Herrn, der mit einigen anderen Männern ins Gespräch vertieft ist: Das ist mein Vater, aber ich muss dir zuerst noch wen anderes vorstellen!

Hans weiß, dass Alex' Vater ein angesehener Orthopäde mit eigener Praxis ist, und hat sich immer gewundert, wie Alex bei dem familiären Hintergrund so wenig medizinischen Ehrgeiz aufbringen kann. Andererseits, Hans' Vater betreut Treuhandfonds und er selbst schafft es nicht, auch nur einen Pfennig zur Seite zu legen.

So ist das manchmal mit Vätern und Söhnen, denkt Hans und folgt Alex an der diskutierenden Herrenrunde und den reich bestückten Bücherregalen vorbei in ein Hinterzimmer hinein, da ist es ruhiger. Ein Studierzimmer vielleicht, an der Wand hängt eine große Karte von Russland, als es noch Zarenreich war, um einen Schreibtisch herum sitzen junge Menschen und spielen Karten.

Im Schaukelstuhl vor dem Kamin hockt jedoch einer allein und raucht Pfeife, auf den gehen sie zu.

Das ist Christel, das ist Hans, macht Alex die beiden miteinander bekannt und schiebt, nun ganz Salonière, einen zweiten Sessel heran, damit auch Hans vor dem Kamin sitzen kann, er selbst schwingt sich auf die gepolsterte Armlehne.

Hans hält Christel die Hand hin: Hans Scholl, Student der Medizin.

Dieser Christel ist ihm auf Anhieb sympathisch, vor allem, weil er ebenfalls im biederen Anzug gekommen ist. Dabei wirkt er aber keinesfalls verloren, sondern eher wie ein Hausherr, als wäre er Alex' Vater, trotz seines jugendlichen Gesichts.

Christel lächelt und drückt fest zu: Christoph Probst, auch Student der Medizin.

Ah, dann kennst du Alex wohl vom Studium ... sagt Hans, aber Alex lacht und Christel schüttelt den Kopf: Wir sind schon in der Schule in einer Klasse gewesen. Ich habe eine Klasse übersprungen und er eine wiederholt. Glücklicherweise. Ich war eben ein Streber und er hat sich nie gut Autoritäten unterordnen können. So, würde ich sagen, hat jeder auf den anderen einen guten Einfluss ausgeübt.

Alex nickt zustimmend und lacht erneut. Dann springt er auf die Beine, durch das veränderte Gewichtsverhältnis gerät der ganze Sessel samt Hans darin ins Wackeln, und verlässt federnden Schrittes das Zimmer. Christel und Hans blicken ihm hinterher, Hans etwas überraschter als Christel.

Alex scheint mir heute noch übermütiger zu sein als sonst, murmelt Hans.

Christel stößt seufzend einen Rauchring aus.

Ich weiß auch den Grund dafür, sagt er dann.

Ein Mädchen?, fragt Hans und wundert sich, dass er mit Alex eigentlich noch nie über dieses Thema gesprochen hat, nicht einmal nach einer ganzen Flasche Wein. Es wäre ihm wohl irgendwie banal vorgekommen, oder aber, und das ist der wahrscheinlichere Grund: Er selbst hätte da nicht allzu viel erzählen wollen. Lisa, ach, Lisa ist schon fast gar nicht mehr wahr, dann das Geplänkel mit Ute, aber sie ist ja doch zu jung gewesen, mit Erika hat er es von Anfang an nie ernst gemeint, zuletzt die Skitouren mit Rose, an Rose schreibt er noch hin und wieder Briefe, aber dann ist sie ja doch immer mehr gute Freundin als Geliebte gewesen. Jetzt scheint ihm, als wäre das alles überhaupt nichts Richtiges gewesen, nicht mehr als eine Pose, wie Rauchen ohne Tabak. Und dann fühlt er ein Stechen in sich, eine Sehnsucht und irgendwie auch eine Eifersucht, dass Alex eine gefunden hat, die ihn so springen und grinsen lässt.

Hans zündet sich noch eine Zigarette an und nimmt einen tiefen Zug.

Nicht irgendein Mädchen ist es, das Alex so glücklich macht, sagt Christel und seufzt abermals, sondern ausgerechnet meine große Schwester.

Darüber scheinst du allerdings nicht allzu glücklich zu sein, stellt Hans fest.

Christel stößt noch einen Rauchring aus, größer als der vorige.

Ich kenne die beiden doch, sagt er, sie sind von allen Menschen auf der Welt die beiden, die ich am allerbesten kenne. Und gerade darum weiß ich auch, dass es nicht funktionieren wird. Nicht auf Dauer.

In diesem Moment aber kommt Alex zurück und Christel räuspert sich wie zum Zeichen, dass nun das Thema gewechselt werden muss, Hans hätte das auch sonst verstanden. Alex hüpft jetzt weniger, weil er drei randvolle Wodkagläser in den Händen balanciert, unter seinem Arm klemmt noch ein Gurkenglas. Sein Mund ist ungewöhnlich groß für seine sonst eher feinen Züge, besonders, wenn er sich freut, es ist ein ganz und gar einnehmendes Lächeln.

Wir müssen ja noch anstoßen, sagt Alex grinsend und verteilt die Gläser. Auf Mischas ersten Geburtstag!

Mischa?, fragt Hans.

Mein Sohn, antwortet Christel, Michael heißt er eigentlich, aber Alex hat erzählt, dass die Russen Mischa sagen, das gefällt uns noch besser.

Hans rechnet nach. Christel muss zwei Jahre jünger sein als Alex, das heißt ein Jahr jünger als er selbst. Einundzwanzig. Natürlich, man kann mit einundzwanzig schon Vater sein. Hans für seinen Teil kann es sich nur überhaupt nicht vorstellen, und das liegt nicht nur an der dazu unbedingt notwendigen Geliebten. Womöglich ist es ja die Vaterschaft, die dieses Ernsthafte, Gemessene in Christels junges Gesicht gezeichnet hat. Vielleicht ist es aber auch schon immer da gewesen. Eigentlich sind Christel und Alex komplette Gegenteile, denkt Hans, der Besonnene und der Traumtänzer, und welche Rolle er selbst in diesem Trio einnimmt, ob er überhaupt eine einnimmt, das vermag er noch nicht ganz zu sagen.

So stoßen sie also an auf Mischas Geburtstag und Alex lässt sich wieder auf Hans' Sessellehne nieder.

Ein echter Russe zerschlägt hinterher das Glas, erzählt er, aber meine Stiefmutter hat das verboten.

Aus gutem Grund, fügt Christel hinzu, aber Alex zieht trotzdem eine Grimasse. Dann fischt er eine Gurke aus dem Gurkenglas und beißt ihr trotzig den Kopf ab. Hans und Christel lachen, davon angespornt springt Alex wieder auf und kommt diesmal gleich mit einer ganzen Flasche Wodka zurück.

Nachdem viele weitere Gläser geleert, zahllose Gurken verschlungen und sämtliche russischen sowie deutschen Gebräuche und Eigenheiten ausgiebig verglichen und besprochen worden sind, schlägt Christel sich auf die Oberschenkel.

Genug für heute, sagt er, Mischa schreit die ganze Nacht und ich komm morgen nicht aus den Federn.

Er steht auf, streicht sich die Hose glatt und reicht Hans die Hand zum Abschied: Wir müssen uns bald einmal wiedersehen, dann diskutieren wir über Nietzsche. Ja, ja, Alex hat mir davon erzählt.

Sie begleiten Christel noch ins Wohnzimmer hinüber, wo es sich schon ordentlich gelichtet hat, nichtsdestoweniger ist es gleich laut und verraucht wie vorher. Alex' Stiefmutter kommt zum wer weiß wie vielten Mal mit einem Teller Eier aus der Küche gewuselt. Als sie Christel auf sich zukommen sieht, lächelt sie ein warmes, sogar mütterliches Lächeln, das Hans ihrer Physiognomie niemals zugetraut hätte: Lass dich bald wieder bei uns sehen, lieber Christel!

Und in einem sehr viel kühleren Tonfall fügt sie hinzu: Und Grüße an die Frau Schwester.

Er solle ihre Ablehnung nicht persönlich nehmen, hat Alex gesagt, na, Hans wird's versuchen.

Alex steht jetzt neben ihm und blickt Christel hinterher, der durch die Haustür in die Nacht hinaus verschwindet, starrt verträumt die zufallende Tür an.

Angeli kommt wirklich nach München zurück, murmelt er mit glänzenden Augen, ich kann es noch gar nicht glauben.

Dann erst scheint ihm Hans' Anwesenheit wieder einzufallen, munter wendet er sich zu ihm um: Willst du meinen gipsernen Beethovenkopf sehen? Ich hab ihn selbst gemacht!

Das will Hans sehr gern und Alex hebt die Büste von einem der Bücherregale herunter, einige der Bücher fallen um, Alex scheint's egal zu sein, so viele Bücher, alle in kyrillischer Schrift.

Ich muss Russisch lernen, denkt Hans plötzlich, ich muss alles hier verstehen können, ich muss alles verstehen.

Alex wiegt den Gipskopf ein wenig in den Händen und kneift kritisch die Augen zusammen: Ich hatte ihn besser in Erinnerung. Na, vielleicht wird trotzdem einmal etwas aus mir.

Dann grinst er. Hans betrachtet die Büste eingehend. Er findet sie gut, ein bisschen sorgfältiger hätte man wohl arbeiten können, aber andererseits, das macht die ganze Kunst ja aus, das Element des Zufälligen, des Instinktiven. Hans denkt an die unzähligen Gedichte, die er in seiner Jugend geschrieben hat, als er noch dachte, er könnte einmal Schriftsteller werden. Als er noch dachte, Worte würden irgendetwas bewegen, und zum zweiten Mal an diesem Tag beneidet er Alex mit einem fast schon stechenden Schmerz.

Hast du Hunger?, fragt Alex.

So sitzen sie schließlich mit den letzten Verbliebenen um den großen Tisch herum und stopfen sich gefüllte Eier in den Mund. Dabei lauschen sie einer Diskussion zweier älterer Herrn, zu Hans' Glück sprechen sie Deutsch, es geht um die Bibel und jenes Pauluswort, das die politische Ordnung als gottgegeben bezeichnet. Nun streiten sie, ob das für das heutige Russland auch so gelte, und wenn nein, wie das dann im Deutschen Reich aussehe und was das für die Menschen bedeute. Hans spürt, wie seine Wangen zu glühen beginnen, er will etwas sagen, wagt es nicht, außerdem ist da noch etwas Ei zwischen seinen Zähnen. Da aber mischt sich auch schon Alex' Stiefmutter dazwischen, fängt doch tatsächlich mit dem Wetter an, ob es morgen wohl regnet?, und will noch jemand Kuchen, will noch jemand Brot?

Alex' Vater, der mit am Tisch sitzt und bisher nur schweigend zugehört hat, sekundiert ihr sofort: Es riecht schon nach Regen, oder nicht?, damit ist jede Tiefgründigkeit beendet.

Sie ist immer so vorsichtig, flüstert Alex, dabei weiß sie doch, dass hier keine Denunzianten sind, weil mein Vater nur Verlässliche einlädt. Ich übrigens auch. Und was sagst du eigentlich dazu?

Wozu?, fragt Hans.

Na, zu der göttlichen Ordnung und all dem.

Hans zuckt mit den Schultern: Schwieriger Fall. Einerseits stimmt es natürlich, und alles Weltgeschehen folgt Gottes Plan, auf uns unbegreiflichen Wegen. Dann aber hat man ja doch auch einen freien Willen und dadurch immer die Möglichkeit, einzugreifen in das Rad der Geschichte.

Alex nickt nachdenklich. Plötzlich springt er auf und läuft zum Klavier in der Ecke. Hans hat es bisher nicht für ein Instrument, sondern für eine Art Altar gehalten, so viele Heiligenbilder stehen darauf. Und mittendrin lehnt die Fotografie einer hübschen jungen Frau, der Frisur und Mode nach wohl Anfang des Jahrhunderts aufgenommen: die verstorbene Mutter.

Alex beginnt, Klavier zu spielen, und das überraschend gut, wenn man den vorangegangenen Alkoholgenuss bedenkt, die flotte Musik übertönt mit Leichtigkeit die diskutierenden Stimmen, alle drehen ihre Köpfe zu ihm hin. Das Lied ist russisch, und jeder hier scheint es zu kennen, jeder außer Hans. Alex singt mit klarer und kräftiger Stimme, die anderen steigen im Refrain mit ein, ebenfalls kräftig, nicht mehr ganz so klar. Schließlich grölt auch Hans mit, obwohl er den Text nicht kann und nicht einmal die Sprache, und als das Lied zu Ende ist, spielt Alex das nächste, und Hans singt und singt die unbekannten Lieder, bis sie ihm nicht mehr unbekannt sind, und hat schon so ein Gefühl dabei, dass er sie eines Tages brauchen können wird.

Sommer 1941.

Gerade als Hans denkt, ein Mädel wäre gut, irgendein Mädel, lernt er Traute kennen.

Das geschieht während der Pause von den *Brandenburgischen Konzerten*, als Alex und er sich im Foyer am Buffet anstellen für ein Schinkenbrötchen und Wein. Auf klassische Musik haben sie sich einigen können, die lieben sie beide, und auch die Literatur. Alex hat ihm *Die Brüder Karamasow* geliehen, das Buch liegt jetzt zu Hause auf dem Schreibtisch, Hans hat ein wenig reingeblättert und weiß noch nicht, was er davon halten soll. Im Gegenzug hat er Alex die *Buddenbrooks* gebracht, das gleicht sich aus, seitenzahlmäßig. Auch in der Musik bevorzugt Alex eigentlich die Russen, aber er verehrt Bach und Beethoven, das ist doch etwas ganz anderes als die Marschmusik aus dem Volksempfänger.

Hans hat Alex während der ersten Hälfte des Konzerts beobachtet, wie er dasaß mit geschlossenen Augen und leicht mit der Hand mitwippte, als wäre er selbst ein Instrument, ganz ins Orchester verwoben. Auch Hans fühlte sich von der Musik vollständig eingenommen, wenn auch vielleicht auf eine andere Art als Alex, Hans wurde nicht zum Teil der Töne, viel eher schien es ihm, die Töne wären ein Teil von ihm, als käme alles von innen heraus, fast wie ein Gefühl.

Ganz aufgewühlt ist er noch, als der Pausenapplaus schon längst verklungen ist und er sich am Buffet einreiht. Alex steht direkt vor ihm, seine Finger tanzen noch ein wenig wie vorhin, während er im Portemonnaie wühlt. Da kommt eine große Brünette auf sie zu, Hans glaubt erst, sie will nur vorbei, macht schon einen Schritt rückwärts, um sie durchzulassen, da ruft sie plötzlich: Alex, bist du's?

Und Alex schrickt ein bisschen hoch aus seinem träumerischen Kramen, beinahe fällt ihm das Portemonnaie hinunter. Konzentriert kneift er die Augen zusammen, Hans kann gut erkennen, wie es dahinter arbeitet, wer ist das bloß, dann sagt Alex mehr fragend als wissend: Trude?

Traute, sagt die Brünette, aber ist nicht so schlimm, wir haben uns ja nur kurz unterhalten damals.

Traute, richtig! Alex schlägt sich mit der flachen Hand an die Stirn, dann ist er aber schon dran mit dem Bestellen und kann nicht länger mit ihr plaudern. Traute lächelt Hans an, zeigt ihm ihre milchweißen, schnurgeraden Zähne.

Und Sie sind ...?, fragt sie freundlich.

Scholl, Hans Scholl, sagt Hans und merkt sofort, wie übertrieben förmlich er klingt, schüttelt ihr auch noch geschäftig die Hand, das macht es schlimmer, sie scheint's nicht zu stören, sie nickt ihm zu.

Dann ist Hans an der Reihe zu bestellen und nimmt gleich zwei Gläser Wein und zwei Brote, da wird er eben ein wenig fasten müssen. Oder er schreibt an die Mutter und bittet sie wieder um ein Paket, in Ulm ist auf dem Schwarzmarkt noch allerhand günstig zu bekommen, woran in München schon gar nicht mehr zu denken ist, und außerdem sorgt sie ja so gern für ihn. Unangenehm ist's nur wegen des Geldes, das Steuerprüfer-Gehalt seines Vaters reicht immer gerade so, um die Familie zu erhalten. Aber was soll Hans machen, an Nebenverdienst ist nicht zu denken, solange Krieg ist und immer Sport und Kaserne und drohende Einberufung. Aber wenn er erst einmal als Arzt praktiziert, wird er alles zurückzahlen und sogar noch etwas drauflegen! Dieser Gedanke hinterlässt ein gutes Gefühl in ihm, und Trautes Lächeln macht es noch besser. Sie ist unglaublich höflich und bedankt sich vielmals für das Brötchen und den Wein, und sehr sauber sieht sie aus mit ihrer Perlenkette und dem eng geschnittenen Kostüm, die Haare kunstvoll im Nacken zusammengesteckt, aufrechte Haltung, aufmerksamer Blick. Da kann man schon ins Nachdenken kommen.

Alex und ich kennen uns vom Studium in Hamburg, erzählt sie, beim gemeinsamen Ernteeinsatz haben wir einmal über Tolstoj und Dostojewskij gesprochen, weißt du noch?

Alex nickt, aber Hans weiß, dass Alex mit sehr vielen Leuten über Tolstoj und Dostojewskij spricht, dass das sozusagen eine seiner Lieblingsbeschäftigungen ist. Überhaupt ist Hans erstaunt, wie uninteressiert der Freund an einer Frau sein kann, die doch ohne Frage etwas hergibt, optisch sowieso und dann hat sie auch noch Dostojewskij gelesen. Trotzdem steht Alex da und kaut sein Brötchen, als gehe ihn das alles nicht so wirklich etwas an, als stehe er nur ganz zufällig hier. Aber natürlich, er denkt immer nur an die eine, die noch dazu bald nach München kommt: Seine Angeli. Dass Alex ein Jahr lang in Hamburg studiert hat, hat Hans schon länger gewusst, dass der Grund dafür Christels Schwester gewesen ist, hat er allerdings erst kürzlich erfahren.

Ach ja, weißt du, sie arbeitet in Norddeutschland an so einer Schule, hat Alex erklärt, als sie zufällig auf seine Zeit in Hamburg zu sprechen kamen, und dann hat er freudestrahlend hinzugefügt: *Sie* hat dort gearbeitet!

Und irgendwie freut sich Hans für den Freund und irgendwie beneidet er ihn und irgendwie beneidet er sogar sie: Wie viel Zeit wird Alex wohl noch für ihn aufbringen können, wenn seine Angelika erst einmal hier ist? Eigentlich hat er in München bisher noch keinen anderen Freund gefunden. Und schon einmal darum wäre ein Mädel gut, denkt er, irgendein Mädel.

Traute ordnet mit den Fingern ihre Frisur, und schon fängt Hans an, ganz interessiert zu tun: Ah, Hamburg, was verschafft uns hier im Süden denn die Ehre?, und so weiter, ein bisschen geniert er sich vor sich selbst. Traute erzählt, dass sie ebenfalls Medizin studiert, erst seit diesem Semester hier in München, am liebsten würde sie ja alle Fächer gleichzeitig belegen, ach, das kennt Hans nur zu gut, und als die Glocke zum Pausenende läutet, hat Alex sein Brötchen längst aufgegessen, während Hans und Traute von den ihren noch nicht einmal abgebissen haben.

Traute sitzt ganz vorne, von ihren Plätzen aus können Hans und Alex ihren schön frisierten Hinterkopf sehen, aber Alex schließt wieder die Augen, Hans nicht. Die Musik, scheint ihm, durchströmt ihn jetzt mit ungewohnter Leichtigkeit, und nach dem Konzert treffen sie Traute wieder auf der Straße vor dem Konzerthaus.

Schön war es, sagt sie, sehr schön, eine wahrlich durch und durch gelungene Darbietung, na, spät ist es ja noch nicht wirklich.

Und schon bietet sich Hans für einen Spaziergang durch den Englischen Garten an, Alex geht die ersten paar Schritte noch mit und verschwindet dann diskret. Den ganzen Abend lang reden Hans und Traute eigentlich nur über klassische Musik, und doch gelingt es ihm, eine passende Gelegenheit zu finden, um seinen Arm um ihre Schultern zu legen. Sie wehrt sich nur spaßhaft und lacht. Und Alex ist schon lange zu Hause und schreibt einen Brief an seine Angelika, denkt Hans, recht hat er, das ist in Wahrheit viel gescheiter.

Er verabschiedet Traute an ihrer Wohnungstür mit einem übermütigen Handkuss, wieder lacht sie.

Zufällig trifft Hans schon wenige Tage später wieder auf Traute, nämlich bei einem medizinischen Vortrag auf der Universität. Das ist ihm zuerst gar nicht so recht, er hat mit etwas Bedenkzeit gerechnet, aber sie sieht wieder ganz entzückend aus und stellt zu allem Überfluss dem Vortragenden auch noch sehr kluge Fragen, hinterher nimmt er sie in den Biergarten mit, und dort reden sie über Philosophie. Es ist gut, denkt er, wieder einmal über Philosophie zu reden. Da duzen sie einander schon und trinken ein bisschen zu viel, sodass er den Mut aufbringt, ihr zum Abschied ein Küsschen auf die Lippen zu drücken.

Für den nächsten Tag verabreden sie sich bei Traute zu Hause, sie plant, eine Kleinigkeit zu kochen und ihm Platten vorzuspielen und all das, die will Nägel mit Köpfen machen, denkt Hans, und ihm gefällt das.

Aber es kommt anders. Er ist schon auf dem Weg zu ihr mit dem Fahrrad, diesmal fällt ihm das Treten ganz leicht, wieder kommt er an dem Zeitungsstand vorbei und wieder kracht er beinahe hinein, diesmal aber sind keine rufenden Gören schuld daran. Im letzten Moment noch kann er abbremsen.

Das will ich auch geraten haben, murmelt der Zeitungsverkäufer grimmig. Hans hört ihn nicht, springt ab und kauft drei unterschiedliche Zeitungen, was keinerlei Sinn ergibt bei der gleichgeschalteten Presse, aber er denkt nicht nach, er kauft drei. Das Fahrrad liegt lieblos hingeworfen neben ihm, während er zu blättern beginnt, in der ersten, der zweiten, der dritten Zeitung, der Verkäufer runzelt die Stirn und murmelt: Ist schon wahr, was da drinsteht, wird schon seine Richtigkeit haben, was der Führer beschließt.

Aber Hans hört wieder nicht, schwingt sich aufs Fahrrad und lässt die drei Zeitungen einfach liegen, den Verkäufer wundert's, aber er beschwert sich nicht, sind ja schon bezahlt, die kann er glatt noch einmal verkaufen. Hans rast davon, schlägt nun jedoch eine ganz andere Richtung ein als zuvor.

Als er am Haus der Schmorells ankommt, sitzt keine Schwester heraußen und drinnen scheint es unheilvoll still. Trotzdem klopft Hans an die Tür, und Alex selbst öffnet so schnell, als hätte er im Vorhaus gestanden und nur auf ihn gewartet. Seine hellen Augen sind wässrig, aber er lächelt.

Hans, sagt er, jetzt ist der Krieg bald vorbei! An Russland hat sich schon Napoleon die Zähne ausgebissen, und Hitler wird es nicht anders gehen. Wenn Deutschland gegen Russland kämpft, dann kann es nicht mehr lange dauern, dann ist alles bald vorbei!

Und die Freunde fallen einander in die Arme, als wäre es schon so weit, auch Hans, der bis gerade eben noch voll Sorge gewesen ist, glaubt plötzlich daran.

Alex bittet ihn herein, tänzelt vorneweg durchs Wohnzimmer und ruft: Komm, trinken wir darauf, heute bin ich fast so weit, heute würde ich sogar auf Stalin trinken!

Das tun sie dann doch nicht, aber sie sitzen nebeneinander vor dem Kamin im Hinterzimmer und lassen sich den Wodka aus der Flasche schmecken, ganz ohne Gurken. Das Wässerchen brennt Hans' Hals hinunter und bleibt im Magen liegen als warmes und doch unheilvolles Gefühl. Eine Zeit lang schweigen sie, reichen nur stumm die Flasche hin und her. Hans betrachtet die Landkarte an der Wand, das Zarenreich, Alex' Geburtsland, und jetzt erst fällt ihm auf, wie vergilbt diese Karte schon ist.

Ich hasse Stalin, murmelt Alex irgendwann, aber Hitler hasse ich noch mehr.

Dann blickt er Hans an, als hätte er ihm gerade eine Frage gestellt und erwarte nun eine Antwort.

Habe ich dir eigentlich schon einmal erzählt, dass ich bei der Hitlerjugend gewesen bin?, fragt Hans.

Das waren wir doch alle, antwortet Alex.

Nein, sagt Hans, nicht so wie ich. Ich bin so ein richtig begeisterter Hitlerjunge gewesen, mit Führungsposition und so weiter. Ich hätte ein richtig großes Tier werden können bei den Nazis!

Alex nickt gedankenverloren, nimmt einen großen Schluck aus der Flasche und fragt: Und jetzt?

Jetzt hasse ich Hitler, sagt Hans. Und den Krieg.

Alex nickt noch einmal.

Ich hasse den Krieg auch, murmelt er, und diese deutsche Impertinenz, Lebensraum im Osten, dass ich nicht lache! Als hätten sich die Nazis nicht schon fett genug gemacht in Europa, und als würden sie etwas vom Osten verstehen. Von Russland. Als könnte man Russland verstehen, wenn man es nicht fühlt. Und ich hasse dieses sinnlose Sterben und mehr noch dieses sinnlose Töten! Ich hasse Hitler!

Alex blickt Hans dabei nicht an, sondern über ihn hinweg, als würde er dort einen Horizont erkennen, wo in Wahrheit nichts als eine veraltete Karte zu sehen ist: Damit ist es jetzt ja bald vorbei, nicht wahr? An Russland sind noch alle Despoten zu Grunde gegangen!

Aber während Alex so redet, gehen ihm die Augen über und die Tränen rinnen ungehemmt über seine Wangen, als würde er nicht wirklich an ein Ende glauben, im tiefsten Inneren nicht.

Deutschland ist in den Krieg mit Russland getreten, eine Heimat mit der anderen.

Hans bleibt bis spät in die Nacht hinein bei Alex sitzen und sie sprechen kein Wort mehr miteinander, es ist nicht mehr notwendig.

Traute ist ein wenig beleidigt. Zwar versteht sie die besonderen Umstände, aber Hans hätte sie ja zumindest anrufen können oder sonst irgendwie Nachricht geben, na, so ist sie eben sitzen geblieben auf dem guten Selbstgekochten. Die Sache mit der Sowjetunion bedrückt sie aber ebenfalls, sie fürchtet jetzt noch zähere Kämpfe.

Als Traute und Hans über den Krieg sprechen, liegen sie nebeneinander am Ufer der Isar, Traute trägt ein knallrotes Badekostüm, und die Sonne scheint so emsig, als wäre es ein Sommer wie jeder. Es kommt einem ganz friedlich vor, wenn man so liegt und das Wasser rauschen hört und Trautes warme Haut berührt, nur vorsichtig mit den Fingerspitzen.

Wenn du willst, sagt sie, gehen wir zu mir, dann kann ich dir die Essensreste aufwärmen.

Den ganzen Sommer über sind sie ein Paar. Sie fahren einige Male miteinander nach Ulm, und die Eltern sind sofort begeistert von seiner »Braut«, die sich immer und überall nützlich zu machen weiß, sie hilft der Mutter im Haushalt und erledigt Schreibarbeit für den Vater, selbst die Geschwister sind ganz hingerissen. Und Hans findet es einfach gut, wieder eine Freundin zu haben, es lenkt ihn ab von der Tagespolitik und seinem Dienst in der Kaserne. Aufgeregt sind dort nur die kleinen Soldaten, von den Höheren, meint Hans, haben wohl alle den Bruch mit der Sowjetunion vorhergesehen, vielleicht sogar davon gewusst. Es herrscht überall militärische Betriebsamkeit, das Studium wird hintenangestellt, das Land braucht keine Ärzte mehr, sondern nur noch Soldaten. Auch die Frauen müssen ihren Beitrag leisten, Traute ist zum Arbeitsdienst nach Kraiburg am Inn abbestellt. Das ist ihr schon vor Längerem mitgeteilt worden, jetzt aber, da sie Hans gefunden hat, macht es sie noch unglücklicher. Kraiburg am Inn, wie das schon klingt, und in einer Munitionsfabrik schuften!

Man lässt mich Munition zusammenschrauben und macht mich so zur Mitschuldigen am Krieg!, jammert sie und schmiegt ihren Kopf an seine Brust, und Hans denkt: Es ist so gut mit Traute.

Eine Zeit lang.

Herbst 1941.

Warum willst du mich nicht heiraten?, fragt Alex plötzlich in die Stille hinein.

Angelika wendet sich um, langsam, ganz langsam, als wäre ihr schlanker Körper unglaublich schwer. Es ist schon spät, sie liegt im Bett, die Decke fast bis zur Nase hochgezogen. Sie hat Alex eigentlich schon vor einer Stunde weggeschickt, denn wenn er morgen nicht rechtzeitig zum Appell in der Kaserne erscheint, gibt es Saures. Er aber hat trotzdem darauf bestanden, so lange hierbleiben zu dürfen, bis sie eingeschlafen ist, jetzt sitzt er auf dem kleinen Hocker neben ihrem Bett und blickt sie an wie vereinbart. Nur das ebenfalls vereinbarte Schweigen hat er nicht einhalten können, schon wieder nicht. Als gäbe es zwischen ihnen jetzt noch irgendetwas Ungesagtes.

Du weißt es doch, antwortet Angelika mit verschlafener Stimme.

Nein, sag du es mir!, entgegnet Alex.

Ich kann dich nicht heiraten, weil ich schon verheiratet bin.

Es ist derselbe Dialog, immer derselbe. Es fühlt sich mittlerweile so an, als würden sie wie Schauspieler nur auswendig gelernte Sätze herunterraspeln, und doch kommen sie nicht davon los, immer wieder müssen sie alle Hoffnungen aufkeimen lassen, um sie gleich darauf wieder zu ersticken. Ein Aufleben und Absterben in schneller Abfolge, das macht ihre Leidenschaft aus.

Und wie jedes Mal sagt Alex: Du kannst dich scheiden lassen.

Angelika gähnt, es klingt herzzerreißend wie ein Seufzen, dann sagt sie: Du weißt doch, ich glaube nicht an die Liebesheirat.

Er fragt: Warum nicht?

Alex weiß natürlich, dass Angelikas Eltern sich haben scheiden lassen, als Christel und sie noch ganz klein waren. Und auch, dass ihr Vater sich in geistiger Umnachtung aus dem Fenster eines Sanatoriums in den Tod gestürzt hat, da ist sie erst achtzehn gewesen.

Angelika antwortet nur: Ach, Aljoscha.

Das ist ihr Spitzname für ihn, sie wollte ihren eigenen haben, nicht Alex oder Schurik sagen wie die anderen. Er nennt sie Angeli oder Ängslein, oder Durchlauchte Gräfin Angelika Elisabeth, wenn er ein wenig albern ist.

Sie streckt sich und tut so, als wollte sie wieder einschlafen, will es auch, Alex sitzt stumm auf seinem Hocker, den er ihr eigenhändig geschreinert hat. Er hat ihr diese Wohnung gemietet und Möbel gebaut und einige Pferdebilder für die kahlen Wände gezeichnet, er hat die erste Monatsmiete bezahlt und sie abgeholt und hergebracht, als sie ein bisschen verweint mit ihren beiden Koffern am Münchner Bahnhof angekommen ist. Warum verweint, das hat sie nachher selbst nicht mehr sagen können, eigentlich ist ja alles gut gewesen. In Norddeutschland, wo ihr Gatte eine Schule leitet und sie als Erzieherin mitarbeitet, hat sie sich von Anfang an nicht wohlgefühlt. Da kann ihr Mann gar nichts dafür, es ist die endlose Weite und die trostlose Dunkelheit der Winter gewesen, die sie unglücklich gemacht haben, es ist die Einsamkeit gewesen, das Wissen, dass ihre Familie und Freunde viele Stunden Zugfahrt entfernt von ihr sind. Nur Alex, den sie damals eher zur Familie gezählt hat, der beste Freund ihres Bruders, ein zweiter, etwas älterer, lustiger Bruder für sie, der ist häufig zu Besuch gekommen. Er hat sein Medizinstudium in Hamburg begonnen, obwohl er Norddeutschland ebenfalls nicht ausstehen kann, sie hat es für Mitleid gehalten und ist ihm dankbar gewesen, ja, Dankbarkeit war es am Anfang vor allem, und erst später ist mehr daraus geworden, so viel mehr.

Nun fängt Alex wieder zu sprechen an, Angelika hat es schon erwartet, sie schlägt die Augen gar nicht mehr auf.

Wir werden arbeiten, sagt er. Ich werde zeichnen und übersetzen und Skulpturen bauen wie nie zuvor, ich setz mich ans Isarufer und porträtiere gegen Geld die Ausflügler, was sagst du dazu, und Russischstunden geben kann ich auch, und du trittst mit deiner Blockflöte auf und veröffentlichst deine Gedichte und Geschichten, wir werden arbeiten wie wild, und eines Tages, da wandern wir aus.

Nach Moskau, nach Moskau!, zitiert Angelika Tschechow mit müder Ironie in der Stimme. Es ist ein ungeschriebenes Gesetz zwischen den beiden, dass sie nicht über den Krieg reden, nicht einmal darüber schweigen, dass es zwischen ihnen nichts geben soll, was nicht schön ist. Dass sie über Moskau reden, als wäre es noch das Moskau Tschechows, das Moskau von Alex' Vater.

W Rossiju, murmelt Alex, ganz ohne Ironie. Früher hat er in diesen Diskussionen noch halbherzig angeboten, sein Studium zu beenden und wirklich Arzt zu werden, ein angesehener, gut bezahlter Mann, der eine Familie erhalten kann. Aber das hat sie ihm ohnehin nie geglaubt.

Ihrem Gatten hat Angeli die Affäre gebeichtet, noch bevor sie irgendwem sonst davon berichtet hat. Den Gedanken daran, er könnte eines Tages zufällig die fremden Liebesbriefe finden wie die gehörnten Ehemänner in allen großen Romanen der Weltliteratur, konnte sie einfach nicht ertragen. Sie liest zu viel, das weiß sie, und doch hat diese Vorstellung sie krank gemacht, so krank, dass sie lieber gleich alles gestanden und dem geharrt hat, was nun kommen möge, was er jetzt über sie verfügen würde, der etwas Ältere, der gestandene Herr Schuldirektor. Er aber hat erst einmal gar nichts gesagt, sondern nur mit starrer, nicht zu deutender Miene nachgedacht, sicher einige Minuten lang, in denen Angelika nichts übrig blieb, als zu hoffen, worauf überhaupt?, vielleicht sogar auf die Scheidung. Dann aber hat er in aller Ruhe vorgeschlagen, die Leitung seiner Schule aufzugeben und mit ihr in den Süden zu ziehen, als wäre ihre Liebe zu Alex nur eine etwas komplexere Form des Heimwehs. Und ganz unrecht hat er damit ja auch nicht, aber eben nur nicht ganz, und dann haben sie gestritten: Das kommt überhaupt nicht infrage, was wird dann aus den Schülern, und vor allem, was wird dann aus deiner Kriegsunabkömmlichkeit, willst du etwa doch noch an die Front, sei doch nicht dumm wegen so einer Sache!

In Wahrheit hat nur Angelika gestritten, er saß da und hat stumm zugehört: Und überhaupt, hat sie gebrüllt, wir brauchen Abstand, Luft, Zeit zum Nachdenken, ich bin ja noch so jung, du schon lange nicht mehr!, dann ist sie aus dem Zimmer gestürmt, als wäre er es gewesen, der ihr ein Unrecht getan hat, und so hat es sich irgendwie auch angefühlt.

Wenige Tage später hat ihr Mann ihr einen Vorschlag unterbreitet: Er könnte an seiner Schule jemanden gebrauchen, der das Maschinenschreiben und Stenografieren beherrsche, und warum sollte diese Person nicht seine eigene Gattin sein? Wenn sie wolle, könne sie also für einige Monate nach München zurückkehren, zwecks Fortbildung natürlich, so könnte man das auch den Schülern mitteilen. Ja, nach München ausgerechnet, dorthin, wo auch Alex wieder hingezogen ist.

Ich kann nicht mehr leben, wo mir dein Ehemann ständig über den Weg laufen könnte, hatte er behauptet, in Wahrheit aber sind ihm Geld und Muse ausgegangen dort oben im Norden, und insgeheim hat er wohl auch eine gewisse Freude daran gehabt, zu sehen, ob Angelika ihm folgen wird. Und sie ist ihm ja auch gefolgt, aber eben mit dem unheilvollen Segen ihres Mannes. Denn der Gedanke, dass Alex einer ist, den man zwar lieben, mit dem man aber nicht leben kann, ist ihr selbst schon manchmal gekommen, und das geradezu sorglose Verhalten ihres Gatten hat sie darin noch bekräftigt. Das geht sogar so weit, dass ihr Alex' körperliche Anwesenheit direkt unangenehm wird, lieber will sie nur an ihn denken, von ihm träumen wie früher, nur einschlafen, schlafen. In der Welt des Schlafes gibt es keine Entscheidungen, schon gar keine endgültigen, und Liebe existiert dort auch ganz ohne Konsequenzen, völlig vernunftlos.

Alex kennt diesen Moment schon, in dem aus ihrem gespielten Schlaf Ernst wird, Angelika schnarcht ein bisschen. Das würde sie sich freilich niemals eingestehen, er verrät es ihr auch nicht, findet es aber doch herzallerliebst, das leichte Zischen ihres Ein- und Ausatmens. Wie eine Flöte. Wie gerne würde er ihr Gesichtchen jetzt zeichnen, noch lieber zu ihr unter die Decke schlüpfen, aber er darf sie nicht wecken, hörst du, Aljoscha, die Durchlauchteste braucht ihren Schlaf. Durchlaucht, er hat nie gewusst, was das heißen soll, das Wort erinnert ihn an Knoblauch, und er wird ganz vergnügt, während er dem geliebten Schnarchen lauscht.

Er für seinen Teil ist vom ersten Moment an verliebt gewesen. Schon damals, als sie ihm vorgestellt worden ist in dem Pferdestall, wo er doch eigentlich nur Christel das Reiten beibringen wollte und sie einfach mitgekommen ist.

Ich wollte schon immer einmal reiten lernen, hat sie frech gesagt, und alles, was er denken konnte, war: So muss meine Mutter ausgesehen haben. Genauso groß und schlank muss sie gewesen sein, genauso kluge Augen muss sie gehabt haben, genauso ein keckes Lächeln auf den Lippen. Genauso hell muss ihre Stimme geklungen haben, auf Russisch zwar, aber doch, der gleiche Ton. Genauso schön, so ebenmäßig wie dieses Gesicht muss das alte Russland gewesen sein, damals, vor der Revolution.

Er hat sie von Anfang an geliebt.

Wenn sie nun Ausritte, Wander- oder Radtouren unternommen haben, Angelika, Christel und er, Ausflüge wie drei Geschwister, so ist es für ihn doch immer etwas anderes gewesen als für die beiden, denn er hat Angelika geliebt. Auch dann noch, als sie geheiratet hat. Vielleicht ganz besonders dann.

Jetzt liegt sie schnarchend da, in einer Wohnung, die er selbst für sie ausgesucht hat, einen Katzensprung entfernt von seinem Elternhaus, und immer kann er vorbeikommen und sie anschauen, seine Geliebte, wie in einem Museum. Jetzt kann er es sich nicht mehr verkneifen, er muss ihr einen Kuss auf die Stirn drücken, sie grunzt ein bisschen widerwillig und dreht sich zur Seite.

Alex verlässt die Wohnung schweren Herzens, nicht ohne vorher nach neugierigen Nachbarn Ausschau zu halten. Das ist ein ehrenwertes Haus! Die Vermieterin hat's übertrieben häufig erwähnt. Die Luft ist rein, wie ein Dieb in der Nacht schleicht er aus der Wohnung seiner verheirateten Geliebten, wie eine Romanfigur, nicht Medizinstudent, nicht Soldat, ganz Bohème. Er genießt den süßen Trennungsschmerz, der bereits inspirierend bis in die Finger brennt, während er noch das dunkle Stiegenhaus hinuntersteigt. Als er aber die Haustür öffnet, schlägt ihm Kälte entgegen.

Draußen ist Klarheit.

Er weiß, dass sie ihn niemals heiraten wird.

Er weiß, dass sie seiner Mutter nicht ähnelt und dass er, selbst wenn es doch so wäre, davon nichts wissen könnte, zu lange ist die Mutter schon tot, zu klein ist er damals gewesen.

Er weiß, dass sein Russland verloren ist, mehr noch, dass es sein Russland nie gegeben hat, dass es ein Traum ist wie seine Angelika.

Und dann weiß er, dass ihm das alles egal ist, dass er sie trotzdem liebt, liebt, liebt, und pfeifend macht er sich auf den Weg.

Herbst 1941.

Plötzlich, draußen ist noch Sommer und die Sonne brennt vom Himmel, wird es Herbst in Hans. Das passiert, das kennt er schon, aber es quält ihn trotzdem jedes Mal aufs Neue, wenn alles um ihn herum zu vertrocknen und abzusterben scheint und ihm nichts bleibt, als auf den Frühling zu warten, die Auferstehung alles Lebens. Der Frühling kommt bestimmt, das weiß er, aber bis dahin drückt ihn die Schwermut so nieder, dass er kaum aus dem Bett kommt, Trautes Anwesenheit erträgt er nur noch schwerlich. Reden, immer muss sie reden, und da weiß er wieder, was er an Alex hat, der so wunderbar schweigen kann. Wenn sie sich jetzt treffen, wird kaum ein Wort gesprochen, da sitzen sie sich rauchend gegenüber und denken an Russland. Alex lässt das Studium noch mehr schleifen als ohnehin, er hat sich wieder bei einem Kunstkurs eingeschrieben, in Zeiten wie diesen darf man nichts aufschieben, im Osten schießen seine Brüder sich gegenseitig tot. Elisabeth ist momentan ziemlich beschäftigt damit, all den Verwandten und Bekannten zu schreiben, die in den sowjetischen Gebieten verblieben sind. Ob ihre Briefe jemals ankommen, steht freilich in den Sternen, und Njanja macht sich jeden Morgen zu Fuß auf den weiten Weg zur orthodoxen Kirche und betet dort für die Heimat. Die russischen Abende im Hause Schmorell gibt es nicht mehr, oder es gibt sie doch noch, aber auch da wird viel geschwiegen.

Nur Traute redet und redet und kränkt sich, wenn Hans

nicht antwortet. Wenn da nicht sein schwaches Fleisch wäre, das ärgert Hans besonders, und Traute ist noch dazu sehr modern, was das angeht, und spricht nicht gleich vom Heiraten. Darum geht er also wieder hin zu ihr, obwohl sie ihn nervt. Sie schwärmt von ihrer Schule, und nichts geht ihr über Rudolf Steiner und seine Weltanschauung, die Anthroposophie – Hans findet schon das Wort blöd –, dann ist sie wieder beleidigt, weil er dazu nichts zu sagen hat. Und dann streiten sie und Hans hat eigentlich gar keine Kraft dazu, wegen dieser verdammten Schwermütigkeit.

Jetzt freu ich mich auf den Arbeitsdienst, sagt Traute trotzig, die Trennung wird uns guttun, ich bin ja kein Haus, das du nach Lust und Laune betreten kannst.

So, erwidert Hans, und ich freu mich auf die Famulatur in der Klinik, da hätte ich nämlich sowieso keine Zeit mehr für dich.

Dass er dort in Wahrheit immer nur bis vierzehn Uhr im Dienst sein wird, verschweigt er ihr absichtlich. Soll sie ruhig glauben, dass sein Dasein auch so schon leidvoll genug ist, ganz ohne ihre ständigen Beschwerden. Immer sagt sie solche Sachen, ich bin ja kein Haus, Hans mag kluge Frauen, aber keine, die ihm Vorwürfe machen und vorschreiben wollen, wie er zu leben hat.

Als Traute ihre Reise nach Kraiburg am Inn antritt, verabschieden sie sich am Bahnhof so kühl und förmlich voneinander, wie Hans sich ihr vor nicht allzu langer Zeit auch vorgestellt hat, mit einem einzelnen, festen Händedruck. Dann steigt sie die drei Stufen zum Waggon hinauf, blickt ein letztes Mal über ihre Schulter auf ihn hinunter, und Hans glaubt, Mitleid in ihrem Gesicht zu erkennen. Mitleid, das ihn wütend macht, was soll er damit, wenn überhaupt, dann ist es doch sie, die Arbeitsmaid, die zu bemitleiden wäre. Er tritt mit voller Kraft gegen eine am Boden liegende Dose, sie fliegt dem abfahrenden Zug hinterher. Danach ist ihm etwas leichter.

Auf dem Heimweg erlaubt er sich einen großen Umweg durch den Englischen Garten. Hier ist er im Juni Arm in Arm mit Traute gewandelt, doch die Erinnerung macht ihn nicht traurig, im Gegenteil. Draußen ist es noch gar nicht so recht Herbst geworden, denkt er, hier sieht es fast noch aus wie damals, und bis die Blätter von den Bäumen fallen, kann es noch dauern. In mir und draußen – das sind zwei Welten, und die Welt da draußen ist doch eigentlich ganz schön.

Nur dass die Menschen laut sind, stört ihn, ständig sind sie am Plaudern, ganz so wie Traute. Hinauskommen, denkt er, hinaus aus der Stadt und hinein in die Natur, die unberührte, wie damals mit seinen Trabanten, hinaus in die unberührte Welt.

Am Abend sitzen Alex und er in einem Biergarten und begehen dort nicht ohne hämische Freude den größtmöglichen bayrischen Fauxpas, indem sie eine Flasche Rotwein bestellen. Der Wirt mustert sie daraufhin so angewidert, dass Alex ihn auf eine Serviette karikiert, und Hans lacht zum ersten Mal seit Langem wieder einmal richtig laut auf. Fast fühlt es sich an wie eine jener ersten heimlichen Zusammenkünfte dort im Wäldchen am Sportplatzrand, noch vor Traute, vor dem Angriff auf die Sowjetunion, unbeschwert war es damals ja auch schon nicht, aber doch anders. Als der Wirt den Wein gebracht hat und sich wortlos von ihnen abwendet, kommt Hans auf das zu sprechen, was er sich im Englischen Garten gedacht hat.

Wir werden ja bald zu Sanitätsfeldwebeln ernannt, stellt er fest.

Das haben wir aber gottlob nicht unserer militärischen Leistung zu verdanken, erwidert Alex und schwenkt provokant das Weinglas, als wäre er ein großer Kenner. Er weiß, der Wirt beobachtet ihn aus bösen Augen von irgendwoher, der kann gar nicht anders.

Stimmt, antwortet Hans, aber das heißt trotzdem, dass wir bald ein kleines Stückchen Freiheit wiedergewinnen. Sanitätsfeldwebel sind nicht kaserniert. Ich weiß nicht, wie es dir geht, aber ich für meinen Teil muss wieder einmal raus aus der Stadt.

Alex nippt am Wein und schmatzt laut, dann leert er das halbe Glas in einem Zug.

Also, was sagst du?, fragt Hans.

Na, meint Alex nach kurzem Zögern, wenn wir beide freikriegen von der Famulatur, dann möchte ich schon gerne ein bisschen in die Welt hinaus. Ein Abenteuer.

Und Angelika wird nichts dagegen haben?, hakt Hans vorsichtig nach.

Alex zuckt mit den Schultern.

Manchmal muss ein Mann ja hinauskommen und für sich sein, murmelt er dann, und dieses »für sich« schließt Hans ganz selbstverständlich mit ein.

Tatsächlich ist Hans' Sorge, er könnte Alex vollständig an Angelika verlieren, unbegründet gewesen. Am Anfang haben sie zwar noch versucht, zu dritt etwas zu unternehmen, oder zu viert mit Traute, aber das ist nicht gut gegangen. Nicht, dass es zu einem Streit gekommen wäre oder zu irgendeiner Auseinandersetzung, Angelika hat sich immer ausgesprochen freundlich mit Hans unterhalten. Dabei aber hat sie ihn unentwegt mit demselben Missfallen gemustert, wie Elisabeth es tut, wenn er bei Schmorells auf Besuch ist, mit der gleichen kühlen Reserviertheit. Es ist schon eine gewisse tragische Komik dabei, wenn einer in jeder Frau seine Mutter sucht und dann seine Stiefmutter findet. Das hätte Hans vor Alex natürlich niemals laut ausgesprochen, der kennt da keinen Humor. Dennoch hat Hans irgendwann beschlossen, jedes weitere Zusammentreffen mit Angelika so gut wie möglich zu umgehen, und das ist ihm nicht allzu schwer gelungen. Ihm scheint nämlich, dass auch Alex jetzt noch häufiger seine Nähe sucht als vor dem Sommer, nämlich immer dann, wenn die Wochenschauen wieder große Erfolge auf sowjetischem Boden verkünden oder Elisabeth einen Brief von russischen Verwandten erhält. An solchen Tagen scheint er Hans' stilles Rauchen dem Zusammensein mit seiner Geliebten vorzuziehen. Wenn sie doch einmal auf Angelika zu sprechen kommen, redet Alex freilich immer nur in den allerhöchsten Tönen von ihr. In zu hohen Tönen vielleicht. Dass Angelika eigentlich anderweitig vergeben, sogar verheiratet ist, ist ihm dabei nur ein einziges Mal herausgerutscht.

Reine Vernunftsehe, hat er sofort abgewehrt, als Hans nachfragen wollte, und damit ist das Thema für Alex erledigt gewesen. Hans aber hat auch so gemerkt, dass diese Beziehung keine einfache ist, egal, was Alex sich einzureden versucht. Und irgendwie hat ihn das beruhigt, vielleicht sogar ein bisschen gefreut, es ist immerhin wieder etwas, das sie miteinander verbindet. Wobei Hans zumindest keinen Hehl daraus macht, dass Traute ihm auf die Nerven geht. Er hat bisher noch keinen einzigen der Briefe beantwortet, die sie ihm aus ihrem Kaff geschickt hat.

Dann ist es also beschlossene Sache, ruft Hans und hebt sein Glas, wir begeben uns auf ein Abenteuer!

Na sdarowje, antwortet Alex.

Zu ihrer nicht geringen Überraschung kommt ihnen bei der Planung nicht einmal die gefürchtete Bürokratie in die Quere: Der Oberarzt unterschreibt den Famulanten Scholl und Schmorell ohne zu zögern die Urlaubsanträge. Alex freut sich darüber und Hans fühlt sich wieder ein wenig bestätigt in seinem Gefühl, dass dieses Land keine Ärzte mehr braucht. Wie da die ganze Welt am deutschen Wesen genesen soll, aber das ist ja ohnehin fraglich, im Moment sieht es ganz nach dem Gegenteil aus.

Alex besitzt ein altes Paddelboot, mit dem wollen sie die Donau entlangfahren, im Gepäck nicht viel mehr als die Zahnbürsten, zwei echte Vagabunden, und kurzzeitig überstrahlt die Planung, oder besser gesagt, die Nicht-Planung, die reine Vorstellung dieses Unternehmens alles andere: die Politik, die Herzensangelegenheiten, sogar Hans' bleierne Schwermut. Und trotzdem ist auch immer eine kleine Angst dabei, es könnte aus irgendeinem Grund doch nichts daraus werden, jemand könnte ihnen noch einen Strich durch die Rechnung machen. Nicht so sehr der Oberarzt, den ihre An- oder Abwesenheit tatsächlich nicht im Geringsten zu interessieren scheint. Wohl aber das Vaterland: Es könnte sie jederzeit einberufen, ihre ganze Kompanie oder auch nur einen einzelnen, sie Gott weiß wohin versetzen, Fronten gibt es mehr als genug, sie leben in der ständigen Griffbereitschaft Hitlers.

Christel ist jetzt in Straßburg, erzählt Alex einmal, als sie in einer Rauchpause nebeneinander im Klinikhof stehen.

Was will er denn dort?, fragt Hans überrascht.

Was wird er dort wollen? Hingeschickt hat man ihn, er ist bei der Luftwaffe.

Und seine Frau, und sein Kind?

Das ist denen doch egal, sagt Alex verächtlich und stößt, wohl als Hommage an den in den fernen Westen verstoßenen Freund, einen Rauchring aus, wenn auch keinen formvollendeten. Hans schüttelt nur den Kopf vor Unverständnis: den Vater eines kleinen Kindes, ausgerechnet.

Und das zweite schon unterwegs, murmelt Alex, Hans blickt ihn erstaunt an.

Jaja, dem Führer Kinder schenken soll man ruhig, aber wenn es so weit ist, wird man einfach nach Straßburg geschickt.

Hans und Alex aber haben Glück. Nichts als das Wetter scheint sich ihren Plänen in den Weg zu stellen, der Himmel ist unheilvoll grau. Von der Bahnstation aus tragen sie das Boot hoch erhoben über den Köpfen, Hans vorn, Alex hinten, die Paddel zwischen Finger und Bootswand geklemmt, sonst haben sie nicht mehr bei sich, als in die Hosen- und Jackentaschen passt. Während sie das Boot ins Donauwasser lassen, beginnt es zu regnen.

Was sagst du, fragt Hans, sollen wir's trotzdem wagen?

Sicher, antwortet Alex, mir ist das schlechte Wetter sogar recht, der ganze verlogene Sonnenschein ist mir doch schon unerträglich geworden!

Und Hans lacht darüber, wie ähnlich sie manchmal denken.

Herbst 1941.

Inge Scholl staunt nicht schlecht, als sie die Haustür öffnet und zwei triefend nasse Gestalten vor ihr stehen. In der einen erkennt sie sogleich ihren jüngeren Bruder Hans, die andere ist hinter einem aufgestellten Paddelboot ein wenig verborgen. Inge hat noch das Geschirrtuch in der Hand, mit dem sie gerade in der Küche zugange gewesen ist, die Mutter macht den Abwasch, sie trocknet.

Guten Abend, Schwesterchen, sagt Hans und lächelt verschmitzt. Du, für uns zwei wird das eine Tuch nicht reichen!

Und Inge beginnt zu quietschen vor Freude: Mutti, Mutti, komm her, sieh dir das an, der Hans ist da!

Sogleich hört man die Mutter die Treppen heruntereilen, der Wohnbereich ist im ersten Stock, im Erdgeschoss befindet sich Vaters Steuerprüfungsbüro, etwas Licht fällt durch dessen milchige Glastüren, er ist wohl immer noch am Arbeiten. Die Mutter atmet schwer, als sie unten bei der Tür ankommt, sie ist nicht mehr die Jüngste und sehr abgemagert in letzter Zeit, Koliken machen ihr zu schaffen. Ihre Augen aber funktionieren noch ausgezeichnet, den Grund für den überraschenden Besuch erfasst sie viel flotter als ihre aufgeregte Tochter: Sieh an, lacht sie, zwei Schiffbrüchige!

Den ursprünglichen Plan, beim Zwischenstopp in Ulm nur das Leck im Boot zu flicken und sich sogleich wieder auf die Fahrt zu begeben, müssen die beiden Vagabunden schnell aufgeben, Inge duldet keinen Widerspruch. Sie holt erst Handtücher und dann alte Kleidung aus Hans' Kleiderschrank. Wirklich alte Kleidung, Alex ist gerade schmal genug für das abgetragene Hitlerjugendhemd. Hans ist froh, dass Inge ihm selbst etwas anderes bringt. In der Küche wärmt die Mutter währenddessen die Reste des eben beendeten Nachtmahls auf, durch die angelehnte Tür hört man sie leise summen. Das Boot muss erst einmal vor der Tür draußen bleiben, darum können sie sich später auch noch kümmern, sagt Inge beinahe streng, jetzt geht es um die Gesundheit.

Wenig später sitzen Hans und Alex also wieder völlig trocken an dem großen Küchentisch, in etwas zu engen Hemden und kurz geratenen Hosen, sie trinken Tee und essen Suppe. So haben sie sich ihr Abenteuer zwar nicht gerade vorgestellt, aber was soll's. Gleich am ersten Tag sind sie hochdramatisch gekentert, das Boot hat ordentlich etwas abbekommen und Hans hat dann am nächstgelegenen Bahnhof mit klatschnassen Geldscheinen die Fahrkarten nach Ulm gekauft.

Von Ihnen haben wir ja schon so vieles gehört, sagt Inge in Alex' Richtung und stützt neugierig ihren Kopf auf die Hände: Und Sie sind ein echter Russe?

Alex lacht und ruft in einer etwas tieferen Tonlage, als er normalerweise spricht: *Da, nastojaschschij russkij!*, und Hans mahnt im Spaß: Fordere ihn nicht heraus, sonst sagt er den ganzen Abend lang kein deutsches Wort mehr und zerschlägt all unsere Gläser!

Inge kichert. Die Mutter aber ist ganz still und lächelt einfach vor sich hin, denn an Hans hat sie seit jeher einen Narren gefressen, nicht immer zur Freude ihrer anderen Kinder. Mit zehn Jahren ist er bei einer Eisschmelze beinahe zwischen die sich fortwälzenden Schollen geraten, im letzten Moment hat der Vater ihn herausgezogen, außer ein paar Schürfwunden ist dem Jungen nichts geschehen. Seitdem fühlt sie sich, wenn sie in sein mittlerweile erwachsenes Gesicht blickt, immer ganz besonders an Gottes Gnade erinnert. Und sie weiß auch, dass Hans immer versucht hat, ein gutes Kind zu sein, und dass es ihm schwerer gefallen ist als den meisten anderen Kindern, also lächelt sie und ihre Finger umspielen das goldene Kreuz, das an einer dünnen Kette um ihren Hals hängt.

Als Suppenteller und Teetassen zum wiederholten Male geleert sind und wirklich niemand mehr einen Nachschlag verträgt, machen Hans und Alex Anstalten, aufzubrechen. Inge aber fährt energisch dazwischen: Nein, nein, nein, das kommt nicht infrage, natürlich bleibt ihr über Nacht! Werner ist ja nicht zu Hause, sein Bett steht also sowieso leer.

Fast alle Betten stehen leer, denkt Hans, seine jüngere Schwester Liserl arbeitet als Säuglingsschwester irgendwo bei Tübingen und die noch jüngere Sophie muss ihren Reichsarbeitsdienst ableisten in einem Kinderhort an der Schweizer Grenze. Werner, mit neunzehn Jahren der jüngste von ihnen und der einzige Bruder, ist im Kriegseinsatz in Frankreich. Nun blickt Hans den großen Küchentisch an und dann seine blasse Mutter, wie leer ihr der Tisch erst erscheinen muss, wenn auch er nicht hier ist. Nur Inge ist immer da, sie ist Mutters Haushaltshilfe und Vaters Sekretärin im Büro unten, sie ist wie verwachsen mit dem Haus, und Hans wünscht ihr von Herzen, dass sie bald einmal heiratet, anders kommt sie ja doch nicht von hier los. Denn so sehr Hans seine Eltern, ja, auch und vor allem den strengen Vater, liebt, er weiß doch, dass Inge kein leichtes Leben mit den beiden hat. Vielleicht will sie Alex und ihn auch deswegen nicht gehen lassen.

Bei dem Wetter kann man doch nicht draußen schlafen, ruft sie jetzt und hebt tadelnd den Zeigefinger, da holt man sich doch den Tod!

Wie oft Hans schon im Freien geschlafen hat, mit den Hitlerjungen, mit seinen Trabanten, als Soldat, bei sämtlichen Wetterlagen - Inge will es nicht hören. Sie macht sich schon auf den Weg hinauf unters Dach in das frühere Bubenzimmer, um die Betten mit frischer Wäsche zu beziehen. Die Mutter lächelt ihr nur stumm hinterher.

Ach, Mutti, hast du deine Tochter denn gar nicht im Griff, fragt Hans vorwurfsvoll, aber er grinst dabei und drückt ihr einen Kuss auf die Wange.

Alex gähnt, ein bisschen vom Tisch abgewendet in seinen zu kurz geratenen Ärmel hinein, Hans aber sieht es trotzdem und denkt, dass es doch nicht zu verachten ist, diese Nacht in einem warmen Bett zu verbringen, er selbst ist auch schon müde. Und so kann er Alex noch die Fotos zeigen von Paris, die Reisenotizen aus Schweden, überhaupt, sein ganzes früheres Leben. Von Alex weiß er so viel über dessen Kindheit in Russland, die drei kurzen Jahre erweisen sich als Quell endlos vieler Erzählungen und Anekdoten, nun muss er ihm im Gegenzug Ulm ein wenig näherbringen, so armselig es auch wirken mag im Vergleich zum großen Zarenreich.

Inge kommt zurück mit roten Wangen, alles ist bereit gemacht.

Morgen dafür aber los in aller Früh, sagt Hans.

Und das Boot?, fragt Alex.

Das Leck hat Hans schon wieder ganz vergessen, wie er überhaupt dazu neigt, Hindernisse entweder gar nicht oder nichts als diese zu sehen, je nach Gemütslage.

Wir reparieren's morgen, schlägt er vor.

Machen wir's jetzt noch, hält Alex dagegen und weist mit einem unauffälligen Kopfnicken zu Inge hinüber, die freudestrahlend ihre fleißigen Hausfrauenhände aneinanderreibt. Alex hat recht: Wenn sie sich morgen früh vertrödeln, kommen sie hier gar nicht mehr weg.

Nur kurz überlegt Hans, ob er dieses eine Mal nicht wider

besseres Wissen doch die Faulheit siegen lässt, sagt aber schließlich: Gut, dann tragen wir's gleich in den Keller hinunter, da haben wir alles, was wir brauchen.

Die Hauptarbeit wird ohnehin Alex verrichten, dessen Hände nicht nur für Beethovenköpfe, sondern auch für durchaus Praktisches geeignet sind. Hans hat zwar auch immer gerne gebaut, Zelte, Flöße, Dämme und all so was, aber nie mit großer Raffinesse, seine hochtrabenden Pläne haben sich in der Umsetzung niemals ganz vollenden lassen. Ein kleines Loch in der Bootunterseite zu stopfen sollte jedoch keine Hexerei darstellen, und falls doch, Alex wird schon etwas einfallen.

Inge und die Mutter sind wieder in der Küche verschwunden, um ein zweites Mal an diesem Abend den Abwasch zu erledigen, Hans und Alex gehen vor die Tür hinaus und schultern dort das nur noch ein wenig restfeuchte Boot. Die Kellertreppen sind alt und ungleichmäßig, dazu schmal, ein langes Paddelboot da hinunterzubekommen ist eine ganz eigene Kunst, diesmal hat Alex es vorn angepackt, Hans hinten, im etwas wackeligen Gleichschritt manövrieren sie sich durchs Stiegenhaus. Die Kellertür unten ist geschlossen, und das ist eigenartig, in Hans' Kindheit stand sie immer offen. Und da plötzlich kommt ihm so eine Vorahnung, aber bevor er etwas sagen kann, hat Alex die Tür schon aufgestoßen.

Das charakteristische Glockenzeichen, *Here is the BBC News.* Hans' Vater steht, ihnen den Rücken zugewandt, über eine Werkbank gebeugt, darauf vermutlich der präparierte Radioapparat. Schlagartig richtet der Vater sich auf und wendet sich zur offenen Tür um, sieht in das fremde Gesicht eines jungen Mannes, der ein schlecht sitzendes braunes Hemd und auf der Schulter etwas Schweres trägt. Eine englische Stimme spricht, der Vater weiß, dass es jetzt keinen Sinn mehr hat, das Gerät auszuschalten, da kann es auch gleich weiterlaufen.

Spricht jetzt Thomas Mann?, fragt der Fremde.

Gleich, antwortet der Vater tonlos.

Aber da schiebt sich von hinten auch schon Hans in den Kellerraum, das Schwere erweist sich als Holzboot, und Hans sagt: Vati, das ist mein Freund, Alexander Schmorell.

Und er sagt es in einem Tonfall, der dem Vater sofort alle Sicherheit und Zuversicht zurückgibt, nur kurz wirft er Hans noch einen strengen Blick zu: Man hätte ja wenigstens anklopfen können. Dann aber macht er die Tür wieder zu und dreht das Radio ein klein wenig lauter.

1933.

Hell wie die Augen eines Neugeborenen spannt sich der Himmel über das Feld, die Luft ist klar wie nie zuvor, und auf der Erde wandeln ganz glückselig zwei junge Menschen. Kaum können sie sich halten vor Lustigkeit, das Mädchen trägt den Korb mit den Eiern, die haben sie beim Bauern geholt, so hat es die Mutter aufgetragen, die dürfen nicht brechen. Und doch möchte das Mädchen am liebsten hopsen und tanzen, die Sonne scheint so warm, und vor ihnen liegt ein langer, angenehmer Pfad, dem braucht man nur zu folgen. Der Bruder schreitet vorneweg, noch keine fünfzehn Jahre alt ist er, aber eine stolz hervorgereckte Brust im braunen Hemd, die würde sich auch im Soldatenmantel gut machen.

Und dann, Inge, stell dir vor, so spricht der Bub, dann kommen die Kommunisten und Marxisten und wie sie alle heißen, in Scharen kommen sie und überrollen unser liebes Vaterland, was glaubst du, Inge, was wird dann geschehen?

Und Inge kichert, dass die Eier im Körbchen nur so rollen: Ich weiß es nicht, sag du es mir!

In Wahrheit, natürlich, weiß sie es sehr wohl, jeder Deutsche muss es wissen, darum kichert sie ja so.

Der Bruder läuft ein wenig vor, um ihr anschließend gebieterisch den Weg zu verstellen, den rechten Arm weit ausgestreckt, eine Mischung zwischen Deutschem Gruß und Stoppzeichen.

Jetzt ruft er: Hitler wird sich ihnen stellen und ihren Raubzug stoppen mit einem lauten, immerwährenden Halt! Und hinter ihm eine ganze Armee, und wir beide, Inge, wir beide werden dabei sein!

Und Inge lacht, sie lacht und schüttelt sich so sehr, dass im Korb zwei Eier brechen, der gelbe Schleim verteilt sich überall, da wird die Mutter aber schimpfen. Der Vater auch, aber nicht der Eier wegen. Immer gibt es ein Theater mit dem Vater, aber was soll's, denkt Inge, es ist ein so herrlicher Tag und herrlich ist die Einigkeit, so wie sie sich heute mit ihrem Bruder versteht, werden sich bald alle Deutschen verstehen, alle werden sie Geschwister sein wie die Geschwister Scholl. Und Hitler ihr Vater, denn dann braucht es keine Väter mehr, die sich verständnislos zeigen und Vorschriften machen, die Kinder marschieren jetzt mit Hitler. Vorwärts, vorwärts!

Ein junger Mensch muss doch unter anderen Jungen sein, in der Hitlerjugend hat Hans Freunde, und nicht nur Freunde, die schauen alle auf zu ihm, bei seinem Eifer wird er bald aufsteigen, dann werden ihm viele folgen und nicht nur Inge mit ihrem Korb Eiern. Er weiß es innerlich schon lange, dass er zum Führen bestimmt ist, zum Verändern dieser Welt, aber wie er das anstellen soll, hat er nie sagen können, nun, jetzt sagt es ihm Hitler. Dieser große, kluge Mann, so wird auch Hans einmal sein, wenn er erst die HJ durchlaufen hat und anständig gereift ist. Man hat Ziele, Deutschland hat wieder Ziele! Sollen die Roten nur kommen oder die vom katholischen Jugendverband, dann setzt es Schläge, erst letztens nach der Kirche ist es wieder einmal so weit gewesen. Die sollen nicht frech werden, die Katholen, Hitler wird schon noch plattmachen, was Hans' Fäuste nicht plätten können. Er selbst hat auch ganz schön was abbekommen, aber in der Gemeinschaft mit den anderen Hitlerjungen vergisst man jeden Schmerz, abends sitzen sie am Lagerfeuer und singen, ihre Lieder hallen durchs ganze Land.

Als Inge und Hans zu Hause eintreffen, ist der Vater schon vom Büro heraufgekommen. Das sieht man gleich beim Betreten der Wohnung, weil das Hitlerbild in der Schublade liegt und an der Wand ein weißer Fleck klafft, na, Hans hängt es wieder auf. Wie der Vater, so der Sohn, stur sein kann Hans schon lange. Die Mutter kommt herausgeeilt: Ach, die schönen Eier!

Sie schimpft gar nicht, sieht nur ein bisschen traurig aus und verschwindet in der Küche mit der übrig gebliebenen Ware. Und in der Wohnzimmertür erscheint der Vater.

Jetzt, weiß Inge, gibt's gleich wieder Tränen.

Der Vater hat nämlich von den Prügeleien erfahren, die sich die Hitlerjungen geliefert haben, von Hans' Heldentaten, die er für Dummheiten hält. Junge Männer müssen sich eben schlagen, denkt Inge, und die anderen haben's ja verdient, aber der Vater ist sowieso ganz gegen Hitler, der sieht da immer gleich schwarz und nur das Schlechteste.

Ob Hans glaube, fängt der Vater donnernd an, dass es lustig sei, Krieg zu spielen, ob er denn die Unmenschlichkeit kenne, ob Hans etwa im Krieg gewesen sei oder ob das nicht viel eher er selbst gewesen sei, der Vater? Und dass es nur der Anfang sei, Andersdenkende mit der Faust zu bekämpfen, dass bald schon Gewehre und Bomben zum Einsatz kommen werden, das sei es nämlich, was dieser Hitler wolle, und ob Hans denn wirklich zu dumm sei, um das zu verstehen?

Da schießen Hans auch schon die Tränen in die Augen und laufen über seine noch ganz kindlichen Wangen hinunter, die Stimme aber klingt fest und trotzig: Was verstehst du schon, Vater, von der heutigen Zeit? Ihr habt uns nur die Wirren der Systemzeit gebracht, Hitler aber räumt auf, damit wir eine Jugend haben, Vater, eine wirkliche Jugend und eine Zukunft! Über Hitler lass ich nichts kommen!

Und Inge stürzt am Vater vorbei ins Wohnzimmer und spielt dort ganz laut Klavier, ein patriotisches Lied, Adolf Hitler wird die Wege bahnen in die Seligkeit und so weiter, so muss sie das Geschrei nicht mehr hören und leistet dem Vater doch Widerstand und dem Bruder Unterstützung. Die jüngeren Geschwister kommen gelaufen und schauen neugierig herein. Werner will auch bald zur Hitlerjugend gehen und Sophie zum Bund Deutscher Mädel, Liserl weiß noch nicht so recht, wahrscheinlich aber auch. Wenn Hans und Inge dürfen, kann der Vater es ihnen ja nicht verbieten, und das Lied hat viel Schneid, und die Tränen des Bruders haben eine ganz eigene Überzeugungskraft.

Der Vater hebt die Hände mit nach vorn gedrehten Handflächen, grad so, als würde er sich ergeben, er sieht gar nicht mehr wütend aus, sondern einfach nur müde. Dann zieht er sich wieder in sein Büro zurück und lässt sich nicht mehr blicken bis zum Abendbrot, das Hitlerbild bleibt hängen. Hans und Inge freuen sich: Früher hat er mehr geschrien, jetzt ist er wohl auch schon weniger gegen Hitler. Vielleicht werden sie ihn eines Tages ganz und gar bekehren. Und wenn nicht, so ist es auch egal, die Zukunft gehört nicht ihm, sondern ihnen. Hans wischt sich die letzten Tränen mit dem Hemdsärmel ab, da wo der Stoff feucht wird, ist sein Braun nur noch viel dunkler.

Winter 1941.

Bisher ist der Dezember mild gewesen, jetzt sieht es aber nach Schneesturm aus, der Wind bläst bereits recht heftig, ein warnender Geruch liegt in der Luft. Alex nimmt trotzdem das Fahrrad, Kälte und Nässe haben ihm noch nie viel ausgemacht, ein Erbe seiner russischen Mutter, das will er zumindest glauben. Njanja hat ihm einen Schal gestrickt aus guter Vorkriegswolle, den trägt er fest umgebunden, und auf dem Kopf die uralte Pelzmütze des Vaters, echt russlanderprobt. Nur Winterschuhe muss er sich endlich einmal anständige besorgen. Die Uniformstiefel halten zwar warm, aber die trägt er nicht, wenn es sich irgendwie vermeiden lässt, dann schon lieber nasse Socken bekommen und frieren. Sein Fahrrad ist neu, oder zumindest neu für ihn: Er hat es Hans abgekauft, nachdem dieser nicht aufgehört hat, über dessen Eigenheiten zu klagen.

Alex hat gelacht: Was soll das heißen, es trägt dich nicht gut, das ist doch kein Tier mit Charakter wie ein Pferd, sondern ein Fahrrad wie jedes andere.

Aber Hans hat darauf bestanden, dieses Fahrrad habe sehr wohl einen eigenen, sogar eigenwilligen Charakter, und Alex, der auch ziemlich stur sein kann, hat geantwortet: Na, wenn du mir nicht glaubst, kauf ich's dir eben ab, dann werde ich's dir beweisen.

Eigentlich ist es für beide kein schlechtes Geschäft gewesen: Mit den paar Reichsmark von Alex hat Hans genug Geld beisammengehabt, um einem anderen Kommilitonen ein neues altes Rad abzukaufen, und Alex war anfangs auch ganz zufrieden.

Aber nun, da er schon eine Zeit lang mit diesem Fahrrad unterwegs ist, muss er zugeben, dass Hans vielleicht doch nicht ganz unrecht gehabt hat. Auf jeden Fall kommt es ihm so vor, als gehe das Treten in den letzten Tagen immer schwerer, je näher er Angelikas Wohnung kommt. Angelikas leere Wohnung – sie ist fortgefahren, um mit ihrer Familie Weihnachten zu verbringen. Mit ihrem Ehemann. So ist es von Anfang an ausgemacht gewesen, und doch tut es jetzt irgendwie weh. Noch dazu ist sie ganz überstürzt abgereist, vormittags, während Alex noch an der Universität gewesen ist, und er wird das Gefühl nicht los, dass Elisabeth etwas damit zu tun hatte. Als er einmal von einem Seminar zurückgekommen ist, hat er Angelika gerade noch aus seinem Elternhaus huschen sehen, ganz blass und klein ist sie gewesen. Natürlich ist er sofort hinter ihr her, aber sie hat nicht mit ihm sprechen wollen, und Elisabeth hat später beim Abendessen noch strenger und verhärmter ausgesehen als sonst.

Sie macht sich ja nur Sorgen um dich, sagt der Vater immer. Elisabeths Sorge ist die Entschuldigung für alles. Ihre Sorge erlaubt ihr, all das abzulehnen, was nicht ihrem großbürgerlichen Ideal entspricht, alles, was Alex glücklich macht. Ihre Sorge ist ihr Instrument, mit dem sie sogar dort den Takt vorgibt, wo nicht einmal der Führer hinlangt. Und ihre Brüder sind große Tiere bei der Partei. Wenn sein Vater nicht wäre, denkt Alex, sein Vater und Njanja. Dann würde er mit Angeli fortlaufen und in Russland leben, als Künstler oder Landstreicher, von ihm aus müssten sie auch gar nicht heiraten, solange sie nur für immer zusammenblieben. Aber der Vater und Njanja, diese letzten beiden, mit denen er noch die Erinnerung an seine wahre Mutter teilt, sie halten ihn zurück. Und vielleicht auch ein bisschen die Wehrmacht: Auf Fahnenflucht steht der Tod.

Auch später hat Angelika mit keinem Wort erwähnt, was an diesem Nachmittag vorgefallen ist in dem Schmorell'schen Haus, auf sein Nachfragen hin hat sie immer nur den Kopf geschüttelt und gesagt, das sei nichts als dummes Frauengeschwätz gewesen, das interessiere ihn sicher nicht. Und dann ist sie eines Morgens einfach zu ihrem Mann gefahren, ohne auf Alex zu warten, ohne ihm einen Abschiedskuss zu geben. Es ist aber ganz fest versprochen, dass sie nach den Feiertagen wiederkommt und dann in München bleibt bis mindestens Ostern, nur zwecks Fortbildung natürlich, so ist es beschlossen, so hat es sogar der Herr Schuldirektor per Rundschreiben an seine Schüler verkündet. Und Alex glaubt fest daran, dass sie zurückkommen wird, an so vieles muss man heute glauben, einfach fest glauben. Jetzt ist Amerika ebenfalls in den Krieg eingetreten, nicht direkt auf der Seite der Russen, aber jedenfalls gegen Deutschland, auch an die Amerikaner muss man jetzt glauben. Nur das Fahrrad, das Fahrrad glaubt an gar nichts mehr, das scheut vor jedem Zeitungsstand, und als er nun wieder an Angelikas Wohnung vorbeifahren will, bewegt es sich kaum noch vom Fleck. Alex hält mit ganzer Kraft dagegen, er tritt und tritt in die Pedale, er pfeift sogar dabei, pfeift seine russischen Lieder gegen den Wind. Da hat er es auch schon an dem verwaisten Wohnhaus vorbeigeschafft und das Treten fällt ihm gleich leichter. Halte durch, Aljoscha, die Durchlauchteste kommt wieder! Halte durch, Väterchen Russland, keiner wird dich schlagen!

Die Straße ist trotz der aufziehenden Kälte nicht im Geringsten eisig, nur ein wenig nass. München kommt Alex heute sowieso vor wie ein Hort der Unweihnachtlichkeit, statt Krippen und Kerzen sieht man Hakenkreuze in den Fenstern, kein seliger Glanz in den Augen der Kinder, nur Tränen und Dumpfheit, die Hausfrauen abgekämpft vor den halb leeren Auslagen, irgendetwas muss doch noch zu erstehen sein, was den Abend heilig macht. Auch Elisabeth wird dieses Jahr wieder einen kleinen Baum kaufen und mit funkelndem Christtagsschmuck behängen. Alex' Geschwister sind katholisch getauft, die sollen auch ihr Weihnachten haben. Er wird bei der Feier danebenstehen und sich ein wenig wie ein Zaungast fühlen, wohl wissend, dass sein eigenes, sein echtes Weihnachten erst kommen wird. Dann wird Njanja ein Festmahl kochen nach alten Rezepten mit allen Lebensmitteln, die sie noch auftreiben kann, und abends gehen sie gemeinsam in den orthodoxen Abendgottesdienst, nur der Vater, Njanja und er. Die uralten, sakralen Lieder, im heutigen Russland verboten, hier erklingen sie noch wie früher, die Kirche ist mit weißen Blüten geschmückt, und auf dem Nachhauseweg werden sie sich gegenseitig von Natalija erzählen. Das wird dann Schuriks Weihnachten sein.

Was soll er also bei der heutigen Feier mit den Kameraden in der Kaserne, wo's nur ums Saufen und Tanzen geht, Anwesenheitspflicht herrscht nicht, da fährt er lieber zu Hans nach Hause, der will auch nicht hingehen.

Die meisten von denen haben von Jesus Christus keine Ahnung, sagt Hans, und wenn doch, na, umso schlimmer.

Überhaupt hat Alex bemerkt, dass Hans in letzter Zeit immer öfter von Jesus spricht. Das kommt wohl von den vielen Gesprächen mit dem alten Theologen, mit dem sich Hans kürzlich angefreundet hat. Dessen Bibliothek ist so groß, dass Hans ganze Wochen damit zugebracht hat, die Bücher darin zu ordnen, auch viel Verbotenes darunter, das hat er ganz begeistert erzählt. Oder aber es liegt an den vielen Briefen, die ihm seine Mutter aus Ulm schickt, gespickt mit Psalmen und Bibelsprüchen, und was eine echte Mutter schreibt, kann einen Sohn ja doch nicht kaltlassen. Ob Hans allerdings den gleichen Trost darin findet wie sie, kann Alex nicht sagen. Ihm selbst fällt es jedenfalls zunehmend schwer. Und doch pfeift er unermüdlich seine Lieder, pfeift noch lauter als zuvor, Passanten drehen sich nach ihm um, die müssen denken: Was für ein lustiger Kerl, der hat wohl etwas zu feiern.

Genau das Gegenteil ist der Fall, und gerade darum pfeife ich, gerade darum muss ich pfeifen!

Hans empfängt Alex mit einer Tasse Tee in der Hand. Er hat sich vor einiger Zeit schon einen eigenen Samowar angeschafft, einen kleineren zwar, als die Schmorells ihn besitzen, aber fast genauso gut. Gemeinsam haben sie ihn eingeweiht kurz vor ihrer Paddelbootfahrt, Hans' Beziehung mit Traute ist da schon am Zerbrechen gewesen, Blitzliebe, unendlicher Krieg, die Wehrmacht hat Leningrad besetzt. Und Hans und Alex saßen nebeneinander auf dem Teppich und haben schweigend russischen Tee getrunken. Ein wenig hat es sich wie ein Warten angefühlt.

Auch heute sagen sie nicht viel, Hans macht Alex eine Tasse Tee, angenehm kribbelt die Wärme auf den Lippen. Auf dem Esstisch brennt eine Kerze. Die Fensterläden sind schon geschlossen, sie ist die einzige Lichtquelle im Raum und leuchtet wacker, wohltuend, so ein offenes Feuer, selbst wenn es nur klein ist.

Sie setzen sich, Alex stopft seine Pfeife, auch Hans raucht wieder.

Du hast übrigens recht gehabt mit dem Fahrrad, sagt Alex, es ist tatsächlich bockig.

Ach, ich weiß nicht, meint Hans und reibt sich nachdenklich das Kinn, mir scheint, alles ist gerade bockig.

Dann sagen sie lange nichts. In der Ecke liegt ein Koffer, noch nicht ganz geschlossen, etwas buntes Seidenpapier blitzt hervor, daneben stehen Skischuhe. Hans mietet jedes Jahr in den

Weihnachtsferien eine kleine Skihütte gemeinsam mit seinen Geschwistern und Freunden, das ist fast schon Tradition. Er hat auch Alex gefragt, ob er mitkommen will. Alex hat aber nur kurz darüber nachgedacht. Was, wenn Angeli es sich anders überlegt, doch noch zurückkommt nach München, zu ihm?

Wann fährst du nach Ulm?, fragt Alex.

Morgen, sagt Hans, es ist gut, zu Weihnachten zu Hause zu sein. Einmal war ich's nicht, das waren die schlimmsten Feiertage.

Front?

Gefängnis, antwortet Hans und fügt schnell hinzu: bündische Umtriebigkeit, Devisenschmuggel, und ... solche Dinge eben.

Dann raucht er still seine Zigarette zu Ende und zündet sich eine neue an.

Stört es dich, wenn ich das Weihnachtsevangelium lese, fragt er plötzlich.

Alex schüttelt den Kopf.

Aus der Schreibtischschublade holt Hans seine Bibel, sie ist schon etwas abgegriffen, aber noch schön, er blättert kurz, dann liest er vor. Wie seltsam, denkt Alex, dass das dieselbe Stimme sein soll, die damals im Wald Hitlers Machwerk gelesen hat, sie klingt jetzt ganz anders. *Fürchtet euch nicht!*, liest Hans, und Alex bemerkt, dass er seinen Freund das erste Mal seit ihrer Bootsfahrt wieder richtig fröhlich erlebt. Ruhig, nachdenklich, und doch fröhlich: Die uralten Worte sprudeln aus Hans' Mund hervor, als wären sie gerade erst ihrer Quelle entsprungen, in aller Klarheit und Frische, aber da liegt auch ein Vibrieren in seiner Stimme, eine Bewegung, die tief schürft. Und Alex hört einfach nur zu, zurückgelehnt, fast liegend in dem tiefen Ohrensessel, die Kerze flackert feierlich. Man hat nicht vieles in der Hand, Alex sieht Angelika vor sich und seine Mutter, dasselbe Gesicht, die Liebe und der Tod, das liegt außerhalb seiner Macht. Aber der Krieg, was ist mit dem Krieg? *Fürchtet euch nicht, euch ist der Heiland geboren!*

Als Hans fertig ist, lässt er die Bibel offen vor sich liegen, seine Finger streichen über die Seiten, tasten noch den Worten nach. Dann sagt er: Weißt du, jetzt habe ich es, glaube ich, verstanden. Dieses Jahr kann ich Weihnachten zum ersten Mal verstehen und wirklich aus tiefstem Herzen feiern.

Draußen rüttelt der Wind an Fensterläden und Dachschindeln, drinnen aber ist es ruhig. Sie blicken einander an.

Massaker an slawischer und jüdischer Bevölkerung in Polen, in Kiew, auf der Krim, Hunger in Leningrad, in Moskau, in der Zeitung steht nichts davon, man weiß es dennoch. Hans' Blick sagt, was Alex denkt, das ist die Besonderheit ihres Schweigens, es spricht Unsagbares aus: Der Krieg liegt auch in ihrer Verantwortung.

Weißt du, führt Hans die stille Konversation übergangslos mit seiner lauten, fröhlichen Stimme weiter: Ich will im neuen Jahr so ... Zusammenkünfte organisieren, weißt du, so etwas wie einen literarischen Zirkel gründen, aber eben nicht nur literarisch. Man trifft sich jede Woche und spricht über Theologie, Philosophie, Kunst. Über Freiheit. So stelle ich mir das vor. Vielleicht lassen sich sogar ein paar Professoren als Vortragende gewinnen. Das wäre, glaube ich, einmal ein Anfang.

Ein Anfang, wiederholt Alex und lächelt, dann nimmt er noch einen Schluck Tee.

Winter 1942.

Sophie will ein Studium in München beginnen, so bald wie möglich, egal welches. Das ist keine Neuigkeit für Hans, sie hat schon zu Weihnachten davon gesprochen. Sie hat auch davor schon davon gesprochen, dann aber hat sie erst einmal die Ausbildung zur Kindergärtnerin gemacht, um dem Reichsarbeitsdienst zu entgehen. Danach hat sie den Reichsarbeitsdienst absolviert, weil die Gesetze geändert worden sind und nun auch Kindergärtnerinnen dazu genötigt werden, für die sogenannte Volksgemeinschaft zu schuften. Als Sophie dann nur noch wenige Tage abzuleisten hatte, wurde dieser Arbeitsdienst noch einmal um ein halbes Jahr verlängert. Sie ist verzweifelt gewesen. Jede halbwegs erträgliche Erkrankung hätte sie der weiteren Dienstverpflichtung vorgezogen, Hans hat ihr gut zugeredet: Sie würde ihre Gesundheit und ihre Kräfte noch brauchen. Kurz gab es den Hoffnungsschimmer, man könne die Behörden von ihrer Unabkömmlichkeit im elterlichen Haushalt überzeugen, aber auch das hat nicht funktioniert. Jetzt hockt sie eben in ihrem Kaff an der Schweizer Grenze und betreut im Rahmen der NS-Wohlfahrt Kinder, deren Eltern fast allesamt vorbestraft sind, jedoch, wie Sophie es zu Weihnachten so treffend formuliert hat: Im Vergleich mit meinen führertreuen Vorgesetzten noch immer gute Menschen.

Dabei ist das mit der Unabkömmlichkeit zu Hause nicht einmal eine echte Lüge gewesen. Hans hält den Brief seiner Mutter in Händen, die Schrift ist schwach und zittrig. Die Koliken sind seit Herbst nicht besser geworden, eher schlimmer, und die Ärzte wissen nichts anderes zu sagen, als dass es gewiss kein Krebs sei. Wie dringend sie Sophies Hilfe zu Hause gebrauchen könnten, schreibt die Mutter, denn sie selbst könne sich kaum noch rühren vor Schmerzen, und Inge sei vollauf ausgelastet mit der Schreibarbeit in Vaters Kanzlei. Und dann müsse man ja auch noch bedenken, dass Sophie einen Verlobten habe! Zumindest die Mutter nennt Fritz beständig so, wie sie auch von Traute immer als Hans' Braut gesprochen hat. Und sobald der Krieg zu Ende und Fritz von seinen Pflichten als Offizier freigestellt sei, stehe ja doch erst einmal die Hochzeit und Familiengründung an ... Und trotzdem, trotz all dieser Argumente, die so vernünftig dagegensprechen, wünscht Sophie sich nichts sehnlicher, als endlich ein Studium in München beginnen zu dürfen. Was also tun?, fragt die Mutter.

Hans weiß, dass das zu einem guten Teil auch seine Schuld ist. Allzu sehr hat er Sophie immer vorgeschwärmt vom akademischen Leben in der Stadt, von den Vorlesungen und Diskussionen, von seinem russischen Freund. Als Hausfrau oder Sekretärin würde sie nur versauern, hat er ihr gesagt.

Und er weiß auch, dass er recht damit hat. An diesem eintönigen, häuslichen Leben, das Inge schon so unglücklich macht, würde Sophie mit ihrem Gestaltungsdrang und Wissensdurst ja wirklich völlig zugrunde gehen. Hans weiß es, und trotzdem sitzt er jetzt am Fenster, blickt starr auf den eingeschneiten Nachbarsgarten hinaus und knabbert nachdenklich an den Fingernägeln. Zu Weihnachten, da ist er noch ganz und gar in Aufbruchstimmung gewesen, wollte einen ersten Schritt irgendwohin setzen und hat gespürt, dass Sophies Ernsthaftigkeit etwas sein könnte, das Alex und auch ihm selbst fehlt. Nun aber ist er schlecht gelaunt und denkt: Warum ausgerechnet Sophie? Warum nicht Werner, mit dem hat er sich in Ulm schon ein Zimmer geteilt, das ist doch ganz gut gegangen, oder Inge, warum kann nicht Inge kommen, ihr hat er immer alles sagen können, sie behielt es für sich. Und wenn der Vater wütete, ist es auch immer Inge gewesen, die lauthals für Hans Partei ergriff. Und für Hitler, aber das verdrängt er jetzt lieber. Dann denkt er an Sophie und ihre Bekehrungsversuche, sein ewiges Hin und Her mit den Mädchen gefällt ihr nämlich nicht, und dabei weiß sie noch nicht einmal alles. In der Sprache der Philosophie würde man sie wohl eine Rigoristin nennen, streng mit sich selbst und genauso streng mit anderen, was Hans an ihr ja durchaus bewundert, solange es nicht ausgerechnet sein eigenes Leben ist, an dem sie ihre moralischen Ansprüche anlegt.

Hans wird aus seinem Grübeln gerissen, als sich ein metallischer Geschmack auf seiner Zunge ausbreitet, erst danach spürt er den Schmerz. Er hat den Nagel so weit heruntergebissen, dass sein Zeigefinger zu bluten begonnen hat. Laut fluchend steht er auf und geht zum Schreibtisch hinüber, in einer der Schubladen bewahrt er Pflaster und Verbandszeug auf. Als er so über den Tisch gebeugt dasteht, die eine Hand in der Lade, die andere seltsam in die Höhe gereckt, um möglichst keine Blutflecken zu machen, denkt er plötzlich daran, dass es vielleicht trotz allem gut ist, wenn jemand da ist. Wenn jemand da ist, wenn wieder Herbst wird in ihm, jemand, der jeden seiner Charakterzüge kennt, auch und gerade die schlechten. Jemand, der ihm dann eben moralisch zur Seite steht. Jemand wie Sophie.

Er findet ein Pflaster, das er sich schnell um den Finger wickelt, aber die Wunde ist nur klein, das Blut eigentlich schon getrocknet. Dann greift er nach dem Stift und schreibt der Mutter, dass er darauf bestehe, seine kleine Schwester schon bald bei sich in München begrüßen zu dürfen. Er habe seine

Ansichten diesbezüglich ja zu Weihnachten bereits ausführlich dargelegt und seine Meinung seither nicht geändert. Man dürfe Sophie das Studium unter keinen Umständen verwehren, und beste Grüße an dieselbe, dann schreibt er noch: Wir werden einander sicherlich guttun. Er steckt den Brief in einen Umschlag und kritzelt die Adresse darauf, dann zieht er sich den Mantel über und schlüpft in die Stiefel.

Jetzt ist es doch noch richtig Winter geworden, klirrende Kälte, und wie es gerade an der Ostfront ist, will er sich gar nicht ausmalen. Wo Sophies Fritz wohl gerade im Einsatz ist? Hans kennt ihn nicht allzu gut, denn obwohl sie auf dieselbe Schule gegangen sind, hat er nie besonders viel mit Fritz zu tun gehabt. Aber bei den wenigen Gesprächen, die sie miteinander geführt haben, schien dieser eigentlich immer ein ganz netter Kerl zu sein, auch vernünftig, keine Ahnung, was der bei den Nazis will. Und dann erinnert sich Hans an seine Offiziershose, ein gutes, teures Modell, erstanden nur wenige Wochen vor jenem Weihnachtsfest, das er weit weg von seiner Familie in Haft verbringen hat müssen, und beim Gedanken an dieses Kleidungsstück kann er sich ein bitteres Auflachen nicht verkneifen. Er lässt den Brief an die Mutter im nächsten Briefkasten verschwinden, jetzt gibt es kein Umschwenken mehr.

Für den Nachmittag hat Hans sich mit Alex verabredet, sie wollen gemeinsam in den Perlacher Forst hineinspazieren. Genaue Uhrzeit haben sie keine vereinbart, weil es sich zwischen ihnen so eingependelt hat, dass sie immer ungefähr gleichzeitig da sind, egal, wo und für welches Vorhaben, deswegen sagt man wohl, dass Menschen gleich ticken, als wären sie Uhren.

Und tatsächlich sieht Hans, als er an der Schneise ankommt, schon zwei, ja, zwei Gestalten von einer anderen Seite heranstapfen, Alex ist schnell zu erkennen an seiner etwas komischen Pelzmütze und dem wiegenden, selbst im Tiefschnee ein wenig hüpfenden Gang. Der andere ist in Uniform und Hans erkennt ihn erst, als die beiden etwas nähergekommen sind: Es ist Christel, Alex' alter Schulfreund, der Bruder von Angeli. Beide haben sie Pfeifen im Mund, aber nur aus der von Alex steigt Rauch auf.

Ich habe nämlich mit dem Rauchen aufgehört, sagt Christel zur Begrüßung, und Alex lacht: Aber auf die Pfeife muss er ja trotzdem nicht verzichten, das macht die Abstinenz leichter.

Schon zurück aus ...?, fragt Hans überrascht, und es ist ihm peinlich, dass er sich gar nicht mehr daran erinnern kann, wohin man Christel verbannt hat. Viel zu weit weg auf jeden Fall, einen Mann mit Familie.

Leider nur ein Kurzurlaub, seufzt Christel, eigentlich bin ich schon wieder auf dem Weg nach Straßburg.

Wenigstens eine schöne Stadt, erwidert Hans und lächelt aufmunternd.

Ich weiß nicht, meint Christel, aber im Krieg ist wohl keine Stadt so wirklich schön.

Sie machen sich zu dritt auf den Weg in den verschneiten Wald hinein, den kaum geräumten Forstweg entlang, unter ihren Sohlen knirscht es. Alex reißt einen langen Ast von einem Gestrüpp ab, damit zeichnet er Muster neben sich in den Schnee, übermütige Wellen und Kringel.

Wie geht es Mischa?, fragt Hans und ist stolz, dass er sich immerhin den Namen von Christels Sohn gemerkt hat.

Wunderbar, antwortet Christel und strahlt plötzlich übers ganze Gesicht: Und Vincent geht es auch gut.

Wer ist Vincent?, fragt Hans, aber im selben Moment fällt ihm ein, was Alex auf dem Klinikhof erzählt hat, von Christels zweitem Kind.

Mein Sohn, sagt Christel lächelnd, vor drei Tagen erst geboren. Deshalb bin ich ja überhaupt hier, anlässlich der Geburt habe ich Heimaturlaub bewilligt bekommen.

Hans nickt gedankenverloren, Alex lässt den Ast fallen und dreht sich zu ihm um. Er blickt Hans vorwurfsvoll an, und Hans versteht sofort, was zu tun ist: Gratuliere!, murmelt er schnell, aber dabei sind seine Gesichtsmuskeln etwas zu verkrampft, als dass er ein echtes Lächeln zustande brächte.

Aha, sagt Christel ernüchtert, du siehst es also genauso.

Was sehe ich genauso?, fragt Hans, immer noch um ein freundliches Lächeln bemüht, mehr Mühe als Lächeln.

Dass man in diesen Zeiten keine Kinder in die Welt setzen soll, antwortet Christel, dass man ihnen diese Zeiten nicht zutrauen darf.

Nein, so etwas würde ich doch niemals denken!, ruft Hans, vielleicht tut er es etwas zu schnell, etwas zu laut und vehement, Alex springt ihm bei: Ich kenne Hans doch, der schaut immer so düster, auch wenn er sich von Herzen freut ...

Jaja, murmelt Christel, ich verstehe schon. Vielleicht habt ihr sogar recht. Aber ihr wisst eben nicht, wie es ist, Vater zu sein. Für eine Familie zu sorgen. Und ich habe eben nur dieses eine Leben, das lasse ich mir von Hitler nicht nehmen.

Hans entgeht nicht, dass Christel plötzlich in der Mehrzahl zu ihm spricht, und Alex blickt nun ebenfalls ganz schuldbewusst zu Boden.

Gratuliere, versucht Hans es noch einmal, und diesmal gelingt ihm das Lächeln. Christel hat recht, man darf sich vom Krieg nicht jede Freude nehmen lassen, und schon gar nicht diese größte auf Erden. Ihm fällt das Weihnachtsevangelium ein, Christus in der Krippe.

Danke, antwortet Christel, und man hört seiner Stimme an, dass er es ernst meint.

Alex nimmt das Stöckchen wieder auf und zeichnet etwas in den Schnee, das ein fröhliches Kindergesicht sein könnte, oder eine lachende Sonne. Dann stapfen sie nebeneinander weiter, ganz leicht beginnt es zu schneien, nur so viel, dass sich ein paar Kristalle in Alex' Pelzmütze verfangen und dort wie Feenstaub glitzern.

Manchmal blickt Hans vorsichtig zu Christel hinüber, aber dieser scheint gar nicht mehr beleidigt zu sein, im Gegenteil, er lächelt sogar, anscheinend in besonders schöne Gedanken versunken, vielleicht an Mischa und dessen kleines Brüderchen.

Auf einer nahen Friedhofsmauer sitzen zwei magere Spatzen und schreien. Alex ist vor dem Spaziergang wie immer gut ausgestattet worden von seiner lieben Njanja, er hat zwei dicke Jausenbrote in der Manteltasche stecken. Das eine zerkleinert er jetzt mit den Fingern und wirft die Krümel vor seine Füße, die Spatzen stürzen sich darauf wie Raubvögel, der Hunger lässt sie jede Scheu vergessen. Von hinter der Mauer ist leises Glockenläuten zu vernehmen, aus der Ferne dringt Musik zu ihnen heran, ein Begräbnis.

Ich habe übrigens ebenfalls Neuigkeiten zu verkünden, sagt Hans, während Alex auch das zweite Brot zerteilt, obwohl die beiden Vögel am ersten noch genug zu picken haben.

Meine Schwester kommt bald nach München!

Auf Besuch?, fragt Christel.

Zum Studieren, antwortet Hans.

Ist sie hübsch?, fragt Alex, ohne den Blick von den Spatzen abzuwenden. Diese Frage kommt für Hans so unerwartet, dass er laut auflachen muss, die Spatzen flattern kurz auf und landen sofort wieder auf ihren alten Plätzen, ein solches Festmahl lässt man sich nicht entgehen.

Hast du anderer Leute Schwestern denn schon aufgegeben, Alex?, fragt Hans immer noch lachend, bekommt aber sofort einen Ellbogen von Christel in die Seite zur Warnung, dass das kein Thema ist, über das man Scherze macht.

Alex selbst jedoch blickt nur starr auf die gierig fressenden Vögel zu seinen Füßen hinunter.

Angelika wird ihren Mann nicht verlassen, ich meine, nicht endgültig, nicht für mich, murmelt er mit belegter Stimme: Nicht wahr, Christel, das wird sie niemals tun?

Jetzt ist es Christel, der betroffen zu Boden schaut.

Angeli hat ja ihre Kurse hier, antwortet er schließlich, Stenografie und Französisch und was weiß ich, bis Ostern wird sie wohl noch in München bleiben …

Ja, bis Ostern, wiederholt Alex traurig und setzt sich wieder in Bewegung, lässt die Spatzen samt Friedhofsmauer hinter sich, Hans und Christel folgen ihm schweigend.

Ich habe eine Malerin kennengelernt, erzählt Alex nach einer Weile, in einem Kunstkurs, Lilo heißt sie, ist ganz nett. Und verheiratet.

Na, du hast ein Glück, sagt Hans.

Alex dreht sich zu ihnen um, auf seinen Wangen haben sich zartrote Flecken gebildet, hastig erklärt er: Es ist überhaupt nicht so, wie du denkst, ich meine, nicht auf diese Art … Sie ist eine Freundin, mehr nicht.

Dann schüttelt er sich, als würde er damit auch jede Möglichkeit von sich werfen, es könnte für ihn jemals eine andere geben als seine Angebetete Angelika. Mit dieser kleinen Bewegung fällt auch alle Melancholie von ihm ab, er springt wieder federnden Schrittes vornedrein, fröhlich den Ast vor sich schwingend parodiert er einen Kapellmeister, dessen Aussprache frappant an Hitler erinnert: Einnns, zwei, drrrrei, vier, einnns, zwei, drrrei, vier.

Hans und Christel folgen lachend und im schönsten Stechschritt, der bei der winterlichen Bodenlage möglich ist, marschieren leicht wankend wie Hitlerjungen mit Drehwurm. An einer Biegung bleibt Alex plötzlich stehen und zeichnet mit dem Stock ein großes Hakenkreuz in den Tiefschnee.

Aha, sagt Hans amüsiert, und was wird das jetzt?

Na was wohl, antwortet Alex, ich muss mal.

Winter 1942.

Der Februar ist der Monat des Denunziantentums. Zwei Mal innerhalb weniger Tage bekommt Hans es damit zu tun, zwei Mal ohne sein eigenes Zutun, zwei Mal kriegt er die Feigheit und Bösartigkeit seiner Zeitgenossen mit voller Wucht zu spüren. Wer solche Mitmenschen hat, braucht keine Gestapo.

Zuerst trifft es das Militär. Die ganze Kompanie ist zu einer sportlichen Übung verpflichtet worden, Alex und er haben sich diesmal nicht drücken können, das Fortstehlen in den Wald ist bei dem vielen Schnee und den daraus resultierenden Fußstapfen sogar ihnen zu riskant. Also sind sie diesmal ganz brav mit ihren jeweiligen Gruppen mitmarschiert. Hans wurde mit seinen Leuten auf ein Feld zum Schießen geschickt. Vor Alex darf er ja gar nicht zugeben, welchen Spaß er gehabt hat dabei. Er ist auch tatsächlich ein ziemlich geschickter Schütze, die hölzernen Ziele trifft er fast immer. Bäuchlings kroch er durch den Schnee und schoss und traf und wollte gar nicht daran denken, dass er je etwas anderes niederschießen sollte als immer nur die bemalten Scheiben. Am Ende ist er sogar gelobt worden. In der nächsten Sekunde jedoch hat er sich über die kindliche Freude geärgert, die ihm diese Anerkennung bereitet, als hätte er es nötig. Das alles tut aber eigentlich gar nichts zur Sache.

Die Sache ist nämlich in der anderen, in Alex' Gruppe geschehen, und hinterher hat niemand mehr sagen können, was genau diese Sache gewesen ist. Die Soldaten hätten wohl Gruben im Schnee ausheben sollen, um dann aus diesen Verstecken heraus ihre Schießübungen zu machen, aber so weit sind sie gar nicht gekommen. Denn der befehlshabende Oberleutnant, ein allgemein bekannter Hohlkopf, hat zuerst seine Truppe inspiziert, ist mit argwöhnischem Blick von einem Mann zum nächsten gestapft, und als er vor Alex zum Stehen kam, hat er wie wild zu brüllen begonnen.

Die Frisur ist schuld gewesen. Tatsächlich sind Alex' Haare ein wenig länger als die der meisten anderen Soldaten, nicht viel, gerade den Hauch, den es braucht, damit Angelika sie mit den Fingern schön verwuscheln kann. Bisher hat sich niemand daran gestoßen, dieser Befehlshaber aber ist heute mit dem falschen Fuß aufgestanden oder steht generell immer mit dem falschen Fuß auf, hat zwei falsche Füße und einen Mundgeruch, den Alex minutenlang über sich ergehen lassen musste, so nah trat ihm der stur vor sich hin brüllende Mann: dass Alex eine Schande für die ganze Einheit sei und wenn er morgen nicht ordentlich zurechtgestutzt hier erscheine, werde er ihn höchstpersönlich zurechtstutzen, und so weiter ...

Alex sagt, nach dem ersten Schrecken hätte er gar nicht mehr zugehört und sonst auch keiner, sie haben alle nur dagestanden, vor sich hin gestarrt und dabei versucht, irgendwelche wärmenden Gedanken zu fassen, um nicht allzu sehr zu frieren. Irgendwann sind dem Befehlshaber die Schimpfwörter ausgegangen, er hat Alex noch einige Sekunden lang hasserfüllt angestarrt und dann auf dem Absatz kehrtgemacht. Und daraufhin ist eben die Sache passiert.

Alex kann selbst nicht mehr sagen, was genau er in diesem Moment gemurmelt hat, es war wohl irgendetwas wie: Schneid dir doch selbst die Haare, du weißt schon, wo.

Irgend so eine Blödheit ist es jedenfalls gewesen, die er gesagt hat, nicht einmal etwas Politisches, der Befehlshabende hat es auch gar nicht mehr gehört, dafür aber einige von den neben Alex stehenden Kameraden. Die meisten von ihnen haben gelacht. Die, die nicht gelacht haben, haben denunziert.

Und plötzlich soll Alex gemeinsam mit seinen kichernden Nebenmännern der Anführer einer Meuterei gewesen sein, und die ganze Kompanie steht vor dem Kriegsgericht.

Wenn ich wenigstens wirklich etwas getan hätte, sagt Alex, ich meine, etwas Richtiges.

Aber jetzt ist es völlig gleichgültig, wer was getan hat, Hans ist an diesem Tag ausgerechnet Musterschüler gewesen und wird trotzdem mit allen anderen zusammen zur Strafe in die Kaserne gesperrt. Oh, diese Willkürlichkeit, mit der man in ihr Leben eingreift, hier lässt man sie sie wieder ordentlich spüren, und nachdem sehr schnell klar geworden ist, dass für diese Causa niemand erschossen werden kann (leider, denkt sich vermutlich der hohlköpfige Oberleutnant), martert man sie zum Ausgleich eben mit besonders sinnlosen und nervenaufreibenden Diensten, und vor allem: mit Freiheitsentzug.

Hans schläft unruhig in seinem Kasernenbett, er denkt sehnsüchtig an sein Zimmer mit den vielen Büchern und dem Nachbarsgarten.

Das nächste Mal, wenn mir einer so kommt, spucke ich ihm ins Gesicht, dann sollen sie sich überlegen, was sie mit mir machen, flüstert Alex im Stockbett über ihm.

Alex' Haar ist seit dieser Sache übrigens keinen Millimeter kürzer geworden, der ursprüngliche Auslöser dieser sogenannten »Meuterei« interessiert niemanden mehr. Wäre es nicht dieser Vorfall gewesen, hätte man einen anderen gefunden, man wollte die ganze Studentenkompanie einfach einmal in die Schranken weisen, diese Intellektuellen, die vom Regime seit jeher so gehasst werden.

Das ist die erste Denunziation des Februars gewesen.

Mit der zweiten hat Hans persönlich noch weniger zu tun gehabt, und doch trifft sie ihn härter. Wieder ist es ein Brief aus Ulm, ein in harmloser Mutterschrift beschriebener Umschlag. Hans reißt ihn gedankenlos auf und holt das Blatt Papier heraus, aber an den hektisch hingeworfenen Buchstaben erkennt er auf den ersten Blick, dass etwas Schreckliches passiert ist. Der Vater ist verhaftet worden. Eine Mitarbeiterin seiner Kanzlei hat ihn angezeigt, eine noch ganz junge, immer ausgesprochen verlässlich mit dem Papierkram und eigentlich auch sehr nett. Zu nett wahrscheinlich, der Vater hat sich zu wohlgefühlt in ihrer Anwesenheit und so offen gesprochen wie oben in der Wohnung. Über den Krieg und darüber, dass dieser nicht mehr gewonnen werden könne. Über die nationalsozialistische Partei, diese spanische Inquisition der Jetztzeit. Über Hitler, die größte Gottesgeißel der Menschheit. Das hat das Fass zum Überlaufen gebracht, das hat die junge Sekretärin nicht mehr auf sich sitzen lassen können. Und da ist die Gestapo bei Scholls zu Hause aufgetaucht, zum zweiten Mal, wieder hat sie alles auseinandergenommen und wenig gefunden, der Vater ist verhört worden, durfte jedoch noch am selben Abend nach Hause zurückkehren. Der richtige Prozess wird ihm aber erst noch gemacht und der Ausgang ist mehr als ungewiss, schreibt die Mutter.

Der Vater muss sich ganz schön verstellt haben bei dem Verhör, denkt Hans, ganz und gar falsch und heuchlerisch muss er sich gegeben haben, und diese Vorstellung hinterlässt ein flaues Gefühl in seinem Magen. Lieber wäre es ihm gewesen, der Vater hätte auf den Tisch gehauen: Ja, das habe ich gesagt, und ich habe es gesagt, weil es der Wahrheit entspricht!

Nein, natürlich wäre das Hans nicht wirklich lieber gewesen, niemals hätten sie den Vater dann einfach in die Freiheit entlassen, er würde für lange Zeit in Haft bleiben oder gar ..., man will es gar nicht denken. Es ist schon gut, dass der Vater geheuchelt hat, genauso, wie es gut ist, dass Alex dem Oberleutnant nicht ins Gesicht gespuckt hat, das weiß Hans ja alles, und doch überkommt ihn plötzlich eine selbstmörderische Opferlust: Einfach hingehen und die Wahrheit hinausschreien! Danach soll meinetwegen die Sintflut kommen, danach sollen sie mich erschießen!

Als wäre irgendwem geholfen damit.

Hans greift wieder einmal zu seiner Füllfeder und antwortet der Mutter, sie solle nur zuversichtlich sein und immer auf Christus vertrauen, der für die Menschheit sein Leben gab, und während er das schreibt, wird er selbst plötzlich ganz ruhig dabei. Das ist das eine, das einzige Opfer, das die größte Gottesgeißel besiegen wird. Christus ist für die Menschheit gestorben, und für die Menschheit ist er auch auferstanden, und nur weil es so ist, hat alles Leben und Leiden einen Sinn! Hans kann nicht anders, er muss lächeln, während er den Brief in den Umschlag steckt. Dann faltet er die Hände.

1937.

Hugo hebt den Blick. Wie Schurik schon dasteht mit seinen verschränkten Armen und zusammengekniffenen Lippen, ein komischer Anblick, beinahe zum Lachen. In den letzten Jahren ist er ganz schön in die Höhe geschossen, ein bisschen schlaksig geworden, noch nicht ganz gewöhnt an das eigene Erwachsensein, mit seinen neunzehn Jahren ist er in seinen Bewegungen und Haltungen immer noch ein etwas unbeholfenes, oder in diesem Fall, ein trotziges Kind.

Was sagst du dazu?, presst Schurik hervor, fast ohne dabei den Mund zu öffnen, als wüsste er schon, was der Vater dazu zu sagen haben wird. Es ist ja auch offensichtlich, und doch hat er dieses Schreiben verfasst. Dieses Gekritzel, denn wenn er sich anstrengt, kann Schurik schönschreiben wie ein Mädchen. Aber hier hat er gefetzt, wütend drängen die Buchstaben ineinander, streichen sich gegenseitig durch mit ihren zornigen Haken, da und dort ist die Tinte verwischt, das Blatt fast durchgewetzt. Das ist kein Brief, das ist papierene Empörung.

Der Vater seufzt.

Erstens einmal kannst du das nicht abgeben, schau dir an, wie das aussieht, und so etwas soll an deinen Vorgesetzten gehen.

Ich schreib's ins Reine, erwidert Schurik sofort, immer noch durch kaum bewegte Lippen.

Der Vater seufzt wieder, er kann's ja verstehen, aber zeigen darf er's nicht, den Jungen nicht noch ermutigen in seiner Starrköpfigkeit. Deutschland, immerhin hat es sie ja aufgenommen in ihrer Misere, Njanjas Papiere nicht allzu genau angesehen und ihm selbst rasch eine Arbeitserlaubnis gegeben. Das ist freilich alles vor Hitler gewesen, aber trotzdem, in Russland ginge es ihnen heute schlechter.

Schurik, versucht der Vater es nun mit sanfter Stimme und lehnt sich im Sessel zurück, als wäre er ganz entspannt, nur die Finger spielen nicht mit und krampfen, das Papier raschelt unheilvoll in seinen Händen: Du weißt selbst, dass das nicht geht.

Schurik bewegt sich nicht, starrt ihn an mit herausforderndem Blick, rote Flecken auf seinen Wangen, ein Erbe von Natalija, auch sie ist immer rot geworden, wenn sie sich geärgert hat. Oft ist das nicht vorgekommen, und bisher ist eigentlich auch Schurik nicht allzu häufig zornig gewesen. Man sucht sich ja die Zeit nicht aus, in der man lebt, nicht einmal den Ort so wirklich. Sie hätten es allesamt besser treffen können, aber wie hat Natalija immer gesagt: Gott weiß schon, was er einem zutraut.

Warum geht das nicht?, fragt Schurik.

Was soll diese Quälerei, was hofft er denn zu hören, es gibt nichts, was ein Vater noch Hilfreiches sagen kann. Natalija, ja, der wäre gewiss etwas eingefallen, und in Momenten wie diesem fehlt sie dem Vater auch nach all den Jahren wie am ersten Tag. Und weil er weiß, wie sehr sie Schurik immer fehlt, hat er alles dafür getan, um es ihm an sonst nichts fehlen zu lassen. Vor Kurzem erst hat er hat Schuriks Zimmer als Atelier eingerichtet, mit Staffeleien und Farbeimern und Baumaterial, manchmal verschwindet Schurik stundenlang darin und arbeitet an Zeichnungen oder Skulpturen, bringt freudestrahlend die Ergebnisse heraus, und dann denkt der Vater: Es ist alles irgendwie zu überstehen. Doch dann wieder solche Flausen. Dieser lächerliche Brief.

Es geht nicht, antwortet der Vater, weil du nun einmal ein deutscher Soldat bist.

Seine Stimme ist immer noch sanft, das Papier aber ist schon ganz zerknüllt. Und da fängt Schurik plötzlich an zu schreien: Ich bin weder Deutscher noch Soldat, *ni njemets, ni soldat*!

Übergangslos wechselt er ins Russische, das tut er häufig, in der Familie sprechen alle beide Sprachen gleich gut, mit Ausnahme von Njanja, die heute noch kaum zwei Worte Deutsch versteht, weshalb zu Hause dann doch das Russische überwiegt. Untereinander rutschen die Kinder manchmal mitten im Satz von einer Sprache in die andere und wieder zurück, fast ohne es zu bemerken, es hat nichts zu bedeuten. Jetzt aber schon, *ni njemets*, ich bin kein Deutscher!

Der Vater springt von seinem Sessel auf, ist aber trotzdem nicht auf Augenhöhe, muss immer noch ein wenig aufsehen zu seinem Kind. Das Papierknäuel purzelt zu Boden, er fasst den Sohn an beiden Schultern: Aber bei der Hitlerjugend bist du doch so gerne gewesen, Schurik, und beim Stahlhelm und der Berittenen, das hat dir doch immer Spaß gemacht, warum willst du jetzt so einen Blödsinn machen?

Auch der Vater ist laut geworden, aber nicht wütend, eher verzweifelt. Was hat Njanja den Buben verwöhnt, was hat er selbst ihn verwöhnt, das Letzte und Einzige, was ihm von Natalija geblieben ist. Natalijas rote Flecken, nun fast schon purpurfarben im Gesicht ihres Sohnes, aber als Schurik jetzt spricht, klingt er wieder ganz ruhig, geradezu vernünftig: Das ist etwas anderes gewesen. Da ist es mir doch nur um den Sport gegangen und um die Reitpferde, die ich mir ausborgen durfte bei der SA. Das waren Kindereien. Jetzt aber geht es um einen Schwur. Ich kann keinen Eid auf Hitler leisten. Ich bin doch Russe.

Ich schwöre bei Gott diesen heiligen Eid, dass ich dem Führer des Deutschen Reiches und Volkes, Adolf Hitler, dem Obersten Befehlshaber der Wehrmacht, unbedingten Gehorsam leisten und als tapferer Soldat bereit sein will, jederzeit für diesen Eid mein Leben einzusetzen.

Der Vater kennt diese Worte natürlich, die jeder Soldat sprechen muss. Ach, dass sie bei keinem Geringeren schwören können als bei jenem, dem Natalija ihr Leben lang so hoffnungsvoll vertraut hat, und Schurik glaubt an Gott mit geradezu kindlicher Naivität, das hat er von Njanja gelernt. Flüche und Schwüre, die sind beim russischen Landvolk mehr als nur Worte, fast schon Magie.

Die Hände des Vaters liegen immer noch auf Schuriks Schultern, aber sie drücken nicht mehr, ganz kraftlos liegen sie dort, als müssten sie sich ausruhen. Was haben sie den Buben doch immer verwöhnt.

Aber ich bin Deutscher, murmelt der Vater, also bist auch du ein Deutscher und musst darum dem deutschen Volk und dem deutschen Führer dienen. Das ist nun einmal so.

Und Mama?, fragt Schurik.

Und Mama hätte nicht gewollt, dass du dich wegen so etwas in Schwierigkeiten bringst.

Schurik schweigt und blickt düster zu Boden, wo zusammengeknüllt sein Ansuchen liegt und so mitgenommen aussieht, als hätte es ebenfalls gerade einen aussichtslosen Kampf gefochten.

Leiste deinen Eid auf Hitler, flüstert der Vater, tu es der seligen Mama zuliebe.

Dann hebt er das Papier auf und reißt es in winzige Stücke, lässt die Flocken ins Kaminfeuer rieseln, Schurik schaut schweigend dabei zu. Der fromme Wunsch, dem Führer des Deutschen Reiches und Volkes keinen Eid leisten zu müssen, da geht er dahin. Nicht, dass Schurik etwas anderes erwartet hat, aber er ist einer, der nicht allzu schnell die Hoffnung verliert. Da geht sie dahin, die Aufrichtigkeit, der Mama zuliebe. Der letzte Papierschnipsel verschwindet im Feuer, brennt nicht einmal, ist einfach weg, und Schurik zieht sich zurück in sein Atelier, aber heute will ihm einfach nichts so recht gelingen.

Und bald darauf leiert der Gefreite Alexander Schmorell seinen Führereid herunter wie alle anderen auch, aber er hebt den Arm dabei nur so weit wie unbedingt notwendig, und er nuschelt fürchterlich. Dann hat er eben seinen unbedingten Gehorsam einem Arwolf oder Arnolf oder Arnold Hibler oder Hiwler oder Hifler geschworen, wer auch immer das sein soll, Gott wird's verzeihen, selbst einem Russen.

Frühling 1942.

Über die Schädlichkeit des Tabaks. Alex kann sich daran erinnern, einmal einen Einakter mit diesem Namen gelesen zu haben, mit dem russischen Privatlehrer, der zwei Mal die Woche ins Haus kam, um Literatur zu lehren. Alex liebte diese Lesestunden, vor allem Turgenjew und Dostojewskij, aber auch Tschechow mochte er. Doch ausgerechnet von diesem Theaterstück ist bei ihm nicht allzu viel hängen geblieben, nicht mehr eigentlich, als dass es recht vergnüglich gewesen ist.

Über die Schädlichkeit des Tabaks - gar nicht vergnüglich hingegen ist der Vortrag seiner beiden Zimmerkollegen, selbstverständlich auch Mediziner, zwillingshaft tragen sie das Haar nach hinten geschleckt, als wären sie miteinander in ein Schleimfass gefallen, einer von ihnen trägt eine große, wichtige Brille.

Also noch mal, ganz langsam zum Mitschreiben: die Lunge, die Blutgefäße, und, wohl am bedeutendsten, die Sauerstoffversorgung des Gehirns!, fasst die Brillenschlange zusammen, in Wahrheit gar nicht langsam, sondern sich ständig verhaspelnd vor streberhaftem Eifer. Der andere fügt grinsend hinzu: Das ist ja auch der entscheidende Unterschied zwischen diesem Mister Churchill und unserem Führer!

Dabei macht er eine Handbewegung, die das Rauchen einer fetten Zigarre andeuten soll, die Brillenschlange lacht übertrieben laut.

Und Alex steht da, die Pfeife schon gestopft, das Streichholz ungetaner Dinge heruntergebrannt, und fragt sich, wo er da hineingeraten ist.

Irgendwie hat er immer gedacht, dass es schon hinhauen wird: Hans und er wieder gemeinsam in einer Münchner Klinik, ein langweiliger Oberarzt ohne jede Ambition und Dienste höchstens bis Mittag. Diesmal aber hat die Bürokratie anderes für ihn vorgesehen und ihn zum Praktikum nach Holzhausen geschickt, das genauso provinziell ist, wie es sich anhört. Zwar liegt es nicht weit weg von München, dann aber doch zu weit, als dass er jeden Abend nach Hause fahren könnte, also muss er sich ein Zimmer mit zwei Fremden teilen, und, als wäre das allein nicht schlimm genug, auch noch mit zwei Nichtrauchern.

Widerstandslos steckt Alex Pfeife und Streichhölzer weg, er hat keine Lust zu streiten, und die beiden Schleimköpfe nicken einander triumphierend zu: Wieder eine Lunge gerettet fürs Vaterland. Wenn die wüssten, dass es eine russische Lunge ist, denkt Alex, aber ihnen geht's wohl ohnehin mehr um die eigene Behaglichkeit als um die Gesundheit eines anderen, vor allem, wenn dieser andere ihnen so offensichtlich unsympathisch ist wie Alex.

Er klettert auf die oberste Pritsche des Stockbetts hinauf und versucht, nicht auf das dumme Gelaber der beiden unten zu hören, sondern an Angelika zu schreiben. Sie ist, wie von Christel angekündigt, nach den Weihnachtsferien pflichtbewusst zu Alex zurückgekehrt, und das eben ist das Problem: pflichtbewusst. Alex ist nicht entgangen, dass sie seitdem immer öfter von, nein, nicht von ihrem Mann, aber doch von seiner Schule gesprochen hat, von den Schülern, einem geregelten Leben.

Die Regeln muss man sich eben selbst machen, hat Alex gesagt, und Angeli hat traurig geantwortet: Ja, du vielleicht.

Er liegt auf dem Bauch, die Matratze ist so hart, dass er zum Schreiben keine Unterlage braucht.

Eigentlich ist es ihm gar nicht unangenehm, ihr wieder einmal nur zu schreiben. Hans sagt, dass er sich ausgezeichnet mit Traute versteht, seit sie kein Verhältnis mehr miteinander haben. Ob Traute das umgekehrt auch so sieht, ist schwer zu sagen. Jedenfalls verbringt sie immer noch viel Zeit mit Hans, vielleicht sogar mehr als früher, sie hat ihn in den Ferien auf die Skihütte begleitet und fährt sogar noch regelmäßig nach Ulm, um dort Hans' Eltern zu helfen und mit Inge zu plaudern.

Man kann nur körperlich lieben, hat Hans einmal gesagt, oder geistig, beides geht nicht.

Alex hat damals entschieden dagegengesprochen, aber mittlerweile versteht er irgendwie, wie es gemeint ist. Es ist ihm daher gar nicht so unangenehm, Angelika wieder einmal nur rein geistig zu schreiben, wie in den Anfangstagen ihrer Affäre, als der Gatte noch von nichts wusste. Damals hat er es verabscheut, Angelikas Geheimnis zu sein, nun scheint ihm dieser Zustand begehrenswerter als ihr momentanes amouröses Weiterwursteln. Mit Schwung schreibt er die Anrede aufs Papier, *mein goldenes, süßes Herzchen*, dann aber fällt ihm eigentlich nicht mehr viel ein, sein Brief gerät kaum länger als eine Postkarte. Sie wird glauben, er sei müde gewesen, und das stimmt ja auch. Alex dreht sich auf den Rücken und schließt die Augen, während die zwei Oberschlauen unter ihm unappetitliche Anekdoten über Churchill erzählen, von Zeit zu Zeit lacht einer laut auf, Alex drückt sich das Kissen auf die Ohren.

Man hat die ersten Verwundeten aus der Sowjetunion hergeschickt, lauter erfrorene Zehen. Alex ist zumeist bei den Leichtverletzten eingeteilt, er redet nicht viel mit den Patienten, sie müssen ihn wohl für ein wenig stumpfsinnig halten. Dabei würde er in Wahrheit gerne so vieles wissen wollen über den Krieg in seinem Mutterland, aber zum einen hat er keine

Zeit, weil die Ärzte und Krankenschwestern ihn ständig hierhin und dorthin scheuchen. Zum anderen fürchtet er die Antworten. Wenn sie von zerstörten Städten und Dörfern erzählen. Wenn sie erzählen, dass Russland brennt. Wenn sie erzählen, dass es ihnen nicht leidtut, dass noch mehr brennen muss, dass die Russen keine Menschen sind, kein Recht auf Leben haben, weniger wert seien als Tiere. Dann, ja, dann würde Alex ganz weit ausholen und dem Halberfrorenen im Krankenbett ganz unverfroren ins Gesicht schlagen müssen. Und diesen Gewaltausbruch will er dann doch nicht riskieren. Was würde es auch bringen, Propaganda kann man hineinprügeln in die Menschen, hinausgeprügelt hat sie noch keiner, also schweigt Alex lieber und tut dumm-stumm seinen Dienst. Blauschwarz sind die Finger und Zehen und Nasen der Soldaten, Alex ekelt sich ein bisschen davor, wenn er Skulpturen oder Zeichnungen von menschlichen Körpern anfertigt, sind sie immer vollständig und schön. Trotzdem beißt er die Zähne zusammen und bindet die noch nicht komplett erfrorenen, die aufmüpfig blasenwerfenden Körperstellen mit dicken Verbänden ein, bei den schlimmeren Fällen näht er nach den Amputationen die Leerstellen zu.

Wie weit weg scheinen Alex jetzt alle Anatomievorlesungen, die man schwänzen, und alle Prüfungen, die man wiederholen kann. Hier muss jeder Handgriff auf Anhieb sitzen, und Alex ist froh, dass man ihn für einfache Aufgaben einsetzt. Technisch gesehen sind es jedenfalls einfache Aufgaben, aber er versucht, nicht dabei zu sein, wenn die Amputierten aufwachen. Immer ist es nicht zu vermeiden, dann sieht er in ihren Gesichtern den tiefen Verlust, den der fehlende Körperteil hinterlässt, und sei es nur ein kleiner Finger, er ist doch unersetzlich. Egal, wie sehr Alex sich anstrengt und wie sorgfältig er seine Nähte setzt, gegen diese enttäuschten Gesichter kann er nichts tun, das ist das

Schwerste. Oft denkt Alex an Hans, fragt sich, ob der bei seinem Lazarettdienst in Schrobenhausen – was ja noch fürchterlicher klingt – gerade die gleichen Arbeiten verrichtet oder doch schon anspruchsvollere. Hans ist ein guter Arzt, er wird sogar dann noch ein guter Arzt sein, wenn der Krieg vorbei ist. Alex hingegen hat sich eigentlich von Christel in das Medizinstudium hineinreden lassen. Christel hat schon immer eine ehrliche Begeisterung für Naturwissenschaften gehegt, und mit ihm gemeinsam zu studieren hat Alex sich lustig vorgestellt, wie eine Verlängerung ihrer fröhlichen Schulzeit. Außerdem hat es seinen Vater so stolz gemacht, den ältesten Sohn in den eigenen Fußstapfen zu wissen, dass es nach einem vorsichtigen Erwähnen der bloßen Möglichkeit dieser beruflichen Laufbahn eigentlich kein Zurück mehr gab. Jetzt wandert Alex durch die düsteren Gänge, dicht verstellt mit gut gefüllten Krankenbetten, schaut in die schlafenden, die schläfrigen, die schmerzverzerrten Gesichter der Liegenden und denkt: Hans und mich, ja, uns beide wird's auch bald erwischen, auch uns werden sie wieder in den Kampf schicken, das ist nur eine Frage der Zeit. Aber als Sanitäter zum Glück nicht gleich in die erste Reihe, erst einmal hinten in die Lazarette hinein, wo das Leben noch einen Rest von Bedeutung beibehalten hat. Vorerst jedenfalls, das ist auch nur eine Frage der Zeit. Und allein dafür hat sich das Medizinstudium gelohnt.

Wenn der Krieg vorbei ist, denkt Alex, wird er keinen Fuß mehr in ein Krankenhaus setzen, nicht einmal dann, wenn er selbst sterbenskrank werden sollte, nicht einmal in die orthopädische Praxis seines Vaters. Das schwört er sich dort zwischen den Verwundeten von Holzhausen.

Zumindest kann Alex hier im Lazarett, sofern er die Zeit dazu findet, nach Lust und Laune rauchen. Dabei geht es gar nicht so sehr um den Tabak, ohne den er, wenn es sein muss, schon eine Zeit lang auskommen kann, sondern um die Ruhe. Die Leute machen ihn schwindelig, überall Leute, die Kranken, die Schwestern und die Ärzte, alle schnattern sie und haben dabei so unendlich laute Stimmen, und abends noch die beiden Schleimköpfe mit ihrer Klugscheißerei: Der Führer verzichtet auf jede Art von Fleisch, das ist gut für den Darm und macht ihn noch stärker!

Alex hat einen Raum im Lazarett gefunden, der immer leer steht, bemerkenswert bei dem ständigen Platzmangel. Er ist nur klein und eine Art Durchgangszimmer, allerdings so am Rande des Gebäudes gelegen, dass nie jemand hindurchgeht. Ein paar alte Möbel stehen darin, die meisten davon kaputt, vielleicht werden sie im Winter als Brennholz gebraucht, vielleicht hat man sie aber auch hier vergessen. In diesen völlig verlassenen Raum also zieht sich Alex mit seiner Pfeife zurück, wann immer es ihm möglich ist. Morgen kommt eine neue Ladung – Ladung, so sagen die Krankenschwestern wirklich –, eine neue Ladung aus Russland, dann werden alle verfügbaren Kräfte benötigt, da wird es schwierig werden mit Pausen, heute genießt er daher noch einmal die relative Ruhe.

Alex hockt sich auf einen der wackeligen Stühle in seinem Geheimzimmer und blickt beim Rauchen aus dem winzigen Fenster, das Wetter draußen ist genauso schmutzig-grau wie die Zimmerwand. Dabei denkt er an alles und nichts zugleich, versetzt sich in jenen kreativen Bewusstseinszustand, der völlig unmöglich ist, solange man sich unter Leuten befindet. Er hätte jetzt große Lust, etwas zu schaffen, eine Zeichnung, eine Skulptur, irgendetwas, aber wie sollte er das anstellen, gefangen im Schichtdienst des Lazaretts, ganz zu schweigen davon, dass die Materialien fehlen. Da wird er plötzlich von einem Geräusch aus seiner Trance herausgerissen: nicht die schweren, resoluten Schritte der Ärzte und Schwestern, auch kein mühsames, schleifendes Patientenhinken, nein, helles, leichtes Fußgetrampel, das immer lauter wird, wie ein Trommelwirbel, der etwas ankündigt, und schon steht es da, in seinem geheimen Raucherzimmer: das kleine Mädchen. Es ist wirklich noch winzig, allerhöchstens drei Jahre alt, kein Haar, nur zarter Flaum bedeckt den breiten Kopf, die Nase platt wie eingedrückt, die staunenden Augen stehen weit auseinander in dem flächigen Gesicht. Es ist durch die andere, die gegenüberliegende Tür gekommen, die Alex noch nie benutzt hat, er hat sie für verschlossen gehalten, in Wahrheit war sie wohl schon immer nur leicht angelehnt. Alex starrt das Mädchen an, das Mädchen starrt zurück. Er hat in diesem Lazarett noch nie ein Kind gesehen. Zuerst überlegt er, dass es die Tochter eines hier untergebrachten Soldaten sein könnte. Aber das Mädchen trägt keine Schuhe, außerdem ein weißes Nachthemd, wie es in Anstalten üblich ist, keine Mutter weit und breit. Und Alex tut, was er immer tut, wenn er ein Kind sieht: Er zieht eine komische Grimasse. Die Kleine beginnt zu lachen, mit einer für ihre geringe Körpergröße beeindruckend lauten Stimme, sie hopst auf Alex zu und baut sich erwartungsvoll vor ihm auf. Also macht er ein anderes, ein noch lustigeres Gesicht, sie kriegt sich nicht mehr ein und lacht so wild, dass sie sich an seinem Arztkittel festkrallen muss, um sich auf ihren noch etwas wackeligen Beinen zu halten. In diesem Moment aber erscheint in der offen stehenden Tür das bleiche Gesicht einer Krankenschwester: Hier bist du also!

Alex hat diese Krankenschwester noch nie im Leben gesehen, trotzdem fühlt er sich auf Anhieb angesprochen und bringt verlegen stammelnd irgendeine Entschuldigung vor, sie allerdings schenkt ihm keinen Blick, rauscht zackigen Schrittes herein und reißt mit einem Ruck das Kind an ihre Brust. Die glucksende Heiterkeit der Kleinen schlägt sofort in lautstarkes

Unglück um, kurz sieht Alex das Mädchengesicht über der Krankenschwesternschulter aufblitzen, doch das verzweifelte Brüllen ist noch lange zu hören, nachdem die Tür schon wieder zugefallen ist.

Weißt du das denn gar nicht?, fragt abends die Brillenschlange, gleichermaßen erstaunt, dass Alex wirklich so unwissend ist, wie darüber, dass dieser sonst eher verschwiegene Zimmergenosse sein Wort an ihn gerichtet hat: Dieses Lazarett ist einmal ein Behindertenheim gewesen, ist es immer noch zu einem ganz kleinen Teil, so viele Erbkranke gibt es ja nicht mehr. Vor zwei Jahren habe ich schon einmal hier gearbeitet, da sind fast täglich Busse gekommen, nachts, du verstehst.

An diesem Abend, vielleicht auch an einem anderen, Alex aber kommt diese ganze Zeit in Holzhausen später wie eine einzige, schreckliche Dämmerung vor, erreicht ihn ein Brief. Sie habe sich entschieden, schreibt Angeli, schon vor Längerem, aber sie wolle es ihm lieber schreiben als sagen, das falle ihr leichter. Die Dinge stehen jetzt nun einmal so, dass sie endgültig wieder zu ihrem Mann und in ihr altes Leben zurückkehren wolle. Pflichtbewusst und wie abgemacht, das seien nun einmal die Regeln, nach denen sie sich richte, sie sei eben nicht er, sie könne nicht anders. Er solle ja nicht versuchen, sie noch umzustimmen, sondern ihr lieber ein guter Freund und wie ein großer Bruder sein, das sei es nämlich, was sie jetzt am dringendsten brauche, es umarmt dich mit weinenden Augen, deine Angelika.

Alex liest und liest noch einmal und immer wieder von vorne, er fährt mit dem Finger die Zeilen ab, um keinen Beistrich, keinen I-Punkt zu übersehen, irgendein geheimes Zeichen, das einen Ausweg andeutet, er findet es nicht. Angeli wird ihn verlassen, diesmal wirklich, und er weiß, dass er jetzt traurig sein sollte, oder wütend, aber er ist es nicht, oder doch, er ist es, weil ihm das kleine Mädchen wieder einfällt, die nächtlichen Busse. Vielleicht ist es gut, dass Angelika gerade jetzt geht, denkt er, manchmal geschehen die Dinge genau dann, wenn sie geschehen müssen.

Frühling 1942.

Eine Zeit lang sitzen sie stumm nebeneinander auf der Bahnhofsbank und blicken den einfahrenden Zügen entgegen, keiner davon kommt aus Ulm.

Ja, ja, murmelt Hans nach einer Weile, meine Mutter hat Ähnliches berichtet. Vor ihrer Heirat pflegte sie nämlich als Diakonissin kranke Kinder, mit einigen ihrer früheren Kolleginnen steht sie heute noch brieflich in Kontakt. Natürlich können die nicht offen davon schreiben, was mit diesen Kindern geschieht, aber das eine oder andere liest man ja doch heraus ... Und dabei sollte man meinen, die Predigten des Bischofs von Münster hätten dem ein Ende bereitet. Wenn schon ein Priester von der Kanzel hinunter ausspricht, wenn alle Gläubigen hören, was in diesem Land mit den Erbkranken geschieht, dann muss doch etwas geschehen. Ich selbst habe seine Reden sogar abgeschrieben. Und was hat es gebracht?

Hans schweigt einen Moment lang.

Und die Mörder, fügt er dann bitter hinzu, alles Schwestern oder Ärzte. Ärzte wie wir.

Ich bin kein Arzt, hätte Alex beinahe geantwortet, aber dann denkt er daran, dass er nichts unternommen hat, um das Mädchen aus dem Griff der Krankenschwester zu befreien, dass er eigentlich überhaupt nichts unternommen hat. Was haben sie an diesem feierlichen Abend kurz vor Weihnachten gesagt? Es ist ein Anfang. Ein Anfang, der dem Mädchen nicht mehr helfen wird. Der niemandem hilft. Wann hört ein Anfang auf zu genügen? Widerstand haben Hans und er gesagt, seit Weihnachten immer wieder einander zugeflüstert: Wir gehen in den Widerstand, und dann nichts weiter, als würde das Wort allein schon reichen. Und wütend tritt Alex mit dem Fuß den Stummel der Zigarette aus, die er eben zu Ende geraucht hat, Hans hat sie ihm gegeben. Seinen eigenen Tabakvorrat hat Alex in den letzten Tagen aufgebraucht, um das nervöse Pendeln zwischen schmerzlicher Einsamkeit und dem schuldvollen Gefühl von wiedererlangter Freiheit zu ertragen. Vor einer Woche etwa hat er Angelika mit Christel gemeinsam zum Bahnhof gebracht. Christel ist erst seit Kurzem wieder zurück, man hat ihn von Straßburg in ein Luftwaffenlazarett im Norden Münchens versetzt. Den ganzen Weg über hat er gejammert: Nun lässt man mich endlich bei meiner Familie sein, und ausgerechnet jetzt muss meine geliebte Schwester fortgehen?

Alex hingegen hat gar nichts gesagt, nicht ein Wort, er ist neben den beiden hergetrottet wie ein zufälliger Passant. Jetzt tut ihm das leid, Angelika muss gedacht haben, er sei eingeschnappt, gar in seiner Ehre verletzt. Dabei ist das ja alles Blödsinn, wenn sie glücklich ist, wird er es auch sein, irgendwann. Die russischen Gedichte, die er als Abschiedsgeschenk eigens für sie übersetzt und in Schönschrift in ein Büchlein geschrieben hat, hat er einfach in der Jackentasche stecken lassen, auch das bereut er jetzt. Vielleicht sollte er ihr das Buch per Post nachschicken, als Beweis dafür, dass er ihr auch wirklich nicht böse ist.

Jetzt sitzt Alex am selben Bahnhof, an dem er vor Kurzem Christels Schwester verabschiedet hat, und wartet darauf, Hans' Schwester zu empfangen. Ein schlechter Tausch, denkt Alex. Nicht, dass er irgendetwas gegen Sophie gehabt hätte, er kennt sie ja gar nicht, aber für Angeli gibt es nun einmal keinen Ersatz.

Hans sitzt unbehaglich auf der vordersten Kante der Sitzbank und zieht nervös an seiner Zigarette.

Schon zwanzig Minuten Verspätung, murmelt er nach einem kurzen Blick auf die Bahnhofsuhr und sieht dabei so finster drein, als wäre das die höchstpersönliche Schuld seiner Schwester. Dabei ist Hans in den letzten Tagen sogar ausgesprochen gut gelaunt gewesen, richtig aufgeregt darüber, dass Sophie nach langem Hin und Her nun endlich wirklich anreisen würde. Er hat ihr gleich eine Unterkunft organisiert, denn bei dem alten Theologen mit den vielen Büchern, für den er eine Weile gearbeitet hat, ist ein Zimmerchen frei. Nicht groß, hat Hans gesagt, aber es reicht für die ersten Tage, und danach könne sie auch bei ihm wohnen, bis sie etwas Richtiges gefunden habe, und von nichts anderem hat er mehr gesprochen, als in welche Restaurants er mit Sophie gehen und welches Konzert er mit ihr besuchen und welche Bücher er ihr zum Lesen geben wolle. Und doch sitzt Hans jetzt so steif und raucht so besessen, als erwarte er statt seiner Schwester irgendein Ungemach.

Gemeinschaft und Einsamkeit, denkt Alex, auf eine paradoxe Art sehnt man sich doch immer nach beidem.

Da fährt endlich wieder ein Zug ein, und diesmal kommt er aus Ulm.

Sophie ist die Erste, die aussteigt. Dass es sich bei ihr um Hans' Schwester handeln muss, hätte Alex auf den ersten Blick erkannt, obwohl sie Hans gar nicht allzu ähnlich sieht. Sie ist kleiner als er, und ihre Augen sind zwar dunkel wie die seinen, aber so groß und neugierig scheinen sie gar nicht fähig zu Hans' oft düsterem, manchmal auch etwas listigem Blick. Mehr als die Erscheinung sind es aber die Bewegungen, die Sophie als Schwester Scholl enttarnen: Sehr aufrecht, ein bisschen soldatisch steigt sie vom Waggon herunter, und mit einem schüchtern angedeuteten Salutieren bedankt sie sich bei einem Herrn, der ihr den Koffer hinterherreicht. Dann steht sie da und sucht den Bahnsteig nach dem Bruder ab, mit ernstem, fast schon strengem Blick.

Hier sind wir!, ruft Hans, und sie kommt lächelnd zu ihnen herübermarschiert. Alex muss grinsen, weil ihr Gang ihn ganz besonders an Hans erinnert, die etwas vorgeschobene Hüfte mit den etwas auseinandergestellten Füßen, die großen, festen Schritte.

Sophie fällt dem Bruder um den Hals.

Was bin ich froh, endlich hier zu sein! Hans hebt sie auf und dreht sich einmal mit ihr herum. Herzlich willkommen in München, Frau Studentin!

Alexander Schmorell, ich bin ein Kommilitone Ihres Bruders, sagt Alex und streckt ihr die Hand hin.

Sie sind also der Russe!, antwortet Sophie lachend. Sie spricht leiser, als man es bei ihrer selbstbewussten Haltung vermuten würde, dann greift sie nach seiner Hand: Und ich bin ganz einfach die Sophie!

Somit ist alle Förmlichkeit über den Haufen geschmissen, sehr zu Alex' Freude, wie soll er auch förmlich sein mit einer, die ihn in ihrem ganzen Gehabe so frappant an Hans erinnert.

Er nimmt Sophie den Koffer ab, der viel schwerer ist als erwartet, sie hat ihn vorhin so leichthändig gehoben. Dann machen sie sich auf den Weg.

Wie war die Reise?, fragt Hans und hakt Sophie bei sich unter, jetzt setzen sie ihre großen Schritte synchron nebeneinander.

Fürchterlich, seufzt Sophie.

Wie das?, fragt Alex und reiht sich auf Sophies anderer Seite ein, sodass sie jetzt beim Erzählen beständig den Kopf vom einen zum anderen drehen muss, ihre dunkelbraunen Haare wiegen dabei knapp über den Schultern hin und her wie schwere, glatte Vorhänge im Wind.

Also, sagt sie, bis Augsburg war ja alles noch in bester Ordnung. Aber dann sind irgendwelche uniformierten Kerle eingestiegen, die haben den Zug angehalten und wollten alle Pässe sehen. Einer in meinem Abteil ist denen wohl nicht ganz recht gewesen, nicht arisch genug oder was weiß ich. Da haben sie sein Gepäck auseinandergenommen, ich sag's euch, jedes Kleidungsstück haben sie herausgerissen und alle Hosentaschen nach außen gestülpt, wobei sogar eine Brille zu Bruch ging, kein Wort der Entschuldigung natürlich, und hinterher haben sie den ganzen Saustall einfach liegen lassen. Gefunden haben sie natürlich nichts.

Darum also die Verspätung, brummt Hans.

Sophie nickt.

Weißt du, was ich hätte tun sollen?, fragt sie nach kurzem Überlegen: Ich hätte einem der Uniformierten auf die Schulter tippen und sagen sollen, werter Herr, Sie haben ganz vergessen, mein Gepäck zu kontrollieren. Denn blond und blauäugig bin ich ja auch nicht, und darum geht's hierbei ja wohl und um nichts anderes.

Na, glücklicherweise hast du's nicht getan, der hätte bei dir wohl noch ganz anderes gefunden als nur Brillen und Wäsche, meint Hans und grinst.

Ach, antwortet Sophie, nur ein paar Bücher.

Eben, sagt Hans.

Als sie die Station der Stadtbahn erreicht haben, beteuert Alex, der Koffer sei durchaus nicht zu schwer und Hans müsse ihn keineswegs ablösen. Des guten Wetters und der Sparsamkeit wegen beschließen sie zu Fuß zu Sophies neuer Unterkunft zu gehen.

Ich freu mich ja schon so, juchzt sie, endlich studieren! Ich will alles lernen, alles!

Für welches Fach wirst du dich denn einschreiben?, fragt Alex.

Ich wette für Kunst, antwortet Hans.

Alex zieht interessiert die Augenbrauen hoch.

So ein Blödsinn, sagt Sophie, Kunst kann man doch nicht lernen. Für Biologie und Philosophie habe ich mich entschieden.

Bei dem Wort »Philosophie« lässt Alex die Augenbrauen wieder sinken.

Aber sie zeichnet wahnsinnig gut, fügt Hans schnell hinzu, und an Sophie gerichtet: Alex ist auch ein sehr talentierter Künstler.

Na ja, erwidert Alex, aber falsche Bescheidenheit liegt ihm nicht besonders, er muss doch ein bisschen lächeln und versucht, dabei wenigstens nicht allzu stolz auszusehen.

Ach, ich liebe es, zu zeichnen, seufzt Sophie und blickt verträumt in die Ferne. Aber bei diesen blöden Zwangsdiensten bin ich in letzter Zeit ja zu gar nichts mehr gekommen!

Alex nickt zustimmend und überlegt einen Augenblick lang, dann sagt er: Ich habe eine Art Atelier zu Hause, und manchmal lasse ich jemanden kommen, der mir Modell sitzt, echte Typen, weißt du, interessante Gesichter. Aber das ist natürlich nicht ganz billig, und da habe ich mir gedacht, wenn du möchtest, wir könnten ja einmal zusammenlegen und dann miteinander ...

Sophie wird etwas langsamer und starrt Alex mit großen Augen an, als hätte er ihr gerade den Mond versprochen.

Sicher, sagt sie eifrig nickend, unbedingt, so bald wie möglich!

So vergeht ein Großteil des Weges mit Gesprächen über Kunst und Kunstschaffen, auch Hans beteiligt sich, so gut er eben kann, und beinahe hätten sie vergessen, kurz vor der Feldherrenhalle noch schnell in eine Seitengasse einzubiegen.

Jetzt hätten wir fast eine Steintafel grüßen müssen, flüstert Hans Sophie ins Ohr, so weit ist es nämlich gekommen mit der geistigen Verfassung der Deutschen.

Und wenn wir es nicht getan hätten?, fragt Sophie.

Dann kommt ein uralter SA-Mann, der zu sonst nichts mehr zu gebrauchen ist, und haut dich, antwortet Hans.

Pah, erwidert Sophie spöttisch, dann wendet sie sich wieder Alex zu und fragt ihn lächelnd über seine Arbeit an Skulpturen aus. Er ist ein williges Opfer und erzählt lebhaft, am lebhaftesten von seinen misslungenen Projekten, Sophie bricht mehrmals in schallendes Gelächter aus, Hans kennt die meisten der Anekdoten schon und schmunzelt nur.

Sie verlassen die Innenstadt und gehen eine lange Allee entlang, Sophie immer noch bei Hans untergehakt, obwohl sie mittlerweile eigentlich ausschließlich mit Alex spricht, die Haare hängen nun glatt und unbewegt. Plötzlich bleibt Hans stehen.

Bevor ich's vergesse, sagt er und kramt ein kleines Papiersäckchen hervor: Alles Gute zum Geburtstag!

Das Säckchen ist bis obenhin gefüllt mit klebrigen Karamellbonbons. Süßigkeiten sind gar nicht mehr leicht zu bekommen wegen der Rationierungen, Sophie klatscht begeistert in die Hände.

Geburtstag, murmelt Alex, Hans hat mir gar nichts davon gesagt.

Ach, antwortet Sophie, auf einmal im ganz nachlässigen Tonfall: Das ist doch nicht so wichtig.

Und an Hans gerichtet bekundet sie streng: Es wäre auch überhaupt nicht nötig gewesen.

Das Geschenk nimmt sie dann aber doch dankend entgegen und hält das Säckchen vorsichtig in beiden Händen wie einen zerbrechlichen Schatz: Die spare ich mir auf, für einen ganz besonderen Anlass!

Währenddessen ist Alex damit beschäftigt, möglichst unauffällig seine Hosen- und Jackentaschen abzutasten. Wenn er wenigstens Bargeld eingesteckt hätte, könnte er noch in irgendeinem

Laden Blumen besorgen, aber da klimpern nur einige wenige, wertlose Münzen, und plötzlich hält er das Büchlein mit den abgeschriebenen Gedichten für Angeli in der Hand.

Es ist fast nichts, sagt er und hält es Sophie hin, nur eine kleine Aufmerksamkeit.

Dann wird er Angelika eben ein anderes Geschenk nachschicken, etwas noch viel Schöneres.

Das wäre ja wirklich nicht ..., stammelt Sophie, mit überraschter und doch neugieriger Miene schlägt sie das Büchlein auf, irgendwo in der Mitte, betrachtet eingehend die eleganten, tintenblauen Buchstaben, dann erst beginnt sie zu lesen. Als sie das erste Gedicht beendet hat, hebt sie anerkennend den Blick.

Hast du das geschrieben?, fragt sie.

Nur aus dem Russischen übersetzt, antwortet Alex schnell und blickt etwas verlegen auf seine Hände hinunter, aber es gibt sicher auch bessere Übersetzungen ...

Das Gedicht ist wunderschön, sagt Sophie im Brustton der Überzeugung, der keine Widerrede duldet.

Auch im Tonfall kann sie Hans ziemlich ähneln. Dann gehen sie fröhlich plaudernd weiter, aber jetzt hakt Sophie sich nicht mehr unter, sondern trägt ihre beiden Geburtstagsgeschenke vor sich her wie heilige Insignien bei einer Prozession.

Schon eine bemerkenswerte Familie, denkt Alex, diese Scholls.

1937.

Aber warum?

Die Mutter steht aufrecht da wie ein Vögelein, jederzeit zum Abflug bereit, ihre Finger umspielen das Kreuz an ihrem Hals. In ihrer Frage liegt keinerlei Vorwurf, nur ehrlich gemeintes Interesse. Warum eigentlich ist die Gestapo gekommen, warum hat sie die ganze Familie im Morgengrauen herausgeläutet und nimmt jetzt die ganze Wohnung auseinander, vor allem die Kinderzimmer? Sie möchte es doch so gerne verstehen.

Der junge Mann, der ihr gegenübersteht, räuspert sich und schiebt seine Mütze zurecht.

Das hat nicht zu interessieren, bellt er, aber die Mutter hört dabei doch den Ton der Verunsicherung heraus. Sie kennt ihn und er kennt sie. Er ist der Sohn der Obsthändlerin, nur wenige Jahre älter als ihr Hans. Fast immer stand er bei seiner Mutter im Laden und hat ausgeholfen, und als Sophie und Werner noch klein gewesen sind, hat er ihnen oft einen Apfel oder eine Birne über die Theke gereicht, ein kleines Geschenk des Hauses, so hat er es genannt. Jetzt steht derselbe brave Bursche als ausgewachsener Mann gerade so breitbeinig in ihrem Wohnzimmer, als fürchtete er, jederzeit könnte ihm ein Sturm entgegenblasen. Die rechte Hand hält er auffällig auf seine Waffe im Revers gelegt, die unruhigen Finger aber verraten ihn. Beinahe würde die Mutter seine Haltung komisch finden: Sie und ihr Mann, zwei alternde Menschen, die schon so vieles durchgestanden haben, politisch wie privat, das Private vom Politischen durchzogen und umgekehrt, die ein bisschen müde geworden sind in den letzten Jahren, vor ihnen bräuchte der Obsthändlersohn, der Gestapobeamte nicht so zu schlottern. Dann sind da natürlich noch die Kinder, und wie die Kirchenpfeifen aufgereiht stehen sie da: Werner und Inge, fast gleich groß gewachsen, dann Liserl mit verschrecktem Blick, zuletzt Sophie als Kleinste, dafür ganz besonders aufrecht, als wollte sie sich aus eigener Kraft auf die Höhe der Größeren und noch darüber hinaus erheben. Nur Hans fehlt, und er fehlt schmerzlich, denn er hätte sicher etwas zu sagen gewusst, denkt die Mutter, etwas Klügeres als ihr schlichtes »Warum«, er hat ja auch ein ganz anderes Auftreten und ist fast schon zum Erschrecken wortgewandt. Das hat er vom Vater geerbt, aber der schweigt jetzt beharrlich, die Arme fest vor der Brust verschränkt, und nur die Mutter weiß, dass sich unter seiner zur Schau gestellten Grimmigkeit eine tief sitzende Angst versteckt. Sie nimmt es ihm nicht übel und sie weiß auch, wie schnell Mut zum Wagemut, zum Übermut wird. Aber trotzdem fehlt ihr Hans bitterlich. Er ist in einer Kaserne nahe Stuttgart stationiert, ein williger, nicht willfähriger Soldat für das Deutsche Reich, und die Mutter fragt sich, ob sie ihm dort seine kleine Kiste mit Habseligkeiten gerade ebenso gründlich auseinandernehmen wie oben das Bubenzimmer.

Sie dreht sich zu den Kindern um, der Obsthändlersohn zuckt kurz zusammen, sagt aber nichts. Wie hübsch sie doch sind, ihre Kinder mit den schläfrigen Augen, in ihren Nachthemden und Schlafanzügen. Aber in den Schränken lauern schon die Uniformen, die weißen Blusen und braunen Hemden, bald wollen sie wieder angelegt und zur Schau gestellt sein, und gestern Nachmittag noch kam ein Brief von Hans betreffend Finanzierung dieser Offiziershose, die er sich so sehr wünscht. Widerwillig, aber doch hat die Mutter ein Kind nach dem anderen der Partei übergeben, und zum Dank stellt ihr diese jetzt die ganze Bude auf den Kopf. Zum Glück trägt sie das Kreuz am Hals, an dem kann sie sich festklammern, und außerdem wird man nichts finden, was eine längere Festnahme rechtfertigt. Dafür hat sie schon gesorgt.

Als die Beamten gekommen sind, hat sie behauptet, sie müsse noch schnell zum Bäcker. Der Obsthändlersohn wollte sie nicht gehen lassen, aber der andere, der Einsatzleiter, ein Bilderbuch-Gestapomann im langen Ledermantel, hat nur gelacht. Bitte sehr, hat er gesagt, wir werden keiner deutschen Mutter verbieten, das Frühstück für ihre Familie zu besorgen. Und während die beiden die Regale im Wohnzimmer inspizierten, ist sie mit ihrem Einkaufskörbchen die Stufen hinauf ins Bubenzimmer und hat alles hineingeworfen, was ihr verdächtig schien: Bücher, Notizhefte, Briefe. Die Sachen liegen jetzt gut versteckt bei befreundeten Nachbarn, und zum Bäcker ist sie dann auch noch gerannt. Nur keinen Verdacht aufkommen lassen, sie hat den größten Brotlaib gekauft, den sie kriegen konnte, der liegt jetzt ganz besonders gut sichtbar in ihrem Körbchen.

Aus dem Bubenzimmer kommt der Einsatzleiter, ein süffisantes Lächeln auf den Lippen, das nicht der Familie Scholl persönlich, sondern der Welt im Allgemeinen gilt, es ist eine gute Zeit für selbstgefällige Menschen. Wenn die Mutter nur nichts übersehen hat, sicher, die Zeit war knapp, sie konnte nicht allzu gründlich sein. Langsam schreitet er die Treppen herunter, er hat ja alle Zeit der Welt, mit lässigem Winken erlöst er den Obsthändlersohn von seinem Wachtmeisterdienst. Der kann die Erleichterung nicht ganz verbergen, der Mutter nickt er noch zu, als wollte er sagen: Nix für ungut, Frau Scholl.

Der andere baut sich nun an seiner Stelle auf, er mustert routiniert die Kinder, wie einer, der beruflich Vieh bewertet, das da in den Stall zurück, dieses auf den Schlachthof. Lange bleibt sein Blick an Inge hängen, noch länger an Werner, dann überfliegt er Liserl und landet schließlich bei Sophie, unverändert lächelt er.

Sie, Sie und Sie!,

Sein Zeigefinger folgt dem Weg seiner Augen, zeigt erst auf Inge, dann auf Werner und schließlich auf Sophie, die dem Finger entgegenblickt, als wollte sie jeden Moment hineinbeißen.

Bitte kleiden Sie sich an und kommen Sie mit, sagt der Gestapomann, Sie sind verhaftet.

Einen Moment lang ist es still im Zimmer. Sophie setzt sich schließlich als Erste in Bewegung, die beiden anderen folgen, langsam, langsam wie aus tiefem Schlaf erwacht.

Los, los!, brüllt der Obsthändlersohn, die Mutter schnappt nach Luft, ach Herr, gib mir die richtigen Worte ...

Aber auch im Vater hat sich etwas in Bewegung gesetzt. Er löst die Arme aus der Verschränkung und beugt sich leicht nach vorne, streckt seine markante Nase dem Gesicht des Einsatzleiters entgegen. Leise, aber bestimmt sagt er: Die Inge brauch ich in der Kanzlei, sie ist meine Sekretärin, die nehmen Sie mir nicht ...

Sehen Sie ..., beginnt der Einsatzleiter, aber die Mutter fährt dazwischen, zu ungeduldig, um auf die richtigen Worte des Himmels zu warten: Das geht doch nicht, dass Sie Kinder verhaften, das kann doch gar nicht wahr sein!

Sehen Sie, versucht es der Einsatzleiter aufs Neue und wirkt fast überrascht, dass man ihn diesmal aussprechen lässt, er hat den Satz wohl noch gar nicht zu Ende gedacht, also muss er noch einmal von vorne beginnen: Sehen Sie, es ist nun einmal bis Berlin durchgedrungen, dass die Jugend hier in Ulm ihr ganz eigenes Süppchen kocht. Nach außen hin freilich nennen sie sich Hitlerjugend und Bund Deutscher Mädel, innerlich aber hängen sie noch alten bündischen Traditionen nach, die wenig bis gar nichts zu tun haben mit den Idealen unseres Führers und im schlimmsten Falle sogar im Gegensatz zu diesen stehen. Die Deutsche Jungenschaft vom 1. November 1929, kurz »dj.1.11«, sagt Ihnen das etwas, gute Frau?

Abrupt trifft sein arroganter Blick die Mutter. Sie beißt die Zähne zusammen, natürlich sagt ihr das etwas, nur wäre jetzt jedes Wort ein Geständnis. Die Jungs, mit denen Hans und Werner sich immer wieder getroffen haben, mit denen sie zum Zelteln in den Norden gefahren sind und skandinavische Lieder gesungen haben, Hans nannte sie seine »Trabanten«. Die Mutter hat freilich nicht allzu viel davon mitbekommen, nur so viel, wie man eben zufällig mithört, während man Tee und Kuchen serviert, die Jungenschaft ist eine Welt ohne Frauen, vor allem ohne Mütter. Aber das, was sie da gehört hat, waren harmlose Bubenträume von fernen Völkern und rauen Naturgewalten, von Lagerfeuer und Lebenskraft. Ist es nicht dasselbe, mit dem die HJ Kinder ködert? Ein Versprechen von Abenteuer, das sie dann eben doch nie ganz einlösen kann, weil all ihre Unternehmungen niemals aus der Jugend selbst geboren, sondern sklavisch einem einzigen Mann unterworfen sind, der fast fünfzig ist?

Darum also verfolgt ihr meine Kinder. Wer sich nicht ganz und gar von euch einverleiben lässt, dem neidet ihr die Jugend!

Hat sie das wirklich laut ausgesprochen? Gemurmelt zumindest muss sie es haben, denn Liserl reißt erschrocken die Augen auf. Aber der Einsatzleiter hat nichts gehört, und wenn er etwas gehört hat, ist es ihm egal, die Mutter ist für ihn in Wahrheit eine komische Alte, an die man nicht allzu viele vernünftige Worte verschwenden sollte.

Deshalb wendet er sich wieder geradewegs dem Vater zu: Sie als Deutscher meiner Generation, der die Wirren der Systemzeit hat ertragen müssen, Sie werden mir wohl zustimmen, dass man hier im Sinne der Einigkeit hart durchgreifen muss. Verbirgt sich nichts weiter hinter den Vorwürfen, so bringen wir Ihnen Ihre Kinder gesund und munter wieder zurück, das verspreche ich hoch und heilig.

Und wenn doch?, will die Mutter fragen, aber da kommen Inge, Sophie und Werner zurück, fast gleichzeitig, sie haben sich angezogen und tragen dicke Pullover, es ist November und eiskalt draußen, gestern hat's geschneit.

Im Flur ziehen sie sich wortlos Stiefel und Mäntel an, der Obsthändlersohn ist ihnen gefolgt, steht nun seltsam wichtigtuerisch daneben und weiß doch nichts mit sich anzufangen. Als Inge auch noch nach Mütze und Handschuhen greifen will, hüstelt er ungeduldig, sie lässt sie liegen.

Mein Ältester ist Fähnleinführer bei eurer Partei gewesen, knurrt der Vater, angehender Offizier und derzeit kaserniert bei Stuttgart. Wenn er von dieser Sache erfährt ...

Nun aber ist es am Einsatzleiter, zu unterbrechen, und er tut es mit einem eigenartigen, hohen und schrillen Laut, der vielleicht ein Lachen darstellen soll, seine Lippen jedoch bewegen sich kaum, sie bleiben spöttisch breit auseinandergezogen.

Um Ihren Hans in Stuttgart müssen Sie sich nicht sorgen, um den kümmert man sich schon!

Dann treibt er mit einem hochmütigen Pfiff seinen Untergebenen an, der Obsthändlersohn fasst gehorsam mit der einen Hand Inge, mit der anderen Werner am Arm, hat nun aber keine Hand mehr übrig für Sophie, seine Hilflosigkeit ist lächerlich und traurig zugleich, Junge, warum übernimmst du nicht den Obstladen deiner Eltern und schenkst Sophie wieder Äpfel wie früher.

Danke, ich schaffe es schon allein, zischt Sophie.

Noch ein letztes Mal holt die Mutter zu einem Verteidigungsschlag aus, von dem sie schon weiß, er wird nicht gelingen, trotzdem will sie den Mund jetzt nicht halten: Das geht doch nicht, ruft sie, mein Mann hat es doch bereits erklärt, wir brauchen die Kinder hier im Haus, sie gehen uns bei allen Arbeiten zur Hand, überhaupt kann es doch nicht sein, dass sie verhaftet sind, und warum? ... Und warum?

Aber da haben die beiden Gestapomänner die Wohnung schon verlassen, mit ihnen das beschlagnahmte Gut: drei junge Menschen, die früher doch so eifrige Anhänger der Partei gewesen sind, nun nutzt es ihnen auch nichts.

Im Zimmer ist es einige Sekunden lang ganz still. Unten im Hof startet ein Motor, man hört ihn trotz des dämpfenden Schnees, dann wird das Brummen immer leiser und verklingt. Die Mutter hält das Kreuz fest, der Vater lässt den Kopf sinken, Liserl weint stumm in sich hinein.

Es ist wegen mir, brummt der Vater irgendwann, auf mich haben sie's abgesehen und mich wollen sie bestrafen.

Die Mutter seufzt, denn dass die Kinder eigene Entscheidungen treffen, eigene Überzeugungen haben, das wird er nie verstehen können.

Was machen wir jetzt?, fragt Liserl schluchzend.

Wenn die meinen Kindern etwas antun, murmelt der Vater, gehe ich nach Berlin und knalle ihn nieder.

Die Mutter blickt auf den großen Laib Brot, der in dem Korb liegt wie verwaist.

Jetzt mache ich erst einmal etwas zu essen, antwortet sie.

Sommer 1942.

Seit Sophies Ankunft in München erlebt Alex ein Déjà-vu: Erneut wird er zum zusätzlichen Bruder eines Geschwisterpaars erkoren, und wie früher mit den Probsts wandert er nun mit den Scholls in die sommerliche Landschaft hinein. Sophie hat ein Zelt für drei Personen organisiert, das schlagen sie auf, sobald ihnen vom vielen Gehen die Füße wehtun, egal, wo sie gerade sind, sie haben weder Plan noch Ziel. Nur hinauskommen, hinaus!, und nachts schlafen sie eng aneinandergedrängt, Hans in der Mitte, so wie früher immer Christel zwischen Alex und Angelika gelegen hat. Und dann ist es natürlich auch wieder vollkommen anders als damals, in Sophie ist Alex ja nicht verliebt. Er muss sich nicht die halbe Nacht innerlich zerfleischen vor Sehnsucht, weil er dem begehrten Mädchen so nah und doch so fern ist, unbarmherzig getrennt durch den Körper des schlafenden Bruders. Im Gegenteil, jetzt fühlt sich Alex' Kopf ganz leicht und leer an, sobald er in das behagliche Zelt gekrochen ist, das Flüstern von Hans und Sophie ist für ihn wie das beruhigende Plätschern eines Baches, er schläft sofort ein. Auf gewisse Weise ist es für Alex sogar angenehmer als mit Angeli früher, aber das würde er sich nie eingestehen. Was ist schon eine geruhsame Nacht im Vergleich mit der großen Liebe! Aber so ganz zu verachten ist der Schlaf dann eben auch nicht, auf jeden Fall ist Alex tagsüber ungewöhnlich gut gelaunt. Vielleicht liegt's ja auch an der Sonne, die so emsig scheint, als wolle sie den verregneten Bootsausflug vom letzten Herbst wiedergutmachen. Jetzt wirkt sie auch gar nicht mehr verlogen, sondern nur konsequent: Wie rücksichtslos sie vom Himmel herunterflammt und einem die Haut verbrennt, wenn man nicht aufpasst. So müsste man selbst brennen können für irgendetwas, und doch am besten für die Kunst! Leiden und Leidenschaft und Schaffen, die drei Wörter klingen nicht umsonst so ähnlich. Nur ist an Leiden nicht zu denken hier im sattesten Grün und fröhlichsten Geplauder, Alex lacht laut über einen Witz, den Hans erzählt hat, und Sophie pflückt am Wegesrand Blumen. Sie steckt sich Blüten ins Haar, in der prallen Hitze verdorren sie schnell, aber für eine kurze Weile sieht es sehr hübsch aus. Später spielen sie ein Spiel: Jede Pflanze, auf die Hans oder Alex mit dem Finger zeigen, muss Sophie beim lateinischen Fachbegriff nennen. Jedes Mal gelingt es ihr.

Das ist keine Zauberei, wehrt sie ab, als Alex sich allzu beeindruckt davon zeigt, ich studiere doch nicht umsonst Biologie, Schurik!

Seit sie nämlich mitbekommen hat, dass Alex zu Hause nur mit diesem Kosenamen gerufen wird, will sie ihn auch nicht mehr anders nennen. Aus ihrem Mund klingt es ein wenig seltsam, das russische »R« bekommt sie nicht hin, aber Alex lässt sie. Er will nicht unhöflich sein, und Sophie lächelt immer so verschmitzt, wenn sie diesen Namen ausspricht. Ach, Schurik! Hans zieht dann jedes Mal amüsiert die Augenbrauen hoch.

Sobald sie in die Nähe eines Gewässers kommen, müssen sie die Wanderung unterbrechen, dann will Sophie nämlich schwimmen gehen. Alex soll sich umdrehen, während sie sich auskleidet, und Hans hält ihm dabei aus Spaß noch zusätzlich die Augen zu: Wir wollen doch nicht, dass du dich am Ende mit Sophies Verlobtem duellieren musst!, und Alex hört Sophies Stimme von der Ferne her rufen: Du bist blöd, Hans, so blöd!, sie lacht dabei, aber es klingt, als läge ein Körnchen Ernst darin.

Dann hört Alex Fußgetrampel und ein lautes Platschen, Hans lässt ihn endlich wieder los, und von Sophie ist nichts mehr zu sehen als ihr dunkler Kopf an der Wasseroberfläche. Alex ist fasziniert davon, wie gut sie schwimmen kann, selbst im fließenden Gewässer bewegt sie sich mit kräftigen, eleganten Schwimmzügen fort, und ob sie gerade mit oder gegen den Strom schwimmt, könnte man allein an ihren Bewegungen niemals erkennen, immer sind sie gleichmäßig.

Ist nichts Besonderes, ich habe doch in einem Fluss schwimmen gelernt, Schurik, sagt Sophie, nachdem sie sich abgetrocknet und wieder angezogen hat, mit jener Handbewegung, mit der sie all seine Komplimente immer sofort abwinkt, aber beim »Schurik« lächelt sie dann doch.

Hans erzählt, dass Sophie die Haare früher ganz kurz getragen und statt ihren Kleidern lieber die abgelegten Hemden und Hosen von ihm oder Werner angezogen hat.

Die Gestapo hat sie damals überhaupt nur mitgenommen, weil die sie für einen Jungen gehalten haben, sagt er, und sobald sie ihren Fehler bemerkten, haben sie Sophie sofort wieder laufen lassen.

Alex weiß nicht, ob das so ganz stimmen kann, immerhin ist Sophie auch eine Anführerin gewesen im Bund Deutscher Mädel, und eine mindestens genauso eigenwillige wie Hans bei den Burschen. Aber die Anekdote ist trotzdem lustig, er lacht laut und sieht Sophie dabei zu, wie sie im Gras sitzt und die Nase der Sonne entgegenreckt.

Jetzt würde sie niemand mehr für einen Jungen halten, sagt Alex, und Hans antwortet darauf nur: Soso.

Die Tage sind endlos im Sommer, am Abend holen Alex und Sophie ihre Zeichensachen hervor. Und du, Hans, holst uns Feuerholz!

Was für eine effektive BDM-Führerin Sophie gewesen sein

muss, kann Alex sich ganz gut vorstellen bei ihrem befehlshaberischen Tonfall, aber Hans grinst nur und verschwindet ganz ohne Widerworte.

Sophie lacht einmal laut auf, dann wird sie still. Den Kopf tief über den Zeichenblock gesenkt, der auf ihren Knien liegt, beginnt sie mit der Arbeit.

Alex weiß nicht recht, was er zeichnen soll. Er fängt mit einem Landschaftsbild an, setzt Baumkronen und darüber geschwungene Bergsilhouetten aufs Papier, aber das gefällt ihm alles nicht wirklich. Dann versucht er sich an einem Eichhörnchen, das sich auf der Suche nach Nahrung unbekümmert in ihre Nähe vorgewagt hat, ein einziger zu rascher und deshalb geräuschvoll gezogener Strich lässt das Tier aber aufhorchen und weglaufen.

Alex weiß nicht, was los ist, warum ihm so gar nichts gelingen will, vielleicht ist es die abendliche Hitze, wie es Sophie wohl gerade geht mit ihrer Zeichnung?, und er schielt zu ihr hinüber.

Sophie sitzt nicht mehr über ihre Skizze gebeugt da, sondern stocksteif, als hätte sie eine Stange im Rücken, den Stift hält sie fest mit der Faust umschlossen. Und sie schaut ihn an. Sie schaut ihn seltsam an, Alex kann gar nicht sagen, was genau ihn an ihrem Blick so irritiert, es ist irgendein komisches Funkeln in ihren Augen, das er an ihr noch nicht kennt, ein leichtes Zucken ihrer Mundwinkel, das er vorher noch nie bemerkt hat. Und sie hat ihn schon eine Zeit lang so angeschaut, da ist Alex sich sicher, deswegen hat er auch nichts hinbekommen. Jetzt, da er aufblickt, versucht sie natürlich rasch wegzusehen, aber sie ist nicht schnell genug, er bemerkt die nervöse, ziellose Bewegung ihrer Augen. Mit der linken Hand bedeckt sie ihre Skizze, auch das zu spät. Alex hat in ihren zarten Bleistiftstrichen schon sein eigenes Profil erkannt.

Sophie holt laut hörbar Luft, wie um etwas zu sagen, sagt dann aber nichts. Nun fühlt sich Alex verpflichtet, seinerseits irgendetwas zu sagen, aber er weiß nicht, was, soll er ihre Zeichnung loben oder lieber so tun, als hätte er sie gar nicht gesehen? Da beginnt Sophie ganz plötzlich zu lachen. Alex weiß nicht, worüber, es klingt ein wenig schrill, aber er ist ihr dankbar dafür, er lacht einfach mit.

Ach, Schurik, kichert Sophie, und als sie sich wieder ein wenig beruhigt hat, sagt sie: Warte, ich hab da etwas für dich!

Sie verschwindet im Zelt, und Alex kommt sich furchtbar unbeholfen vor. Sonst ist es meistens er, der ohne ernsthafte Erfolgsaussichten schmachtet, darin hat er zumindest Erfahrung. Sollte er Sophie etwas von Angelika erzählen? Wenn er sein Herz nicht bereits so hoffnungslos verschenkt hätte, dann vielleicht, unter Umständen ... Aber dann wiederum ist Sophie ja verlobt oder so gut wie und ihr Blick bedeutete womöglich nicht mehr als künstlerisches Interesse, und alles ist ein Missverständnis.

Da kommt Sophie auch schon wieder aus dem Zelt herausgekrabbelt und hält ihm ein Buch entgegen. Im ersten Moment glaubt Alex, es ist ein verbotenes, ein bisschen hofft er es. Dann aber liest er den Titel: *Almaide - Roman der Leidenschaft eines jungen Mädchens.*

Ein Liebesroman. Kein Missverständnis.

Als ich es gelesen habe, habe ich einfach an dich denken müssen, Schurik!, nuschelt Sophie hastig, ohne ihn anzusehen, und Alex nimmt das Geschenk ebenso hastig entgegen und lässt es in seinem Rucksack verschwinden, weil es ihm irgendwie peinlich wäre, wenn Hans das Buch entdecken würde. Alex sieht es schon bildlich vor sich, das Grinsen und die hochgezogenen Augenbrauen.

Danke, murmelt er, vielen Dank, das wäre doch nicht ...

Doch, sagt Sophie.

Mittlerweile dämmert es, sie nehmen beide wieder die Bleistifte und Blöcke zur Hand, aber keiner von ihnen zeichnet, stumm blicken sie auf das Waldstück, aus dem Hans jeden Moment kommen müsste, um sie aus ihrer Zweisamkeit zu befreien. Alex bereut ein wenig, dass er Sophie bereits zu sich nach Hause eingeladen hat zum Zeichnen. In dieser Atmosphäre kann man doch nicht anständig arbeiten, aber ausladen kann er sie jetzt auch nicht mehr, und mit einer gewissen Sehnsucht denkt er an Lilo.

Lilo ist jene junge Frau, die er in einem seiner Zeichenkurse kennengelernt hat, und weil ihr Mann im Frühjahr gefallen ist, lebt sie nun endgültig allein in einer viel zu großen Wohnung. Alex' Trost braucht sie nicht so sehr wie seine Hilfe, er fährt häufig mit dem Fahrrad zu ihr hinaus und bringt ihr irgendwelche Sachen vorbei, Malutensilien oder schwarzen Tee. Er macht das gern für sie, so bekommt er den Kopf frei und fühlt sich zum ersten Mal, seit Angelika fort ist, wieder ein kleines bisschen gebraucht. Außerdem liebt er es, mit Lilo zu zeichnen. Wie er mit Hans schweigen kann, so kann er mit Lilo arbeiten, manchmal gehen sie in den Zoo und zeichnen die Tiere, daran können sie sich stundenlang abarbeiten und die kriegerische Welt rundherum vergessen. Immer sind sie dabei nur zu zweit, und nie ist das so seltsam wie mit Sophie.

Vielleicht wird er die *Almaide* ja an Lilo weiterschenken, denkt Alex, die weiß mit so einer Schmonzette wahrscheinlich mehr anzufangen als er.

Als Hans endlich wieder auftaucht, mit aufgeschlagenen Knien und ein paar armseligen Ästen unter den Armen, begrüßen Sophie und Alex ihn so enthusiastisch, als wäre er von einer langen Reise zurückgekehrt. Erleichtert räumen sie die Zeichensachen weg und machen ein Lagerfeuer aus Hans' magerer

Ausbeute, es brennt nicht gut, und doch ist Alex so froh, dass sie wieder zu dritt sind, wieder wie drei Geschwister. Sophie wirkt ebenfalls gleich deutlich gelöster und lacht viel, aber nicht mehr so schrill wie vorhin, und als das Feuer endgültig erloschen ist, tritt sie noch gewissenhaft die letzte Glut aus. Danach kriechen sie alle drei wieder in das Zelt, und zwischen Hans und Zeltwand eingeklemmt schläft Alex auf der Stelle ein. Dann träumt er von Angeli.

Sommer 1942.

Wie dunkel die Stadt geworden ist! Und das nicht nur verglichen mit den sonnendurchfluteten Tagen auf dem Land, düster ist es tagsüber und nachts sowieso kohlrabenschwarz. Seit die Straßenbeleuchtung nicht mehr eingeschaltet wird und auch kein noch so fahler Lichtschein aus den Fenstern der Häuser und Wohnungen fallen darf, scheinen sich selbst die Sterne weniger anzustrengen, und der Mond ist kränklich blass.

Elisabeth verhält sich besonders gewissenhaft, was die Verdunkelung angeht. Köln soll bereits zertrümmert sein, die Zeitungen bringen schreckliche Bilder, und seit auch in München der Fliegeralarm immer häufiger ertönt, zieht sie oft schon am helllichten Nachmittag die schweren, roten Vorhänge zu, macht die Schmorell'sche Villa zur düsteren Höhle.

Sie will sich nur von den Nachbarn nichts nachsagen lassen, murrt Alex manchmal, wenn er sich gerade ohnehin wegen irgendetwas über sie ärgert, und sein Vater sagt: Sie macht sich Sorgen.

Besonders große Sorgen macht sie sich, wenn Alex wieder Gäste empfängt. Die meisten davon sind Kommilitonen, aber es sind auch immer einige Künstler dabei, Schriftsteller oder Schauspieler, Musiker geben kleine Hauskonzerte, Professoren stellen ihre wissenschaftlichen Erkenntnisse vor. Diese große Vielfalt an Besuchern ist vor allem Hans' unnachgiebiger, unnachahmlicher Überredungskunst zu verdanken. Wenn ihm jemand als potenziell interessanter Gesprächspartner erscheint, wirft er sich mehr ins Zeug, als er es jemals bei einem Mädchen getan hat. Er verspricht Tee, Wein und wissbegierige Zuhörer, und wo kann man heutzutage noch Kluges sagen, Kluges hören, ohne sich vor Bespitzelung und Denunziation zu fürchten? Dieses letzte Argument zieht fast immer, und bisher hat es niemand bereut, Hans' Betteln und Schmeicheleien nachgegeben zu haben.

Nur Elisabeth ist unnachgiebig, ständig kommt sie ins Wohnzimmer gelaufen und fragt mitten in einen Vortrag oder eine Lesung hinein, ob denn nicht doch noch irgendjemand etwas zu essen, etwas zu trinken haben wolle. Dabei gibt es nicht einmal mehr viel, was sie servieren könnte, die Zeiten der gefüllten Eier und Honigkuchen sind vorbei, jetzt wagen es selbst ihre Wichtigtuer-Brüder nicht mehr, an den Vorschriften und Lebensmittelkarten vorbei Waren zu den Verwandten zu schmuggeln. Elisabeth in ihrer Vorsicht hätte ohnehin nichts mehr angenommen, und in dem Punkt zumindest stimmt Alex mit ihr überein: Von Parteibonzen braucht er rein gar nichts, nicht einmal geschenkt.

Du kannst wirklich schlafen gehen, Mutter!, Alex sagt es ihr an so einem Abend sicher über ein Dutzend Mal, und manchmal kommt sogar sein Vater verschlafen die Treppen heruntergeschlichen und fragt, ob sie denn nicht bald ins Bett kommen wolle, Schurik würde seine Gäste schon selbst bewirten können. Aber Elisabeth kann nicht schlafen, wie ein Gespenst geistert sie durchs Haus, bis sich auch der letzte Gast verabschiedet hat, und das ist fast immer Hans. Sie schließt dann die Haustür hinter ihm und meistens so fest, dass es knallt.

Alex hält es deswegen für besser, diese »Leseabende«, wie Hans diese unregelmäßigen Zusammenkünfte nennt, nicht mehr bei ihm zu Hause zu veranstalten. Nicht, weil sie etwa wirklich gefährlich wären. Wenn einmal über Politik gesprochen wird, dann stets nur hochtrabend theoretisch. Aber Alex ist es lieber, öfter einmal von zu Hause wegzukommen und so der ewigen Sorge Elisabeths zu entfliehen.

Hans ist damit einverstanden gewesen und hat sich sofort auf die Suche nach einer neuen Örtlichkeit für seine Zusammenkünfte gemacht. Nur ist eine solche gar nicht so leicht zu finden: Die Studentenzimmer sind allesamt zu klein, in Kaffeehäusern oder Restaurants kann man nicht offen reden, und in den Salons irgendwelcher bürgerlicher Damen fühlt Alex sich nie besonders wohl. Die sind alle so furchtbar gebildet, dass sie schon wieder dumm sind, sie können die herrlichste Bachfuge so lange intellektuell auseinandernehmen, bis von ihr nichts mehr übrig bleibt als ein paar bedeutungslose Kügelchen auf den Linien zwischen den Taktstrichen. Zu allem Überfluss ist das Rauchen dort nur in den Pausen erlaubt gewesen, wenn überhaupt.

Letztendlich sind sie in einer hübschen kleinen Jugendstilvilla gelandet, die einem Bekannten von Hans als Architektenatelier dient. Dieser mondäne Herr um die vierzig mit dem Namen Manfred Eickemeyer ist die meiste Zeit über in Polen stationiert. Nicht als Soldat, sondern tatsächlich als Architekt, das Generalgouvernement verlangt nach neuen Gebäuden, es soll deutscher Lebensraum entstehen aus den Trümmern, die Deutschland selbst hinterlassen hat bei seinem Raubzug. Trotz allem noch eine verhältnismäßig angenehme Arbeit, denkt Alex, inmitten all der Vernichtung wenigstens etwas erschaffen. Im Moment aber befindet Eickemeyer sich auf Heimaturlaub. Gleich zu Beginn hat er großzügig Wein, Tee und Kaffee ausgeschenkt, aber auf eine weitaus weniger aufdringliche Art als Elisabeth, und je später der Abend geworden ist, desto mehr schien er seine Gastgeberpflichten zu vergessen. Nachdenklich sitzt er nun im Sessel, hört zu und raucht seine Pfeife, nicht anders als die Studenten, er muss sich nicht als Hausherr aufspielen wie die ach-so-noblen Salondamen.

Wenn es nicht so düster wäre, denkt Alex, wäre es sogar wirklich gemütlich hier, aber dunkel ist es ja mittlerweile überall. Tief baumelt die elektrische Lampe über dem großen Tisch, an dem der Architekt tagsüber seine Baupläne für das Generalgouvernement des Führers ausbreitet. Jetzt liegen dort aufgeschlagene Bücher, ein paar Ausgaben von Paul Claudels *Der seidene Schuh*. Es ist ein Theaterstück, völlig ungeeignet für das Theater, mit wahnsinnig vielen Figuren und Kulissenwechseln, Hans hält es dennoch für eines der besten Werke der Literaturgeschichte. Nur weil er die Russen noch nicht gelesen hat, denkt Alex. Nichtsdestoweniger ist es zum Ritual geworden, zum Abschluss ihrer Zusammenkünfte, meist schon weit nach Mitternacht, immer noch ein paar Szenen aus dem *Seidenen Schuh* in verteilten Rollen zu lesen. Alex hat sich dabei auf die Ausländer spezialisiert, die auftretenden Chinesen und Japaner, die er dann mit einem lächerlich überzogenen Akzent liest, bis Hans ihn ermahnt, die ganze Sache doch bitte ein bisschen ernster zu nehmen. Dabei findet Alex das Stück ziemlich schwülstig, und ganz besonders stört ihn diese Überbetonung der Heiligkeit der Ehe, da muss er dann immer an Angelika denken, und an ihren Mann. Manchmal sind zumindest auch echte Schauspieler anwesend, die ihre Rollen herrlich rezitieren, das ist dann wenigstens schön anzuhören. Heute aber sind die meisten Gäste bereits gegangen, neben dem Hausherrn sitzen nur noch jene unter der Hängelampe, die eigentlich immer dabei sind: Sophie, Traute, Hans und Alex selbst natürlich, außerdem Christel.

Anfangs ist Hans dagegen gewesen, Christel einzuladen: Sind denn diese Abende wirklich etwas für Familienväter?, hat er gefragt, und da hat Alex geantwortet: Warum denn nicht?

Darauf ist Hans nichts mehr eingefallen und Alex hat Christel einfach mitgenommen. Das hat sich vor allem für Hans selbst als Glücksfall herausgestellt, denn gerade die Themen, die ihn so brennend interessieren und Alex bloß zum Gähnen bringen, bewegen auch Christel ungemein, nächtelang können sie miteinander sprechen, vor allem über Religion. Christel ist ungetauft, sein verstorbener Vater ist nämlich Religionswissenschaftler gewesen und hat sich schlichtweg nicht entscheiden können. Aber nun, mit der eigenen kleinen Familie und in diesen Zeiten, diesen unverständlichen Zeiten, fühlt er sich immer mehr hingezogen zum Christentum, und Hans kann ihm viel Lektüre empfehlen. So ist Christel zu einem von jenen geworden, die an solchen Abenden stets am längsten sitzen bleiben. Auch Traute und Sophie gehen immer erst spät. Sie verstehen sich ziemlich gut, viel besser, als Traute und Hans sich jemals verstanden haben, so scheint es Alex zumindest. Sie teilen sich sogar ein Fahrrad, an manchen Tagen darf Traute damit fahren und an anderen Sophie, das funktioniert gut und spart Kosten. Und auch die Aufräumarbeit teilen sie sich, denn zumeist sind es die beiden Frauen, die vor dem Heimgehen noch die Gläser spülen und die Aschenbecher leeren.

Diese fünf also sind der harte Kern, der diese Zusammenkünfte Nacht für Nacht zusammenhält. Heute aber sitzt neben dem Architekten noch ein weiterer mit am Tisch, einer, der nicht ganz dazupasst, ein kleiner, mittelalter Herr mit Halbglatze und schiefem Mund.

Alex weiß noch nicht, was er von ihm halten soll. Ihm missfällt grundsätzlich, dass der Kerl Philosophieprofessor ist. Traute hat ihn zuerst entdeckt und dann Sophie empfohlen, und die ist gleich ganz aus dem Häuschen gewesen: Diesen Huber müsst ihr euch anschauen, der wird euch gefallen! Die anderen Philosophen an der Fakultät sind zum Vergessen, da könnte man gleich eine Vorlesung bei Goebbels besuchen, aber Huber ist ein Professor alter Schule, ein richtiger Freigeist!

Also hat sich auch Hans in Professor Hubers Leibniz-Vorlesung hineingesetzt, oder besser gesagt: hineingestellt, so überlaufen ist die Lehrveranstaltung gewesen, kein einziger Sitzplatz war mehr zu ergattern. Hinterher war er schier überwältigt vor Begeisterung: Weißt du, was der Professor gleich zu Beginn gesagt hat, Alex? Er hat gesagt, dass er nun alle zartbesaiteten Seelen im Raum darum bitte, die Vorlesung zu verlassen, denn seine wissenschaftliche Sorgfaltspflicht gebiete es ihm, jetzt einen verbotenen Denker zu zitieren! Natürlich ist niemand gegangen, im Gegenteil, der ganze Saal ist in schallendes Gelächter ausgebrochen! Sie denken wie ich, hat Hans mit fast schon fiebriger Stimme hinzugefügt, sie denken wie wir, ein ganzer Saal voll denkender Menschen!

Aber nicht einmal Hans' Verzückung kann Alex dazu bringen, eine Philosophievorlesung zu besuchen. Sogar heute hat er sich absichtlich verspätet, nur um den einleitenden Vortrag des Professors zu verpassen. Nicht, weil er etwas gegen Huber persönlich gehabt hätte. Der wird schon ein guter Mann sein, wenn Hans das sagt. Aber Alex kann seine Zeit anderswo sinnvoller verbringen als mit Philosophie. Zeichnend bei Lilo zum Beispiel. Überhaupt beginnt Alex sich langsam zu fragen, was das soll, diese Leseabende und kunstsinnigen Diskussionen und der *Seidene Schuh*. War es denn wirklich das, woran Hans gedacht hat an jenem vorweihnachtlichen Abend, als sie so inspirierend geschwiegen haben? Ein bisschen Lesen, ein bisschen Wein trinken und hinterher beschwingt im Morgengrauen nach Hause wanken? War es das, wovon sie gesprochen haben, wenn sie das Wort Widerstand in den Mund nahmen? Das ist der viel beschworene Anfang – und das Ende zugleich? Wenn es so ist, dann wäre Alex wirklich besser aufgehoben bei

Lilo, mit dem Stift in der Hand oder dem Lehmklumpen vor sich, nicht hier unter ältlichen Professoren und Architekten, deren Gespräche sich dann doch immer mehr um Gott als um die Welt drehen. Die sollten einmal alle in einen orthodoxen Gottesdienst gehen, da würden ihnen die klugen Worte im Hals stecken bleiben vor Überwältigung, weil das ist Glauben, das!

Da in den Szenen aus dem *Seidenen Schuh*, die heute durchgenommen werden, weder Chinesen noch Japaner vorkommen, hat Alex ausreichend Zeit, um nachzudenken und ganz mürrisch zu werden dabei, er hört kaum noch zu. Sophie hat ihre Ausgabe des Buches dem Professor geliehen, sie hockt nun auf der Lehne von Alex' Sessel und liest über seine Schulter hinweg mit. Immer, wenn sie dran ist, beugt sie sich ein wenig nach vorne, dann spürt Alex ihre Haare an seinem Hals entlangkitzeln und zuckt ein wenig zusammen. Er ist ja doch noch hier aus irgendeinem Grund, nicht bei Lilo und nicht in der Kirche. Dann versucht er, sich wieder mehr auf den Text zu konzentrieren, vielleicht kann er doch noch heraushören, was Hans darin zu erkennen glaubt. Es wird einmal etwas geschehen, es muss einmal etwas geschehen. Etwas, das mehr ist als nur Austausch und Hirngespinst.

Sophie liest gerade die Doña Proëza, die tugendhafte Heldin des Stückes, die trotz größter Leidenschaft auf den Ehebruch verzichtet, um die Erfüllung ihrer Liebe im Jenseits zu erwarten.

Vielleicht hat Angeli auch den *Seidenen Schuh* gelesen, denkt Alex, das würde einiges erklären.

Wenn wir zur Freude wallen, was verschlägt's, wenn unser irdischer Weg entgegengesetzt zur leiblichen Nähe verläuft? Wenn ich fortgehe zur Freude, kannst du glauben, dass es dir zu Leide geschieht?

Sophie liest mit leiser, doch getragener Stimme vor, und nun müsste der Architekt antworten. Aus Dankbarkeit für die Gastfreundschaft hat Hans ihm nämlich für heute die männliche Hauptrolle zugesprochen, den von der Doña Proëza angebeteten Vizekönig Rodrigo. Aber Eickemeyer sagt nichts, blickt nicht einmal mehr in das Buch, das vor ihm auf dem Tisch liegt. Er hält seine Zigarre in der Hand und starrt über Sophies Kopf hinweg ins Leere.

Im ersten Moment hält Alex die Sprechpause für künstlerische Interpretation. Dann aber wird die Stille übermächtig, schwer liegt sie in der Luft wie eine dicke Decke, stickig ist es, und das liegt nicht nur an dem ganzen Rauch. Der Professor mit dem schiefen Gesicht hüstelt endlich ein wenig.

Verzeihen Sie, murmelt da der Architekt, ich bin wohl gerade woanders gewesen.

Aber anstatt einfach weiterzulesen, starrt er immer noch auf denselben Punkt über Sophies Kopf, irgendwo auf der Tapete hinter Alex, als würde er dort etwas sehen, einen Kinofilm, nur für ihn selbst zu erkennen und für alle anderen unsichtbar.

Wissen Sie, sagt Eickemeyer nach einer Weile mit trockener, rauer Stimme, ich kann mich heute nicht recht auf die Liebe und die Freude konzentrieren. Mein Sinn steht momentan nicht nach spanischen Romanzen. An nichts anderes kann ich mehr denken, als dass ich bald wieder nach Krakau muss. Sie waren schon im Osten, meine Herren?

Plötzlich sieht er sie direkt an, lässt den Blick wandern von Hans zu Alex zu Christel zu Professor Huber, der schamhaft den Kopf senkt, als wäre er soeben beleidigt worden. Niemand von ihnen ist schon *im Osten* gewesen, auch Alex nicht. Nicht so, wie der Architekt es meint.

Was er vom Krieg im Osten weiß, hat Alex, abgesehen von den unsäglichen Wochenschauen im Kino, vor allem aus den

Briefen russischer Verwandter und Bekannter, die seine Eltern manchmal bekommen. Und auch darin finden sich höchstens Andeutungen. Die Post wird gelesen, manchmal liegen die Umschläge ganz ungeniert aufgerissen und provokant laienhaft wieder zugeklebt im Postkasten. Und russische Briefe sind von vornherein verdächtig, in letzter Zeit kommen kaum noch welche an.

Nein, niemand von ihnen ist im Osten gewesen, sie schütteln die Köpfe.

Aber an der Front waren Sie?, fragt Eickemeyer.

Nun nicken Hans, Christel und Alex, nur der Professor scheint noch weiter in seinem Sessel und sich selbst zu versinken.

Krieg, murmelt Eickemeyer, wir haben uns alle ein Bild vom Krieg gemacht. Ich zumindest habe das gedacht. Ein grausames Bild, aber immerhin, eine Vorstellung. Im Osten werden Sie jedoch merken, dass Sie keine Vorstellung haben von diesem Krieg. Nicht die geringste. Wissen Sie, dass seit der Eroberung Polens mindestens dreihunderttausend Juden ermordet worden sind?

Er stockt, blickt wieder in die Runde, niemand rührt sich, die lodernden Zigaretten brennen herunter, ohne dass jemand an ihnen zieht, Asche fällt auf den Boden.

Die Juden werden bestialisch ermordet, fährt Eickemeyer fort. Ich habe es selbst gesehen in Krakau. Sie haben Gruben gegraben. Ich dachte erst, es wären Zwangsarbeiter, die einen Keller oder Bunker ausheben müssen. Aber es waren keine Gruben. Es waren Gräber.

Und er erzählt von den jüdischen Männern, Frauen und Kindern, die erschossen in die Erdlöcher fallen, hastig niedergemetzelt zwischen dem Mittagessen und dem Nachmittagskaffee der SS-Männer, aufeinandergehäuft und angezündet liegen die leblosen Körper, und doch dringt aus den Flammen immer noch ein Wimmern und Schreien.

Er erzählt von den jungen Polinnen und Polen, Angehörige des Adels oder der Intelligenz, die verschleppt worden sind, die Männer in Konzentrationslager und die Frauen, so erzählt man sich zumindest, in die norwegischen Wehrmachtsbordelle.

Er erzählt von den Arbeitslagern, die jetzt überall aus dem Boden schießen und die nichts mehr zu tun haben mit jemals zuvor dagewesenen Strafkolonien oder Gefängnisstätten, die zu nichts anderem mehr errichtet werden, als Partisanen, Kommunisten und rassisch Unerwünschte einem grausamen Ende zuzuführen.

Dann schweigt er und starrt wieder die Wand an, aber den Film, den vorher nur er selbst sehen konnte, sehen sie jetzt alle, an der Tapete klebt das Blut der Jüdinnen und Juden, der Polinnen und Polen, der Kinder.

Aber still wird es nicht mehr.

Alex hört, wie sich Hans am anderen Ende des Tisches räuspert und dann doch nichts sagt.

Er hört das leise Klappern von Trautes Perlenkette, die sie wie zur Beruhigung immer wieder durch ihre Finger laufen lässt.

Er hört Sophie an seiner Seite mit den Zähnen knirschen, spürt ihren Ellbogen immer fester gegen seinen Oberarm drücken.

Dann ist es ausgerechnet der Professor, der als Erstes wieder zu Worten findet: Da muss man doch etwas tun!

Sommer 1942.

Manchmal wird es Herbst in Hans und dann genauso schnell wieder Frühling, das kennt er zur Genüge. Aber diese Euphorie, die von ihm Besitz ergreift, sobald er das Architektenbüro verlassen hat, die kennt er noch nicht, die ist neu. Frühling ist jedenfalls ein zu schwaches Wort dafür, vielleicht ist es ein Sommergewitter, und hinterher wird man die Welt gereinigt vorfinden!, das ist eine Metapher, die ihm gefällt.

Hans wankt beim Gehen, obwohl er gar nicht betrunken ist, noch nie ist er so wenig betrunken gewesen wie jetzt. Erste Arbeiter sind schon wieder auf den Straßen und müssen ihn für einen rechten Rumtreiber halten, die Sonne färbt im Aufgehen alles rosa.

Der Professor hat es gesagt, sogar der Professor. Bisher hat Hans ihm gegenüber immer nur Andeutungen darüber gemacht, dass er eine gewisse politische Betätigung plane, und mehr als Andeutungen konnten es ja auch nicht sein, konkreter sind seine Pläne nie geworden. Man sollte, man könnte, ein Anfang. Gerade darum hat Hans gehofft, dass Huber schon verstehen und ebendas tun würde, wovor Alex und er immer zurückschreckten, sie endlich vom lähmenden Konjunktiv befreien: Man sollte ... Man muss!

Aber bisher sind die Ohren des Professors für solcherlei Gespräche verschlossen gewesen, er hat nicht verstanden oder wollte nicht verstehen. Manchmal hat er zur Antwort philosophische Reden geschwungen, gespickt mit historischen

Vergleichen und allerhand anderen Manövern, um nur ja schnell in abstraktere Gefilde zu gelangen.

Meist aber hat er von vornherein abgewunken: Verlieren Sie nicht den Kopf, Herr Scholl. Und das meine ich wörtlich.

Wegen einer Kinderkrankheit, die Huber mit seinem schiefen Mund und einem lahmen Bein zurückgelassen hat, ist er im letzten Weltkrieg nicht tauglich gewesen. Dieser verpassten Gelegenheit trauert er noch heute hinterher, und seine Studenten beneidet er darum, irgendwo im fremden Schlamm fürs Vaterland verrecken zu dürfen.

Wenn nun aber sogar ein Professor Huber aufspringt und verlangt, dass man etwas tun müsse, Huber, dem Krieg an sich nicht abgetan, doch aber dem verbrecherischen Regime, dann ist der Zeitpunkt endgültig, endlich gekommen, jetzt müssen es alle erkennen!

Im Architektenatelier jedenfalls haben es alle erkannt, da ist sofort eine seltsame Betriebsamkeit ausgebrochen, die im starken Gegensatz zur eben noch vorherrschenden Betroffenheit stand.

Etwas tun - aber was?

Alex hat darauf bestanden, dass Feuer nicht mit Feuer bekämpft werden könnte, und was auch immer unternommen würde, es müsste ohne Blutvergießen gehen, Hans hat energisch zugestimmt. Man müsste einfach alles publik machen, hat Sophie gesagt, und dann den Architekten direkt angebettelt, er solle doch alles aufschreiben, wovon er gerade berichtet habe, wenn doch nur genug Leute davon lesen würden!, Traute hat sogar schon von Papierbeschaffung gesprochen.

Der Architekt jedoch schwieg beharrlich, den Blick wieder starr auf die Tapete gerichtet. An seiner Stelle hat Christel geantwortet: Das sei erstens gefährlich und zweitens völlig nutzlos, der durchschnittliche Deutsche wisse doch genau, was los sei, und stehe trotzdem hinter Hitler.

Und dann hat er von seiner Stiefmutter erzählt, der Frau, die sein Vater bald nach der Scheidung geheiratet hat. Sie lebt auf dem Land und hat Christels Gattin oft mit den Kindern und dem Haushalt geholfen, wenn er selbst wieder einmal nicht da sein konnte, wegen des Studiums oder wegen des Krieges. Sie ist Jüdin. Seit sein Vater tot ist, ist sie jedoch nicht mehr durch ihre arische Ehe geschützt, noch lebt sie einigermaßen unbehelligt in ihrem kleinen Dorf, wo sie Unterschlupf als Magd bei einer frommen Familie gefunden hat, aber wer weiß, wie lange das noch gut geht. Die Deutschen wissen ja ganz genau, was sie den Juden antun, und sie goutieren es sogar, hat Christel in bitterem Tonfall hinzugefügt, wozu soll man da noch Haut und Haar riskieren.

So wirklich hat ihm da niemand widersprechen wollen, weil alle an seine Kinder gedacht haben. Aber der Ausruf des Professors ist weiterhin durch den Raum gewandert wie ein Gespenst, keinem hat es mehr Ruhe gelassen. Da muss man doch etwas tun!

Auch Hans hat an Christels Kinder gedacht und an die Kinder, die er selbst vielleicht einmal haben wird, denen er in vielen Jahren vom deutschen Kulturvolk berichten wollen und keine Worte mehr dafür finden wird. Deutsch hat sich Hans in diesem Moment gefühlt, unglaublich deutsch, und es ist ein ihm bisher unbekannter Ekel gewesen. Kant, Goethe, Schiller – was zählen sie noch, wenn ihre Leistungen im Dreck jener Verbrechen versinken, die ausgeübt und, fast genauso schlimm, geduldet werden von Deutschen, Deutschen, Deutschen wie ihm. Und er hat zu Alex hinübergeschielt, der sich wenigstens noch an seine russische Herkunft klammern kann, aber auch seine Wangen sind wutrot gefleckt gewesen. Wut, das war das Nächste, Hans hat sich selbst vor sich gesehen, sechzehn- oder siebzehnjährig, hakenkreuzfahnenschwingend den anderen voranmarschierend. Einen Jüngeren anbrüllend, der zu spät zum HJ-Treffen erscheint. Seinen Vater anbrüllend, der das Hitlerbild abhängt. Scham und Wut und Ekel, alles in einem. Irgendwann konnte er nicht mehr sitzen bleiben, da ist er aufgesprungen und ins Freie gestürzt, ohne auch nur ein Wort des Abschieds.

Kaum, dass Hans vor die Tür und an die frische Luft getreten ist, haben sich jedoch alle düsteren Gedanken und Gefühle schlagartig verflüchtigt. Stattdessen durchrauscht ihn nun diese nie dagewesene Euphorie, sie beflügelt seinen Schritt, er rennt beinahe, in den Ohren die Stimme des Professors und ganz fürchterliche Schlager, mit denen man ihn an jedem anderen Tag davonjagen könnte, jetzt aber liegen sie ihm auf den Lippen wie einem Frischverliebten. *Heute Nacht oder nie,* der Hausmeister hat das Haustor bereits aufgesperrt, so spät ist es schon, oder so früh, wie viele Stunden hat er den Ekel spüren müssen, bis er sich endlich aufraffen konnte?, zwei Stufen auf einmal nehmend steigt Hans jetzt zu seiner Wohnung hinauf.

Es ist ja wirklich allzu toll, alles ist verliebt in Dr. Scholl!, hat die Tochter der Vermieterin mit Bleistift auf die Treppenhauswand gedichtet, er ist schon so oft daran vorbeigelaufen, dass er die Schrift sonst kaum noch wahrnimmt, heute aber liest er sie. Es ist ja wirklich toll, allzu toll alles!

Sein Zimmer ist wenig verwunderlich genauso unaufgeräumt, wie er es gestern Abend verlassen hat. Auf dem Schreibtisch stapeln sich Bücher, medizinische Fachliteratur, aber auch Schiller, Goethe, seine zerlesene Bibel. Die teure Füllfeder, die er seit Gymnasialzeiten besitzt, liegt daneben, und darunter das linierte Heft, er hat es für Vorlesungsnotizen gekauft. Jetzt reißt er eine der noch unbeschrifteten Seiten heraus, ratsch, Papier ist wertvoll wie Gold heutzutage, ratsch, noch eine. Dann setzt er sich hin und zündet sich eine Zigarette an. Unten wird gerade die Vermieterin munter und wohl auch ihre freche Tochter, er hört die Wasserleitungen rauschen, jemand geht auf die Toilette, jemand wäscht sich. Für alle geht alles weiter wie bisher, er aber wird jetzt ins Rad der Geschichte eingreifen. Die Deutschen aus ihrem geistigen Gefängnis befreien. Den Krieg beenden. In diesem Moment traut er sich alles zu und noch mehr. Es ist wieder wie das Vorausmarschieren, aber diesmal in die richtige Richtung. Die Zigarette in der linken greift Hans mit der rechten Hand nach der Füllfeder.

Er schreibt auf, was er heute Nacht gedacht und gefühlt hat, worüber gesprochen worden ist und worüber Alex und er schon so oft miteinander geschwiegen haben. Er schreibt alles auf, was ihn umtreibt seit jenen Weihnachtsfeiertagen, die er im Gefängnis verbracht hat, damals ist es nur ein vages Gefühl gewesen, jetzt sind es Worte. Man muss etwas tun! Leistet Widerstand – Widerstand –, wo auch immer ihr seid! Die atheistische, denn was soll sie sonst sein, die atheistische Kriegsmaschine muss gestoppt werden, alle Räder sollen stillstehen, noch ist der letzte Deutsche nicht verblutet, noch ist dazu Zeit! Und dass der Nationalsozialismus keine Geisteshaltung ist, schreibt er, sondern nur Lug und Trug, in die Welt gesetzt, um eine Diktatur des Bösen zu errichten, und das Böse ist am mächtigsten in der Macht Hitlers, diese muss gebrochen werden, das ist nicht nur Recht, sondern sittliche Pflicht eines jedes Christen!

Zwischendurch muss Hans die Feder kurz zur Seite legen und seine krampfend-schmerzende Hand ausschütteln, dann blickt er durchs Fenster in den Nachbarsgarten, wo herrlich weiße Blüten blühen. Er atmet tief durch, glaubt statt des Tabakrauchs Rosenduft zu riechen, und greift wieder zur Feder, *Des Epimenides Erwachen* vor sich aufgeschlagen, Goethes

Festspiel anlässlich der über den Tyrannen Napoleon gewonnenen Schlacht.

Hoffnung:
Nun begegn' ich meinen Braven
Die sich in der Nacht versammelt,
Um zu schweigen, nicht zu schlafen,
Und das schöne Wort der Freiheit
wird gelispelt und gestammelt
Bis in ungewohnter Neuheit
Wir an unsrer Tempel Stufen
Wieder neu entzückt es rufen:

Freiheit! Freiheit!

Es ist die rundgesichtige, die stets freundliche Njanja, die Hans diesmal die Schmorell'sche Haustür öffnet. Mit ihrem Kopftuch und der leicht gebückten, allzeit ehrerbietenden Haltung sieht sie aus, als könnte sie Alex' Großmutter sein, dabei ist sie nur ein paar Jahre älter als Elisabeth.

Sdrastwujtje, sagt Hans, und: *Kak djela*, denn so viel Russisch hat Alex ihm schon beigebracht.

Njanja nickt: *Wsjo narmalno, spasiba!*

Den Russen geht es selten gut, meistens ist alles normal, da sind sie etwas ehrlicher als die Deutschen, sagt Alex immer.

Njanja lächelt heute nicht, sie sieht eher verschreckt aus und murmelt etwas vor sich hin. Die Freunde ihres lieben Schuriks sind auch ihre Freunde, da ist Njanja über alle Maßen loyal. Wenn es sein muss, sogar gegen den Willen Elisabeths, der Sohn Natalijas steht in Njanjas innerer Hierarchie doch deutlich höher. Und so wundert sich Hans über die kühle Begrüßung, die angstvollen Augen, das nervöse Gemurmel. Allerdings hat er an diesem Tag auch noch keinen Blick in den Spiegel geworfen, sonst hätte er ihr Verhalten wohl verstehen können.

Den ganzen Morgen über hat er geschrieben, nichts als Kaffeeersatz und Zigaretten zu sich genommen, und vor allem nicht eine Sekunde geschlafen. Eine Zeit lang hat er zwar auf seinem Bett gelegen, als sein Handgelenk wieder schmerzte und sein Kopf sich leer, das erste Mal in seinem Leben ganz und gar ausgeleert anfühlte, einschlafen aber konnte er nicht. Er hat sich von einer Seite auf die andere gerollt, geschwitzt, nach Luft gerungen, die dicht beschriebenen Blätter auf seinem Schreibtisch kamen ihm vor wie Flammen. In einer Sekunde sagte er sich: Ich muss sie vernichten, den Brand löschen, wenn jetzt jemand hereinkommt. Und in der nächsten: Das muss ein Lauffeuer werden!

Und mit diesem Gedanken ist er wieder aufgesprungen und hat sich auf den Weg zu Alex gemacht.

Hans fühlt sich im Moment nicht im Geringsten müde, aber seine geröteten Augen mit den dunklen Ringen darunter sagen etwas anderes, damit hat er die arme Njanja wahrscheinlich so erschreckt.

Jetzt geht sie vor ihm her und klammert sich dabei Hilfe suchend an den Kopftuchknoten am Kinn, Hans folgt ihr durch das ihm bekannte Wohnzimmer und ein schmales Stiegenhaus hinunter in den Keller.

Alex steht in der Mitte des Raumes. Er hat sich einen alten Arztkittel seines Vaters übergezogen und ist von oben bis unten mit Lehm bekleckst. Vermutlich ist er zu faul gewesen, den schweren Klumpen in sein Zimmer hinaufzuschaffen, er modelliert gleich hier mitten im Materiallager. Noch ist nicht zu erkennen, wen oder was seine Skulptur einmal darstellen soll, noch ist es eine Kugel auf etwas Länglichem, nur mit viel Fantasie ein Kopf auf einem Körper.

Ob Alex heute ebenfalls nicht geschlafen hat, ist schwer zu sagen, sein Gesicht jedenfalls sieht aus wie sonst auch.

Alex sieht immer aus wie das blühende Leben, hat Traute einmal gesagt.

Und ich?, hat Hans daraufhin gefragt.

Du nicht, hat sie geantwortet.

Priwjet Hans, sagt Alex, ohne den Blick vom Lehmklumpen zu heben, und Njanja verabschiedet sich mit leichter Verbeugung und noch immer ängstlicher Miene.

An den Wänden lagern halb fertige Skulpturen und unbearbeitete Gipsblöcke, aber auch Wasserkanister und Eingekochtes, eine eiserne Reserve.

Was soll das einmal werden?, fragt Hans und zeigt auf den Lehmklumpen.

Wenn ich das wüsste, antwortet Alex und schlägt etwas von der Kugel herunter, das eine Nase hätte werden können. Dann erst dreht er sich ganz zu dem Freund um und blickt ihm in die geröteten Augen, nicht so erschrocken wie Njanja vorhin, aber doch ein wenig besorgt.

Ist eine lange Nacht gewesen gestern, sagt er.

Oder eine kurze, je nachdem, antwortet Hans.

Er greift in die Hosentasche und holt einen Pack klein zusammengefalteter Zettel heraus. Alex wischt sich kurz die Finger am Kittel ab, dann greift er nach dem Papier, entfaltet die vielen blauen Buchstaben, die eng aneinandergedrängt und zum Schluss hin in Dreierzeilen zwischen die Linien gequetscht stehen, Hans hat am Ende doch noch ans Sparen gedacht. Alex entziffert mit zusammengekniffenen Augen, Hans wartet und begutachtet inzwischen den Lehmklumpen, der nichts darstellt und noch alles werden kann.

Alex kennt das gar nicht, dieses Herbstgefühl, denkt er dabei, der hält sich mit seiner Arbeit über Wasser, mit seiner

Fantasie. Vielleicht wird er sie gar nicht verstehen, die Notwendigkeit dieser Zeilen, nicht nur für Deutschland, auch für mich selbst.

Also, was sagst du?, fragt Hans ungeduldig, als er meint, Alex müsse längst fertig sein mit dem Lesen.

Alex blickt auf: Wem hast du das bisher gezeigt?

Seine Augen sehen irgendwie anders aus als vorher, als würden sie jetzt ein Licht reflektieren, das um ein Vielfaches stärker ist als jenes, das aus der Glühbirne an der Decke fällt.

Niemandem, antwortet Hans, nur dir.

Wenn das herauskommt, murmelt Alex.

Ich weiß, sagt Hans, und Alex nickt geistesabwesend, während er die Blätter wieder zusammenfaltet und in der Tasche seines Kittels verschwinden lässt.

Ich kann eine Schreibmaschine organisieren, sagt er dann, unser Nachbar besitzt eine, die er fast nie benutzt. Dann fehlt nur noch der Vervielfältigungsapparat.

Nur noch der Vervielfältigungsapparat, so einfach scheint plötzlich alles zu sein, Hans muss grinsen.

Alex fährt sich nachdenklich mit den Fingern durchs Haar, hinterlässt darin kleine Lehmbröckchen: Es ist nur ziemlich ... ziemlich ..., er sucht nach dem richtigen Wort: *Utontschonnyj* ... ziemlich anspruchsvoll.

Natürlich, erwidert Hans, ich habe es ja für die verfasst, die noch selbstständig denken können. Und wollen. Die sich all das, was ich hier aufgeschrieben habe, schon lange selbst denken, aber glauben, damit allein zu sein ...

Die sich nicht gefunden haben wie wir, ergänzt er in Gedanken.

Also drucken wir ein Flugblatt, schlussfolgert Alex, wir verschicken es am besten per Post an Professoren, Künstler, Bibliothekare ...

Aber auch an die Wirte, fügt Hans hinzu, und Geschäftsleute! Kaum jemand kommt mit so vielen verschiedenen Menschen in Kontakt wie sie, kaum jemand hat so oft die Möglichkeit, ein paar frische Gedanken zu streuen ...

Und wir schicken ihnen jede Woche eine Seite, eine Art Abonnement, ruft Alex, oder sogar öfter, ich weiß nämlich auch noch das eine oder andere, was ich noch beitragen könnte ...

Sie reden schnell und denken noch schneller, fallen einander ins Wort, kompensieren damit die Lähmung der letzten Monate, die vielen Stunden des Schweigens.

Und sie müssen denken, dass wir viele sind, lauter Gleichgesinnte, so etwas wie eine Geheimorganisation oder ein Orden!, ruft Hans und denkt dabei an Huber und Sophie, auch an Traute, an Christel, die ganze Partie vom Vorabend, sie sind ja alle derselben Meinung, sie alle denken wie Alex und er. Und das ist eben nur der harte Kern!

Ein Orden braucht auch einen Namen, überlegt Alex, aber da wird er plötzlich unterbrochen von knarrenden Schritten auf der Kellerstiege.

Elisabeth hat Alex' Schwester heruntergeschickt, um ein Glas Eingemachtes zu holen. Natascha grüßt Hans lächelnd mit spaßhaftem Knicks, und wenn sie irgendetwas von der vorangegangenen Unterhaltung mitbekommen hat, lässt sie sich nichts anmerken. Hans fragt Alex schnell irgendetwas über das Lymphknotensystem und lauscht der umständlichen und nicht ganz korrekten Antwort, bis Natascha mit ihrem Glas wieder die Treppen hinauf verschwunden ist.

Alex hört auf zu stammeln und wischt sich mit der Hand über die Stirn.

Wir sollten das in Zukunft lieber oben machen, flüstert er, mein Zimmer kann man absperren. Nicht, dass meine Schwester uns verraten würde, aber es ist doch besser, wenn sie gar nichts weiß, zu ihrer eigenen Sicherheit.

Hans denkt an Sophie und nickt.

Zu ihrer eigenen Sicherheit, wiederholt er.

Sommer 1942.

Hans ist schon öfter in Alex' Zimmer gewesen, aber nie für besonders lang, denn überall stehen Werkzeuge, Büsten und noch unbehauene Steine, es ist eng und riecht nach Farbe. Erst jetzt, auf den zweiten Blick, erkennt Hans deutlich die Züge der kindlichen Vergangenheit des Raumes: An den Wänden stapeln sich Kisten mit Bauklötzen, ein Schaukelpferd verstaubt in der Ecke, Schulhefte stehen geordnet im Bücherregal. Und ausgerechnet hier soll nun die Zukunft beginnen, dieses seltsame Zimmer ist der Untergrund, aus dem die Weiße Rose sprießt.

Hans kann selbst nicht sagen, warum er ausgerechnet diesen Namen vorgeschlagen hat. Vielleicht wegen Brentanos spanischen Romanzen, die er gerade liest, *Die Rosa Blanca.* Vielleicht waren es aber auch die Blumen im Nachbarsgarten, die ihn inspirierten, der Duft in der Nase beim Schreiben, ihre einfache Schönheit so unerreichbar nah. Alex jedenfalls ist mit diesem Vorschlag sofort einverstanden gewesen.

Eine Rose ist gut, hat er gesagt, eine Rose ist weit weg von allem Soldatentum, und doch werden ihre Dornen tief hineinbohren in das deutsche Fleisch.

Die Farbe Weiß sei ihm außerdem immer schon sympathisch gewesen, als Gegenteil von Bolschewikenrot.

Den Eltern hat Alex erzählt, dass die Anwesenheit von Hans sowie der Schreibmaschine in seinem Zimmer unerlässlich sei für die Prüfungsvorbereitung. Welche Prüfung, darüber ließ er sie im Unklaren, insofern ist es auch keine Lüge gewesen, und die Eltern waren so glücklich, dass ihr Schurik sich doch noch auf sein akademisches Fortkommen besinnt, da haben sie nicht lange nachgefragt.

Auch die Beschaffung des Vervielfältigungsapparates hat Alex keine Probleme bereitet. Er hat nicht gerade wenig Erspartes, an seinem Namenstag im Mai hat er vom Vater noch eine hübsche Summe bekommen. Aber verwende es sinnvoll!, ermahnte ihn Elisabeth, und dieses eine Mal hat er sich an ihren Ratschlag gehalten. Das Fräulein im Bürofachhandel hat zwar halb-amüsiert, halb-misstrauisch nachgehakt, wozu denn einer wie er eine solche Gerätschaft benötige, das vage Gestammel von den »studentischen Zwecken« aber hat sie anstandslos gelten lassen. Geschäft ist Geschäft, auch und gerade im Krieg, und der junge Mann hat so vertrauenswürdig ausgesehen in seiner Uniform, wird schon alles seine Ordnung haben. Es ist eine große Überwindung für Alex gewesen, sich in seine graubraune Schale zu werfen, aber schließlich hat es sich gelohnt, und er konnte das Geschäft ohne Probleme mit dem Apparat verlassen.

Nun sitzt Hans im Schneidersitz auf Alex' Bett, vor ihm liegen die dicht beschriebenen Notizblätter. Mittlerweile kann er sie selbst nur noch mit Mühe entziffern, so viele Streichungen und Einfügungen hat er unternommen, so viele Umformulierungen und Ausbesserungen, von seinem ersten Guss ist nur noch die Dringlichkeit der Botschaft geblieben. Dazugesellt aber hat sich die kleine Eitelkeit des Schriftstellers, denn er würde Leser haben, viel mehr Leser, als ihm seine bisherigen Gedichte und Aufsätze gebracht haben, die nicht über den engsten Familien- und Bekanntenkreis hinausgekommen sind. Außerdem wird ein gut geschriebenes Pamphlet viel eher verbreitet als ein schlechtes, da ist sich Hans sicher, und den Nazis mit ihrem Bestseller-Autor Hitler an der Spitze sollte ohnehin einmal jemand zeigen, was die deutsche Sprache wirklich vermag.

Alex liest mit einiger Mühe Hans' finalen Flugblattentwurf, immer wieder muss er nachfragen, weil er das eine oder andere Wort nicht lesen kann.

Soll das Nemesis heißen? Heißt das hier Trümmerhaufen? Und was soll dieses Wort bedeuten? Am Ende hat Hans alles erklärt und Alex lächelt.

Sehr gut, sagt er, aber im nächsten Augenblick schon zieht er zweifelnd die Augenbrauen zusammen.

Warum aber hast du denn gar nichts von den getöteten Juden geschrieben? Von dem, was Eickemeyer uns über das besetzte Polen erzählt hat?

Weil Christel recht hat, seufzt Hans. Wenn wir die Menschen erreichen wollen, müssen wir anders vorgehen. Den meisten Leuten sind die Juden doch egal. Oder schlimmer noch, sie meinen gar, die Juden hätten ein solches Schicksal verdient.

Dann ist das aber ein Schmarrn!, in seinem Zorn verfällt Alex sogar ins Bayrische, was selten vorkommt, seine Wangen werden rot: Auch die Juden sind Menschen, das kann doch niemand leugnen, also werden diese Verbrechen auch an Menschen verübt, oder etwa nicht?

Natürlich, antwortet Hans, aber traurigerweise hat die Propaganda da ganze Arbeit geleistet, nur die wenigsten werden mit den Juden Mitleid haben.

Nicht Mitleid, murrt Alex, Mitschuld!

Dann schweigt er eine Weile, starrt auf Hans' Notizen und fragt schließlich: Und was ist mit den Polen? Wenn man sich schon anmaßt, dreihunderttausend Juden, dreihunderttausend Menschen den Tod zu gönnen, dann wäre da ja immer noch das Verbrechen am polnischen Adel … Und Hans, wir müssen den Leuten auch deutlich, noch viel deutlicher sagen, was sie dagegen unternehmen können! Passiver Widerstand gut und schön, aber was können wir wirklich unternehmen?

Bevor Hans jedoch etwas sagen kann, gibt Alex sich schon selbst die Antwort: Sabotage, das ist doch gemeint, und dass jeder und jede die Möglichkeit dazu hat, müssen wir aufschreiben, Sabotage in der Rüstungsindustrie, Sabotage auf allen wissenschaftlichen und geistigen Gebieten, die der Kriegsmaschinerie zuspielen, Sabotage aller Veranstaltungen, die den Nazis auch nur den kleinsten Funken von Ansehen bringen können, wir müssen den Leuten ganz praktische Beispiele nennen …

Und so sprießen in ihren Köpfen neue Flugblattideen wie Knospen, und schließlich müssen sie sich gegenseitig daran erinnern, nun endlich den Anfang zu machen, den verfluchten Anfang!

Also spannt Alex das erste Blatt in die Schreibmaschine und macht aus der Weißen Rose gleich einmal eine Weisse Rose, die amerikanische Remington kennt kein scharfes ß. Hans beginnt auf dem Bett sitzend aus seinem Entwurf zu diktieren, nach unendlich langer Adventszeit ist Weihnachten geworden, mitten im Juni. Er kommt sich tatsächlich ein wenig priesterlich vor mit seinem monotonen Gemurmel, lauter zu sprechen wagt er nicht, hin und wieder unterbricht er sich und ruft ein paar medizinische Fachbegriffe in Richtung Tür, man weiß ja nie, ob nicht doch jemand lauscht. Auch wenn es schon sehr spät ist, mit ihrem Anfang haben sie auf die Nacht gewartet, nicht mit Absicht, es scheint ihnen jetzt, als wäre die Dunkelheit draußen notwendig gewesen für ihre ersten, heimlichen Schritte, und solange es keinen Fliegeralarm gibt, liegt Alex' Familie seelenruhig in den Betten.

Haemophilus influenzae, ruft Hans, und leise trägt er vor: Vergesst nicht, dass ein jedes Volk diejenige Regierung verdient, die es erträgt!

Die Schreibmaschine klappert mühsam, Alex ist nicht geübt im Tippen, aber er macht Fortschritte, als er die letzten Worte in die Remington schlägt, geht es schon recht flüssig: *Wir bitten Sie, dieses Blatt mit möglichst vielen Durchschlägen abzuschreiben und weiterzuverteilen!*

Und in diesem Augenblick glauben sie fest daran, dass die knapp hundert Blatt Papier, die knapp hundert Umschläge, die knapp hundert Briefmarken, mit Müh' und Not zusammengetragen, zu Tausenden werden können, zu Millionen.

Während Alex nun damit beginnt, mit dem Farbroller die tiefschwarze Tinte am Vervielfältiger aufzutragen und anschließend die getippte Druckvorlage hineinzupressen, zieht Hans das Telefonbuch aus der Schreibtischschublade und blättert darin. Er wolle nur schnell die Nummer einer hübschen Kommilitonin herausfinden, hat Alex behauptet, als er sich das Telefonbuch von den Eltern geholt hat, und die haben auch das gern geglaubt, eine unverheiratete Medizinstudentin erscheint ihnen einigermaßen aussichtsreich im Vergleich zu Alex' früheren Schwärmereien.

Hübsche Kommilitonin, auch das ist nicht ganz gelogen gewesen, Hans schlägt das Telefonbuch bei »L« auf, Lafrenz, Traute. Dann setzt er sich an die Schreibmaschine und spannt den ersten Umschlag ein. Eine gute Sekretärin wird aus ihm wohl nicht mehr, er tippt noch langsamer als Alex, nur mit den zwei Zeigefingern, aber es geht, er macht keine Fehler.

Die zweite Adresse, die er heraussucht und auf den nächsten Umschlag schreibt, ist die von Professor Huber.

Die dritte und vierte hätte er auf ein und derselben Telefonbuchseite gefunden, aber er weiß sie auswendig: Schmorell,

Alexander und Scholl, Hans. So werden sie wissen, ob ihre Sendung überhaupt ankommt, ein bisschen zur Tarnung ist es auch.

Als Nächstes sucht er die Adresse des Buchhändlers heraus, bei dem er Stammkunde ist, die des Biergarten-Wirtes, bei dem sie so anmaßend Wein getrunken haben, die Adressen von Professoren und Universitätsmitarbeitern, die auf ihn einen anständigen Eindruck machen, von alten Freunden. Die Schreibmaschine klappert, Alex druckt und pfeift dazu, Hans kennt das Lied nicht, wahrscheinlich ist es etwas Russisches. Und kein Fliegeralarm stört heute diese kleine Nachtmusik, Hans deutet das als gutes Omen, und hätte es doch Fliegeralarm gegeben, hätte er es genauso als gutes Omen gedeutet. Das ist der Anfang, der Anfang vom Ende des Krieges, und Hans beginnt zu summen, das Lieblingslied seines Vaters: *Die Gedanken sind frei, wer kann sie erraten …*

Als Alex fertig ist mit dem Kopieren und Pfeifen und auf jedem Blatt Papier im Stapel die Aufschrift »Flugblätter der Weissen Rose« prangt, übernimmt er wieder die Schreibmaschine, Hans diktiert die Adressen.

Aber merk sie dir gut, sagt Alex, dieselben Personen sollen auf jeden Fall auch unsere nächsten Flugblätter erhalten, und eine Liste zu schreiben ist zu gefährlich.

Er selbst schlägt auch ein paar Namen vor, alte Bekannte und Weggefährten, Künstler aus dem Freundeskreis seines Vaters, frühere Schulkollegen: Probst, Chri…, aber dann schüttelt er doch den Kopf, Hans blättert und liest, blättert und liest, und als er irgendwann einen Blick auf seine Armbanduhr wirft, ist es bereits vier Uhr früh. Sein Seminar beginnt in fünf Stunden, und er muss hingehen, unbedingt, zu auffällig wäre es, gerade jetzt fernzubleiben. Aber schon der Gedanke an die zweihundertsechs Knochen im Körper des Menschen samt ihren lateinischen Fachbegriffen lässt ihn gähnen. Die innere Aufregung, die vor wenigen Tagen Besitz von ihm ergriffen und ihn seither nicht mehr losgelassen hat, plötzlich fällt sie ab und macht ihn schläfrig, er wischt sich einmal schnell mit der Hand über die Augen, steckt ein Blatt nach dem anderen in die Umschläge. Wenn sie nur mehr wären, denkt er, ein wirklicher Orden, eine ganze Gruppe, dann ginge es rascher.

Wir sollten die Flugblätter in verschiedene Briefkästen werfen, murmelt Alex, und obwohl Traute recht hat und er wirklich nie müde aussieht, hört man doch seiner Stimme die Erschöpfung an: Du nimmst welche mit und wirfst sie irgendwo am Heimweg ein, ich spaziere mit dem Rest ein wenig in die entgegengesetzte Richtung. Und wenn jemand fragt, sind das Geburtstagseinladungen.

Hans nickt und grinst: Da haben wir aber ganz schön viele Freunde.

Fast ganz Deutschland, antwortet Alex, jetzt muss es nur noch aus seinem Tiefschlaf erwachen.

Sommer 1942.

Entschuldigen Sie!

Eine Hand auf Hans' Schulter.

Entschuldigen Sie bitte!

Eine fremde Hand, Hans ist enttarnt, festgenommen, der Wehrkraftzersetzung, des Hochverrats angeklagt, er denkt an Alex, ist der wenigstens davongekommen, wo ist Alex, und in diesem Moment schlägt er die Augen auf und blickt in ein ihm bekanntes Gesicht. Hans Albers. Und Hans Scholl fällt langsam wieder ein, wo er sich befindet, er spürt unter sich die harte Holzbank im anatomischen Vorlesungssaal, nimmt den scharfen Geruch von Desinfektionsmittel wahr, die Hand auf seiner Schulter ist weich, kein Festhalten. Und Hans Albers ist nicht Hans Albers, sondern ein Medizinstudent, der das gleiche blonde Haar und die gleichen hellblauen Augen hat, aber viel jünger ist, und er lächelt freundlich.

Entschuldigen Sie, sagt er noch einmal, aber die Vorlesung ist vorüber. Sie müssen eingeschlafen sein.

Hans streckt den Rücken, sein Nacken fühlt sich steif an, und ein bisschen spürt er sie immer noch, die kalte Angst aus seinem Albtraum. Er blickt den Blonden an, doch, er kennt ihn, nicht aus dem Kino, aber er kennt ihn von irgendwoher.

Danke, danke, murmelt Hans, vor ihm auf dem Pult liegt die Mitschrift, sie endet mitten im Satz, ein dicker, grauer Bleistiftstrich führt quer übers Papier, da ist ihm einnickend die Hand abgerutscht. Er hat wieder die ganze Nacht bei Alex verbracht, geredet, geschrieben und gedruckt, jetzt muss alles schnell gehen, das zweite Flugblatt ist schon fast fertig.

Wenn Sie das Ende der Vorlesung nicht mehr mitbekommen haben, ist das gar kein Problem, sagt der Blonde, ich leihe Ihnen gerne meine Mitschrift.

Der ist kein Bayer, denkt Hans, während er die Notizen in seine Tasche packt, auch kein Norddeutscher. Ein Saarländer vielleicht? Der Bleistift, irgendwo muss doch der Bleistift noch sein, aber unter dem Pult ist er nicht, vielleicht davongerollt, egal, jeden Moment kommt der Pedell und sperrt den Saal zu, dann sind sie hier gefangen, der Saarländer und er.

Gemeinsam gehen sie jetzt auf den Ausgang zu, Hans ist immer noch ein wenig benommen vor Müdigkeit, woher kennt er den bloß, und erst als sie schon bei der Tür sind, fällt ihm auf, dass sie sich einander noch gar nicht vorgestellt haben.

Vielen Dank für den Weckdienst, Herr ...

Graf, sagt der Blonde, Willi Graf.

Hans Scholl, sagt Hans und will ihm die Hand reichen, nur hält er dabei seine Ledertasche unter den rechten Arm geklemmt, es gelingt ihm nicht so recht. Willi lacht.

Ich weiß, sagt er, Sie und der Herr Schmorell, Sie sind mir gut in Erinnerung geblieben.

Schmorell und ich?, fragt Hans und versucht, nicht angespannt zu klingen.

Mittlerweile haben sie den Saal schon verlassen, ein wenig geradeaus weiter, dann ist der Lichthof erreicht, von dort aus ist man schnell draußen und untergetaucht im Straßenlabyrinth Münchens.

Hans hält die Ledertasche fest an den Körper gedrückt, obwohl da nur Universitätszeug drin ist, nichts Belastendes, und überhaupt, warum sollte der andere etwas ahnen?

Wir dienen doch seit April in derselben Kompanie, erklärt

der Saarländer währenddessen, und da bei den Wehrsportübungen sind Sie beide mir gleich … aufgefallen. Sie sind doch …

Plötzlich bleibt Willi stehen, wieder spürt Hans die Hand auf der Schulter, diesmal aber erschreckt sie ihn nicht.

Sie beide haben sich doch immer davongemacht, flüstert Willi in Hans' Ohr, ich habe Sie gesehen, wie Sie über den Zaun gestiegen und erst wieder zum Schlussappell aufgetaucht sind.

Vielleicht sollte Hans sich losreißen, leugnen, Was erlauben Sie sich?, oder nein, besser ganz ruhig bleiben, sich gelassen geben, er weiß ja noch gar nicht, was dieser blonde Kerl eigentlich von ihm will.

So, fragt Hans also und lächelt sogar ein wenig dabei, und da haben Sie uns gar nicht verraten?

Willi reißt erstaunt die Augen auf: Sie verraten? Warum hätte ich das denn tun sollen?

Hans zuckt mit den Schultern. Er weiß es ja wirklich nicht. Er hat sich damals genau dasselbe gefragt, als er Alex' heimlichen Abmarsch entdeckt hat, und auch ihm ist kein vernünftiger Grund für eine Denunziation eingefallen. In diesem Moment weiß er, dass Willi Graf ein vernünftiger Mensch ist. Man muss seine Adresse herausfinden, dieser Willi muss von der Weissen Rose hören.

Hans entspannt sich und spürt auf der Stelle wieder die bleierne Müdigkeit in alle Glieder fahren.

Dann … möchte ich mich auch dafür herzlich bei Ihnen bedanken, sagt er, im Namen von Alex Schmorell und mir.

Und ich mich bei Ihnen, sagt Willi und lächelt.

Aber bevor Hans nachfragen kann, wie das gemeint ist, haben sie schon den Lichthof erreicht und der Blonde ist im allgemeinen Trubel der betriebsam wuselnden Studenten verschwunden. Vielleicht würde Hans ihn später in Professor Hubers Vorlesung wieder antreffen können, es würde ihn nicht wundern, wenn auch Willi zu Hubers großer Gefolgschaft gehörte. Einen Augenblick lang überlegt Hans, die Vorlesung zu besuchen. Aber abends muss er wieder bei Alex sein, weiter gegen Hitler anschreiben, und er kann nicht mehr, er braucht wenigstens noch ein paar Stunden Schlaf.

Draußen regnet es, die Tropfen fallen kalt in Hans' Gesicht und halten ihn wach, er meint auch, beim Gehen nicht allzu auffällig zu taumeln, obwohl ihm etwas schwindelig ist. Er hat noch ein wenig Kleingeld dabei, und wie gerne würde er heute ausnahmsweise die Straßenbahn nehmen, aber dann erblickt er auf der gegenüberliegenden Straßenseite ein Papierfachgeschäft. Sie brauchen neue Umschläge, neues Druckpapier. Hans seufzt und steckt das Geld zurück in die Hosentasche. Das mit der Müdigkeit kann ein ernsthaftes Problem werden, das Einnicken irgendwo in der Öffentlichkeit, im schlimmsten Fall womöglich ein Murmeln im Schlaf, nicht immer wird ein anständiger Kerl wie Willi Graf zugegen sein. Man studiert ja nicht umsonst Medizin, denkt Hans, irgendwo wird er schon ein ordentliches Aufputschmittel herkriegen können, etwas, das direkt ins Blut geht, das ist schon was ganz anderes als dieser ewige Kaffeeersatz. Er lächelt bei dem Gedanken daran, bald wieder vollkommen munter, voller Kraft zu sein, wie sonst nur im Frühling. Dann überquert er die Straße und betritt das Papierfachgeschäft.

Sommer 1942.

Drei Mal klingelt Hans an Sophies Tür, lauscht, klingelt noch einmal. Drinnen bleibt alles ruhig, er blickt auf die Uhr. Ist er zu früh dran? Nein, Sophie ist unpünktlich. Hoffentlich hat sie es nicht vergessen, das gemeinsame Mittagessen. Die Mutter hat ihr nämlich ein Paket voller Köstlichkeiten geschickt, vieles, was in München kaum noch zu bekommen ist, hat sie in Ulm auftreiben können. Frisches Gemüse, Käse, vielleicht sogar Fleisch, Hans läuft das Wasser im Mund zusammen, wenn er nur daran denkt. Hoffentlich kommt Sophie bald zurück.

Zumindest scheint die Sonne wieder, und eine Zigarette wird ihn vielleicht ein wenig vom Hunger ablenken. Außerdem muss er zugeben, dass Sophie es ganz gut erwischt hat mit ihrem ersten wirklich eigenen Studentenzimmer, eine reizende Gegend: Direkt vor dem Haus macht sich der Englische Garten breit, da fließt der Schwabinger Bach vorbei und zwitschern die Vögel, da kann Hans natürlich einpacken mit seinem armseligen Nachbarsgarten, weiße Rosen hin oder her.

Er lehnt sich an die Hausmauer und raucht. Immer wieder kommen Passanten an ihm vorbei, Studenten auf dem Weg zur Universität, Spaziergänger, Mütter mit Kinderwagen, manche grüßen ihn mit einem Lächeln. Hans lächelt zurück und innerlich lacht er: Wenn die wüssten, wenn die alle nur wüssten!

Keine zwei Wochen ist es her, dass er Alex die ersten Worte seines hochverräterischen Flugblattes diktiert hat, und vor wenigen Stunden hat er die letzten Exemplare der bereits vierten Ausgabe in einen Postkasten gleiten lassen. Nachdem in den letzten beiden Flugblättern auch Alex einige Passagen verfasst hat, ist dieses nun wieder ganz und gar das seine geworden. Man müsse die Gläubigen ansprechen, hat er argumentiert, die wahren Christen, es gibt doch noch so viele von ihnen, die können doch nicht einverstanden sein mit diesem Verbrecherstaat, die Gläubigen müsse man erreichen!

Alex hat zugestimmt, allerdings mit dem Nachsatz, dass er davon nicht allzu viel verstehe. Er glaube an Gott, das schon, aber mehr könne er nicht in Worte fassen, mehr sei für ihn auch gar nicht notwendig. Also hat Alex wieder hauptsächlich das Handwerkliche erledigt und Hans sich voll und ganz dem Formulieren gewidmet. Und wie gerne würde er sich jetzt mit jemandem über seinen Text unterhalten! Am liebsten mit jemandem, der etwas von religiösen Dingen versteht, zum Beispiel mit dem alten Theologen, der Sophie in den ersten Tagen beherbergt hat, sie besuchen ihn immer noch regelmäßig. Alle vier Flugblätter hat Hans ihm zugeschickt, aber der Theologe scheint fest entschlossen zu sein, kein Wort über die ganze Angelegenheit zu verlieren, beim Teetrinken letzten Sonntag mit Hans und Sophie hat er wie immer nur über die Grundlagen des katholischen Existentialismus gesprochen. Er muss die Flugblätter aber gelesen haben, Hans ist sich da ganz sicher, vielleicht ist ihm die eine oder andere Formulierung sogar seltsam vertraut vorgekommen, und eines Tages wird er sie wiederfinden in einem Buch aus seiner eigenen vielfältigen Sammlung. Hans kann ja gar nicht in Worte fassen, wie viele Erkenntnisse er diesem Mann verdankt, und dieser Bibliothek.

Die Zigarette ist zu Ende geraucht, Hans zertritt den Stummel mit der Schuhspitze. Es ist schon seltsam, dass Sophie immer noch nicht da ist, sie ist doch sonst ganz verlässlich. Und ganz plötzlich spürt Hans eine diffuse Angst in sich aufsteigen, aber Sophie kann doch gar nichts zugestoßen sein, ihr hat er die Flugblätter nicht einmal zugeschickt. Er ist davon ausgegangen, dass ihr schon irgendjemand davon erzählen würde, und so ist es wohl auch gewesen. Seit jenem ausschlaggebenden Leseabend hat zwar kein Treffen in größerer Runde mehr stattgefunden, aber wenn er jetzt mit Sophie zusammenkommt, nimmt sie im Gespräch doch immer wieder Bezug auf verschiedene Textstellen in den Flugschriften, natürlich ohne explizit die Quelle zu nennen.

Insgeheim hat Hans gehofft, dass auch Professor Huber sich zur Weissen Rose äußern würde, indirekt zumindest, als Anspielung in einer seiner Vorlesungen oder wenigstens hinterher im persönlichen Gespräch. *Da muss man doch etwas tun!* Aber im Vorlesungssaal hat Huber referiert wie immer und auch danach ließ er sich zu keinem Kommentar hinreißen, egal, wie geschickt Hans ihn auch dazu verleiten wollte. Willi Graf ist ihm in den letzten Tagen ebenfalls immer wieder über den Weg gelaufen, zufällig, in der Universität und in der Stadt, dann haben sie einander lächelnd zugenickt, manchmal auch ein paar Worte gewechselt, und Hans ist es so vorgekommen, als ob der andere jedes Mal ein wenig ernster, ein wenig nachdenklicher wirkte, aber schwer zu sagen, ob das an den Flugblättern liegt.

Die Einzige, die ganz offen reagiert hat, ist Traute gewesen. Sie hat Hans zwischen zwei Vorlesungen in eine Lehrmittelkammer gezogen und dort das Flugblatt, es war das erste, das allererste, das Hans in einen Umschlag gesteckt hat, vor ihm ausgebreitet. Ob er etwas davon wisse, hat sie mit eindringlicher Stimme gefragt, ob er gar etwas mit dieser Organisation zu tun habe. Hans hat nur mit den Schultern gezuckt und düster geflüstert, dass es Dinge gebe, die man nicht fragen dürfe. Dann ist er an ihr vorbei aus der Kammer hinausmarschiert und hat sich dabei nicht einmal ertappt gefühlt, sondern stolz. »Diese Organisation«, hat Traute gesagt.

Noch am selben Tag stand sie später unerwartet vor seiner Tür.

Lass es mich wissen, wenn ich etwas tun kann, für ..., an dieser Stelle machte Traute eine Pause und atmete kurz durch, ... für die Weisse Rose.

Da hätte Hans sie küssen, sich ganz von Neuem in sie verlieben können, stattdessen flüsterte er nur verschwörerisch: Briefmarken!, und schlug die Tür vor ihrer Nase zu. Er muss sich selbst gratulieren zu so viel Zurückhaltung.

Ansonsten gibt es aber auch nicht viel, wozu er sich beglückwünschen könnte, denn in München hat sich bisher rein gar nichts verändert, das muss Hans sich schon eingestehen. Die Blockwarte, diese uniformierten Hausmeister, patrouillieren noch immer und machen sich wichtig, die Studentinnen und Studenten sitzen noch immer brav in den Sälen und notieren gedankenlos jeden Stuss, und im Radio plärren noch immer Hitler, Goebbels und Zarah Leander im Wechsel. Aber man muss Geduld haben, sagt sich Hans, noch sind keine zwei Wochen vergangen, seit er Alex die ersten Sätze der Weissen Rose diktierte, man müsse nur immer mehr und immer noch klarere Worte säen, dann würde man schon Widerstand ernten. So stellt er sich das vor, und er lächelt der Sonne schon wieder ganz zuversichtlich entgegen, als er die wohlbekannten Schritte hört, das Klackern von Sophies alten Schnürschuhen auf dem Pflasterstein. Wahrscheinlich hat sie noch eine Vorlesung gehabt, denkt er im ersten Moment, aber dann fällt ihm auf, dass Sophie aus der ganz anderen Richtung kommt, entgegengesetzt zur Universität. Er winkt ihr zu, sie scheint ihn gar nicht zu sehen. Ziemlich schnell geht sie und trägt dabei eine Zeichenmappe achtlos unter den Arm geklemmt, einige Blätter schauen hervor und drohen davonzusegeln, ihre Haare sind ganz durcheinander. Völlig durch den Wind, denkt Hans, die ganze Erscheinung.

Wo kommst du denn her?, fragt er, als sie bei der Haustür angekommen ist und ihm statt einem Grußwort nur die Zeichenmappe in die Arme drückt, um in ihrer Handtasche nach dem Schlüssel zu kramen.

Ich?, fragt sie, als könnten tausend andere gemeint sein, und kramt weiter, ohne aufzusehen: Ich war bei Schurik.

Diesmal lächelt sie nicht, als sie den Namen sagt.

Ach, vormittags schon bei Schurik, antwortet Hans amüsiert, darf ich dich da an einen gewissen Verlobten an der Front erinnern?

Er findet es nur gerecht, Sophie mit ihrer offensichtlichen Schwärmerei aufzuziehen. Immerhin hat sie Hans immer schon getadelt wegen seinen unsteten Mädchengeschichten und ihm bisher eher selten die Gelegenheit geboten, den Spieß einmal umzudrehen. Zugegeben, meist sind es Freundinnen von Sophie gewesen, deren Herzen Hans gebrochen hat, an ihrer Schulter haben sie sich dann ausgeweint, insofern ist Sophies Ärger immer auch ein wenig nachvollziehbar gewesen. Aber trotzdem, findet Hans.

Wir haben nur gezeichnet, zischt Sophie genervt und steckt den endlich gefundenen Schlüssel ins Schloss.

Wortlos betreten sie das Haus, laufen durchs Treppenhaus hoch bis zu Sophies Zimmer, Hans mit der Mappe hinter ihr her, er wagt es nicht aufzuholen, sie dreht sich kein einziges Mal nach ihm um. Was auch immer bei Alex vorgefallen ist, es muss ziemlich unangenehm gewesen sein. Hans kann sich nicht vorstellen, dass Alex sie absichtlich beleidigt hat, unabsichtlich aber sehr wohl, Alex pflegt manchmal eine geradezu unbarmherzige Form der Ehrlichkeit.

Sophies Zimmer ist kleiner als das von Hans und nur dürftig möbliert, aber gemütlich, er lässt sich sogleich aufs Sofa fallen, während Sophie einen Karton aus ihrem einzigen Schrank holt, darin ein Salatkopf, ein dickes Stück Käse, sogar etwas Butter und die erhofften Koteletts. Du könntest auch einmal etwas tun, mir helfen!, murrt sie, aber Hans weiß ganz genau, dass heute falsch sein wird, was auch immer er tut, also bleibt er sitzen. Wenig später stellt Sophie zwei Teller mit Käsebroten und eine Schüssel Salat unsanft auf dem Wohnzimmertisch ab, Hans' geliebte Koteletts hat sie wohl aus Trotz in der Schachtel liegen lassen. Sie setzt sich schweigend ihm gegenüber und verschränkt die Arme. Während er schon zu essen beginnt, blickt sie ihn böse an und rührt sich nicht. Sie wird nicht essen, bevor er nicht gefragt hat, was los ist. Seufzend legt Hans die angebissene Stulle nieder.

Was hat er dir denn getan, unser Schurik?, fragt er in besonders versöhnlichem Tonfall. Aber statt zu antworten, greift Sophie nach ihrer Handtasche und zieht ein händisch beschriebenes Blatt Papier hervor. *Nichts ist eines Kulturvolkes unwürdiger, als sich ohne Widerstand von einer verantwortungslosen und dunklen Trieben ergebenen Herrscherclique »regieren« zu lassen …*

Woher hast du …?

Hans will danach greifen, sie zieht es zurück.

Das hat Schurik getan, sagt sie leise und klingt gar nicht mehr wütend, sondern ernst: Dieser Zettel ist heute aus seinem Malerkittel gefallen, er hat es nicht einmal bemerkt. Ich erkenne deine Handschrift, Hans, von Weitem schon.

Sie verstummt und beugt sich über den Tisch, sodass ihr Mund ganz nah an Hans' Ohr ist.

Ihr seid die Weisse Rose, flüstert sie, Schurik und du.

Und anders als Traute hat sie keine Frage gestellt, sondern eine Feststellung getätigt, aus der Hans sich nicht herauswinden kann, ihr kann er keine kühne Phrase hinwerfen und einfach davongehen, Sophie weiß es. Keine Organisation, nur Schurik und er. Hans nickt. Sophie lehnt sich in ihrem Sessel zurück, und seltsamerweise wirkt sie jetzt weniger angespannt als zuvor.

Gibst du mir eine Zigarette?, fragt sie wieder in normaler Lautstärke. Und Feuer brauche ich auch!

Sie zündet sich die Zigarette an und nimmt einen tiefen Zug, dann hält sie das brennende Zündholz an den Zettel. Die ersten hingefetzten Worte der Weissen Rose gehen in Flammen auf. Die traurigen Reste lässt sie in den Aschenbecher rieseln.

Das könnte euch umbringen, sagt sie.

Hans antwortet nicht, warum sich verteidigen, sie beide wissen doch, dass Widerstand das Richtige, das Einzige ist, was man tun kann, Sophie hat es ja selbst gesagt in jener Nacht, in der Hans dieses Schreiben verfasste.

Sophie blickt ihn an.

Das könnte euch umbringen, sagt sie noch einmal, aber schlimmer noch, das könnte die ganze Sache umbringen. Das, woran wir glauben, wofür wir arbeiten, wofür wir leben. Schuriks Unachtsamkeit könnte alles zunichtemachen. Was, wenn jemand anderes diesen Zettel aufgehoben hätte, nicht ich?

Wer soll denn ..., fängt Hans an, aber Sophie unterbricht ihn: Es war noch jemand im Raum, ein alter Mann, der sich mit dem Modellsitzen seine Pension auffettet. Meinst du, der hätte nicht liebend gern eine saftige Belohnung bei der Gestapo kassiert, für das Auffliegenlassen zweier Hochverräter? Aber es ist ja egal, wer wie auch immer an diese Notizen kommt. Ihr dürft niemals, hörst du, niemals die handgeschriebenen Aufzeichnungen aufbewahren, und schon gar nicht in irgendwelchen Hosen- oder Jackentaschen vergessen, ihr müsst alles immer sofort vernichten!

Jetzt sagt Hans nichts mehr, er blickt schuldbewusst auf die Tischplatte hinunter. Er hasst es, wenn Sophie ihm Vorträge hält, und noch mehr hasst er es, wenn sie recht hat. Die Glut im Aschenbecher ist mittlerweile vollkommen erloschen, das Beweismaterial zu Asche zerfallen.

Als Hans nach einiger Zeit den Kopf wieder hebt, lächelt Sophie ihn an. Vor ihr liegt ein Bündel Geldscheine auf dem Tisch.

Habe ich mir von Fritz schicken lassen, sagt sie, ich wollte mir einen Vervielfältigungsapparat kaufen. Aber den brauche ich jetzt wohl nicht mehr.

Sie lacht auf, drückt die Zigarette aus und greift nach dem Käsebrot. Herzhaft beißt sie davon ab. Also, sagt sie kauend, wie wollen wir weiter vorgehen? Ich habe noch einen kleinen Vorrat an Papier und Umschlägen hier, auch Briefmarken. Und das Geld von Fritz natürlich. Aber irgendwann werden wir mehr Geld brauchen ...

Hans beginnt zu grinsen. Ein warmes Gefühl steigt in ihm auf, ganz ähnlich wie in jener Nacht, als er das erste Flugblatt verfasste. Wie könnte er seine kleine Schwester besser beschützen, als indem er den Krieg beendet, und wie könnte ihm das besser gelingen als gerade mit ihrer Hilfe?

Und Mitstreiter, sagt Sophie, wir brauchen unbedingt Mitstreiter, zu dritt werden wir dieses Regime kaum stürzen können. Aber was wir denken, denken ja so viele ...

Die Weisse Rose wird weiterblühen, denkt Hans, und immer größer werden, größer als der Krieg.

Und dann kommt alles anders.

Dann erhalten Hans und Alex ihren Einberufungsbefehl.

Sommer 1942.

Alex lässt sich selbst hinein, Lilo hat ihm bereits vor längerer Zeit ihre Zweitschlüssel gegeben.

Der Otto braucht sie ja doch nicht mehr, hat sie dabei geseufzt, und so oft, wie du hier vorbeikommst, bist du ja fast ein Mitbewohner.

Alex hat die Schlüssel genommen, ohne darüber nachzudenken, was das zu bedeuten haben könnte. Seither haben sie sich jedenfalls schon häufig als nützlich erwiesen, wenn er Lilo etwa irgendwelche Besorgungen vorbeibringen wollte und sie gerade nicht zu Hause war. Und selbst wenn sie zu Hause ist, muss sie nicht immer ganz nach unten laufen, um ihm die Haustür aufzusperren.

Heute ist Lilo daheim, Alex hört bereits beim Eintreten die flotte Grammophonmusik, im Stiegenhaus grüßt ihn die Reinemachefrau: Guten Morgen, Herr Schmorell, was schleppen Sie denn da mal wieder für ein Ungetüm heran für die Frau Berndl, darf man behilflich sein?

Alex erschrickt ein wenig, er drückt die Kiste in seinen Armen noch fester an die Brust.

Danke, danke, es geht schon, murmelt er, ich möchte mich nur rasch verabschieden von der Frau Berndl, morgen geht es für mich ja zum Kriegseinsatz nach Russland.

Dabei blickt er die Reinemachefrau an, als würde er durch sie hindurch auf irgendetwas ganz Wunderbares schauen.

Sie zuckt nur amüsiert mit den Schultern und poliert weiter.

Da ist Alex schon an ihr vorbei hinaufgestiegen zu der Wohnung, aus der die Grammophonmusik schallt, nicht wirklich Jazz, aber sicherlich zumindest grenzwertig, wenn es nach Goebbels ginge.

Lilo steht am Wohnzimmerfenster, ein Bein ausgestreckt auf die Fensterbank gelegt, den Oberkörper darüber gefaltet wie ein zugeklapptes Taschenmesser. Ob sie ihn reinkommen gehört hat, kann Alex nicht sagen, Lilo pflegt immer in aller Ruhe ihre Übung zu beenden, nicht einmal Fliegeralarm hält sie davon ab. Er stellt die Kiste auf den Boden und wartet, betrachtet währenddessen Lilos Hinterkopf mit dem glatten, hellblonden Haar, die elegante Biegung ihres Körpers. Sie ist nicht nur Malerin, sondern auch ausgebildete Tänzerin, momentan verdient sie sich als Gymnastiklehrerin ein paar Reichsmark dazu, und Alex denkt, dass er sie wahrscheinlich für sehr schön halten würde, hätte er nicht bereits die Schönheit Angelis kennengelernt.

Lilo richtet sich langsam auf und lässt das Bein vom Fensterbrett gleiten, einen Moment lang hält sie es in der Luft wie schwerelos. Dann dreht sie sich zu ihm um und lächelt.

Gefällt dir die Musik?, fragt sie, und Alex zuckt mit den Schultern.

Das dachte ich mir, kein Bach und kein Beethoven und auch sonst nichts Erhabenes, das kann dir ja gar nicht gefallen. Willst du Kaffee?

Sie blickt Alex herausfordernd an, ihre blauen Augen blitzen. Natürlich weiß sie, dass er keinen Kaffee möchte, es ist ein Spiel zwischen ihnen beiden. Er behauptet nämlich immer, dass deutsche Hausfrauen keinen Kaffee kochen können, das liege an der Reinlichkeit, die waschen ihre Kannen zu gründlich, sodass kein Hauch Aroma überlebt. Lilo empört sich dann im Spaß über seine antideutschen Vorurteile, wenn das der

Führer wüsste, mein Lieber!, und letztendlich trinken sie dann immer Tee oder Wein, weil Lilo ihren Muckefuck in Wahrheit selbst nicht hinunterbekommt.

Heute jedoch steigt Alex erst gar nicht ein auf das übliche Geplänkel, er blickt sie mit glasigen Augen an und lächelt gedankenverloren.

Ich habe nicht viel Zeit. Ich wollte mich nur verabschieden, sagt er.

Lilo nickt. Das beschwingte Blasmusikgedudel passt ihr plötzlich überhaupt nicht mehr, sie schaltet das Grammophon aus. Dann setzt sie sich auf das Sofa, damenhaft wie immer, mit elegant übereinandergeschlagenen Beinen und der ihr eigenen Fasson, die sie niemals verliert. Nicht einmal, als sie von Ottos Tod erfahren hat.

Alex ist zufällig dabei gewesen, sie haben auf ebendiesem Sofa gesessen und Bleistiftskizzen verglichen, als es an der Haustür geläutet hat. Lilo ist hinuntergegangen und mit dem Brief zurückgekommen. Mein Mann ist gefallen, hat sie gesagt, eine einzelne Träne lief dabei ihre Wange hinunter, sie tupfte sie mit dem Handrücken weg. Dann setzte sie sich wieder zurück aufs Sofa und legte den Zeigefinger auf eine der Zeichnungen: Diese Schattierung hier ist dir ganz besonders gut gelungen, Alex ...

Er hat sie damals nicht in den Arm genommen, obwohl er später manchmal gedacht hat, dass es das Richtige gewesen wäre. Aber vielleicht auch nicht, vielleicht hätte gerade das Lilo doch noch aus der Fassung gebracht, und ihre unumstößliche Contenance ist es, die Alex Halt gibt. Als gäbe es, wo Lilo ist, unverrückbar nichts als Kunst und Schönheit.

Er lässt sich neben ihr nieder, aber ganz vorne auf der Sofakante, als könnte er jeden Moment wieder aufspringen.

Wann geht es denn los?, fragt Lilo.

Morgen früh, antwortet Alex.

Lilo nickt wieder. Er lächelt immer noch und legt die Zweitschlüssel auf die Sitzfläche zwischen ihnen: Ich weiß ja nicht, ob ich zurückkomme.

Sag so was nicht!, erwidert sie streng, greift nach den Schlüsseln und lässt sie hastig in die Tasche ihrer Sporthose gleiten, als würde mit ihnen auch die reine Möglichkeit verschwinden, dass Alex tatsächlich nicht zurückkehren könnte.

Du kommst bestimmt zurück!, sagt sie dann, es klingt wie ein Befehl.

Ich weiß nicht, murmelt Alex, sein Lächeln wird noch breiter, so ein Krieg ist ja immerhin gemacht, um zu töten oder getötet zu werden, und wenn ich es mir aussuchen kann, wähle ich eher Zweiteres.

Jetzt redest du dummes Zeug, ruft Lilo und boxt ihn in den Oberarm, euch Medizinstudenten setzen sie doch in den Lazaretten ein, ihr rettet Leben!

Ja, ja, vielleicht ...

Dann sagen sie lange nichts, Lilo blickt auf ihre im Schoß gefalteten Hände hinunter und Alex betrachtet sie im Profil. Sie ist ein wenig älter als er, nächstes Jahr wird sie dreißig. Diese Zahl spricht sie immer aus wie etwas Unheilvolles, gleichzeitig aber kokettiert sie auch gern mit ihrem Alter. Hör auf eine erfahrene Frau wie mich, sagt sie dann, oder: Damals, als ich so jung war wie du. Als lägen hundert Jahre zwischen ihnen.

Im Licht der durch die großen Fenster einfallenden Mittagssonne ist Lilo jetzt aber völlig ohne Alter, ihre blasse Haut glänzt golden, ein wenig wie bei einer Heiligen. Und ins Land der Heiligen wird Alex morgen fahren, ins Land der Ikonen, der Volksweisen und der Kosakentänze. In das Land seiner Mutter, sein Land. Wie oft hat er davon geträumt, von Russland, und nun wird er hinfahren und dort ein Feind sein, ein Angreifer, er könnte weinen, und trotzdem lächelt er nur. So geht es ihm ununterbrochen, seit er seinen Einberufungsbefehl erhalten hat.

Vielleicht wäre es nur folgerichtig, denkt er, in Russland zu fallen und in derselben Erde begraben zu werden wie seine Mutter, aber Lilo würde das nicht verstehen. Nicht einmal Hans versteht das.

Deutschland braucht dich, hat er schroff geantwortet, als Alex darauf zu sprechen kam, und sich dann gleich verbessert: Deutschland wird dich brauchen, wenn der ganze Wahnsinn vorbei ist.

Und das weiß Alex und er will ja auch gar nicht sterben, aber diese Zerrissenheit in seiner Brust, diese völlig fremde Uniform in seinem Schrank, *Rossija* vergewaltigt und er einer ihrer Schänder, das ist zum Verzweifeln, und doch sitzt er nun auf Lilos Sofa und kann nicht aufhören zu lächeln.

Er muss sich dazu zwingen, in Gedanken nicht vollständig abzudriften, sich nicht ganz und gar seinen russischen Träumen hinzugeben, er hat hier noch Dinge zu erledigen, notwendige Dinge. Er blinzelt ein paar Mal, drückt die Augenlider fest zu, schon sieht Lilo weniger golden aus. Er darf nicht vergessen, warum er eigentlich gekommen ist, nicht nur wegen des Lebewohlsagens und der Schlüssel. Die Schreibmaschine hat er seinem Nachbarn mit bestem Dank zurückgegeben, die »studentischen Zwecke« seien vorerst erfüllt. Bleibt noch der Vervielfältigungsapparat. Bei ihm zu Hause wird früher oder später jemand darauf stoßen, Njanja beim Aufräumen oder Elisabeth beim Schnüffeln, im schlimmsten Fall die Gestapo.

Alex räuspert sich und streicht die Hosenbeine glatt, Lilo blickt ihn an.

Lilo, da ist noch eine Sache ...

Sie zieht besorgt die Augenbrauen hoch, so, als wüsste sie schon, was er jetzt sagen wird.

In dieser Kiste, die ich mitgebracht habe, befindet sich ein Vervielfältigungsapparat, den Hans und ich ...

Ich will es nicht wissen!

Lilos Stimme klingt ruhig, aber bestimmt.

Aber ...

Nein, Alex, nein. Sprich nicht weiter. Du kannst die Kiste meinetwegen dort drüben in die Abstellkammer stellen. Da ist nur altes Zeug von Otto drin, da geht nie jemand hinein, nicht einmal die Reinemachefrau. Stell sie dorthin, aber sprich nicht weiter. Ich weiß nicht, was drin ist, und auch nicht, was Hans und du damit vorhabt. Ich weiß es einfach nicht, du hast es mir nämlich nie erzählt.

Ein Lächeln huscht über ihre Lippen, nur für einen Augenblick, dann nimmt ihr Gesicht wieder seinen besorgten Ausdruck an und Alex schleppt die Kiste mit dem Vervielfältigungsapparat in die ihm zugewiesene Kammer. Hinterher sind sie beide etwas gelöster, Lilo schaltet die Musik wieder ein und fängt noch einmal mit dem deutschen Kaffee an, sie scherzen wie sonst immer.

Irgendwann sagt Alex dann: So, Lilo, es ist Zeit.

Zum Abschied umarmen sie sich flüchtig im Haustor, beinahe ohne einander zu berühren, danach geht Alex davon und blickt nicht ein einziges Mal zurück.

Sommer 1942.

Spät ist es wieder geworden gestern, Alex brummt der Schädel, aber nicht vom Alkohol, so viel hat er nicht getrunken. Die Gespräche vom Abend sind es, die noch nachhallen in ihm und auf den Bahnhofslärm da draußen stoßen, alles dröhnt. Vor ihm liegt still und verschneit die russische Heimat, natürlich nicht verschneit mitten im Juli, aber in seiner Erinnerung doch immer weiß, weiß wie die Rose, dämpfender Schnee.

Spät ist es wieder geworden gestern, weil sie ihren Abschied von Deutschland gefeiert haben, Hans und er und ein paar andere aus ihrer Kompanie. Dazu haben sie einen wild zusammengewürfelten Haufen von Freunden und Bekannten, Kommilitonen und Kameraden eingeladen, sogar Leute aus Ulm sind gekommen. Der Architekt Eickemeyer, doch noch nicht nach Krakau aufgebrochen, hat dafür erneut sein Atelier zur Verfügung gestellt, und Alex ist dafür sehr dankbar gewesen. Zwar hätten ihm seine Eltern eine solche Abschiedsfeier in ihrem Haus sicher nicht verboten, aber ihr Unbehagen ist auch schon deutlich genug spürbar, wenn Hans allein zu Besuch kommt.

Er ist ein Fanatiker, hat Elisabeth dem Vater einmal zugeraunt, als sie dachte, Alex würde sie nicht hören, schau ihn dir an, allein dieser Blick. Ich sage dir, dieser Hans wird unseren Schurik noch einmal ins Verderben stürzen!

Und der Vater hat nichts gesagt, um Hans in Schutz zu nehmen, sondern nur nachdenklich den Kopf gewiegt und geschwiegen. Alex könnte manchmal verzweifeln an seinen Eltern.

Ein wenig verzweifelt ist gestern Abend auch der Architekt, er hat wohl wieder mit einem gediegenen Leseabend gerechnet, mit klassischer Musik und dem *Seidenen Schuh*. Vor allem aber mit nicht so vielen Gästen, es gab von allem zu wenig, vom Wein, vom Tee, besonders an Sitzgelegenheiten mangelte es, schließlich saßen die meisten auf dem Fußboden und haben mit halb leeren Gläsern auf alles Mögliche angestoßen, nur nie auf den Sieg. Professor Huber ist auch dabei gewesen und die ganze Zeit über aufgeregt zwischen den jungen Leuten auf und ab marschiert, als wäre er es, der bald an die Front müsste.

Eine große Ehre, hat er dabei gemurmelt, unsere glorreiche Wehrmacht!, und Alex ist in diesem Moment sein Hinken ganz besonders aufgefallen, die seltsame Aussprache durch die halb gelähmten Lippen. Aber niemand hat an diesem Abend streiten wollen, darum haben sie ihn murmeln lassen, nur dieser Willi Graf, den Hans angeschleppt hat, ist jedes Mal ein bisschen zusammengezuckt, wenn wieder einmal die Worte »glorreiche Wehrmacht« ertönten.

Willi ist bereits lange in Russland stationiert gewesen, umso tiefer hat ihn die erneute Einberufung erschüttert. Viel erzählt er nicht von seinen bisherigen Einsätzen, Alex hat ihn aber auch nichts gefragt, bald würde er es ja selbst erleben, Russland an der eigenen Haut erfahren, das erste Mal seit über zwanzig Jahren!

Aufgeregt läuft Alex jetzt den Bahnsteig entlang und schaut sich um nach bekannten Gesichtern. Alle sehen sie so gleich aus mit ihren Uniformen und Haarschnitten, ob er selbst wohl auch so aussieht, unbehaglich zupft er an den Ärmeln herum. Verkleidet kommt er sich vor und ganz und gar fehl am Platz, nicht nur hier unter den Soldaten, ganz und gar fehl am Platz in Deutschland, seit Russland so nahe gerückt ist, spürt er es noch deutlicher.

Da stößt er plötzlich mit einem zusammen: He du Träumer, schau, wo du hinläufst! Alex kann nicht einmal widersprechen, geträumt hat er, wie immer von der Heimat geträumt, er murmelt eine Entschuldigung und hält erneut Ausschau nach Hans und Christel. Christel will nur kommen, um Lebewohl zu sagen, er dient ja in einer anderen Kompanie, glücklicherweise, der jüngere Sohn gerade erst getauft und seine Frau schon wieder schwanger. Das hat er Alex ganz im Vertrauen verraten, und dieses Mal hat Alex sofort richtig reagiert. Da ist kein Zögern gewesen, kein Heucheln, er ist Christel um den Hals gefallen und hat ihn beglückwünscht, aus tiefstem Herzen. Im Januar soll es so weit sein, wenn das alte Jahr zu Ende ist und das neue beginnt, vielleicht das erste seit Langem, das Frieden mit sich bringt. Alex hat Christel gegenüber nur Andeutungen gemacht über seine und Hans' politischen Bestrebungen, er glaubt, dass es ihm ganz gut gelungen ist, das Ehrlich-sein-und-doch-nicht-allzu-viel-Verraten, Christel jedenfalls hat immer nur genickt und nicht weiter nachgehakt.

Alex wandelt den Zaun entlang, der Bahnhof von Außenwelt, Soldatentum von Zivilem trennt, er muss einige Male ausweichen, hier stehen die jungen Männer in Trauben und nehmen Abschied von ihren Frauen oder Freundinnen, die sich auf der anderen Seite gegen die Gitterstäbe drücken. Einen Augenblick lang keimt in ihm die Hoffnung auf, auch Angelika könnte gekommen sein, aber natürlich, sie setzt sich nicht stundenlang in einen Zug, nur um ihm dann nachzuwinken. Umgekehrt hätte er es für sie wohl getan, aber Angeli ist pragmatisch. Auch ihre Briefe, ihre schwesterlichen Briefe, werden immer kürzer.

Gekommen sind nur die Mädchen der anderen, die ihre Taschentücher vorsorglich in Jacken- und Blusentaschen gestopft haben, zum Winken später und zum Tränentrocken. Im

Moment jedoch wirken sie noch nicht sehr bedrückt, plaudern und kichern, und die Männer sind übermütig, als ginge es auf Klassenfahrt. Überall wird geblödelt und gelacht und fotografiert, und obwohl Alex sich immer wieder vorsagt, dass es in den Krieg geht, in den Krieg, in den Scheißkrieg, kann er sich der Stimmung nicht verwehren, eine Art Abenteuerlust ergreift ihn, und immerhin geht es doch nach Russland, nach Hause! Und schon lächelt er wieder wie gestern bei Lilo, obwohl er es gar nicht will, seine Mundwinkel hat er einfach nicht unter Kontrolle.

Schurik!

Eine wohlbekannte Stimme ruft seinen Namen. Natürlich, Sophie lässt es sich noch weniger nehmen als Christel, nach dem feuchtfröhlichen Abschied ein zweites Mal Auf Wiedersehen zu sagen. Sie hat sogar Traute angebettelt, ihr für diesen einen Morgen doch das Fahrrad zu überlassen. Traute ist zuerst nicht begeistert gewesen, sie wäre ebenfalls gern zum Bahnhof geradelt, aber nach einiger Zeit hat sie geseufzt: Immerhin ist Hans ja dein Bruder, und für mich ist er nur ..., dann hat sie nichts mehr gesagt, und so ist es beschlossene Sache gewesen.

Alex beschleunigt seinen Schritt, da erblickt er Sophie auch schon, sie ist ein wenig aufs Zaungitter geklettert, damit er sie besser sehen kann, ihre Tasche baumelt lässig in den Latten. Und auf der Soldatenseite warten schon Hans und Willi sowie zwei andere Medizinstudenten aus der Kompanie, Hubert Furtwängler und Raymund Samiller, die gestern im Atelier bereits dabei gewesen sind. Gut sehen sie allesamt aus in ihren Uniformen, schlank und stramm, man könnte sie abfotografieren für die Propaganda, denkt Alex und zupft wieder ein bisschen an seiner Jacke herum, vergewissert sich, dass sie bei ihm immer noch nicht richtig sitzt, nein, niemals wird diese Uniform sitzen.

Da bist du ja, wir wollten dich schon als Deserteur denunzieren!, ruft Hans lachend und schlägt Alex so fest auf die Schulter, dass es wehtut, Alex reibt sich die schmerzende Stelle und blickt sich dabei nach Christel um. Er entdeckt ihn nicht sofort, obwohl er gleich neben Sophie steht, nur weil sie sich am Zaun hochgezogen hat, wirkt er daneben viel kleiner als sonst, und überhaupt klein heute, ein bisschen wie eingefallen.

Alex schüttelt den beiden über den Zaun hinweg die Hände, und als er Sophies Hand loslässt, seufzt sie kaum hörbar, aber er hört es doch. Das ist schon mehr Bedauern, als von den meisten anderen Mädchen hier zu vernehmen ist, denkt er, aber sicher, die glauben auch, ihre Männer kommen als Helden wieder, während Sophie weiß, dass alles ganz sinnlos ist, dieser Abschied und dieser Krieg. Ihr Fritz hat ihr in seinen Briefen viel über die Verhältnisse in der Sowjetunion erzählt, zerstörte Dörfer, tödliche Seuchen, zerlumpte Menschen, ach, wenn Alex nur nicht pausenlos so grinsen müsste.

So, nun lasst ihr mich endgültig allein, sagt Christel traurig und blickt zwischen Hans und Alex hin und her, kommt nur bald wieder und bleibt gesund.

Sophie hat im Knopfloch ihrer Weste eine Margerite stecken, nervös spielt sie daran herum, steckt sie sich kurz ins Haar, nur um sie gleich wieder im Knopfloch anzubringen.

Du bist doch nicht allein, antwortet Hans lachend. Überhaupt wirkt er heute ziemlich überdreht, das kommt wohl von der Müdigkeit oder von dem, was er gegen die Müdigkeit nimmt.

Du bist nie allein, Christel, du hast deine Frau, deine Kinder!

Natürlich, murmelt Christel, aber es gibt Gedanken ... mit denen bleib ich jetzt doch ganz allein.

Sophie nickt, sie dreht die Blüte nervös zwischen zwei Fingern hin und her.

Aus dem wartenden Zug tritt ein Oberleutnant heraus und verkündet, dass sich die Abfahrt verschiebe. Ein allgemeines Stöhnen tönt über den Bahnsteig, ob aus Erleichterung oder Ungeduld, Alex kann es nicht deuten.

Hans' und Sophies jüngerer Bruder Werner ist mittlerweile nicht mehr in Frankreich, sondern ebenfalls in der Sowjetunion stationiert, von ihm sprechen sie jetzt, irgendwo in Frontnähe soll er sich aufhalten, der genaue Einsatzort ist sicher herauszufinden. Dann besuche ich ihn!, ruft Hans, als wäre ganz Russland ein winziges Dorf.

Sonst spricht man nur über Banalitäten, über Kinofilme und das Wetter, worüber soll man auch reden, wenn man unter Leuten ist. Noch einige Male tritt der Oberleutnant hervor, um eine weitere Verzögerung zu verkünden, immer wieder das gleiche, schwer zu deutende Aufstöhnen.

Ein Stau auf den Schienen, murmelt Willi, die kommen nicht mehr hinterher. Frische Soldaten, die nach Russland verfrachtet werden, verletzte Soldaten, die nach Deutschland zurückmüssen, Proviantnachschub, das alles verstopft die Schienen, und die sowjetischen Partisanen sprengen Züge, wo sie nur können.

Sophie reicht ihnen über den Zaun hinweg Süßigkeiten, es sind jene selten gewordenen Bonbons, die Hans ihr zum Geburtstag geschenkt hat.

Wann wäre wohl ein besonderer Anlass, wenn nicht jetzt?, fragt sie und seufzt wieder, und Alex fragt sich, ob sie sein Buch mit den Gedichten noch hat.

Es blitzt, einer macht Fotos, Sophie lacht und hebt die Arme, im nächsten Augenblick schon ist sie wieder ganz ernst, der Zug hinten pfeift, die Kommandeure brüllen endlich, es wird Zeit.

Grüß Angeli von mir!, beinahe hätte Alex vergessen, das zu

sagen. Christel verspricht es, in Gedanken aber ist er sichtlich schon ganz woanders, vielleicht dort, wo er ab jetzt allein zurückbleiben muss. Macht es gut, lebt wohl, kommt heil wieder, Heil! Heil Hitler!, tönt es von allen Seiten, und die Mädchen zücken endlich die Taschentücher, die Soldaten strömen auf den Zug zu.

Schurik?

Noch einmal hört er Sophies Stimme, nur dass sie diesmal nicht ruft, im Gegenteil, sie flüstert beinahe, gerade laut genug, dass er sie hören kann, und fast widerwillig dreht er sich noch einmal zu ihr um. Hinter ihm Sophie, vor ihm Russland, Hans und die anderen sind in der Menge schon nicht mehr zu sehen.

Ja?, fragt Alex, da hält sie ihm die Margerite von ihrem Knopfloch entgegen.

Ich habe leider auf dem Weg hierher keine Rose gefunden. Nur damit du weißt, dass ich mich darum kümmere, während Hans und du nicht da seid. Dass unsere Sache weiterlebt, wenn ihr ... Ich meine, was auch immer ... dass unsere Sache weiterlebt.

Und dann schaut sie ihn an mit jener Entschlossenheit im Blick, die Alex allzu gut von Hans kennt. Im ersten Moment wundert er sich selbst darüber, wie wenig es ihn stört, dass Hans ihr alles gestanden hat. In Sophie eine Mitwisserin, nein, eine Mittäterin zu haben, scheint ihm nur logisch. Man muss es aufschreiben, hat Sophie gesagt, das Unrecht anprangern, wenn nur genug Menschen davon wüssten!

Die Weisse Rose, das sind nicht nur Hans und er, das sind niemals nur sie zwei gewesen, sondern alle, die nicht gleichgültig bleiben wollen gegenüber den Verbrechen. Viele sind sie, viele. Das wird Alex jetzt wieder so richtig bewusst, und wären da nicht der trennende Zaun und der pfeifende Zug im Rücken, er würde Sophie am liebsten umarmen. So aber bleibt ihm nichts anderes übrig, als die Blume entgegenzunehmen, und anders als bei dem Liebesroman damals meint er sein Danke heute ernst. Er werde die Margerite in einem seiner russischen Romane trocknen, verspricht er, die sind schwer genug.

Sophie lächelt, diesmal seufzt sie nicht.

Dann dreht Alex sich um und folgt rasch Hans und den anderen in den Zug, nach Russland, *w Rossiju*. Nach Hause.

Warschau 1942.

Nachdem der Zug zweieinhalb Tage geschlichen ist, bleibt er in Warschau endgültig stehen. Im Abteil hängt der Rauch wie dichter Nebel. Hans und Alex haben es gut getroffen, zu fünft mit lauter vernünftigen Leuten: Hubert, Raymund und Willi, kein einziger Nichtraucher darunter. Außerdem kann man sich anständig unterhalten, und nicht nur unterhalten, sondern wirklich sprechen, buchstäblich über Gott und die Welt. Mehrmals ist es beinahe so weit, dass einmal Hans, einmal Alex etwas Verhängnisvolles herausrutscht über diese mysteriösen Flugblätter, deren Inhalt und Herkunft die Kameraden so eifrig diskutieren.

Eine sehr große Organisation muss das sein, meint Hubert, sicher mehr als tausend Blatt, und das allein in München! Raymund ergänzt: Vielleicht aus dem Ausland?

Da hätte Hans fast etwas ausgeplaudert, glücklicherweise stößt Alex schnell genug seinen Ellbogen in Hans' Rippen, unbemerkt von den anderen. Nein, was diese Weisse Rose für eine Organisation sein soll, wissen wir auch nicht, aber sehr interessant, was die so schreiben, oh, seht nur die Rehe dort hinten!

Hubert und Raymund lassen sich leicht ablenken von solch harmlosem Geplauder, Willi aber blickt immer wieder zwischen Hans und Alex hin und her, als würde er ein Tennismatch verfolgen, die Zigarre fest eingeklemmt zwischen schmal zusammengepressten Lippen. Plötzlich, in ein längeres Schweigen hinein, sagt er ganz unvermittelt: Die Weisse Rose, das seid doch ihr zwei!

Hubert und Raymund reißen die Augen auf, Alex und Hans wechseln einen erschrockenen Blick. Und Willi beginnt zu lachen. Ein schallendes Lachen ist es, das alle anderen mitreißt, ein erleichterndes Lachen für Alex und Hans, so ist das Geheimnis herausgekommen und doch nicht herausgekommen, solle unter ihrem Lachen jeder verstehen, was er will.

Ob der Zwischenhalt in Warschau im Vorhinein geplant gewesen ist oder sich ergeben hat aus dem Verkehrschaos auf den Schienen, ist nicht zu eruieren, und was lässt sich schon planen im Krieg. Zu Mittag jedenfalls werden sie aufgescheucht aus ihrem behaglichen Fünferabteil, der Zug spuckt sie aus in die zertrümmerte Polenhauptstadt.

Dicht aneinandergedrängt stehen die fünf auf dem Bahnsteig, wo magere Männer in Viehwaggons verladen werden, Zwangsarbeiter für den Westen.

Bitte, gehen wir weiter, drängt Hubert, und sie gehen weiter, bleiben aber trotzdem eng beieinander, begehen die Stadt in römischer Schildkrötenformation, so ist sie vielleicht zu ertragen. Traurig liegen die Ruinen einstiger Paläste vor ihnen, noch trauriger erheben sich völlig sinnlose neue Paläste, hastig aufgezogene Vergnügungsetablissements. Dorthin strömt der Großteil der Soldaten, die ersten der gerade Angekommenen sind schon betrunken, Jazzrhythmen pulsieren, die Schildkröte schiebt sich emsig weiter. Kinder werfen sich vor ihre Füße: Guter Herr, guter Herr!, mehr können sie auf Deutsch nicht sagen, mehr muss auch nicht gesagt werden, die Musik macht einem Kopfweh, junge Mädchen werfen lüsterne Blicke aus den Zimmerfenstern, auf Brot hoffen die schon lang nicht mehr, vielleicht ein paar Zigaretten, ein Glas Wodka. Am Wegesrand steht ein kleines Kirchlein, Da hinein!, befiehlt Hans. Die fünf drängen sich durchs Portal und dann in die hinterste Bank, die Ruhe hier drinnen kommt ihnen vor wie frische Luft, sie atmen durch und bekreuzigen sich, Alex von rechts nach links, die Orthodoxie ist auch im erzkatholischen Polen nicht aus ihm rauszubringen. Vorne knien die Gläubigen, ihre Stirn auf den kalten Steinboden gepresst. Vom Altar ist nicht viel übrig geblieben, alles Gold geraubt und die Kerzen nur noch Stummel, vom leidenden Heiland blättert die Farbe ab, und doch beten die Polen so innig, als wäre ihr ärmliches Kruzifix der leibhaftige Christus. Willi faltet als Erster die Hände, die anderen tun es ihm schnell nach. Ganz still und unauffällig hocken sie da, und doch werden die Polen irgendwann aufmerksam auf sie, der eine stößt seine knienden Nebenmänner an, abwechselnd wenden sie die Köpfe, schauen sich die deutschen Soldaten an, kein Wort wird gesprochen, aber in ihren Blicken liegt Verachtung.

Lasst uns weitergehen!, wieder ist es Hubert, der bettelt, und so verlassen sie die Kirche, schieben sich wieder an Trümmerhaufen vorbei, auf denen Kinder spielen, immer gleiche Kinder, an jeder Ecke die gleiche Armut, sodass sie bald die Orientierung verlieren. Hans fragt einen vorbeieilenden Einheimischen nach dem Weg zurück zum Bahnhof, der blickt nur hochmütig zur Seite, Alex fragt noch einmal auf Russisch, der Pole antwortet wieder nicht. Sie versuchen das gleiche Spiel noch ein paar Mal mit anderen Passanten, nie erhalten sie eine Antwort, die Polen verstehen Hans' Deutsch genauso wie Alex' Russisch, aber sie wollen nicht reden. Eine Frau spuckt ihnen sogar vor die Füße, das imponiert Hans ungemein, dem feindlichen Besatzer vor die Stiefel spucken, so muss man es machen.

Sie finden ein Wehrmachtslokal, in welchem sie Krautsuppe löffeln. Laut ist es dort, aber das warme Essen tut gut, und auch der Wodka hinterher. Man darf sich jedoch nicht zu behaglich einrichten, sagt Hans, zu satt und zu faul werden, also irrt die Schildkröte kurz darauf wieder weiter durch das Gewirr aus Gassen, gesäumt nur noch von Schutt und Ruinen, sogar die heil gebliebenen, die ganz neuen Häuser sind Ruinen, denkt Hans, eine Geisterstadt, bewohnt aber von durchaus wachen Geistern. Solange sie einem noch vor die Füße spucken, die Polen, sind sie nicht verloren.

Als es Abend wird, zieht eine Kolonie blasser Frauen und Männer an ihnen vorbei, weiße Binden mit Davidstern an den Armen, manche tragen auch den gelben. Hans blickt ihnen hinterher, sieht ihr Ziel, die Ziegelwand, die sie verschlucken wird, nicht hoch, nicht majestätisch, und doch mächtig: die Mauern des Warschauer Ghettos. Am Tor patrouillieren Männer und kontrollieren diese jüdischen Zwangsarbeiter, die zurückkehren aus den nahe liegenden Fabriken, dass keiner auch nur ein Stück Brot mehr mitbringt, als ihm zusteht. Soldaten schwingen Reitpeitschen, teils zur Warnung, teils zur Strafe, teils zum Spaß, und wer keine Peitsche zur Hand hat, treibt die Juden mit Fußtritten an.

Ach, Professor Huber, denkt Hans, das ist Ihre glorreiche Wehrmacht, das ist Ihr heldenhafter Krieg, könnten Sie das hier nur sehen. Und wir, was tun wir, stehen da und schauen zu, sonst tun wir nichts, nichts können wir tun.

Gehen wir weiter, drängt Hubert wieder, aber diesmal bleiben sie, gehen sogar noch näher heran, was haben sie schon alles gehört von der Gewalt an den Juden, aber Sehen ist anders. Mit weit aufgerissenen Augen drücken sie sich an den Ghettomauern entlang, bis ein SS-Mann sie anbrüllt und vertreibt, und wie schnell sie sich vertreiben lassen. Passiver Widerstand, passiver Widerstand wo auch immer ihr seid, im Flugblatt hat das so gut geklungen, jetzt ist die Passivität kaum zu ertragen, und Hans schaut zu Alex hinüber, dessen Wangen wutrot sind. Was soll man noch schreiben, drucken, verschicken, damit diese Rohheit ein Ende findet, und zum ersten Mal kommt Hans der Gedanke, dass Worte vielleicht nicht immer reichen werden, und was dann, was dann?

Das Elend sieht sie an. Sie wenden sich ab.

Warschau zu verlassen fühlt sich an, wie das Schlimmste schon hinter sich zu haben. Der Zug, in den die Studentenkompanie zusammen mit anderen Einheiten verladen wird, ist ein überfüllter Lazarettzug, der eben noch Verletzte in die Heimat gebracht hat, ein Geruch von Schlachthof hängt in den stickigen Waggons. Im Gedränge wird die römische Schildkröte, die lauschige Fünfergruppe zerrissen, Hans und Alex zumindest finden nebeneinander auf einer Liege Platz, zusammen mit einem ihnen unbekannten Soldaten, der aber betrunken ist und sofort einschläft. Mit lautem Rattern setzt sich der Zug in Bewegung, und trotz dieses Lärms fallen Hans sofort die Augen zu, so erleichternd fühlt sich für ihn das Verlassen von Warschau an.

Er öffnet die Augen erst wieder, als die Sonne schon im Aufgehen begriffen ist. Sein Kopf ist schlafend auf Alex' Schulter gesunken, der aber das Gewicht gar nicht zu spüren scheint, hellwach sitzt er da mit geradem Rücken und angezogenen Beinen und kaut am Mundstück seiner Pfeife, ohne zu rauchen, das Gesicht dem Fenster und den vorbeirauschenden Birkenwäldern zugewandt. Hans richtet sich auf, wischt sich die Schläfrigkeit aus den Augen. Alle anderen im Waggon scheinen noch zu schlafen oder sind zumindest still, nur der Nebenmann schnarcht ohrenbetäubend.

Sag, Hans, flüstert Alex plötzlich, was sollen wir tun?

Was meinst du damit?, fragt Hans.

Ich schieße auf keinen Russen, antwortet Alex, ich schieße so wenig auf einen Russen wie auf einen Deutschen.

Musst du ja auch nicht, versucht Hans ihn zu beruhigen, und merkt dabei selbst, wie blöd das klingt im Krieg: Wir sind ja nur die Sanitäter.

Und wenn doch?, fragt Alex.

Dann ... Hans atmet tief durch, dann sagt er: Dann wirst du deinen Mann stehen müssen wie wir anderen auch.

Alex wendet seinen Kopf und blickt Hans direkt an, trotz des schlechten Lichts ist die Feindseligkeit in seinem Blick zu erkennen.

Meinen Mann stehen ...?, wiederholt er.

Jemand im Waggon hustet, ein anderer dreht sich um, vielleicht ist Alex zu laut gewesen, Hans wartet mit seiner Antwort ab, bis sich alles wieder beruhigt hat.

Du weißt, wie ich es meine, flüstert er, wir können es uns nicht leisten, dass man uns jetzt schon hochnimmt, Deutschland braucht uns, wir dürfen es jetzt nicht den Nazis überlassen, wir haben es doch schon so oft besprochen, Alex, bitte, mach nichts Dummes!

Aber Hans weiß nicht, ob Alex ihm überhaupt zuhört, den Blick hat er wieder fest auf das Fenster gerichtet.

Ich schieße nicht auf Russen, murmelt Alex nach einer Weile noch einmal, dann beinahe tonlos: Ich schieße auf niemanden.

Später nickt Hans wieder ein wenig ein, aber diesmal nie für lange, denn jedes Mal, wenn sein Kopf auf Alex' Schulter zu sinken droht, stößt dieser ihn leicht in die Seite, sodass Hans aufwachen und sich aufrichten muss.

Sein Kopf wiegt schwer, Hans weiß es ja, und in dieser Nacht wird ihm bewusst, wie wichtig es ist, dass jemand diese Last mit ihm trägt.

Bitte, Alex, mach nichts Dummes, Deutschland braucht dich. Ich brauche dich.

Russland 1942.

Russland, du geschundene Geliebte, aber nicht geschlagen, lange noch nicht. Am Himmel donnern die Sowjetflieger dahin, nicht unweit wird geschossen, trotz allem Lärm herrscht eine eigenartige Ruhe in den deutschen Bunkern, der Wald rundum wächst dicht und dämpft wie dicke Wolldecken. Neunundzwanzig Männer aus der Studentenkompanie sind hier am Hauptverbandplatz von Gshatsk vor allem dazu abbestellt, die Verwundeten so weit zu verarzten, dass sie die holprigen Fahrten zu den echten Lazaretten überstehen. Manchmal sind alle Züge und Lastwagen ausgelastet, dann kommen Pferdewagen angerattert, magere Tiere vorn dran wie damals bei der Kutsche, die Alex' Mutter geholt hat. Seine schöne, tote Mutter, was sie wohl sagen würde, könnte sie ihren Sohn hier und heute sehen, zu Hause angekommen und doch am ganz falschen Ort, in einem Bunker eingegraben und doch in Russland. Alex setzt sich in seinem Feldbett auf und atmet ein paar Mal tief ein: echt-russische Luft, trotz allem. Links neben ihm streckt Hans sich aus, *Die Brüder Karamasow* aufgeschlagen, in Deutschland hat er sich nie dafür begeistern lassen, jetzt wandert sein Blick emsig über die dicht bedruckten Seiten.

Hier versteh ich's, sagt er, hier versteh ich Dostojewskij!

Rechts von Alex schreibt Willi hektisch einen Brief nach dem anderen. Es heißt, Saarbrücken soll bombardiert worden sein, jetzt versucht er etwas über das Wohlergehen seiner Familie herauszufinden, telegrafiert hat er auch schon, aber jede

Information, die ihn hier erreichen könnte, käme stark verspätet und sowieso immer viel zu spät. Man beruhigt ihn in regelmäßigen Abständen: Mit Sicherheit geht es deinen Leuten gut! Woher man diese Sicherheit nimmt, aber auch Alex redet ihm gut zu, während Saarbrücken in seinem Kopf so weit weg ist wie ein fremder Stern.

Eine Liege weiter döst Hubert vor sich hin, erschlagen von den neuen Eindrücken, Warschau ist erst halb verdaut, unruhig zuckt er im Schlaf mit den Beinen, aber ein Albtraum vermag hier keinen mehr aufzuwecken.

So ist die Warschauer Schildkröte beinahe vollständig beisammengeblieben, nur Raymund Samiller, den Armen, hat man woandershin versetzt, nun sind sie eben ein Glückskleeblatt, vier fest zusammengewachsene Blätter. Und es ist wichtig, vernünftige Menschen an seiner Seite zu haben, vielleicht das Wichtigste und alles, worauf man hoffen kann: Menschen, mit denen man wirklich sprechen kann. Aber dann wiederum hat Alex immer weniger Lust, seine Vatersprache zu sprechen, und wenn er den anderen manchmal etwas wortkarg erscheint, so liegt es nur daran, dass ihm die deutschen Laute so schwer über die Lippen kommen, und jeden Tag schwerer.

Viele der Ärzte und alle Krankenschwestern am Hauptverbandplatz sind Russen, Zwangsarbeiter, gezwungen, den Feind am Leben zu erhalten. Und sie tun es, weil sie den hippokratischen Eid geschworen haben, weil sie Christen und weil sie eben Russen sind, die Zarenreich, Revolution und Kommunismus erlebt haben, noch immer überleben müssen. Wie schnell man vom Fahrwasser großer Ideen mitgerissen werden und darin ertrinken kann, wenn das jemand weiß, dann ein Russe.

Alex assistiert wieder bei Operationen wie damals in Holzhausen, nur dass er hier nicht schweigsam ist, hier spricht er fast pausenlos, spricht fast pausenlos russisch, fragt nach dem Leben in der Sowjetunion, nach den Kriegsgeschehnissen, sogar nach Stalin.

Ach, Stalin, seufzen die Ärzte, mehr wagen sie nicht zu sagen. Aber die Enttäuschung ist ihren Gesichtern anzusehen, ganz grundsätzlich, nicht nur, wenn sie über Stalin sprechen. Ihre Geschichte ist eine Geschichte der Enttäuschungen.

Viele von ihnen, raunt einer der Ärzte Alex einmal zu, haben in Hitler zuerst einen Retter gesehen, der sie aus dem Joch der eigenen Tyrannen befreit. Umso schrecklicher nun also der Schrecken, als die Nazis ihre wahren Fratzen zeigten.

Und regt sich Widerstand?, fragt Alex flüsternd, der russische Arzt grinst nur schelmisch zurück

Und da weiß Alex, dass Stalin erledigt ist, genauso wie Hitler, dass Kommunismus und Nationalsozialismus gleichermaßen längst überwunden sind, und wenn nicht in der Welt, so doch in den Köpfen der Menschen. Wie auch immer der Krieg ausgehen wird, Hitler und Stalin haben beide schon verloren, gewinnen wird das Volk, und dann vor allem das russische!

Lieber noch als mit den Ärzten spricht Alex mit den Krankenschwestern, weil sie ganz einfache Mädchen sind, mit runden Gesichtern und dicken Zöpfen, und hätte man sie nicht in die steife Schwesterntracht gepackt, würden sie wohl in weiten Röcken und bunt geblümten Kopftüchern umherspringen wie ganz junge, frische Njanjas. Sie sind nicht auf Anhieb freundlich zu Alex, deutsche Assistenzärzte, die sich ihnen anzunähern versuchen, das kennen sie ja zur Genüge. Aber als sie dahinterkommen, dass dieser hier sich nicht für sie als Frauen, sondern für sie als Russinnen interessiert, für ihre Lebensgeschichten und eigenen Gedanken, da tauen sie rasch auf und reden bald viel offener und freier daher, als die Ärzte es jemals wagen würden.

Oh, und wie sie den Krieg verabscheuen, und den Kommunismus gleichermaßen, manchmal schleichen sie heimlich fort und gehen in den Gottesdienst, sie zünden Kerzen an für ihre Namenspatroninnen und beten, alles möge bald vorübergehen.

Aber wir sind ein leidensfähiges Volk, sagt eine der Schwestern und lächelt, das ist unsere große Stärke.

Die meisten von ihnen wissen nicht, was aus ihren Heimatdörfern geworden ist, und wenn sie es wissen, wollen sie nicht darüber sprechen, Gshatsk selbst ist völlig zerschossen. Diese Mädchen hassen Hitler, sie hassen Stalin, aber sie lieben, lieben, lieben Russland, und allen Enttäuschungen zum Trotz sind ihre Gesichter stets voller Leben. Am meisten, wenn sie singen.

Geht ihr nur hin, ich bin nicht in Stimmung!

Willi sitzt auf seinem Bett und klammert sich an einem Buch fest, das er nicht liest. Er hat noch immer nichts von seiner Familie gehört, weiß nicht, wie es um Saarbrücken steht, all seine Telegramme sind bisher unbeantwortet geblieben. Alex hockt sich neben Willis Bett, beinahe bekniet er den Freund: Komm doch mit, wenn du die russische Seele wirklich kennenlernen willst, dann musst du sie auch singen hören!

Wen? Die russische Seele?, fragt Willi ein wenig ironisch, aber Alex nickt ganz ernst. Die russische Seele ist ihm eine heilige Sache, und dass all seine Freunde sie begreifen müssen, dass überhaupt nur sein Freund sein kann, wer sie begreift, das steht für ihn außer Frage.

Hans zumindest ist in dieser Hinsicht ein wahrer Freund, den Dostojewskij eben erst zugeklappt steht er schon ungeduldig in der Tür, ihn hat man nicht lange bitten brauchen, er ist dankbar für alles, was Abwechslung bietet vom Alltagstrott. Aus irgendeinem Grund ist er nämlich auf der Seuchenstation eingeteilt worden, gemeinsam mit Willi, Erkrankte gibt es aber noch keine, und wenn es welche gäbe, hätten sie keine Betten. Alles ist nur provisorisch und behelfsmäßig eingerichtet, ein paar Stühle und ein gemeinsamer Schreibtisch, damit kann man keine Kranken heilen, also schaut Hans die eine Hälfte des Tages in die Luft, die andere gibt er Spritzen, wie in einer Fabrik, immer der gleiche Handgriff. Seine eigenen Arme sind schon ganz zerstochen vom ständigen Blutspenden. Blut wird andauernd benötigt, Unmengen von Blut, Blut für den Boden, die Kampffront ist etwa zehn Kilometer entfernt, und die Russen schießen, tagsüber, nachts, hartnäckig, und dazu noch die Flieger. Und doch wird gesungen und getrunken und gefeiert, was in Warschau eine Widerlichkeit war, ist hier Natur, echte Volksfeste statt künstlichen Amüsierpalästen, und wie könnte man auch nicht feiern in Anbetracht dieser unbeschreiblichen Farben, dieser ungekannten Gerüche der russischen Wildnis! So zumindest sieht Alex das, und wie gern will er ein Teil dieses Volkes sein, das im Leid noch das Leben feiert, und kein Deutscher, der doch nur das Leben zum Leid macht!

Von draußen hört man die Balalaika erklingen, eine Mädchenstimme schwingt sich darüber, hoch und klar übertönt sie das ewige Kriegsgewummer, unendlich traurig ist die Melodie und doch so voller Leben, ganz wie die Gesichter der Russen. Nur diese ersten paar Töne braucht es, um Willi zu überzeugen, er lässt das Buch sinken und folgt seinen beiden Kameraden aus dem Bunker hinaus: kurz nur, nur kurz, ein oder zwei Lieder ...

Wo der Wald ein wenig lichter wird, haben sich alle zusammengefunden. Nicht nur die Krankenschwestern und Ärzte und all die anderen Zwangsarbeiterinnen und Zwangsarbeiter, sondern auch die Bewohner von Gshatsk, die wenigen, die geblieben sind, Frauen, Alte, die zahllosen Kinder. Alle tragen sie schmutzige, kaputte Kleidung, in die Kopftücher der Frauen haben Motten große Löcher gefressen, und doch sehen sie schöner und stolzer aus als alle Deutschen, findet Alex. Eine Flasche Schnaps geht um, ohne Scheu reicht ein alter Russe sie den Fremden, zeigt rührend sein zahnloses Lächeln. Alex trinkt als Erster, auch wenn er schon ohne Alkohol ganz berauscht ist, der Fusel schmeckt wie Champagner in einer solchen Nacht, Hans und Willi nehmen die Flasche als Nächstes und starren dann mit glänzenden Augen die junge Sängerin an, die im Schein des Silbermondes ihre traurigen Weisen vorträgt. Was den anderen exotisch erscheint, ist für Alex Kindheit. Es sind auch ein paar lustige Lieder dabei, da wird getanzt und mitgeklatscht und alles singt, auch Hans und Willi singen irgendwann, und es ist ganz egal, dass sie die Worte nicht kennen, im Chor sind alle Stimmen eines, die deutschen und die russischen.

In dieser Nacht ist Alex glücklich.

In dieser Nacht ist der Krieg nicht mehr als ein Trommeln in der Ferne.

In dieser Nacht lernt Alex Nelly kennen.

Russland 1942.

Er hat sie sich geschnappt, weil sie von all den anwesenden Frauen am russischsten aussah: Ihr Gesicht breit und makellos wie die endlose Tundra, ihre Augen geheimnisvoll dunkel, und obwohl sie abgemagert ist wie alle, ist sie doch kräftig, schwach und stark in einem.

Aber das alles ist Alex erst nach und nach aufgefallen.

In diesem Augenblick, in dem die ersten Takte des alten russischen Tanzliedes erklangen, hat er an gar nichts gedacht, sondern einfach ihre Hand ergriffen. Die Russin ist überrascht gewesen, ein wenig erschrocken sogar, im ersten Moment fürchtete Alex, sie würde ihn gleich ohrfeigen. Dann aber hat sie doch anders entschieden und sich eingelassen auf den überfallartigen Tanz, Arm in Arm sind sie herumgewirbelt, immer schneller und immer unrhythmischer, angefeuert von Hans und seinem schmutzigen Lachen.

Dabei hat Alex gleich bemerkt, dass die Russin nüchtern ist, nicht nur nicht betrunken, sondern ganz und gar nüchtern, dass sie ihn bei allem ausgelassenen Springen und Drehen pausenlos betrachtet, mit einer gewissen Distanz, die zwischen ihren Körpern gar nicht mehr besteht, in ihrem Gesichtsausdruck behält sie sie bei. Sie ist jünger, als sie auf den ersten Blick gewirkt hat, eigentlich ein junges Mädchen noch, nicht älter als Sophie. Aber kleine Fältchen um die Augen und die Lippen weisen darauf hin, dass sie in ihrem kurzen Leben schon viel gelacht hat, tiefere Falten auf der Stirn, dass sie noch häufiger besorgt gewesen ist.

Das Lied geht zu Ende und zwingt die beiden zum Stehenbleiben, rundum wird eifrig geklatscht und gejohlt, Alex aber hält die Russin noch immer fest umklammert. Es scheint ihm, als würde er umfallen, sobald er sie loslässt, und vielleicht stimmt das sogar, der Schnaps tut seine Wirkung. Sie versucht nicht einmal, sich aus seinem Griff zu lösen, sie blickt ihm jetzt in die Augen, aber nicht wirklich, mustert seine Augen, als wollte sie sie untersuchen, irgendetwas darin ausfindig machen. Das nächste Musikstück ist wieder ruhiger und unsagbar traurig, die Balalaika weint sanft in die Nacht hinein, Alex und die Russin bleiben stehen und halten einander fest.

Wie heißt du?, fragt Alex auf Russisch.

Die Russin zieht anerkennend die Augenbrauen hoch.

Du hast eine gute Aussprache, antwortet sie.

Ich bin Russe, sagt Alex.

Bist du nicht, erwidert sie.

Halber, murmelt er, meine Mutter war es, und ich bin immerhin in Russland geboren.

Du hast einen deutschen Akzent, behauptet die Russin.

Hab ich nicht, entgegnet Alex empört.

Die Russin kichert: doch. Einen ganz, ganz leichten.

Alex seufzt, mit dieser Frau ist nicht zu streiten, das merkt er schon.

Dann versucht er es noch einmal: Wie heißt du?

Die Russin hört auf zu lachen. Sie scheint einen Moment lang darüber nachzudenken, ob er eine Antwort wert ist, mustert ihn noch einmal, dann antwortet sie leise: Ninel.

Nina?, wiederholt Alex.

Sie schüttelt den Kopf: Ninel.

Was ist denn das für ein Name?, fragt er.

Lenin rückwärts, antwortet die Russin, dann lacht sie wieder, wird dabei aber sehr rot im Gesicht.

Mein Name gefällt mir nicht, fügt sie schnell hinzu.

Mir auch nicht, antwortet Alex, ich werde Ninotschka zu dir sagen.

Sag Nelly, sagt sie, Freunde sagen Nelly zu mir.

Und so sind sie, während nur zwei russischen Volksweisen, Freunde geworden, Nelly und er.

Nelly ist Lehrerin gewesen hier in Gshatsk, sie ist es immer noch, auch wenn das Schulgebäude ausgebombt ist und viele ihrer früheren Schüler krank, tot oder man weiß nicht wo sind. Sie hat früher einmal an ihren Beruf geglaubt, erzählt sie, tut es immer noch ein wenig und doch nicht mehr. Sie steigen über die Trümmerhaufen, dort, wo sich einmal der Hauptplatz von Gshatsk befunden hat.

Da ist das Schulhaus gewesen, sie zeigt irgendwohin, wo nichts mehr ist, da habe ich auch mein Zimmer gehabt.

Jetzt wohnt sie mit sechs anderen Frauen in einer winzigen Wohnung in einem baufälligen Haus, immerhin ein Dach über dem Kopf. Die meisten Leute hier in der Gegend sind Bauern, erzählt sie, oder Fischer. Deswegen hat sie ja früher so gern hier gelebt, deswegen ist sie früher so gern hier Lehrerin gewesen. Sie hat gedacht, dass der Kommunismus ein Licht sei, das sie in die provinzielle Dunkelheit bringt, sie wollte die Menschen aus ihrer Armut befreien, nur mit ihren Reden, mit Bildung und Kultur. Nelly lacht traurig und breitet die Arme aus: Schau dich um, hat es funktioniert?

Sie hat an ihren Beruf geglaubt und an die Revolution, und wie sie diese ländlichen Großmütterchen immer verachtet hat mit ihren Kruzifixen und Heiligenbildern, die volkstümlichen Gebräuche sind ihr lächerlich vorgekommen, sogar die Lieder, die schönen alten Lieder, verspottet hat Nelly sie. Es hat lange gedauert, erzählt sie, bis sie klar gesehen hat, was die Bolschewisten aus ihrer Heimat gemacht haben. Die Armut, die Verfolgung, und immer wieder die Ungerechtigkeit, dagegen hat sich der Kommunismus doch von Anfang an stellen wollen, daran hat sie einmal geglaubt, aber letztendlich ist alles nicht mehr als Theater gewesen. Gezweifelt hat sie schon lange, der Krieg ist dann nur noch ein Katalysator gewesen. Jetzt glaubt sie an gar nichts mehr.

Auch an Gott nicht?, fragt Alex.

Nelly schüttelt den Kopf.

Das darfst du nicht, antwortet Alex geradezu erschrocken, an irgendetwas muss man glauben! Weißt du, die Gleichgültigkeit ist es doch, die letztendlich alles zerstört!

Nelly lacht nur und hakt sich bei ihm unter: Komm, ich stell dir ein paar Leute vor.

Und dann stellt sie ihm ihre Mitbewohnerin Walja vor, deren Wollstrümpfe ganz löchrig sind, und Dimitrij, den zahnlosen Fischer, Vera, die junge Volkssängerin mit der Balalaika, und natürlich die Kinder, ihre Schüler. Wo man hinsieht, spielen und rennen die Kinder wie im herrlichsten Frieden, zwischen steinernen Trümmern brechen bunte Blumen hervor, auf den Straßen hocken Mütter und stillen ihre Kleinen.

Stell mir auch deine Familie vor!, bittet Alex, aber Nelly blickt zu Boden und schüttelt traurig den Kopf.

Stattdessen gehen sie zu den Kriegsgefangenen, Gefangene im eigenen Land, von den Deutschen zu verschiedenen Arbeiten verpflichtet, Andrej zum Beispiel kümmert sich um die Pferde. Er freut sich, in Alex einen echten Pferdekenner gefunden zu haben, er selbst hat keinerlei diesbezügliche Neigung, in einem früheren Leben ist er Maschinist gewesen.

Alex stellt Nelly im Gegenzug Hans vor, der kaum etwas zu tun und somit viel Zeit hat, um sie auf ihren Spaziergängen zu begleiten. Das ist immer ein wenig mühsam für Alex, weil er pausenlos hin- und herübersetzen muss, und Hans will alles wissen, mit den Russen auf seiner Station kann er ja nicht sprechen, also muss ihm Nelly alles berichten über das Leben in der Sowjetunion, und Alex dolmetscht. Aber weil es ihn doch freut, wie aufrichtig Hans sich für Russland interessiert, macht ihm diese Mühe nichts aus, gern hört und übersetzt er von Neuem Nellys Lebensgeschichte, ihre Abkehr vom politischen Irrglauben, und an dieser Stelle wird Hans ganz aufgeregt.

Ich kenne das, murmelt er, sag ihr bitte auf Russisch, dass ich genau weiß, wie sich das anfühlt!

Alex übersetzt, aber Nelly antwortet nicht, sie mustert Hans nur von der Seite und nickt ihm dann freundlich zu.

Hans ist ebenfalls erstaunt über Nellys doch recht bemerkenswerten Vornamen. Als würde man deutsche Mädchen Hitlerine nennen.

Kannst du sie fragen, bittet er Alex, wie ich wohl auf Russisch heißen würde?

Das kann ich dir auch sagen, antwortet Alex, Johannes ist auf Russisch Iwan. Hans ist die Kurzform von Johannes, und die Kurzform von Iwan lautet Wanja. Also wärst du wohl Wanja.

Wanja!, wiederholt Nelly, die von dem Gespräch nur Bruchteile verstanden haben kann, aber genug hat sie verstanden, um in lautes Lachen auszubrechen: Ein durch und durch deutscher Mensch, und dann nennt er sich Wanja!

Das übersetzt Alex nicht für Hans, es ist wohl kaum als Kompliment aufzufassen.

Nelly hat auch Alex einen neuen Namen gegeben: Wenn du Alexander heißt, sagt sie, müssen deine Freunde dich doch Sascha nennen, das ist ja die übliche Koseform.

Er schüttelt den Kopf: Sie sagen Alex zu mir, oder Schurik ...

Ich nenne dich Sascha, antwortet Nelly bestimmt.

Und irgendwie gefällt es ihm, dass jetzt auch Nelly einen

eigenen Namen für ihn hat, wie ihn früher Angeli und sonst niemand immer »Aljoscha« gerufen hat. Vielleicht hat ja von Anfang an nie etwas werden können aus Angelika und ihm, denkt er jetzt, weil sie nun einmal alles ist, was er sich von einer Frau erträumen kann, aber eben keine Russin. Und das ist der entscheidende Punkt.

Russland 1942.

Hans fühlt sich wie der nutzloseste Mensch auf der Welt. Er balanciert den Bleistift auf seinem ausgestreckten Zeigefinger, schnippt ihn in die Luft, fängt ihn, fängt ihn nicht, der Bleistift prallt geräuschvoll auf die Tischplatte, Hans beginnt das ganze Spiel von vorn, bis Willi ihn irgendwann über den Rand seines Buches hinweg vorwurfsvoll anblickt. Seit er die Nachricht erhalten hat, dass seine Familie wohlauf ist, hat Willi endlich wieder die Ruhe, sich seinem Studium zu widmen, für Prüfungen zu lernen, die in weiter Ferne liegen, örtlich und zeitlich, was sonst soll man auch tun.

Seltsam, denkt Hans, vor nicht allzu langer Zeit wäre ihm ein Tag wie dieser ideal erschienen, er hätte es wie Willi gemacht und sich in ein medizinisches Fachbuch vertieft, oder in die Philosophie. Lesen, lernen, alles wissen, jetzt hätte er die Zeit dazu, aber ihn plagt die innere Unruhe und das Gefühl, dass Wissen allein nicht reicht. Irgendetwas tun! Wenigstens Spazierengehen, die Landschaft einatmen, sich an der Einfachheit des russischen Lebens erfrischen, aber draußen fällt Regen dicht wie ein Schleier und verdirbt einem sogar diese letzte Lust. Und dabei doch zu wissen, welche Schande es ist, hier im Warmen und Trockenen zu sitzen, bei allem unsagbaren Leid rundherum. Das Leid, beinahe beneidet Hans die Russen darum, dass es ihnen so unmittelbar durch Mark und Knochen fährt. Es ist doch letztendlich besser, als das Unglück nur leicht zu streifen, aus der Asche wird der Phönix auferstehen, nicht nur aus einer Ahnung der Asche. Aus großem Leid wird Großes entstehen. Dostojewskij hat das Leid gekannt. Goethe nicht. Und das ist ja schon das ganze Elend der deutschen Kultur. Hans versteht nicht viel Russisch, aber was Nelly über ihn gesagt hat, das hat er doch verstanden: Er ist ein ganz und gar Deutscher.

Wenn er wenigstens ein bisschen hungern müsste, aber die Versorgungskette funktioniert einwandfrei, noch ist er nicht lange hier und doch hat er zugenommen. Viel kann es nicht sein, aber er fühlt sich dick, vollgefressen, ist das nicht alles verkehrt, verdreht, im Krieg sein und zunehmen, im Krieg sein und mit einem Bleistift spielen, vom großen Leid zu wissen und letztendlich doch nichts zu fühlen. Er muss sich ablenken.

Sag, Willi, was lernst du da gerade?

Willi blickt wieder von seinem Buch auf und antwortet: Säuglingsernährung.

Nicht unbedingt das wichtigste Thema für einen Frontarzt, entgegnet Hans.

Wir werden hoffentlich auch wieder einmal andere Ärzte sein, murmelt Willi, Hans nickt.

Arzt sein, wie ungemein wichtig ist ihm das einmal vorgekommen. Leben retten, das hat so heroisch geklungen, bis ihm dann in Frankreich die Verwundeten fliegengleich auf dem OP-Tisch weggestorben sind, es war freilich nicht seine Schuld, kein Arzt hätte sie retten können. Es war Hitlers Schuld, und Leben retten kann man in Wahrheit nur noch auf eine Art. Auch wenn Alex und er sich geschworen haben, alles Blutvergießen zu vermeiden: Tyrannenmord wäre doch eine ganz andere Kategorie.

Wieder wirft Hans den Bleistift, wieder prallt er auf der Tischplatte auf, Willi legt leise seufzend das Buch zur Seite.

Der Regen draußen prasselt so laut, dass man die Schüsse

kaum noch hört, vielleicht sind die Ohren mittlerweile auch nur allzu gewöhnt daran. Man kann den Sowjets jedenfalls nicht vorwerfen, dass sie es ihren Feinden leicht machen, Partisanen sprengen verbissen Nachschubzüge, wer weiß, vielleicht ist es doch ganz gut, dass Hans sich einen gewissen Vorrat angefressen hat. Hubert und Alex auf der Chirurgischen drüben werden ganz schön Arbeit haben, aber das wird Alex genauso wenig wie der Regen davon abhalten, jede freie Minute draußen zu verbringen, bei Nelly und Walja, bei Dimitrij und Andrej, bei seinen Leuten. Es ist doch irgendwie ungerecht, Hans könnte durch die endlose Steppe reiten wie ein Kosake, er könnte Wodka trinken und pausenlos ihre Lieder singen, trotzdem wird er nie einer von ihnen sein, sondern immer ein Europäer, von Grund auf ganz und gar deutsch. Vielleicht geht es Alex in Deutschland immer so wie ihm hier. Eine seltsame, eine fast erschreckende Vorstellung.

Wolltest du immer schon Arzt werden?, fragt Hans Willi, wieder ganz unvermittelt, er will jetzt reden, egal mit wem, egal worüber. Es kann ihn auch niemand daran hindern, denn der für die Seuchenstation verantwortliche Oberarzt wird momentan anderswo dringender gebraucht, man kann es ihm nicht verübeln. Die restlichen Assistenzärzte hat er mitgenommen, und dass Hans und Willi hier die Stellung halten, ist eine sinnlose Formalität. Hin und wieder gibt es Kontrollen, dann kommt irgendeiner und brüllt, weil das Haar nicht richtig gekämmt oder die Uniform nicht ordentlich geputzt ist. Es ist so lächerlich, und trotzdem sind Hans dabei letztens die Tränen gekommen, einfach so, nur um die Erniedrigung perfekt zu machen. Der Vorgesetzte hat geschrien, Hans geheult und Willi dankenswerterweise so getan, als würde er nichts davon mitbekommen. Hans ist sowieso labil wie ein junges Mädchen in letzter Zeit. Zum Beispiel kann es ihn aus heiterster Stimmung heraus direkt zur Weißglut treiben, wenn Oberärzte ihre Schützlinge zusammenrufen und dann medizinische Vorträge halten, als wären sie in einem gemütlichen Vorlesungssaal der altehrwürdigen Universität. In der Theorie klingt alles so gut, so ungemein wichtig mit vielen lateinischen Ausdrücken, doch in der Praxis fehlt es am Notwendigsten. Es ist zum Schreien oder Weinen oder Lachen, je nachdem. Wenigstens die Krankenbetten sind mittlerweile angekommen und stehen brav in Reih und Glied wie momentan noch die Soldaten, die sie später beherbergen werden. Eine einzige russische Krankenschwester hat heute auf ihrer Station Dienst, sie liegt quer über vier Betten ausgestreckt und blättert lustlos in einer uralten Illustrierten.

Medizin hat mich nie besonders interessiert, antwortet Willi, ich wollte eigentlich Sprachen oder Theologie studieren, aber dann schien mir das Medizinstudium doch irgendwie nützlicher, ich meine ... angesichts der Lage.

Angesichts des Krieges?

Willi nickt: Besser heilen als töten, oder nicht?

Auch kein Freund des sinnlosen Tötens?, fragt Hans. Plötzlich sprechen sie sehr leise, die Krankenschwester versteht kein Wort Deutsch, aber man hat sich schon zu sehr gewöhnt an jenen speziellen Flüsterton für spezielle Gespräche.

Kein Freund des Krieges und kein Freund von Hitlers Politik, flüstert Willi.

Nie gewesen?, fragt Hans.

Nie.

Willi blickt sich um, dann greift er in die Tasche seines Arztkittels. Er holt Zigaretten und Zündhölzer heraus, das Rauchen auf den Krankenstationen ist strengstens verboten, aber den leeren Betten wird es kaum schaden. Hans tut es ihm gleich, sie sitzen einander gegenüber und rauchen, es ist gut und beruhigend, die Hände mit etwas anderem zu beschäftigen als immer nur mit dem elendigen Bleistift. Draußen knallt es einmal ordentlich, aber nicht in allzu großer Nähe, die Krankenschwester setzt sich für einen Moment lang auf wie ein aufmerksames Tier und verfällt danach sofort wieder in ihre alte Lethargie.

Entwickeln eine ganz schöne Aktivität, die Russen, murmelt Hans, da werden wir uns noch in Acht nehmen müssen.

Willi zuckt mit den Schultern: Nur können sie ihre Vorteile leider nie wirklich ausnutzen.

Leider?, Hans greift erneut nach seinem Bleistift und wedelt mit der Spitze spaßhaft drohend vor Willis Gesicht herum: Sagen Sie, Herr Kamerad, sind Sie etwa Bolschewist?

Schlimmer noch, antwortet Willi, gläubiger Katholik.

Hans lacht und legt den Bleistift wieder hin.

Übrigens auch immer schon, fügt Willi hinzu.

Hätten wir uns vor zehn Jahren kennengelernt, hätte ich dich verprügelt, sagt Hans.

Das hättest du dich trauen sollen, antwortet Willi.

Hans lacht noch einmal, Willi auch, aber nur für einen Augenblick. Dann wird seine Miene ausgesprochen ernst, er blickt sich abermals um, die Krankenschwester ist immer noch in ihre Zeitschrift vertieft. Willi beugt sich ein wenig über den Tisch herüber, fasst Hans verschwörerisch mit beiden Händen an den Schultern und flüstert: Ich habe noch ziemlich viel Kontakt zu den Freunden von damals. Katholiken, weißt du, alles Leute, die nicht viel halten von unserer Regierung. Regimegegner gibt es in ganz Deutschland und gar nicht so wenige, man muss sie nur finden, zusammenbringen …

Und in diesem Moment geht die Tür auf und drei Dutzend Soldaten fallen ein, heute Morgen frisch aus der Heimat importiert und zur Impfung herbeordert, Hans und Willi ziehen Spritzen auf im Akkord. Dabei kann Hans sich nicht im

Geringsten konzentrieren auf die nackten Arme vor seinen Augen, mehr als einmal sticht er zu fest zu und hört die murrenden Beschwerden nicht.

Wenn das gelänge, denkt er, wenn sie nun tatsächlich Mitstreiter haben würden in ganz Deutschland, wenn Willi solche Kontakte knüpfen könnte, dann wäre endlich mehr getan als der elende Anfang und Hans selbst doch nicht der nutzloseste Mensch auf der Welt, sondern der Anführer von vielen, von allen, die gegen den Führer sind. Nicht Arzt muss man sein, um Leben zu retten, nicht Tyrannenmörder, sondern Politiker!, und mit übermütiger Kraft rammt Hans schon die nächste Nadel in den nächsten Oberarm. Da ist sie wieder, diese verführerische Euphorie, die ihn ganz und gar gefangen nimmt, wie in jener Nacht, als er die ersten Flugblattnotizen gemacht hat, wie bei dem Mittagessen mit Sophie, ein Hauch von dem Großen, das die Zukunft für ihn bereithält, schon jetzt weht es ihm als Versprechen ins Gesicht. Willi schielt zu ihm herüber, auch er ist sehr beschäftigt mit dem Spritzengeben, trotzdem hat sein Gesichtsausdruck das Verschwörerische noch nicht verloren und verliert es nicht mehr.

Diesmal jedoch hält Hans' innerer Frühling nicht sehr lange an. Am Abend nämlich erhält er einen Brief von seiner Mutter.

Russland 1942.

Mnje nuschna loschschad, mnje nuschna loschschad …

Hans sagt es immer wieder vor sich her, er will es nicht vergessen. Dort hinten pflegt Andrej die Pferde, Kriegsbeute wie er selbst, ausgehungerte Tiere allesamt, aber die paar Kilometer werden sie Hans schon tragen.

Mnje nuschna loschschad, ich brauche ein Pferd, für diesen lächerlichen Satz hat Hans die ganze Gegend nach Alex abgesucht. Gefunden hat er ihn schließlich in einem der strohbedeckten Bauernhäuser, auf einem Melkschemel sitzend und die Balalaika schlagend, nicht fehlerfrei, aber mit Inbrunst. Nelly saß andächtig daneben, den Kopf gegen seinen Oberarm gelehnt. Einen so leichten Kopf müsste man haben, er stört nicht beim Musizieren. Rundherum hockten Schulter an Schulter ein paar Dorfbewohner und lauschten, lauter Russen. In diese ärmliche Idylle ist Hans also hineingebrochen, nur um zu erfahren, was »Pferd« auf Russisch heißt. Er weiß es ja eigentlich, er hat doch schon etwas Russisch gelernt, nur im Moment wollte es ihm nicht einfallen. Natürlich hätte er genauso gut einen Dolmetscher im Hauptverbandlager fragen können, einen jener Kriegsgefangenen, die dank ihrer Fremdsprachenkenntnisse von übleren Aufgaben verschont geblieben sind. Und in Wahrheit hätte Hans auch gar nicht zu wissen brauchen, was »Pferd« auf Russisch heißt, wenn er nur vehement genug mit dem Finger auf den gewünschten Gaul deutete, würde der Pferdehirt Andrej schon verstehen.

Aber doch ist es Hans unumgänglich erschienen, Alex zu finden, mit Alex zu sprechen, auf die Übersetzung hätte er verzichten können, auf Alex nicht. Ein freundschaftliches, ein ermutigendes Wort. Die Bestätigung, dass das, was er vorhat, gut ist, das einzig Richtige. Dass es, wenngleich es unter anderen Umständen als unbarmherzig scheinen müsste, ganz im Sinne des passiven Widerstands geschieht. Und dass Hans' Bruder Werner es genauso sehen wird.

Als Hans Alex nun aber so selig musizierend vorgefunden hat, von Russen und Russland umgeben wie ein Vogelkind vom Nest, fühlte er sich selbst fehl am Platz. Da ist ihm plötzlich das verlorene Wort wieder eingefallen: *Loschschad. Loschschad* heißt Pferd, und er ist so still und unbemerkt gegangen, wie er gekommen ist. Keinen Gedanken verschwenden jetzt an die Einsamkeit, es gibt so viel Wichtigeres. Wenn er nur Werner noch rechtzeitig erreicht.

Andrej erkennt Hans schon von Weitem, er winkt und ruft erfreut: Wanja!

Denn Sascha und Wanja sind mittlerweile allen in der Umgebung ein Begriff, ein Kuriosum, »*russkije njemtsy*«, die »russischen Deutschen«. Auch wenn nur der eine wirklich Russisch spricht, der andere kann doch trinken und lachen und nach ausreichend Wodka sogar weinen wie ein echter Russe, das wollen die Einheimischen gelten lassen, was bleibt ihnen auch anderes übrig.

Aber Andrej erkennt diesmal schon an den entschlossenen, weit ausholenden Schritten, dass Wanja nicht zum Feiern gekommen ist.

Mnje nuschna loschschad!

Sofort macht Andrej ihm eine Stute bereit, die kräftigste und gesündeste im Stall, er bemerkt augenblicklich die Dringlichkeit, die in diesen drei fehlerhaft ausgesprochenen Wörtern liegt.

Ich brauche ein Pferd!, als hinge Leben und Tod davon ab, Andrej händigt Hans die Stute aus: *Wsjewo charoschewo, Wanja!*

Spasiba, antwortet Hans, dann schwingt er sich auf den Rücken des Tiers und galoppiert über das Feld davon wie ein Gejagter.

Der Matsch spritzt wild unter den fliegenden Pferdehufen, der Regen peitscht Hans ins Gesicht, aber das macht ihm jetzt nichts mehr aus.

Es ist ein großer Zufall und ein wunderbarer, dass Werner tatsächlich so nah an Gshatsk stationiert ist wie erhofft. So haben sich die Brüder schon einige Male treffen können, sind miteinander reiten gegangen oder trinken, haben Zerstreuung gesucht und Halt beieinander gefunden. Im Augenblick weiß Hans gar nicht, was er jetzt tun würde, wenn er nicht zumindest diesen kleinsten Teil seiner Familie in der Nähe wüsste. Wenn er sich nur nicht verirrt. Er kennt den Weg zu Werner, aber Russland ist so ausladend weit, eine Birke sieht aus wie die andere, und während die Stute stur immer vorwärts hetzt, kann der Reiter sich nie sicher sein, bewegt man sich tatsächlich wie geplant geradeaus oder vielleicht doch im Kreis, wird man am Ziel ankommen oder letztendlich wieder bei Alex und seinen Russen, so weit weg von zu Hause, wie es nur möglich ist.

Einmal, denkt Hans, wenn der Krieg vorbei ist, werde ich hierher zurückkommen, aus freiem Willen, ohne Plan und ohne Ziel, ohne Verantwortung, und auf einem gesunden, wohlgenährten Pferd immer weiter ostwärts jagen, bis ins Land der Mongolen hinein. Das Reiten, der Regen, der spritzende Matsch – in allem liegt so eine Lustigkeit, die das Leid zu verdrängen versucht, nur nicht nachgeben, nur nicht aufgeben, Deutschland braucht auch dich noch, Hans, aber wenn alles vorbei ist, dann kommst du wieder, und dann reitest du ohne Zwang über diese Erde. Und ohne Angst.

Wo die Rote Armee zurückgeschlagen worden ist, verstecken sich in den Wäldern und Gehöften Partisanen. Das ist allgemein bekannt, mancherorts hat man die ganze männliche Jugend dazu geholt, ihr Widerstand gegen die Besatzer ist vom blanken Überlebenswillen genährt und darum besonders schonungslos. Es ist gefährlich, so allein durch die Wildnis zu reiten, und trotzdem denkt Hans nicht an die Partisanen, wenn er an seine Angst denkt. Die inneren Unsicherheiten sind doch oft bedrohlicher als die äußeren, ein missgünstiges Wort seines Bruders scheint ihm gerade schrecklicher als alle Gewehrläufe feindlich gesinnter Kämpfer.

Hinter dem dichten Wolkenvorhang ist die Sonne schon am Untergehen. Man merkt es zuallererst an der Melancholie, die sich über die Landschaft legt, erst später am schwindenden Licht, der aufkommenden Finsternis. So ist es immer um diese Uhrzeit, und spätestens jetzt werden die Lieder traurig werden, die Alex auf der Balalaika spielt. Wenigstens hat es zu regnen aufgehört.

Die Stute wird langsamer, ihre Kraft ist aufgebraucht, schließlich steigt Hans ab und geht das letzte Stück zu Fuß, dankbar trottet das müde Tier hinter ihm her. Es ist aber auch gar nicht mehr weit, er erkennt am Horizont schon menschliche Silhouetten, hört hartes deutsches Rufen und Reden, das muss der Verbandplatz sein, auf dem Werner eingesetzt ist, in der Schreibstube von irgend so einem militärischen Wichtigtuer. Ganz in der Nähe, bei Rschew, sind die Russen an mehreren Stellen durchgebrochen, die Wehrmacht beklagt erhebliche Verluste, und wenn Hans bedenkt, dass bei Gshatsk täglich etwa zehn Mann krepieren und man kaum Aufsehens darum macht, kann er sich schon vorstellen, wie es hier zugeht. Werner betrifft's wenigstens nicht allzu sehr, mit den Verletzten und Verstorbenen hat er nur insofern zu tun, als dass er ihre

Namen in endlos lange Listen einträgt, papierene Grabsteine, auch für die, die es gerade noch geschafft haben, diesmal.

Als Hans näherkommt, fällt ihm auf, dass die Soldaten hier zwar genauso betrunken sind wie in Gshatsk, aber bei viel schlechterer Laune. Er fragt den Erstbesten, ob der vielleicht seinen Bruder Werner kenne, der aber kennt ihn nicht, der nächste auch nicht, niemand kennt ihn, niemand will mit Hans reden, erst der siebte oder achte, den er anspricht, antwortet endlich: Werner Scholl, klar, der kommt sicher jeden Augenblick aus seiner Schreibstube, dort drüben gibt's übrigens Wasser fürs Pferd.

Und Hans lässt die müde Stute trinken, stützt sich plötzlich selbst ganz entkräftet auf ihren warmen Rumpf und wartet, während die Dunkelheit vollständig hereinbricht über das weite Land. Er hat sich keine Gedanken darüber gemacht, wie er wieder zurückkommt.

Werner wirkt ziemlich erschrocken, als er Hans erblickt, er muss schon ahnen, dass sein Bruder so spät am Tag nur als Bote schlechter Nachrichten kommen kann.

Hast du den Brief erhalten?, fragt Hans sofort, Werner blickt sich um: Nicht hier!

Sie binden das Pferd an einen Pfahl und wandern stumm ein wenig abseits, dorthin, wo keine Soldaten mehr lagern, Hans muss sich den ganzen Weg über auf die Zunge beißen, so sehr wollen die Worte jetzt heraus aus ihm. Mittlerweile ist es so dunkel, dass er Werner an seiner Seite kaum noch sehen kann, nur das regelmäßige Schmatzgeräusch der Stiefel auf dem feuchten Boden versichert ihm, dass der Bruder noch neben ihm ist.

So, jetzt sind wir weit genug weg, sagt Werner irgendwann und bleibt stehen. Also sag mir, welcher Brief?

Der Prozess ...

Beinahe hätte Hans über seinen eigenen Angelegenheiten die ganze Sache schon vergessen. Aber die Denunziation der Sekretärin im Februar hat doch noch ein Nachspiel gehabt: Der Vater ist zu vier Monaten Haft verurteilt worden. Vier Monate Leben, das ist der Preis dafür, dass man die Gottesgeißel der Menschheit beim Namen nennt. Und vier Monate Arbeit, denn wie es mit dem Steuerprüfungsbüro weitergehen, wie die ganze Familie ernährt werden soll, weiß niemand. Sophie wird ihren Fritz wieder um Geld bitten müssen, und Traute ist sofort nach Ulm gefahren, um Inge zu helfen, damit nicht allzu viel Arbeit liegen bleibt. Die Leitung von Vaters Treuhandfonds hat vorübergehend Eugen Grimminger übernommen, ein alter Freund der Familie, der auch finanziell aushelfen will, aber alles in allem seien die Aussichten düster.

Die Mutter wird auch von dir ein Gnadengesuch verlangen, erklärt Hans seinem Bruder. Sie hat die Hoffnung, dass ein Schreiben der Söhne von der Front schwerer wiegt als alles, was sie selbst formulieren könnte, oder eine der Schwestern. Aber das stimmt nicht. Und selbst wenn es stimmen würde, dann dürften wir erst recht nicht einknicken, verstehst du? Man darf dieser Regierung keine Zugeständnisse machen, nicht einmal das allerkleinste. Und was sollten wir auch schreiben: Unser Vater habe es gar nicht so gemeint? Die Sekretärin müsse da etwas falsch verstanden haben? Oder gar: Der Vater habe eben in geistiger Verwirrung gesprochen? Die Gnade eines solchen Verbrecherregimes ist eine größere Schande als jede Strafe, und unserem Vater würde eine solche Erniedrigung wohl am allerwenigsten gefallen!

Am Ende spricht Hans lauter, als er eigentlich wollte. Werner hingegen bleibt absolut still, in der Finsternis kann Hans seinen Gesichtsausdruck nicht ausmachen. Vielleicht ist es auch besser so. Wenn Werner diese Haltung nun für völlig unverantwortlich hält? Ein Prinzip hält doch keinen Mann und keine Familie am Leben, ein paar verlogene Worte von der Front unter Umständen …

Aber dann wiederum, kein Scholl würde je so denken, und Werner am wenigsten. Als Hans noch der begeistertste Hitlerjunge war und in seiner Freizeit Katholiken verkloppte, hat Werner schon diese Nachdenklichkeit an sich gehabt, die ihm vieles schwerer machte. Und vieles leichter, denn von Hitler hat er sich mit weitaus weniger Trennungsschmerz gelöst als Hans.

Nun, was sagst du?

Werner antwortet noch immer nicht, aber Hans spürt im Dunkeln die Hand, die nach der seinen greift, eine stille Zustimmung, ein wortloses Ja.

Einen harten Geist und ein weiches Herz braucht der Mensch, das sagt Sophie immer, daran muss Hans jetzt denken. Und es würde ihn nicht wundern, wenn Werner in diesem Moment genau dasselbe denkt.

Russland 1942.

Der große Regen ist vorüber und hat einen goldenen Herbst hinterlassen, dabei ist es erst August. Da kann man schon einen Eindruck davon bekommen, wie früh der Winter hier einfallen kann, Alex kennt die russischen Winter und weiß, wie schlecht die Wehrmacht darauf vorbereitet ist. Dann wird man also wieder die süßen Mädels losschicken mit den Klingelbeuteln fürs Winterhilfswerk, Geld und Sachspenden eintreiben, für einen guten Zweck!, für unsere Männer an der Front!, als würden die hart zusammengesparten Münzen, die selbst gestrickten Mützen und Socken jemals wirklich dort ankommen, wo man sie braucht. Würde Hitler tatsächlich etwas an den Menschen liegen, er hätte das Geld für die Winterausrüstung leicht aufgestellt, aber lieber hält er sein Volk unter Druck, ständig soll es aus vollem Herzen den Krieg unterstützen, im festen Glauben, es unterstütze damit die Väter, Brüder, Söhne. Wenn der Winter kommt, wird sich die Wehrmacht an der russischen Kälte zerreiben, so viel steht fest, und Alex weiß nicht, ob ihm diese Gewissheit Furcht oder Freude bereitet, in jedem Fall aber spürt er eine große Ungeduld in sich: Alles wird bald vorüber sein. Der Wind ist jetzt schon unangenehm frisch.

… und mein Vater hat Charakter, er wird alles ertragen, was ertragen werden muss, und dass es nicht leicht wird, weiß ich besser als irgendjemand sonst, vielleicht findet er zu Gott, ja, mein Vater wird endlich zum Glauben finden …

Hans geht ein paar Schritte hinter Alex her und spricht ohne Unterlass, murmelt vor sich hin. Und Alex versucht ja ernsthaft, ihm zuzuhören, das Schicksal des Herrn Scholl lässt ihn doch keineswegs kalt. Er hat ihn immer als bemerkenswerten Mann erlebt, die ganze Familie ist bemerkenswert und so anders als alle anderen Familien, so anders als seine eigene Familie mit den furchtsamen Eltern, den einflussreichen Onkeln, und überhaupt, in keinem Land der Welt sollte jemand für ein paar unbedachte, nein, für wahre Worte verhaftet werden, das ist es doch auch, wogegen sie anschreiben. Das alles geht Alex jetzt durch den Kopf, und trotzdem können seine Gedanken niemals länger als wenige Sekunden bei Hans' Vater im Gefängnis verweilen, immer wieder flattern sie auf und davon und geradewegs ostwärts, bis Hans sie mit seinem ewigen Gemurmel wieder zurückdrängt hinter die Gitterstäbe, zurück in das schon lange eingekerkerte Deutschland. Deutschland, Deutschland, Deutschlands Zukunft über alles, für Deutschlands Zukunft riskieren sie ihre Köpfe, dabei liegt die Zukunft der Menschheit doch in Wahrheit ganz woanders. Alex blickt an den stolzen Birken hoch: In diesen Kronen wohnt der Geist des unterjochten und doch niemals gebrochenen Volkes, der jugendlich-frische russische Geist! Die ganze Welt muss untergehen oder russischer werden, russischer!

Das hat Alex Angeli schreiben wollen und dann Lilo geschrieben. Vielleicht versteht Lilo ja, was er in unzureichenden Worten nur andeuten kann. Sie wird es zumindest versuchen, wohingegen Angelika ihn nur wieder Träumer genannt hätte, und früher hätte ihn das auch nicht gestört. Heute aber weiß er, dass es einfach nicht stimmt, dass sein ewiger Traum Realität ist, nämlich genau hier, an diesem Ort!, er atmet die kühle Herbstluft ein und hört den Vögeln beim Singen zu.

In welchem Moment hast du eigentlich gewusst, dass du

dagegen bist?, fragt Hans ganz unvermittelt laut, unterbricht damit die Monotonie seines eigenen Gemurmels.

Wogegen?, fragt Alex.

Na, gegen alles. Gegen Hitler, gegen den Nationalsozialismus, die Verbrechen des Staates ... Es muss doch irgendeinen Moment gegeben haben, in dem es dir so richtig bewusst geworden ist ...

Alex denkt nach, er erinnert sich an das Gespräch mit seinem Vater, den Briefentwurf in den Flammen, den verhassten Hitler-Schwur. Aber das ist doch nur die Folge gewesen von, ja, von was eigentlich? Früher hätte er gesagt, die Folge seines russischen Blutes. Nur hat ihn dieses russische Blut ja auch nie davon abgehalten, sich durch sämtliche Unterorganisationen und Gruppierungen dieser Schurkenpartei zu hangeln, und das Einzige, was er zu seiner Verteidigung sagen kann, ist, dass er dort nirgends sehr glücklich geworden ist.

Willi ist schon immer dagegen gewesen, erzählt Hans inzwischen, stell dir vor, als Junge hat er in seinem Adressbuch die Adressen all jener durchgestrichen, die der Hitlerjugend beigetreten sind!

Da wären wir zwei hochkant rausgeflogen, antwortet Alex.

Das habe ich ihm auch gesagt, lacht Hans und wird im nächsten Augenblick wieder ernst: Willi hat unser Gespräch im Zug schon richtig gedeutet. Er kennt viele Leute, die unsere Ansichten teilen, weißt du, in ganz Deutschland, die Weisse Rose könnte etwas wirklich Großes werden ...

Gut, gut, murmelt Alex. Ganz Deutschland, das scheint ihm so klein, so unbedeutend in Anbetracht dieser Weite, dieser Endlosigkeit seiner Heimat. So weit weg. Ihm fällt auf, dass er Sophies Blume verloren hat, irgendwo zwischen Warschau und hier ist sie ihm wohl abhandengekommen.

Vater ist auch schon immer gegen Hitler gewesen, erzählt

Hans weiter, früher habe ich gedacht, aus Starrköpfigkeit, aber jetzt, wo ich älter bin, verstehe ich ihn besser.

Und du, fragt Alex, seit wann bist du gegen das Regime?

Hans überlegt.

Ich habe immer gedacht, antwortet er dann, dass es damals geschehen ist, als man mich verhaftet hat. Oder später, in der Zelle. Oder davor, beim Nürnberger Parteitag, als ich der Fahnenträger war und mir auf einmal alles so fürchterlich erschien. Der ganze Aufmarsch eine Schmierenkomödie, und ich selbst sollte darin nichts weiter sein als ein völlig austauschbarer Statist. Aber vielleicht stimmt das alles nicht. Vielleicht ist es doch schon immer das Vorbild meines Vaters gewesen. Die politischen Ansichten des Vaters und der Glaube der Mutter, das ist es wohl. Man entkommt seiner Erziehung ja doch nicht, hab ich recht?

Alex denkt, dass seine Mutter ihn zum halben und die Erziehung durch Njanja ihn zum ganzen Russen gemacht hat, aber das sagt er nicht, Hans würde es doch nicht verstehen. Deutschland braucht dich, immer dasselbe, was hat Deutschland eigentlich noch mit ihm zu tun?

Jetzt ist es mir eingefallen, sagt Alex stattdessen, die Nacht der langen Messer! Da habe ich zumindest zum ersten Mal gezweifelt.

Die Ermordung von Ernst Röhm?, fragt Hans erstaunt, und Alex nickt: Ich kann mich jedenfalls daran erinnern, dass ich Hitler damals zum ersten Mal als das bezeichnet habe, was er ist, nämlich als einen Mörder. Wenn einer schon so mit seinen engsten Freunden umspringt, dann weiß man doch alles.

Ja, antwortet Hans, aber Röhm war doch …

Plötzlich gerät er ins Stocken, fängt noch einmal von vorne an: Röhm war doch … also … ein Hundertfünfundsiebziger … ein Männerliebhaber …

Na und, sagt Alex trotzig.

Dann schweigen sie beide, stapfen stumm durch die Wildnis, Wochen und Monate könnten sie so weiterwandern und hätten doch die Grenze des Landes lang nicht überschritten, irgendeine Frontlinie vielleicht, aber welche Bedeutung haben die schon?

Gerade als Hans wieder zu sprechen beginnt: Alex, ich wollte ..., bleibt Alex abrupt stehen. Hans, beim Gehen ein wenig zurückgefallen, stößt gegen seinen Rücken. Was ist denn los?, aber da kann er es selbst schon erkennen.

Vor Alex' Füßen liegt eine Leiche. Und lange muss sie schon so daliegen in der Abgeschiedenheit, ganz verwest sind die Weichteile, aus halb verfaulten Kleidern kriechen satt gefressene Würmer. Der Kopf liegt abgetrennt ein wenig weiter, ob ihn die Verwesung mit der Zeit oder ein Gegner mit einem Schlag von den Schultern gelöst hat, ist nicht mehr festzustellen. Ein Arm fehlt auch. Nicht viel mehr ist geblieben von dem Mann als der völlig sinnlos gewordene Helm mit dem leuchtend roten Stern.

Alex atmet schwer. Es ist nicht der Ekel, den der Anblick und der Gestank in ihm auslösen, daran ist er mittlerweile schon gewöhnt als Mediziner, es ist diese unbeschreibliche Würdelosigkeit, die ihm jetzt auf die Brust drückt. Ein Mann, ein Russe, ein Mensch mit Familie und Glauben und Hoffnungen ist es, der hier liegt und liegen bleiben wird, bis ihn eines Tages die Witterung oder ein wildes Tier für immer von dieser Erde tilgt. Hans steht dicht hinter Alex und blickt über dessen Schulter auf den toten Russen hinunter, das blanke Entsetzen in seinem Gesicht weicht der Ratlosigkeit, was kann man da noch retten?

Macht es dir etwas aus, wenn wir ... ihn begraben?, fragt Alex mit belegter Stimme, und Hans schüttelt erleichtert den Kopf. In Momenten der größten Machtlosigkeit tut es immer gut, sich körperliche Arbeit aufzubürden, sie knien nieder und reißen mit den Fingernägeln den Waldboden auf, schaufeln mit bloßen Händen die bröckelige Erde heraus.

Als ihnen das Loch endlich groß und tief genug erscheint, greifen sie vorsichtig nach dem toten Russen. Sie fürchten, dass er ihnen unter den Fingern zerfallen wird, aber es geht einfach, ganz leicht lässt er sich in seine letzte Ruhestätte betten, als wäre es sein ausgesprochener Wunsch. Aus vier Ästen baut Alex ein russisches Kreuz, das steckt er neben dem Grab in die Erde.

Ist es in Ordnung, wenn ich noch ein paar Worte sage?, fragt er, Hans nickt und faltet die Hände.

Swjatij Bohsche, Swjatij Krepkij, Swjatij Bessmertnij, pomiluj nas.

Sie bekreuzigen sich, Hans versucht es etwas ungelenk auf die orthodoxe Weise, dann blicken sie noch ein letztes Mal hinunter auf die sterblichen Überreste des Russen, dessen Seele nun endlich Ruhe finden wird im Schatten eines christlichen Kreuzes.

Als sie mit dem Zuschütten des Grabes beinahe fertig sind, findet Hans im Gestrüpp noch den fehlenden Arm und sie müssen alles wieder aufreißen, dann aber liegt der Verstorbene endlich vollständig unter russischer Erde. Alex pflückt noch ein paar Blumen, um sie auf dem Grab zu verstreuen, dann treten Hans und er den Rückweg an, wortlos und ein jeder in ganz eigene, ganz unterschiedliche Gedanken versunken.

Russland 1942.

Schwarze Augen, feurige Augen,
brennende und wunderschöne Augen,
wie liebe ich euch,
wie fürchte ich euch,
zu wissen, dass ich euch gesehen habe
in einer fürchterlichen Stunde.

Vera singt, die Dunkelheit wiegt heute noch schwerer, zwei Einheimische sind bei einem deutschen Angriff gefallen.

Heute ist kein Tag zum Musizieren, hat sie gesagt, und die Soldaten haben geantwortet: Bitte, Vera, sing, tu es den Verstorbenen zu Ehren!

So schlägt Vera also wieder ihre Balalaika und singt die alten Lieder, während Alex über den Tisch hinweg in schwarze, feurige Augen blickt. Fürchterliche Stunde, wunderschöne Stunde, was haben solche Worte schon zu bedeuten in Stunden wie diesen, wo alles Schöne und Fürchterliche so nahe aneinanderliegt, der wurmzerfressene Russe und Nellys Augen, beides ist doch nicht mehr und nicht weniger als sein geliebtes Russland! Alex nimmt noch einen Schluck vom Weinbrand, an allem kann es fehlen, niemals fehlt es hier am Rausch, Nelly hingegen ist wieder ausgesprochen nüchtern. Auf dem Tisch vor ihr liegen einige Scheiben Brot aus der Ration der Wehrmachtssoldaten, am russischen Markt ist Brot kaum noch zu bekommen als Folge der deutschen Ausbeutungs- und Vernichtungspolitik. Wenig ist es, was sie hier zurückgeben können, Nelly holt mit einer fahrig schnellen Bewegung eine Scheibe Brot vom Tisch und reißt sie in zwei Stücke. Das eine stopft sie sich in den Mund, das andere lässt sie in der Schürzentasche verschwinden.

Was ist mit ihm?, fragt sie kauend und nickt zu Hans hinüber, der am anderen Ende der schäbigen Bauernküche schon ziemlich betrunken zwischen Willi und Hubert hängt, und hätten ihn die beiden nicht links und rechts untergehakt, wäre er wohl schon längst vom Hocker hinunter und unter den Tisch gerutscht.

Sein Vater ist verhaftet worden, flüstert Alex.

Warum?, fragt Nelly und wirkt dabei nicht sonderlich überrascht.

Alex zuckt mit den Schultern: In Deutschland kann man für alles Mögliche verhaftet werden. Vor allem für die Wahrheit.

Wie in Russland, antwortet Nelly, dann verbessert sie sich: Wie in der Sowjetunion.

Feldchen, mein Feldchen
Feldchen, weites Feldchen
übers Feld fahren die Helden
ach, die Helden der Roten Armee.

Weißt du, was ich glaube?, fragt Alex. Ich glaube, wenn mein Einsatz hier vorüber ist, wenn ich wieder nach Deutschland komme, wird vor meinem Haus schon jemand auf mich warten. Herr Schmorell, wird dieser Jemand sagen, Sie müssen mitkommen, Sie sind verhaftet!

Und obwohl Alex das eigentlich gar nicht komisch findet,

muss er laut auflachen, für einen Augenblick übertönt seine Stimme Veras Gesang. Alle Anwesenden drehen sich nach ihm um, teils erschrocken, teils vorwurfsvoll, nur Hans nicht, Hans starrt immer noch mit glasigem Blick geradeaus, durch Vera hindurch, wer weiß, vielleicht bis nach Ulm.

Warum sagst du denn so was?, fragt Nelly, nachdem sich die anderen wieder der Sängerin zugewandt haben, die nun von den traurigen Mädchen trällert, ach, der Liebste ist fortgegangen, oh, der Liebste ist bei der Armee.

Alex antwortet nicht, sein Kopf sinkt auf seine Hände hinab, eine plötzliche Verzweiflung überkommt ihn, schwappt über ihn wie eine Welle und hüllt ihn ein, füllt seine Augen mit Tränen, trübt ihm den Blick. Es ist nicht die Vorstellung seiner Verhaftung, die ihn derart überrumpelt hat. Die sieht er ja ständig vor sich, seit sie mit den Flugblättern begonnen haben, jedes Mal in anderen Szenen vor jeweils anderen Kulissen, gleich bleibt nur dieser eine Moment, in dem er weiß: Jetzt ist es vorüber.

An diesen Gedanken jedoch hat er sich gewöhnt, wie man sich an den Bombenalarm gewöhnt oder an den Frontlärm, der schreckt ihn nicht mehr. Aber in dem Moment, in dem Vera von den traurigen Mädchen zu singen beginnt, wird ihm schlagartig bewusst, dass seine Kindheit sich wiederholen wird. Wieder ein Abschied von der Heimat, die Erinnerung an das große, leere Haus in Orenburg quält ihn und der Gedanke an die verschwenderische Villa in München noch mehr, Nellys Augen, Veras Lieder, der Tote im Wald, das russische Volk, sein Volk, er wird alles zurücklassen müssen wie einst seine Mutter auf dem Friedhof.

Wenn es nur eine Möglichkeit gäbe, murmelt Alex, dass ich hierbleiben könnte ...

Er glaubt, dass Nelly ihn nicht hören kann, die Musik ist zu laut.

Es blühten die Apfel- und Birnenbäume
und Nebelschwaden lagen überm Fluss,
da ging Katjuscha ans Ufer hinaus,
ja, an das hohe, steile Ufer.
Sie ging hinaus und sang ein Lied,
sie sang vom grauen Steppenadler,
und von dem, den sie so liebte,
dessen Briefe sie immer bei sich trug.

Nellys Augen funkeln aufmerksam, sie fegt noch eine Scheibe Brot in die Schürzentasche, dann greift sie nach Alex' Arm: Komm mit!

Und während drinnen Vera davon singt, dass Katjuscha ihrem Liebsten Lieder an die fernen Grenzen schickt, laufen Nelly und Alex miteinander hinaus in die grenzenlose Nacht. Die kalte, frische Luft belebt Alex' Sinne sofort, Wohin?, fragt er keuchend, aber Nelly deutet ihm nur, nicht zu sprechen, und so rennt er neben ihr her, folgt dem entschlossenen Druck ihrer Hand an seinem Arm. Veras Stimme wird immer leiser und verklingt, das niemals verklingende Grollen des Krieges wird lauter, ohrenbetäubend laut, betäubt einen so lange, bis man es kaum noch hören kann. Als sie zu einem Waldrand kommen, bleibt Nelly endlich stehen.

Du hast mich doch einmal nach meiner Familie gefragt, sagt sie.

Ja, antwortet Alex, ich habe begriffen, dass sie ...

Nicht alle sind tot, unterbricht Nelly. Sie hält nun beide Hände fest auf die Taschen ihrer Schürze gedrückt.

Ich habe einen Bruder, sagt sie, er lebt hier.

Dabei deutet sie mit dem Kinn in die Richtung des hinter ihr liegenden Waldes. Trotz der klaren Nacht, dem fast vollen Mond und den kräftig funkelnden Sternen scheint dieser ungewöhnlich dunkel, oder vielleicht kommt es Alex nur so vor, weil er schon ahnt, was kommen wird.

Mein Bruder ist bei den Partisanen, erzählt Nelly, seine Gruppe versteckt sich im Moment hier. Ich bringe ihnen, was ich organisieren kann.

Sie schweigt eine Zeit lang, steckt die Hände in die Schürzentaschen und mustert Alex wie damals, als sie getanzt haben, nur wenige Wochen und eine Ewigkeit ist das her. Dann sagt sie: Wenn es dir ernst ist mit dem Hierbleiben ...

Es ist mir todernst!, ruft Alex, doch sie gibt ihm ein Zeichen, leise zu sein.

Dann musst du deine Uniform loswerden. Dein Soldbuch, Ausweise, einfach alles. Ich kann dir passende Kleidung bringen. Aber du darfst kein Wort darüber verlieren, wer du bist und wo du wirklich herkommst. Du bist einfach Sascha, verstehst du, von hier aus der Nähe irgendwo. Mein Bruder ist nicht das Problem, er hätte sicherlich Verständnis. Aber nicht alle sind so. Sie hassen, hassen, hassen die Deutschen. Sie haben ihre Gründe.

Nelly verstummt und blickt ihn wieder an.

Ich werde nicht schießen, hat Alex zu Hans gesagt, auf einen Russen genauso wenig wie auf einen Deutschen, jetzt muss er wieder an dieses Gespräch denken. Ich schieße nicht – das ist kein Satz für einen Partisanen.

Und ... was ist mit meinem deutschen Akzent?, fragt Alex zögerlich.

Du hast keinen, antwortet Nelly und verbessert sich gleich wieder: Du hast keinen mehr.

Alex kann es sich nicht verkneifen, er muss grinsen.

Freu dich nicht allzu sehr, sagt Nelly beinahe trotzig, das Partisanenleben ist gefährlich. Gefährlicher als alles, was du bisher erlebt hast.

Wenn du wüsstest, Nelly, wenn du wüsstet, aber das sagt er ihr nicht, es hat ja gar keine Bedeutung mehr.

Da fällt ihm aber noch etwas anderes ein: Und was ist mit Wanja? Kann er mitkommen?

Nelly lässt einen seltsamen Laut ertönen, ein Auflachen, das sie im Keim zu ersticken versucht, es gelingt ihr nicht wirklich: Wanja, dieser ganz und gar Deutsche?

Und in Wahrheit kann Alex ihn sich ja auch nicht vorstellen unter den russischen Kämpfern, und das liegt nicht nur an der Sprache. Hans so weit weg von seinen Büchern, seiner Musik und allem, was man landläufig unter Kultur versteht, von seinen Eltern und Geschwistern, den intellektuellen Gesprächen und der Philosophie, so weit weg von seiner Heimat – das ist einfach nicht vorstellbar. Deutschland braucht ihn, weil *er* Deutschland braucht, so ist es doch. Und auch Alex würde vieles vermissen, das Zeichnen mit Lilo, das Klavierspielen, manche Bequemlichkeit, die er von zu Hause gewohnt ist, außerdem den Vater, vor allem den Vater, aber doch, er könnte seine Zelte vollständig abreißen. In Russland leben, das Leben führen, für das er geboren worden ist, ein russisches Leben, was ist das bisschen Bildhauen dagegen, ein paar warme Mahlzeiten, die Familie, die Weisse Rose? Vielleicht hat Hans doch recht, vielleicht muss man manchmal seinen Mann stehen.

Wann soll ich da sein?, fragt Alex.

Morgen früh, gleich nach dem Morgenappell, antwortet Nelly. Ich werde hier auf dich warten. Aber du darfst niemandem davon erzählen. Auch Wanja nicht.

Alex verspricht es.

In dieser Nacht kommt die ganze Studentenkompanie in ihrem Schlafbunker nicht zur Ruhe. Ein markerschütterndes Husten reißt sie gegen Morgen immer wieder aus dem Schlaf, ein Stöhnen und Rascheln geht durch den Raum, aber kaum, dass sich alles wieder beruhigt hat, beginnt das Husten von Neuem.

Kann denn endlich einer Ruhe machen?, murrt es bald von allen Seiten her. Hans dreht sich um, sein Rausch ist noch lange nicht ausgeschlafen, und bis zur Tagwache sind es nur noch zwei oder drei Stunden. Schließlich ist es Willi, der sich als Erstes erbarmt und aus seinem Feldbett kriecht.

Alex, flüstert er, alles in Ordnung?

Und Alex würde gerne antworten, dass alles in Ordnung ist, eine kleine Verkühlung, sonst nichts, aber er bringt kein Wort heraus, die Stimme versagt ihm, sein Hals schmerzt und fühlt sich geschwollen an. Er spürt Willis Hand auf der Stirn und hört ihn wieder flüstern: Hans?

Alex schlägt die Augen auf, erkennt verschwommen Willis Züge über sich, sie drehen sich wie ein Kreisel. Nelly, denkt er, ich muss doch zu Nelly, aber seine Glieder wiegen zu schwer, als dass er sich noch rühren könnte, und vom Schwindel wird ihm übel. Willi wird doch nicht verstehen, was er zu krächzen versucht, er lässt die Augen wieder zufallen.

Hans grunzt ein wenig widerwillig, kommt dann aber doch noch herübergeschlichen, Alex spürt wieder Hände auf der Stirn, auf den Wangen, am Hals, dann tupft Hans ihm mit der Bettdecke vorsichtig den Schweiß vom Gesicht.

Eine Angina?, fragt Hans, und Willi antwortet: Ich fürchte eher, er ist ein Fall für unsere Seuchenstation.

In der Früh bestätigt es der Oberarzt: Alex hat sich eine Diphtherie eingefangen, diesen »Würgeengel der Kinder«, aber einen kräftigen jungen Mann haut das nicht so schnell um, zwei, drei Wochen Bettruhe, dann wird der Sanitätsfeldwebel Schmorell schon wieder voll einsatzfähig sein, und das ist doch das Wichtigste. Man legt ihn in eines der frisch aufgebauten

Betten, Alex versucht sich dagegen zu wehren: Nur eine Erkältung!, aber er ist zu schwach, als dass irgendjemand seinen Widerstand auch nur wahrnehmen würde, und schließlich gibt er auf, lässt sich fallen und versinkt ganz und gar im Fieber.

Und Nelly steht am Waldesrand, die Schürze voller Brot, und wartet umsonst auf ihn.

Russland 1942.

Keine Schildkröte, kein Glückskleeblatt, sondern ein einzelnes, ein einsam verrottendes Laubblatt ist Hans, in ihm ist wieder Herbst geworden und rundherum auch. Willi und Hubert sind versetzt worden, näher an die Kampflinie heran, wo Ärzte dringender gebraucht werden, Hans beneidet sie ein wenig. Ach, diese unerträgliche Untätigkeit!, und dabei ist die Seuchenstation mittlerweile gut gefüllt: Die Diphtherie zieht ihre Kreise, Alex ist weitaus nicht mehr der Einzige, dann gibt es noch Malaria, Fleckfieber, Wolhynisches Fieber, Ruhr et cetera, et cetera. Ein ganzes Lehrbuch voll von Krankheiten, aus denen es nichts zu lernen gibt, außer dass im Krieg immer noch eine dritte Kraft existiert, die gegen alle gleichermaßen wütet. Zwischendurch glaubt Hans schon, selbst krank zu werden, dann spürt er das Fieber bereits in sich aufsteigen bis unter die Haarwurzeln, Arme und Beine werden ihm schwer, der Hals staubtrocken, aber spätestens nach einigen Stunden entpuppt sich die vermeintliche Seuche immer als bloße Mattigkeit vom Nichtstun, vom Nichtstunkönnen. Denn was soll er denn machen außer Mittelchen geben und Fiebermessen und abwarten, immer wieder abwarten? Manchmal kommt einer nicht durch, dann sind hastig alle Vorbereitungen zu treffen und eine Mutter wird den Brief erhalten, vor dem sie schon so lange zittert. Das Krankenbett zumindest wird nicht allzu lange leer stehen, ist die eine Epidemie erst vorüber, tritt schon die nächste auf. Wie für jeden gefallenen Soldaten ein neuer eintrifft, so dreht sich alles weiter und alles Elend ist langweilige Gleichförmigkeit.

Zumindest dürfte Alex das Schlimmste überstanden haben. Er ist zwar immer noch so weiß im Gesicht, wie es die Betttücher schon lange nicht mehr sind, aber wenigstens kann er etwas freier atmen, und hin und wieder spricht er sogar schon ein paar Worte mit seiner schwachen, krächzenden Stimme.

Sag Nelly, sie soll auf mich warten!, sagt er, und: Sag ihr, wo ich bin!

Viel mehr bringt er noch nicht heraus, dann sind seine Kräfte wieder aufgebraucht und er sinkt zurück in sein Delirium, aus dem er nur ab und zu aufschreckt, um wie besessen nach Nelly zu fragen.

Warum soll Nelly auf ihn warten? Vermutlich ist es nur ein Fiebertraum, aber wie kann man dieser armseligen Gestalt im Krankenbett etwas ausschlagen, Hans verspricht's: Ich werde Nelly alles sagen.

Dann scheint es ihm, als würde Alex im Schlaf ein wenig lächeln, und das ist ja das Einzige, was man für einen Kranken wirklich tun kann.

Hans hält dann auch tatsächlich Ausschau nach Nelly, aber er findet sie nicht mehr, und wenn er sie finden würde, könnte er nicht wirklich mit ihr sprechen, ihm fehlen die russischen Wörter.

Gdje Nelly?, so viel kann er noch sagen, Wo ist Nelly?, er fragt alle, die er trifft, die Sängerin Vera und Andrej und die Schwestern auf seiner Station, aber immer erhält er ein Schulterzucken als Antwort, ein verlegenes Lächeln, das versteht auch er.

Nur Nellys Freundin Walja zuckt nicht mit den Schultern, sie blickt sehr besorgt drein und knackt nervös mit den Fingern. *Gdje Sascha?*, fragt sie zurück, und Hans muss pantomimisch Fieber und Halsschmerzen darstellen. Walja nickt und sieht dabei irgendwie erleichtert aus, warum erleichtert? Wenn sie nur miteinander sprechen könnten wie früher, als Alex übersetzt hat, es wäre alles viel leichter. Und außerdem fehlen Hans die Gespräche einfach, die mit den Russen und noch mehr die mit den Freunden. Abends sitzt er auf Alex' Bettkante und schreibt den Schmorells, dass Schurik leider mit einer Angina darniederliege, aber keine Sorge!, es gehe ihm schon wieder viel besser. Und Alex' Eltern schreiben von dem Luftangriff, der München Anfang September getroffen habe, hundertfünfzig Tote und fünfhundert Verletzte, aber keine Sorge!, alle Verwandten und Bekannten seien wohlauf. Das Haus des alten Theologen sei durch einen Bombeneinschlag völlig zerstört worden, schreibt Sophie an Hans, aber keine Sorge!, es sei Gott sei Dank niemand zu Hause gewesen und nur ein Sachschaden entstanden.

Und nichts schreibt Sophie über die Widerstandsarbeit zu Hause, natürlich nicht, die Post wird geöffnet. Aber trotzdem fragt Hans sich, ob sie ihr Versprechen hält und die Weisse Rose pflegt, und wenn ja, ob das einen Unterschied macht. Ob überhaupt irgendetwas noch einen Unterschied macht.

Hätte das Gnadengesuch von der Front einen Unterschied gemacht? Kein Wort verliert die Mutter mehr darüber. Sie schreibt nur, dass es dem Vater nicht allzu schlecht gehe in der Haft, sein Anwalt glaube fest an eine frühere Entlassung wegen guter Führung, und sie selbst sei zwar immer noch kränklich, aber zuversichtlich. Wie man sich immerzu gegenseitig versichert, dass kein Grund zur Sorge bestehe, das ist doch das eigentlich Besorgniserregende!

Hans liest Alex all diese Briefe vor und beneidet ihn, der trotz all dem so friedlich vor sich hin schlummert, als wolle er nie wieder aufwachen. Bis er irgendwann ganz plötzlich die Augen aufreißt: Sag Nelly von mir ...!

... ja, Alex, ich werde es ihr sagen!

Wenn Hans sich besonders einsam fühlt, wandert er zu dem kleinen Fischteich hinüber, dort hat der Fischer Dimitrij sein Boot. Dieser alte Russe hat Hans besonders in sein Herz geschlossen, warum, ist schwer zu sagen. Vielleicht erinnert Hans ihn an einen Sohn, den er einmal hatte, oder er hat einfach ein Gespür dafür, wann ein Mensch Gesellschaft braucht. Hans ist jedenfalls sehr dankbar für das zahnlose Lachen, sobald er sich nähert, den erfreuten Ausruf: *Wanja, Wanja, idi sjuda!*

Dann fahren sie miteinander auf den Teich hinaus, Hans rudert und Dimitrij wirft die Angel aus. Würde man einen russischen Fischer zeichnen wollen, er müsste aussehen wie Dimitrij in diesem Moment, mit seinem sonnengegerbten Gesicht und der großen Ruhe, die es ausstrahlt. Alex könnte davon sicher eine schöne Statue anfertigen, Hans hingegen kann nur mit Worten versuchen zu beschreiben, und niemals, niemals reichen sie. Wenn Worte nicht mehr reichen, was dann, er fragt es sich immer wieder seit Warschau. Aber bevor das Grübeln überhandnimmt, zieht Dimitrij einen fetten Fisch aus dem Wasser, dann jubeln sie beide, jeder in seiner Sprache.

Einmal hat Hans zufällig noch den Dostojewskij unter dem Arm klemmen gehabt, als er bei dem Fischteich ankam. Er selbst hatte bereits völlig vergessen, dass er das Buch noch bei sich trug, mitten im Lesen ist ihm die Konzentration abhandengekommen, und darum hat er sich auf den Weg zum Fischer gemacht. Dimitrij aber hat diesmal gar nicht *Wanja, Wanja* gerufen und auch nicht gelacht, sondern auf der Stelle die Augen zusammengekniffen und mühsam die lateinischen Buchstaben auf dem Einband entziffert. *Dostojewskij*, hat er gemurmelt, und seine Augen haben geleuchtet wie die eines Kindes an Weihnachten. Dann hat er zu erzählen begonnen. Hans hat natürlich nichts verstanden, immer wieder nur: *Dostojewskij, Dostojewskij, Fjodor Michailowitsch Dostojewskij*. Er hätte wohl auch nicht viel mehr verstanden, wäre sein Russisch etwas besser gewesen, so übereifrig schnell, so voller Leidenschaft sprach Dimitrij.

Es ist doch seltsam, wir haben unseren Goethe und unseren Schiller, aber frage einen Deutschen danach, er wird nicht viel mehr darüber sagen können als: Verschon mich damit, meine Schulzeit ist schon lange vorüber! Hier aber weiß selbst noch der einfachste Fischer Vorträge über russische Literatur zu halten, weil sie eben seine Literatur ist, er begreift Dostojewskij als einen der Seinen, und umgekehrt.

Dostojewskij hat einst vor dem Erschießungskommando gestanden, das Totenhemd schon übergeworfen, die Augen verbunden. Und in dem festen Glauben daran, gerade die letzten schweren Atemzüge in dieser bösen Welt zu tun, wurde er durch die Begnadigung des Zaren unbarmherzig ins Leben zurückgestoßen. Dostojewskij hat den Hauch des Todes auf der eigenen Haut gespürt, vielleicht konnte er nur deshalb so gut für dieses Volk schreiben, vielleicht waren seine Worte genau deswegen immer genug.

Abends zieht Dimitrij mit der Ausbeute des Tages von dannen, wenn es ein, zwei Fische sind, kann er eine Zeit lang selbst davon leben, sind es mehr, verkauft er sie am Markt, und einen Teil legt er immer in Salz ein, als Vorrat für den Winter. Hans stellt sich vor, wie Dimitrij in einer langen Winternacht in seiner ärmlichen Hütte am offenen Herdfeuer sitzt, in der einen Hand ein Stück eingelegter Fisch, in der anderen die Brüder Karamasow. Ein köstlicher, ein wunderschöner Gedanke.

Hans bleibt auch abends meist nicht allzu lang allein, er schließt sich oft den Russen an, einmal stellt er aus Dorfmädchen einen Chor zusammen und dirigiert all die Lieder, die er damals im Hause der Schmorells zum ersten Mal gehört hat, mittlerweile sind sie ihm vertraut wie die Wiegenlieder seiner eigenen Mutter.

Noch öfter aber trifft er sich mit Werner. Dann gehen sie gemeinsam spazieren oder holen sich Pferde von Andrej, reiten um die Wette. Lieber holt Hans die Pferde, denn beim Reiten kann man alles vergessen. Beim Spazieren nicht, beim Spazieren denken sie immerzu, denken an den Vater, wie er in seiner Zelle sitzt, und sagen sich gegenseitig, dass er das schon überstehen wird, keine Sorge!, so lange, bis sie selbst daran glauben. Werner fragt nach Alex, auch der wird's überstehen. Dann aber reden sie von einem, der's nicht überstanden hat, einem gemeinsamen Freund aus Jungenschaftstagen, Ernst Reden, vor Kurzem hat sie aus Ulm die Nachricht von seinem Tod erreicht. »Ernst ist gefallen« - was für ein Euphemismus, als würde er jederzeit wieder aufstehen können. Nun kommt der Tod in diesen Tagen natürlich nie wirklich überraschend, aber es ist das erste Mal, dass es einen engen Freund erwischt hat, die nackte Zahl der »Gefallenen« trägt von nun an ein bekanntes Gesicht. Und wie viele Erinnerungen an diesem Gesicht hängen, wird Hans und Werner erst bewusst, als sie jetzt wieder über Ernst sprechen. Muss einer wirklich erst sterben, damit alles wieder hervorbricht? Hans beginnt zu erzählen von den Ausflügen ihrer Jungenschaft, Ernst als Ältester von ihnen hat doch einen großen Einfluss ausgeübt auf sie alle, Stefan Georges Gedichte zum Beispiel, manche davon kann Hans heute noch auswendig, ohne Ernst wäre er vielleicht nie darauf gestoßen. Und die ständigen Reibereien mit der HJ, deren Bestandteil sie eigentlich gewesen sind, und doch haben sie nie wirklich dazugehört, ihre Freundschaften waren doch ganz etwas anderes als reines Führerprinzip.

Und wie verliebt Inge immer gewesen ist in Ernst, seufzt Hans, eine Zeit lang habe ich wirklich gedacht, die beiden würden heiraten. Aber dann wiederum entsprach sie wohl nicht ganz seinem Geschmack.

Nein, antwortet Werner und schüttelt den Kopf, wahrscheinlich nicht. Aber er hat sie trotzdem ehrlich gerngehabt.

Arme Inge. Sich vorzustellen, wie sie jetzt zu Hause sitzt in ihrem Unglück, das ist noch schlimmer, als sich den Tod vorzustellen.

In Wahrheit kann man sich den Tod natürlich nicht vorstellen, höchstens das Sterben, und auch das nicht wirklich. In einem Augenblick windet sich einer noch im Lazarettbett, auf dem OP-Tisch, im Schützengraben, und im nächsten schon nicht mehr, das heißt es dann, zu »fallen«. Nun ist also ein Stück der unbeschwerten, in der Retrospektive ist sie es doch, ein Stück der unbeschwerten Jugend »gefallen«, einfach nicht mehr da.

Wäre Christus nicht auferstanden, man müsste mit dem Kopf gegen eine Wand laufen, aber so bleibt eine Hoffnung, sagt Hans, und Werner stimmt ihm zu. Dann verabschieden sie sich voneinander, spät ist es geworden, und wieder ist ein Tag einigermaßen sinnlos vorübergegangen.

Schlimm aber wird die Nacht. Zum Lesen ist das Licht zu schwach, zum Einschlafen der Körper zu munter, zum Philosophieren der Geist zu müde. Und sobald Hans dann doch irgendwann in den Schlaf hinüberdämmert, kommen die Träume. Träume vom Gefangenwerden, vom Erschossenwerden, vom Vater in der Zelle, von der eigenen Zelle, von Lisa. Warum ausgerechnet Lisa, Hans hat mit ihr schon so lange nicht mehr gesprochen, er öffnet die Augen, sieht ihr Gesicht aber immer noch vor sich, ihr Gesicht von damals, als sie noch vierzehn gewesen ist, so jung und vor allem noch nicht verlobt mit einem anderen. Als er sie damals verlassen hat, wollte sie sterben und ist am Leben geblieben. Gut hat sie daran getan. Er will Lisa schreiben, gleich morgen, was auch immer. Er hat sie doch einmal sehr geliebt. In seinen düstersten Stunden hat er sie geliebt, und jetzt ist es auch schon wieder recht finster. Da wartet im Dunkeln die Schwermut auf ihn, die ihm die Kehle enger zuzieht, als jede Seuche es jemals könnte. Nach Atem ringen, sich aufsetzen wollen und nicht einmal das mehr schaffen – der Selbstmörder hat diese Schwermut schon lange überwunden, der ist immerhin fähig zur Aktion, wenn auch nur zur destruktivsten. Wenn Christus nicht auferstanden wäre, dann. So aber heißt's, die Schwermut nicht nur ertragen, sondern sie sogar als wertvoll schätzen, oder willst du etwa einer von denen sein, die nichts fühlen über ihre eigene Behaglichkeit hinaus, die sinnlos besoffen sind von der eigenen Blindheit? Willst du einer von denen sein, Hans? Die Schwermut ist ein kostbares Gut, nimm sie hin, und heute keine Ausfluchten mehr. Keine Spritzen, keine Tabletten.

Hans wendet sich noch einmal um, liegt jetzt mit dem Gesicht nach unten, drückt die Nase in die Matratze, die nach seinem eigenen Schweiß riecht, das Schnarchen der anderen stört ihn. In Alex' Bett schläft jetzt ein anderer, nie kann das Einschlagen der Bomben draußen so aufreibend laut sein wie das Schnarchen von Leuten, mit denen man nichts zu tun hat. Hans hält sich die Ohren zu und schließt die Augen. Immer nur an Lisa denken, das hat ihm in der Haft geholfen, warum soll es nicht wieder helfen? Immer an Lisa denken, an Küsse und Hände in der Dunkelheit, Küsse und Hände unter der Bettdecke, Küsse und Hände auf der nackten Haut. Lisa wiedersehen. Nicht Lisa sehen, sondern jemand anderen. Und plötzlich ist Hans wieder hellwach. Hätte Ernsts Tod nur nicht diese ganze Vergangenheit heraufgespült, all das, wovon er mit Werner gesprochen hat, und das, wovon er selbst mit Werner nicht sprechen kann. Wenn Alex jetzt hier wäre, aber dann wiederum ist es völlig egal, er hätte es ihm ohnehin nicht erzählt. Nicht einmal nach dem, was Alex über Röhm gesagt hat.

Hans dreht sich wieder auf den Rücken und wischt sich mit dem Handrücken den Schweiß von der Stirn. Lisa, immer nur Lisa. Gleich morgen wird er ihr schreiben.

1937–1938.

Bündische Umtriebe, Devisenschmuggel, solche Dinge eben. Jugendsünden werden ihm vorgeworfen, deren Sündhaftigkeit nur in den Augen der Bürokratie von Bestand sein kann, ein jeder vernünftige Mensch würde darüber lachen. Mit Vernunft jedoch kommt man nicht weit, weder in der Partei noch beim Militär, so viel hat Hans mit seinen neunzehn Jahren schon lernen müssen. Aber wo die Vernunft endet, da beginnt die Kraft des Charismas, das ist Hitlers ganzer Zauber, und Hans besitzt ja selbst genug davon, um einmal eine glänzende Karriere zu machen. Also ist er guten Mutes, als man ihn aus der Zelle abführt zum Verhör, »Jugend« steht in großen Lettern auf der Zellentür, als wäre er noch ein Kind. Dass man ihn nicht als Soldat behandelt, sondern in die zivile Gerichtsbarkeit überführt hat, ärgert ihn sowieso, er ist ja nicht umsonst kaserniert und gewillt, möglichst bald die Offizierslaufbahn einzuschlagen. Wenn ihm nur die ganze Sache hier jetzt keinen Strich durch die Rechnung zieht, aber nein, er ist ganz optimistisch. Er hat sich eine schöne Verteidigungslinie bereitgelegt, reden kann er ja, wenn er etwas kann, dann reden, auf dem langen Gang zum Verhörzimmer geht er im Kopf noch einmal seine Argumente durch: Es sei immer und ausschließlich seine Absicht gewesen, den ihm unterstellten Jungen nationalsozialistische Werte näherzubringen, und wenn er hierfür eigene, möglicherweise unkonventionelle Wege gegangen sei, so müsse man bedenken, dass der Zweck die Mittel heilige. Im Herzen seien sie Hitler nämlich immer treu ergeben geblieben, selbst wenn sie sich selbst lieber »Trabanten« genannt haben als »Hitlerjugend«.

Das wird er sagen, und vollständig gelogen ist es ja auch nicht. Sie haben gezeltet und Lagerfeuer gemacht und sportliche Wettbewerbe veranstaltet - und anfangs sogar noch an Hitler geglaubt. Später dann vielleicht mehr an Stefan George und Friedrich Nietzsche, Himmel, womöglich haben sie sogar hin und wieder Gedichte von Heinrich Heine rezitiert, was soll's, er ist doch einer der größten deutschen Dichter, auch wenn er Jude gewesen ist!, aber das will Hans in seiner Verteidigungsrede lieber nicht erwähnen. Die verbotenen Bücher, die man in seinem und Werners Zimmer gefunden hat, habe er jedenfalls nur aus reiner Neugierde gelesen, man müsse den Feind schließlich kennen. Und diese selbst entworfenen Flaggen und Embleme, mit denen sich seine Trabanten geschmückt haben und damit der Gleichmacherei der Hitlerjugend entflohen sind, alles nur jugendlicher Übereifer und nichts, was eine glänzende Laufbahn im Staatsdienst zerstören darf. So, das wird er sagen, und seine Augen beginnen zu leuchten, wenn er nur daran denkt, wie er all das gleich der Gestapo vortragen wird: mit fester Stimme und gemessenen Gesten, selbstbewusst, nicht überheblich, entgegenkommend, niemals kriecherisch, ganz so, wie man sich einen deutschen Offizier vorstellen muss. Die werden sich noch gut überlegen, wem sie »Jugend« an die Zellentür schreiben!

Hans versucht, nicht zu lächeln, als er den Verhörraum betritt. Man muss sehen, dass ihm der Ernst der Lage zwar durchaus bewusst ist, aber keine Angst einjagt. Ein kleiner Raum ist es mit kahlen Wänden, das Hitlerbild als einziger Schmuck, gestreng blickt der Führer am Betrachter rechts vorbei in ungeahnte Weiten. Sonst befindet sich im Zimmer noch ein

Schreibtisch und hinter dem Schreibtisch ein kleiner, magerer Mann mit Brille, den man eher in einem Versicherungsbüro vermutet hätte als bei Himmlers Geheimer Staatspolizei. Umso besser, denkt Hans, er geht mit großen Schritten auf das Männchen zu und macht den Hitlergruß, danach sagt er laut und mit harter Betonung seinen Dienstgrad und Namen. Der Kerl aber blickt nicht einmal von seinen Unterlagen auf, weist nur lässig mit der Hand auf den Stuhl, Hans solle Platz nehmen, er tut es und fühlt sich im Sitzen gleich viel kleiner. Rücken strecken, Haltung annehmen, jetzt erst fällt ihm der zweite Schreibtisch in der dunklen Ecke auf, es ist mehr ein Schreibpult mit Schreibmaschine, dort hockt eine ältliche Sekretärin und lächelt milde, Finger auf Anschlag. Der Gestapo-Beamte lässt sie warten, lässt vor allem Hans warten, blättert gemütlich in den Unterlagen, wie man am Frühstückstisch Zeitungen überschlägt. Ganz schön viele Seiten sind das, denkt Hans, sich nur nicht nervös machen lassen, das ist ein Spiel. Man will seine Nerven testen, gut, das können sie haben, er hat schließlich auch Zeit, jetzt lehnt er sich demonstrativ zurück.

Rolf Futterknecht, sagt der Gestapo-Beamte plötzlich. Ganz beiläufig sagt er es, die Augen immer noch fest auf seine Zettel am Schreibtisch gerichtet. Hans' Wirbelsäule versteift sich, sofort sitzt er wieder kerzengerade da.

Der Name ist Ihnen freilich ein Begriff?

Freilich, antwortet Hans, er versucht, ebenfalls ganz beiläufig zu klingen: Futterknecht war mir ja in der HJ direkt unterstellt.

Die Sekretärin beginnt zu tippen, sobald er den Mund aufmacht, unangenehm laut klackern die Tasten der Maschine und irritieren ihn, beinahe kommt er ins Stottern.

Interessant, murmelt der Beamte. Er blättert wieder, bleibt an einem Absatz hängen, liest, seine Lippen bewegen sich lautlos, warum liest der so langsam?, dann blättert er weiter.

Wenn es wegen der Devisen ist …!, warum nur kann Hans sich nicht zurückhalten?, viel zu hastig sind die Worte aus ihm herausgesprudelt, viel zu nervös, der Beamte deutet ihm mit einer ruhigen Handbewegung, still zu sein. Eine Zeit lang hält Hans das aus. Rolf, ausgerechnet.

Stört es Sie, wenn ich …?, fragt er schließlich, eine Zigarette würde jetzt Wunder tun, nun aber hebt der Gestapo-Mann zum ersten Mal den Blick. Seine Augen sind klein, wie die von einem Maulwurf. Oder wie Nadelspitzen. Stechend klein.

Sie haben in den Jahren 1935 und 1936 an besagtem Herrn Futterknecht wiederholt unzüchtige Handlungen vorgenommen. Sie haben sich gemäß des Paragrafen 175 der widernatürlichen Unzucht strafbar gemacht, ferner auch gemäß des Paragrafen 175 a der widernatürlichen Unzucht unter Missbrauch eines Abhängigkeitsverhältnisses.

Es ist eine Feststellung, keine Frage, vorgebracht im trockensten Juristentonfall, und nur ein Aufblitzen in den winzigen Augen verrät die heimliche Freude des Beamten an dieser Quälerei.

Ich war erst sechzehn Jahre alt, murmelt Hans, Rolf Futterknecht fast fünfzehn, man kann doch kaum von einem Abhängigkeitsverhältnis sprechen …

Der Beamte lächelt süffisant: Fräulein Schmitz?

Und das Fräulein Schmitz, ein bisschen rot im Gesicht, wiederholt eifrig das vorhin Getippte: … Futterknecht war mir ja in der HJ direkt unterstellt …

Hans fühlt sich in die Falle gelockt und schmerzlich an seinem wundesten Punkt getroffen. Denn das »Warum« wartet schon auf den Beamtenlippen, gleich wird es ihm entgegengeschleudert, dabei hat Hans sich selbst doch schon oft die Frage nach diesem Warum gestellt, und immer läuft es, letztendlich, auf das Gleiche hinaus.

Hat er Rolf für schön gehalten? Er weiß es nicht mehr. Vielleicht ist es nur die Bewunderung in dem Gesicht des Jüngeren gewesen, die ihn derart erregt hat, sein eigenes Spiegelbild in diesen weit aufgerissenen Augen: Hans, du bist mein Ideal. Ich möchte sein wie du!

Ja, sicher, er hat sich geschmeichelt gefühlt, aber dann wiederum kann einen das Geschmeicheltsein nicht heiß und kalt überkommen wie ein Schüttelfrost. Geschmeicheltsein füllt einem auch nicht das ganze Denken aus, lässt einen nicht vollends wahnsinnig werden: Nimm es mir nicht übel, Rolf, ich bin nicht ganz bei Sinnen. Ich wollte dir nichts antun, weißt du, es ist nur, weil ich dich gernhab. So furchtbar gern.

Das ist kein bloßes Geschmeicheltsein mehr gewesen, wie er's auch dreht und wendet.

Jetzt muss die ganze Geschichte natürlich Wort für Wort durchexerziert werden, der Beamte tut es mit nun unverhohlener Freude. Schwarz auf weiß listen seine Notizen auf, was in Hans' Kopf nur noch ein Knäuel an Erinnerungen und Empfindungen ist, ein ganzes Jahr zwischen Ostern und Ostern, zwischen Frühling und Frühling, ein einziger langer Frühling und dann das Ende. Niemand hat Schluss gemacht. Eines Tages hat einfach das Gefühl, dass Rolf seine Freundschaft mehr erträgt als erwidert, bei Hans überhandgenommen. Wenn alle anderen Empfindungen gehen, bleibt die Scham übergroß zurück. Sie haben noch allerhand unternommen gemeinsam mit den anderen Jungen ihrer Gruppe, einander aber nur noch kühl und gleichgültig behandelt, so ist's auszuhalten gewesen.

Jetzt liest der Beamte aus Rolfs Geständnis vor, oder ist es eine Anschuldigung? Hans muss bestätigen, ja, so ist es gewesen, oder abstreiten, aber er streitet nicht ab, warum Rolf einen Lügner nennen, wenn doch alles der Wahrheit entspricht. Jeder Kuss, in der Dunkelheit eines Zeltes ausgetauscht oder zu

Hause, wenn die Eltern ausgegangen sind, jedes zärtliche Wort, jeder Griff unter dem Gummizug hindurch in die Trainingshose hinein muss gründlich besprochen werden, ist sexuelle Befriedigung ein- und Samen ausgetreten?, das vor allem will der Beamte immer wieder wissen. Jeder einzelne Vorfall wird auf das Genussempfinden hin geprüft, denn dieses ist das eigentliche Verbrechen, es muss immer einen Verführer und einen Verführten geben, so ist es vorgesehen im nationalsozialistischen Führerstaat.

Ja, die sexuelle Handlung ist jedes Mal von mir ausgegangen.

Ja, ich habe dabei Lust verspürt.

Ja, ich habe es aus Liebe getan.

Immer wieder: Ja.

Will der Beamte ganz besonders grausam sein, hebt er kurz die Hand und lässt Fräulein Schmitz aus ihrer Mitschrift wiederholen, aus dem Mund der älteren Dame klingt alles noch schmachvoller. Hans aber knickt nicht ein, im Gegenteil, die Monotonie seiner eigenen Antworten beruhigt ihn, irgendwann kann er sich sogar wieder zurücklehnen und ruhig ein- und ausatmen zwischen all seinen Geständnissen. Das Schlimmste ist heraus, die Wiederholung macht es nicht schlimmer. Ein Bibelwort kommt ihm in den Sinn, das von der Liebe handelt, die langmütig und freundlich ist, die nicht eifert und keinen Mutwillen treibt, sich nicht aufbläht und nicht ungehörig ist, niemals, niemals ungehörig.

Ernst Reden, der Mitbegründer von Hans' »Trabanten«-Jungenschaft, hat nie ein großes Geheimnis daraus gemacht, dass ihm andere Jungen gut gefallen. Mit Inge, die für ihn schwärmt, kann er sich unterhalten, sagt er, und er mag, wie aufrichtig sie ihn bewundert. Aber Stefan George zum Beispiel habe sich ausschließlich mit jungen Männern umgeben und sich von deren Schönheit zur herrlichsten Poesie inspirieren lassen. Ernst dichtet auch, und manchmal tauschen Hans und er selbst geschriebene Gedichte und Erzählungen aus, dann sprechen sie darüber spätnachts bei viel schwarzem Tee und Zigaretten.

So ähnlich muss es auch bei Stefan George gewesen sein, sagt Ernst dann, aber freilich waren seine Jünglinge schöner als du.

Hans ist darum nicht allzu erschrocken gewesen, als Werner ihm einmal flüsternd erzählte, was Ernst bei ihm versucht hat. Trotzdem hat er seinen Bruder recht ruppig abgekanzelt: Davon will ich nichts wissen!

So funktioniert es doch: Alles ist möglich, solange man von nichts weiß. Solange Rolf nicht hingeht und der Gestapo alles verrät. Vielleicht aber haben sie ihm die Anklage auch in mühseliger Kleinstarbeit aus der Nase gezogen, denn als halb Ulm auseinandergenommen wurde auf der Suche nach Beweisen für die »bündischen Umtriebe«, ist Rolf sicherlich genauso wie Inge, Sophie und Werner verhaftet worden. Ob Werner Ernst angeschwärzt hat? Ernst ist ebenfalls Offiziersanwärter. Was heißt »ebenfalls«, Hans' Zukunft geht ja gerade unter im Geraschel des Papiers, im Klackern der Schreibmaschine und seinem eigenen, seinem ewigen Ja. Ob er überhaupt zur Wehrmacht zurückdarf?, aber was soll's.

Gegen Ende ist die Pein wohl für das arme Fräulein Schmitz am größten, dessen verletztes Ehrgefühl ihm als purpurne Verfärbung zu Kopf steigt, aber es hält sich wacker, tippt und wiederholt brav jede vorgesagte Schweinerei. Wenn nicht alles so grauenhaft wäre, Hans müsste lachen. Der Beamte ist am Ende seiner Zettel angelangt, rückt seine Brille zurecht und betrachtet noch einmal den Angeklagten, der mit reglosem Gesichtsausdruck fast schon entspannt auf seinem Stuhl sitzt, nur die nervös zuckenden Finger verraten noch einen Rest des Schmerzes.

Das sind schwere Anschuldigungen, sagt der Beamte, sehr schwere Anschuldigungen. Bis zu zehn Jahre Zuchthaus.

Ich weiß, antwortet Hans.

Und hat sich das gelohnt?, fragt der Beamte.

Hans zuckt mit den Schultern.

Dann wird er wieder in seine Zelle zurückgeführt, mitten im Gang versagen ihm kurz die Knie, nur für einen Augenblick, er stolpert und fängt sich gleich wieder. »Jugend« steht nach wie vor auf seine Tür geschrieben, man kann nur hoffen, dass ihm das noch zugutekommt.

Obwohl es erst Nachmittag ist, steht auf dem Tisch bereits das Abendbrot und ein Krug Wasser. Jetzt erst fällt Hans auf, was für einen Durst er hat, er stürzt sich auf den Krug und trinkt daraus, verschüttet die Hälfte, es ist ihm egal. Er spürt, wie sein Körper die Flüssigkeit aufnimmt, wie die Feuchtigkeit ihm in die Augen steigt. Und von all den Konsequenzen, die der Gerichtsprozess mit sich bringen wird, scheint ihm plötzlich die schlimmste, dass seine Mutter alles wird erfahren müssen. Seine liebe, gläubige Mutter. Schau auf Christus, bete zu Gott. Er hat doch nie etwas anderes getan, als zu beten, und trotzdem hat ihn das nicht davon abhalten können, sich in einen Jungen zu verlieben, und die hinterher abgeleisteten Reueschwüre waren ja doch immer ein wenig schal. Ist sein Glaube denn nicht stark genug gewesen? Der Gedanke raubt ihm die letzten Kräfte. Er wirft sich auf die Pritsche und schläft auf der Stelle ein.

Und da erscheint ihm zum ersten Mal Lisa im Traum. Wie die Jungfrau Maria, als Personifizierung der absoluten Reinheit schwebt sie daher und legt sich stumm über die schmerzhaft aufgerissenen Erinnerungen. In Wirklichkeit ist Lisa eine gute Freundin von Sophie, recht hübsch eigentlich und ganz eindeutig vernarrt in ihn, aber Hans hat ihr nie Beachtung geschenkt, sie ist ja so viel jünger als er. Jetzt aber ist sie seine Schutzheilige. Warum ausgerechnet Lisa, das weiß er nicht, aber als er mitten in der Nacht aufwacht, ist er wild dazu entschlossen, Lisa wiederzusehen. Sie wird jedes Verlangen allein durch ihre unschuldige Jugend im Keim ersticken, so zumindest stellt Hans sich das vor. Seine Mutter soll nicht enttäuscht werden von ihm, nicht noch einmal. Er kriecht aus dem Bett und zerbröselt das trockene Abendbrot, er würde es ja doch nicht hinunterkriegen, schreibt mit den Krümeln andächtig Lisas Namen auf die Tischplatte, als wäre das eine heimliche Segnung seiner Zelle. Lieber Gott, bewahre mich vor jeder Liebe, solange es nicht die reine, stille Liebe zu meiner heiligen Lisa ist.

Nach etwas mehr als vierzehn Tagen wird Hans freigelassen, seine Eltern sowie sein Vorgesetzter bei der Wehrmacht haben erfolgreich interveniert. Beim Prozess im Juni kommt beinahe die ganze »Trabanten«-Gruppe wieder zusammen. Als Hans Rolf ins Gesicht sehen muss, spürt er etwas in sich aufblitzen, nicht so sehr ein Gefühl wie die Erinnerung an ein Gefühl, und denkt ganz fest an Lisa. Rolf blickt die ganze Zeit über stur zu Boden, woran er gerade denkt, ist nicht zu erahnen, vielleicht quält ihn das Gewissen, Hans hofft das zumindest. Wie erwartet ist Ernst mitangeklagt, Werner einer der Zeugen. Während des Prozesses spricht niemand viel außer die Richter und Anwälte, die Angeklagten und Zeugen antworten einsilbig, meistens »ja« oder »nein«, viel öfter ja. Die Eltern sind auch gekommen, die Mutter sitzt ganz vorne. Hans hat sie gebeten, die ganze Sache zumindest vor Liserl und Sophie geheim zu halten, Inge muss ja doch irgendwann davon erfahren, allein schon wegen Ernst. Was jetzt wohl aus ihren Heiratsplänen wird? Es wäre sicher besser für sie, sie würde ihn vergessen. Vermutlich wäre es auch besser für Lisa, Hans zu vergessen, aber er braucht sie so sehr im Moment, die Gedanken an sie und ihr Madonnengesicht.

Am Ende der Anhörung zählt der Staatsanwalt Hans' Verfehlungen noch einmal einzeln auf, und das wäre ja nur halb so schlimm, säße nicht die ganze Zeit über die Mutter mit im Zimmer, die Mutter und ihr Kreuz am Hals. Der Staatsanwalt rechnet alles von Fall zu Fall zusammen und kommt statt der angedrohten zehn Jahre nur auf vierzehn Monate Haft, barmherzig abgerundet auf ein Jahr. Dann ziehen sich die Richter zur Beratung zurück. Fünfundvierzig Minuten bleiben sie fort, während denen kaum jemand spricht im Gerichtssaal, Hans huscht an den Eltern vorbei in den Gang hinaus, braucht keiner zu sehen, wie er sich die Augen wischt. Lisa, immer nur an Lisa denken, dann wird alles gut. Schließlich kehren die Richter zurück und verkünden ihr letztendliches Urteil: Aufgrund von Hans' Jugend und dem nachgewiesenen Freundschaftsverhältnis zwischen Rolf und ihm lassen sie die Anklage wegen Missbrauchs eines Abhängigkeitsverhältnisses fallen. Die Anklage wegen widernatürlicher sexueller Betätigung bleibt zwar aufrecht, jedoch seien die Vorgänge schon lange her und die Reue des Beschuldigten so glaubwürdig, dass keine über einen Monat Gefängnis hinausgehende Strafe als notwendig erachtet werde. Da dank des Straffreiheitsgesetzes vom 30. April 1938 Personen von maximal einmonatigen Strafen freizustellen seien, sei der Prozess gegen den Angeklagten Scholl hiermit endgültig erledigt.

Dann wird noch Ernsts Fall verhandelt, er bekommt drei Monate, Heil Hitler!, und damit ist die Gerichtsverhandlung beendet.

Hans nimmt das alles benommen zur Kenntnis. Da hat die Annexion Österreichs, die Hitler zu jenem kleinen Gnadenakt des Straffreiheitsgesetzes bewog, tatsächlich einen praktischen

Nutzen für ihn gehabt. Er ist ein freier Mann. Er steht auf, geht zu den Eltern hinüber, umarmt erst die Mutter, dann den Vater, alles um ihn herum ist verschwommen und dreht sich, als wäre er schwer betrunken. Er ist ein freier Mann, aber er fühlt sich überhaupt nicht so und wird sich nie wieder frei fühlen, nicht in diesem Staat.

Herbst 1942.

Der Regen hämmert auf die Planen, die den Viehwaggon nur unzureichend bedecken. Unter den Stellen, an denen sie undicht sind, rücken die Männer noch enger aneinander, um den Pfützen und Rinnsalen Platz zu machen, noch ein paar Tage diese Feuchte, und alles wird von Schimmel überzogen sein. Keiner kümmert sich darum, auch die Flöhe und Läuse und die Krätze kümmern keinen, das Jucken spürt man gar nicht mehr, so wenig wie die Kälte, die von draußen hereindringt und die Hitze der Ausdünstungen hier drin, nichts spürt man, solange man nur weiß: Es geht nach Hause. Nach Hause! Für die meisten von ihnen jedenfalls.

Alex will aufstehen, er muss sich an der Waggonwand hinauftasten, um das Gleichgewicht nicht zu verlieren, seine Beine sind vom langen Hocken steif, der Zug ruckelt. Da ist ein Loch in der Plane über ihm, danach streckt er sich jetzt aus, versucht dort irgendetwas zu erkennen, aber nichts als ein Streifen eisgrauer Himmel ist zu erspähen.

Immerhin ist es doch ein Stückchen von seinem Himmel, denkt Alex, von seinem russischen Himmel!

Um ihn herum wird gesungen und gegrölt, fröhliche Soldatenlieder über Blumen, die nur in der Heimat erblühen, und Mädchen, die ebendort warten. Noch einmal saugt Alex seine russische Luft durch die Nase ein, dann aber trifft ihn das Gefühl des Verlustes wie ein unsichtbarer Faustschlag. Er geht in die Knie, sitzt wieder zusammengekrümmt zwischen den anderen, der Zug rollt langsam und doch viel zu schnell dahin und immer weiter fort von dem, was Alex seine Heimat nennt.

Endgültig, denkt er, diesmal endgültig!

Diese Endgültigkeit ist es, die ihm so auf den Magen schlägt, gleichzeitig wundert er sich selbst darüber. Vor Kurzem ist er fünfundzwanzig geworden, erst fünfundzwanzig, ein Vierteljahrhundert. Warum also von Endgültigkeit sprechen, wenn das Leben noch vor einem liegt, und kein Krieg dauert ewig. Er könnte ja zurückkehren, irgendwann, und doch spürt er eben mit dieser absolut brutalen Gewissheit, dass sein Russland verloren ist. Sein Russland wird er nicht wiedersehen, und Regen tropft durch die Löcher in den Planen, als wäre der Himmel darüber gerade so traurig wie er selbst.

Weit ist der Weg zurück ins Heimatland,
so weit, so weit!
Jeder brave Musketier
Sehnt heimlich sich nach dir.
Ja, weit ist der Weg zurück ins Heimatland,
Ja weit, so weit!

Auch Nelly hat Alex nicht mehr wiedergesehen. Sobald seine Krankheit so weit überstanden gewesen ist, dass er sich wieder einigermaßen auf den Beinen halten konnte, hat man ihn sofort wie alle anderen Mediziner näher an die Front versetzt. Auf den OP-Tischen lagen nun die von Granaten Zerfetzten, die in Hinterhalten Niedergeschossenen, das ferne Grollen von Gshatsk war zu einem niemals endenden Donner geworden. Da haben sie das Soldatentum erst richtig zu schmecken bekommen, eingepfercht in den Bunkern wie Herdentiere in ihren Ställen, Leben ist nur auf Befehl gestattet. Da ist Alex dann ganz froh gewesen über die körperliche Schwäche, mit der ihn seine Krankheit zurückgelassen hat. Meistens ist er schnell eingeschlafen, schnell hat er geträumt, und nun nicht mehr von Verfolgung und Verhaftung, sondern von seiner Mutter. Er hat ihr Klavierspiel wieder gehört, die *Kalinka* und andere Weisen, und die helle Mutterstimme, die seit über zwanzig Jahren verstummt ist, singt und lacht noch im Traum, frisch und ewig jugendlich. Wie unbarmherzig hat ihn allerdings in so mancher Nacht ein enormes Krachen aus dem Schlaf, aus den geliebten Mutterarmen gerissen, Bomben oder Granaten, die den Bunker nur haarscharf verfehlt haben. Die anderen Soldaten seufzten lediglich und drehten sich einmal um, Alex aber hat hinterher immer lange wach gelegen. Dann hat er daran denken müssen, was hätte sein können, hätte er an jenem Tag wie versprochen am Waldrand gestanden. Was hätte sein können, wenn er jetzt nicht mehr der Münchner Medizinstudent Alex wäre, sondern Sascha, der russische Partisan.

Langsam, langsam kämpft sich der Zug über verbogene Schienen vorwärts, langsam, langsam geht der niederschmetternde Verlustschmerz in eine leichte Übelkeit über, die hartnäckiger ist, aber erträglich. Alex richtet sich ein wenig auf und greift in seine Hosentasche, versichert sich, dass der Zettel noch da ist, der kleine Fetzen hauchdünnes Papier, auf dem er Nellys Adresse notiert hat. Ob sie überhaupt noch dort wohnt? Hans sagt, er hat sie nicht mehr finden können, weder in ihrer Wohnung noch sonst wo, und Alex hat vor seiner Versetzung keine Zeit mehr gehabt, selbst nach ihr zu suchen. Aber zumindest Walja muss noch an dieser Adresse wohnen, sie wird die Briefe erhalten und sie weiterleiten oder zumindest aufbewahren, bis Nelly zurückkommt. Alex muss Nelly unbedingt bald schreiben. Er muss ihr klarmachen, was vorgefallen ist, dass er sie nicht aus Feigheit versetzt hat. Vor allem aber muss er sich das selbst klarmachen. Diphtherie wird von einem Bakterium ausgelöst, jeder Medizinstudent weiß das, und ein Bakterium lässt sich nicht von irgendwelchen Befindlichkeiten anziehen oder abstoßen, es dringt unbemerkt in einen Organismus ein und macht ihn krank, nach eigener Lust und Laune.

Du kannst nichts dafür, Sascha, es ist ein großes Pech gewesen, ein unglücklicher Zufall, wäre die Diphtherie nicht gekommen, du wärst mit Nelly gegangen und geblieben, wo du hingehörst!

Wenn Alex sich das nur immer wieder vorsagt, wenn er das in seine Briefe an Nelly hineinschreibt, wird er es irgendwann auch selbst glauben können. Das Stückchen Papier mit Nellys Adresse zwischen seinen Fingern fühlt sich wie eine Stärkung an, und da fällt ihm auf, dass er seinen ganzen Russlandaufenthalt über keinen einzigen Brief an Angelika geschrieben hat.

Ist alles in Ordnung?, fragt Willi plötzlich.

Er sitzt Alex gegenüber, seit die Kompanie in den Viehwaggon verladen worden ist, aber bisher ist er in murmelnde Gespräche mit Hans vertieft gewesen, von denen Alex nichts verstehen konnte, weil der Lärm rundum zu groß gewesen ist. Alex wollte auch gar nichts hören, denn er war sich sicher, dass die beiden wieder über Deutschland sprachen.

Es geht schon, antwortet Alex, und um Willi vollends zu beruhigen, versucht er sogar, ein wenig zu lächeln.

Du bist ziemlich blass, sagt Willi trotzdem, man sieht es sogar bei dem schlechten Licht. Weiß wie Kalk um die Nase.

Alex rührt diese Fürsorge, mehr noch aber nervt sie ihn in diesem Moment, er will gerade allein sein mit seinen Gedanken, seinen russischen Gedanken.

Es ist wirklich nichts, antwortet er mit Nachdruck, mir ist nur ein wenig schlecht.

Willi zieht plötzlich die Augenbrauen hoch: Sag das noch einmal!

Was soll ich noch einmal sagen, fragt Alex, dass mir schlecht ist?

Willi stößt Hans neben ihm mit dem Ellbogen an.

Hörst du's auch?, fragt er.

Was soll er denn hören?, will Alex wissen, aber Hans mustert ihn nur konzentriert und kneift die Augen leicht zusammen, als könnte er so besser lauschen.

Alex versucht es noch einmal: Was ist denn los, was soll er denn bitte schön hören können?, da beginnt Hans zu grinsen.

Du hast einen Akzent, Alex, sagt er, einen russischen.

So ein Blödsinn!, entrüstet sich Alex, aber da hört er es selbst schon, es klingt wie »Bljed-sinn«.

Doch, doch, einen ganz leichten!, bekräftigt Willi, und jetzt muss auch Alex grinsen, trotz seines flauen Magens.

Du kannst den Russen aus Russland holen, aber diesmal nehme ich die Heimat mit, die nimmt man mir nicht mehr weg.

Weit ist der Weg zurück ins Heimatland,
so weit, so weit!

Nach den musikalischen Nächten von Gshatsk erscheinen die deutschen Märsche noch plumper als ohnehin schon. Was Professor Huber wohl zu diesem Urteil sagen würde, dieser große Kenner und eifrige Sammler von deutschem Volksliedgut? Wobei das, was man in der Hitlerjugend so an Soldatenliedern lernt, nicht einmal dessen Geschmack entsprechen kann, ist ja kein Hauch von Volkstümlichkeit mehr dran, nur inhaltsleere Deutschtümelei. Nur Lärm.

Wie ich mich schon auf die Proben des Bachchores freue, seufzt Willi, das ist doch etwas anderes als das ewige Geplärre von wartenden Bräuten und Schießpulver.

Endlich wieder auf Konzerte gehen, schwärmt Hans, endlich wieder Brahms und Beethoven hören.

Alex versucht, sich daran zu erinnern, wie es ist, in einem Konzertsaal zu sitzen, völlig hingerissen und übermannt von den ungeahnten Gräben, die ein paar gut gesetzte Töne in einem aufreißen können. Aber die Vorstellung mag ihm nicht recht gelingen, viel zu fern scheinen ihm alle Orchester und Zuschauerränge. Selbst sein geliebter Beethoven scheint ihm nun zu fremd, als dass ihn seine Kompositionen noch rühren könnten. Und schuld daran ist nur Vera mit ihrer Balalaika! Das ist Musik, das! Tschaikowskij könnte noch funktionieren, vielleicht.

Und während Hans und Willi nun einen Bach-Choral anstimmen als musikalische Gegenwehr, schließt Alex einfach die Augen, und nach einiger Zeit hört er gar nichts mehr als immer nur das Klavierspiel und die Stimme seiner Mutter: *Kalinka, Kalinka, Kalinka moja ...*

Als er aufwacht, ist es dunkel geworden im Waggon und fast still. Es regnet nicht mehr, nur den Wind kann man leise durch die Ritzen pfeifen hören, und laut pfeifen manche der Soldaten im Schlaf. Ein paar Schlaflose spielen eifrig Karten, hin und wieder vernimmt man aus ihrer Richtung ein Fluchwort oder verhaltenes Lachen. Von Willi ist nicht viel mehr zu sehen als der Scheitel, der Kopf ist ihm auf die aufgestellten Knie hinuntergesunken. Daneben sitzt Hans, vollkommen munter und rauchend. Alex erinnert sich an seine eigene Schlaflosigkeit, als sie nach Russland gefahren sind. Bei Hans ist es nun dasselbe, nur eben umgekehrt, Zurückkehren für den einen, Fremde für den anderen. Alex fragt sich, ob sie jemals zueinandergefunden hätten, wären die Zeiten nicht die, die sie nun einmal sind.

Wir müssen alles ganz anders machen, beginnt Hans plötzlich mit fiebriger Stimme zu murmeln.

Alex antwortet nicht, am liebsten würde er die Augen wieder schließen, einfach weiterträumen.

Wir haben uns geirrt, als wir dachten, ausgerechnet die Denker würden die Veränderung herbeiführen, sagt Hans, die Intellektuellen, ha! Der Fischer Dimitrij hat vielleicht nicht studiert, aber doch versteht er mehr von Gut und Böse, von Recht und Unrecht als so mancher, der sich für ach-so-gebildet hält. Die Menschen, Alex, die Massen! Die muss man erreichen mit seinen Worten! Solange man nur die Massen erreicht, werden die Worte immer genug sein!

Psst, zischt Alex.

Er tut es einerseits, weil er wirklich fürchtet, jemand könnte sie belauschen und aus dem Gesagten seine Schlüsse ziehen. Andererseits zischt er, weil er selbst nichts mehr hören will von Deutschland. Er stellt sich vor, Hans würde jetzt, in diesem Augenblick, das erste Mal mit seinen hochverräterischen Notizen vor ihm stehen. Was würde Alex tun? Würde er wieder alles riskieren für die Freiheit eines Landes, das doch so schrecklich wenig mit ihm zu tun hat? Wenn schon fallen müssen für die Freiheit eines Landes, dann doch nur für Russland! *Sa Rossiju!*

Unerwartet hört Hans auf Alex' Ermahnung hin tatsächlich auf zu sprechen, stumm raucht er seine Zigarette zu Ende und sitzt dann reglos-starr in der Finsternis, immer noch vollkommen aufrecht, und so sieht Alex ihn dort sitzen, bis ihm selbst die Augen wieder zufallen, bis die *Kalinka* wieder erklingt.

In Warschau tauscht die Studentenkompanie den Viehwaggon mit seinen undichten Planen gegen einen überfüllten Urlauberzug, lauter Wehrmachtsangehörige. Zum ersten Mal seit Monaten sollen sie wieder ihre Eltern, ihre Frauen, ihre Kinder sehen, noch mehr Lärm erklingt und noch mehr Lieder. Alex sitzt zwischen Fremden eingeklemmt, äußerlich Schulter an Schulter, innerlich abgeschirmt wie in einem Kokon. Er denkt an Nelly, träumt von seiner Mutter, im Dämmern zwischen Wachen und Schlafen werden sie eins. Wenn schon fallen müssen, dann doch nur für sie!

Dann aber sieht er plötzlich auch das vertraute Gesicht des Vaters vor sich, und Njanja, wie sie lächelnd den Tee zubereitet, die Geschwister sieht er und sogar Elisabeth, und Lilo und Christel und Sophie, dann spürt er doch etwas wie, nein, nicht Heimweh, nicht Vorfreude, aber zumindest ist ihm dann weniger übel. Er öffnet die Augen und beginnt mit seinem Nebenmann zu plaudern, nur um die eigene Aussprache zu hören, das gerollte R, das harte Ch, das kann er mitnehmen, nur das.

An einem kalten, regnerischen Morgen erreichen sie München. Nach so langer Zeit auf engstem Raum sprengt die Einheit am Bahnhof erleichtert auseinander, eine Explosion, die aus Soldaten wieder Menschen macht. Und selbst Alex kann es plötzlich gar nicht mehr schnell genug gehen, er reißt sich die Kappe vom Kopf und lässt den Regen in sein warmes, ungewaschenes Haar fallen. Am liebsten hätte er sich an Ort und Stelle bis auf die Unterwäsche ausgezogen, hinaus aus der stinkenden Soldatenkluft und wieder hinein in ein ziviles Leben! Ein Leben!

Während die anderen sternförmig in alle Richtungen auseinanderrennen, bleibt Hans am Bahnsteig stehen und studiert einen dort ausgehängten Fahrplan. Er hat für die Zeit seines Russlandeinsatzes sein Studentenzimmer aufgeben müssen, schweren Herzens zwar, aber die Geldersparnis ist dann doch überzeugend gewesen. Nun sucht er wohl in den winzigen Spalten nach dem nächsten Zug nach Ulm.

Alex widersteht seinem Drang, sich wie die anderen auf und davon zu machen, nur schnell weg vom Drill und hinein in die drei Wochen Sonderurlaub, süß lockt die Selbstbestimmtheit. Freundschaft kann manchmal auch Überwindung sein, Alex setzt sich die feuchte Kappe wieder auf den Kopf und schlendert zu Hans hinüber, legt ihm versöhnlich die Hand auf die Schulter. Versöhnlich, warum eigentlich versöhnlich, sie haben ja gar nicht gestritten, nur ein Zischen in der Nacht, ein zur Vorsicht mahnendes »Psst«. Und doch kommt es Alex jetzt so vor, als wäre eine solche Geste notwendig, wo sie wieder hier sind, in der »Hauptstadt der Bewegung«, die Hand auf der Schulter soll eine Gegenbewegung sein. Wenn Hans gerade jetzt mit seinen gefährlichen Flugblättern vor ihm stehen würde, Alex würde überhaupt nichts anders machen, das wird ihm in diesem Augenblick klar.

So wird dich kein anständiger Bahnangestellter mitnehmen, sagt er zu Hans und lacht, du kommst erst einmal mit zu mir nach Hause und badest!

Hans nickt erleichtert und folgt ihm.

Herbst 1942.

Gshatsk und Ulm, Krieg und Kindheit, zwei Orte, so unterschiedlich, wie sie nur sein können, nun fühlen sie sich ganz ähnlich an. Die Schwestern sind blass und gereizt wie abgekämpfte Krieger, ständig muss Hans Angst haben, mit einem unbedachten Wort, einer ungeschickten Handlung eine Explosion auszulösen.

Der Vater ist zwar tatsächlich wegen guter Führung nach nur acht Wochen aus der Haft entlassen worden, mittlerweile aber steht fest, dass er seine Zulassung als Steuerprüfer verliert. Der NS-Rechtswahrerbund kann einen wie ihn nicht gebrauchen, und ohne Bund keine Arbeit, höchstens noch als einfacher Buchhalter, aber da verdient man nicht viel. Darum hat er immerzu schlechte Laune und lässt diese dann an Inge aus, die mit dem ganzen Papierkram ohnehin schon völlig überarbeitet ist.

Ihr könnt groß reden, ihr sitzt ja schön gemütlich in München!, empört sich Inge, wenn Hans argumentiert, sie solle Vaters Ausschluss aus dem Rechtswahrerbund doch als Ehre sehen, kein anständiger Mensch dürfe noch in irgendeiner NS-Organisation aktiv sein. »Ihr« sagt sie, weil Sophie ihr momentan sowieso ein ständiger Dorn im Auge ist, nie ist sie ihr fleißig genug, Alles bleibt immer an mir hängen, seufzt Inge stets, immer an der Ältesten.

Sie tut Sophie natürlich Unrecht, und auch Liserl, die sich Urlaub genommen hat von ihrer Arbeit in Tübingen, die beiden reiben sich jetzt genauso auf zwischen Büro und Haushalt wie Inge, denn die Krankheit der Mutter ist schlimmer geworden. Völlig entkräftet liegt sie nun im Bett, Sophie und Liserl bringen abwechselnd Tee und Suppe, Hans schaut manchmal vorbei und gibt medizinische Ratschläge: viel trinken, viel schlafen, viel Ruhe.

Viel Ruhe in Zeiten wie diesen, er weiß ja selbst, wie dämlich das klingt, aber ihm fällt auch nichts Besseres ein.

Nur immer auf Christus schauen, liebe Mutter, viel beten, und Liserl, sei so nett, lies ihr doch etwas aus der Bibel vor!

Ob ich kommendes Semester ganz normal in München studieren kann, ist mehr als fraglich, seufzt Sophie manchmal traurig, wenn sie aus dem Schlafzimmer der Mutter geschlichen kommt, und Hans sagt dann: Die Alliierten stehen schon in Nordafrika, lang kann's nicht mehr dauern, und dann kann Vater wieder ordentlich arbeiten und Mutter wird gesund, so lange werden wir schon durchkommen mit dem Geld.

Sophie lächelt daraufhin, aber er merkt, dass sie ihm nicht glaubt. Ständig ist sie nervös und raucht noch mehr als früher.

Sophies Sommer war eigentlich eine einzige Aneinanderreihung unglücklicher Ereignisse. Es hat schon am Ostbahnhof begonnen. Nachdem der Zug Richtung Russland abgefahren ist und Sophie zu ihrem und Trautes Fahrrad zurückkehren wollte, ist dieses nirgends mehr zu finden gewesen. In der Zeit, die sie am Zaun gestanden hat, um Abschied zu nehmen, hat doch tatsächlich jemand das Fahrrad gestohlen!, und das musste sie dann auch noch Traute gestehen. Glücklicherweise ist diese nur ganz kurz böse gewesen, und wenig später haben sie gemeinsam Hans' Wohnung ausgeräumt, er selbst ist vor der Abreise nicht mehr dazu gekommen. Und da hat Sophie sich wieder einmal über ihren großen Bruder ärgern müssen, weil er allerhand Kuverts und Briefmarken offen herumliegen hat lassen, und in einer Schublade waren sogar noch einige Flugblätter! Glücklicherweise sind es Traute und sie gewesen, die darauf gestoßen sind, nicht auszudenken, was sonst gewesen wäre.

Wenige Tage später ist Sophie nach Ulm gefahren, um in der dortigen Schraubenfabrik ihren verpflichtenden Rüstungseinsatz zu absolvieren. Am Fließband stehen und Schrauben zusammendrehen, morgens bis abends, jeden Tag dasselbe, wie ein dressierter Affe. Und die Vorarbeiterinnen haben einen Heidenspaß gehabt, gerade an den Studentinnen: Na Mädel, du kannst vielleicht Schopenhauer lesen, aber bei echter Arbeit machst du gleich schlapp?

Sophie hat natürlich nicht schlappgemacht, sie hat sich an die Flugblätter erinnert. Sabotage, wo ihr auch seid, jetzt wird es eben ein paar lockere Schrauben geben im gut geölten deutschen Getriebe. Noch schwerer als die Studentinnen hatten es die Zwangsarbeiterinnen aus Russland und Polen, teilweise noch richtige Kinder, und Sophie hätte schreien können, wenn wieder eines dieser armen Mädchen grundlos geohrfeigt wurde. Stattdessen hat sie nur die Zähne zusammengebissen und ganz fest an die Mittagspause gedacht.

Ich habe doch versprochen, die Stellung zu halten, erklärt sie Hans, und wenn nicht in München, dann eben in Ulm.

Und so hat sie sich zum Mittagessen häufig mit alten Freunden getroffen. Gute Freunde, verlässliche Freunde. Ihnen hat sie natürlich nicht alles im Detail verraten können, aber man hat sehr wohl verstanden, dass sie im Auftrag einer ominösen Widerstandsorganisation nach willigen Mitstreitern sucht. Einen Teil von dem Geld, das Fritz ihr geschickt hat, hat sie einem dieser Freunde überreicht: Ein Schüler noch, gerade achtzehn geworden, aber sehr begeisterungsfähig und sofort zu allem bereit. Tatsächlich hat er mit dem Geld auch einen Vervielfältigungsapparat angeschafft, nur um ihn kurz darauf in der Donau zu versenken. Er will ja helfen, hat er hinterher gestammelt, und er wird auch helfen!, nur diesmal ist die Angst noch zu groß gewesen.

Die Angst, Sophie kennt sie ja nur zu gut, drum ist sie ihm gar nicht lange böse gewesen. Die Angst um den Verlobten, um Vater und Mutter, um die Brüder in Russland und um Schurik natürlich auch, den ganzen Sommer lang schleppt sie diese schon mit sich herum. Die Nachricht von Ernst Redens Tod hat sie unglaublich traurig und wütend gemacht, aber weder Wut noch Trauer haben diese verdammte Angst verdrängen können.

Und der Luftangriff über München im Herbst hat nicht nur Spuren in der Stadt, sondern auch auf Sophies Gemüt hinterlassen. Das Zimmer, in dem sie ihre ersten Tage als Studentin verbrachte, gibt es nicht mehr. Niemand ist zu Hause gewesen, als die Stabbrandbombe durchs Dach des Hauses fuhr, der Theologe und seine Familie sind wohlauf, dennoch stand Sophie am nächsten Tag neben dem Trümmerhaufen, wo es doch nichts mehr aufzuräumen gab, und zitterte vor Angst wie noch nie.

Die Angst, nicht mehr aufzuwachen, überrascht von einem nächtlichen Bombardement.

Die Angst, als Hochverräterin entdeckt zu werden.

Die Angst, zu früh entdeckt zu werden, noch bevor irgendetwas geschehen ist, bevor die Weisse Rose ihre volle Wirkung hat entfalten können.

Die ständige Angst ist es, die Sophie so reizbar macht und besonders angreifbar für Inges Provokationen, für Liserls vorwurfsvolle Blicke. Darum fühlt Hans sich manchmal an Russland, besser gesagt, an die letzten Wochen im Bunker erinnert: Eine Stimmung wie kurz vorm Frontdurchbruch, überall brodelt's, und doch droht ein Lagerkoller.

Wenn wenigstens Werner hier wäre mit seinem ruhigen Gemüt, denkt Hans, das würde uns allen guttun. Aber er ist immer noch im Kriegseinsatz, mit dem nächsten Heimaturlaub rechnet er frühestens im neuen Jahr.

Immerhin ist Alex nach Ulm gekommen, einerseits als Unterstützung für Hans, vor allem aber um den Widerstand weiter voranzutreiben. Er hat es sowieso nicht lange ausgehalten bei seiner eigenen Familie, mit Elisabeth hat er gestritten wie eh und je, aber das ist keine wirkliche Überraschung gewesen. Nun jedoch ist er auch mit seinem Vater heftig aneinandergeraten, das erste Mal überhaupt vielleicht. Der Anlass ist zwar eine Lappalie gewesen, jedenfalls Hans' Ansicht nach, aber nicht für Alex, für Alex ist es eine Sache von nationalem Gewicht. Denn er hat die armen Bauernstuben gesehen, die baufälligen Hütten, in denen die Russen leben, die echten Russen!, und die gemütliche Villa mit ihren vielen Stockwerken und den Zierdeckchen und Teppichen kommt ihm nun wie eine Beleidigung vor. Der Vater hat daraufhin gefragt, ob Alex neuerdings Kommunist geworden sei und ob er das Leben nicht zu schätzen wisse, das man für ihn, ja, für ihn!, hier in Deutschland aufgebaut habe, für ihn habe man die Gefahren der Flucht auf sich genommen, alles habe man getan, um ihm ein gutes Leben zu bieten, und das sei jetzt der Dank?

Habe ich denn um so ein Leben gebeten?, hat Alex gebrüllt, auf Russisch natürlich, bei seiner Familie macht er sich nicht mehr die Mühe, anders zu sprechen als russisch, und dann ist er hinausgestürzt und seitdem nicht mehr nach Hause zurückgekehrt.

Lieber nächtelang umherziehen mit halbseidenen Figuren und viel trinken und rauchen, hat Alex gesagt, als nur eine Stunde lang in meinem viel zu weichen Bett liegen!

Umherziehen und trinken und rauchen, das kann Hans ihm

auch bieten, und so sind sie, beide mehr oder weniger obdachlos geworden, gemeinsam nach Ulm gefahren.

Alex ist hier eine Stütze für Hans, aber fast noch mehr ist er es für die Schwestern. Er hat ja ohnehin so eine gewisse Ausstrahlung auf Mädchen, und nun, frisch aus Russland eingetroffen, hat sein Exotismus eine noch einnehmendere Wirkung. Spätabends, wenn Inge endlich die Büroarbeit niederlegt und Liserl mit der Mutter das Nachtgebet gesprochen hat, kommen sie alle fünf im früheren Bubenzimmer unterm Dach zusammen, und dann spielt Alex auf Hans' alter Gitarre die schönen, russischen Lieder. Mittlerweile kann auch Hans alle Texte auswendig, die Mädchen lauschen mit verklärten Gesichtern, bei einem Refrain aber fällt Sophie lauthals mit ein, und alle blicken sie überrascht an.

Die russischen Mädchen in der Fabrik haben mir das beigebracht, erklärt sie, so gute Mädchen, die können gar nicht fassen, was für ein Unrecht ihnen hier geschieht. Wenn eine der Vorarbeiterinnen sie anbrüllt, lachen sie nur, was sollen sie auch sonst tun. Und sie singen. Sie singen, wann immer es nur geht.

Es ist spät, manchmal weit nach Mitternacht, wenn Inge und Liserl sich zurückziehen, schlaftrunken die Stufen zum Mädchenzimmer hinunterwanken. Sophie hingegen bleibt sitzen, bleibt bis in den Morgen und diskutiert mit schläfrig geröteten Augen. Mehr werden, so viele Menschen wie möglich erreichen, zu dieser Ansicht ist Sophie unabhängig von Hans ja auch schon gekommen, und ganz hingerissen ist sie von der Idee, dass Willi seine Freunde im Saarland aufsuchen könnte.

Und mit unseren Ulmer Leuten spreche ich auch noch einmal, sagt sie und zieht an ihrer Zigarette, die werden uns schon noch unterstützen. Auch die größte Angst kann überwunden werden, jetzt, wo es um alles geht.

Was ist mit Berlin?, fragt Alex unvermittelt.

Berlin?, Hans reißt ungläubig die Augen auf: Da hast du Leute in Berlin und sagst es erst jetzt?

Ich nicht, antwortet Alex, aber Lilo. Sie meint, sie könnte den Kontakt herstellen zu ... wenn mir jetzt nur der Name einfallen würde ... Harnack war's, Falk Harnack. Sie täte es ungern, sagt sie, sie hat kein gutes Gefühl bei der Sache, aber für mich würde sie's tun. Harnacks Bruder sitzt in Gestapohaft. Der hat wohl in Militärkreisen spioniert und den Russen wichtige Informationen übermittelt, zumindest wird ihm das vorgeworfen. Viel mehr weiß ich leider auch nicht, aber Lilo hält Falk Harnack für absolut vertrauenswürdig.

Alex macht eine kurze Pause.

Und sie ist wohl auch ... einmal mit ihm verlobt gewesen, sagt er dann.

Und das stört dich gar nicht?, fragt Sophie, Hans muss grinsen.

Genau das hat Lilo auch gefragt, antwortet Alex, ich weiß gar nicht, warum.

Harnack, wiederholt Hans, um das Gespräch wieder auf das Wesentliche zu bringen, militärische Kreise sind auf jeden Fall gut, Berlin ist gut, was müssen wir tun?

Ein Anruf genügt, antwortet Alex, oder besser gesagt zwei, ich rufe Lilo an und sie telefoniert dann mit Harnack. Er ist wohl gerade in Chemnitz stationiert.

Chemnitz, murmelt Hans, das lässt sich machen. Was haben wir noch?

Hamburg, antwortet Sophie, Traute kommt doch von dort, und sie kennt so viele Leute ...

Und so werden Nacht für Nacht die Netze geknüpft, die sich bald zusammenziehen werden über den Köpfen der verbrecherischen Herrscherclique, und wenn sie zu dritt so beisammensitzen, sich mühsam wach halten mit Tee und Tabak und Zukunftsvisionen, kann Hans es fast schon bildlich vor sich sehen. Wieder marschiert er, und wieder marschiert er ganz vorn, und dann würde er am liebsten diese ganze Planungsphase mit all ihren Gefahren und Schwierigkeiten überspringen und schon dort angekommen sein, in der Zukunft. Sein Vater ist einmal Bürgermeister gewesen. Wie viel mehr könnte er selbst erreichen, wenn der elende Faschismus erst einmal überwunden wäre ...

Aber das Geld, sagt Sophie, wir brauchen einfach mehr Geld.

Ich kann noch etwas beisteuern, erwidert Alex, aber Sophie schüttelt den Kopf: Dein Taschengeld wird diesmal nicht reichen. Es geht, und da sind wir uns doch einig?, es geht diesmal um Tausende von Flugblättern. Tausende Blätter Papier, Tausende Umschläge und Briefmarken. Und ein neuer, größerer Vervielfältigungsapparat, so einer mit Kurbel. Am besten mehrere. Wenn wir die Massen erreichen wollen, müssen wir Massen produzieren.

Ich frage Grimminger, entgegnet Hans, der muss auf unserer Seite stehen.

Eugen Grimminger ist Steuerprüfer wie Hans' Vater und deswegen dessen Vertreter im Treuhandbüro, nun wohl nicht nur interimistisch, denn der Vater darf ja nicht zurück auf seinen alten Posten. Die beiden Männer kennen einander schon seit Ewigkeiten, und immer ist Grimminger zur Stelle gewesen, wenn die Familie Scholl in Schwierigkeiten geraten ist.

Und wie du weißt, geraten wir öfter in Schwierigkeiten als andere Familien, erklärt Hans, und Alex lacht: Das zeichnet euch gerade aus!

Grimminger ist grundsätzlich ein hilfsbereiter Mensch, aber in dieser Angelegenheit muss das Helfen auch sein eigenes politisches Anliegen sein: Seine Frau ist Jüdin.

Hans hat Grimminger während der letzten Tage, als dieser häufig der Arbeit wegen bei Scholls zu Hause gewesen ist, mehrmals in harmlose Gespräche verwickelt. Er glaubt, herausgehört zu haben, dass Grimminger ein überzeugter Pazifist sei, aber der Mann lebt schon zu lange in einer Diktatur, als dass ihm etwas Konkretes zu entlocken gewesen wäre. Außerdem hat der Vater immer danebengesessen mit düsterem, etwas misstrauischem Blick. Gerade erst aus der politischen Haft entlassen hat er wohl ein besonders aufmerksames Ohr für solcherlei Andeutungen, und ihn will Hans nicht auch noch mit hineinziehen.

Konfrontieren wir Grimminger mit unserer Bitte besser bei ihm zu Hause in Stuttgart, schlägt Hans Alex vor, so etwas geht ja nicht so zwischen Tür und Angel. Und wenn wir schon einmal dort sind, können wir auf dem Weg auch gleich bei Nägeles vorbeischauen. Eine befreundete Familie, weißt du, verlässliche Leute, mit moralischer Gesinnung. Und das Mädchen, Rose, war früher einmal ganz vernarrt in mich!

Sophie wäre gerne mitgefahren, aber das hätte Inge nicht akzeptiert. Bei Hans und Alex ist das etwas anderes, die sind immerhin frisch aus dem Krieg zurückgekehrt, die haben sich eine kleine »Erholungsfahrt« verdient, so sieht Inge das. Sophie bleibt also zu Hause und spült derart fahrig das Geschirr, dass an diesem Abend zwei Tassen kaputtgehen.

Bald darauf kehren Hans und Alex mit guten und mit schlechten Nachrichten aus Stuttgart zurück. Die guten: Grimminger hat nicht »Nein« gesagt. Die schlechten: »Ja« gesagt hat er auch nicht. Er hat bloß gestottert, dass er sich das besonders gut überlegen müsse, in seiner Lage, in der Lage seiner Frau. Er habe schon einmal eine Arbeitsstelle verloren wegen seiner »jüdischen Versippung«, er sei immerhin von vornherein verdächtig. Und eine Haftstrafe, und sei es auch nur eine kurze, könne fatale Folgen haben für seine Frau. Wenn er, der »arische« Teil des Ehepaars, verurteilt würde, verliere auch sie alle Privilegien, und Hans könne sich wohl vorstellen, was das zu bedeuten hätte. Dass er der Familie Scholl jederzeit und natürlich auch finanziell gern unter die Arme greife, hat Grimminger immer wieder betont, aber diese Bitte sei doch etwas ganz anderes als ein kleiner Mietzuschuss oder Hilfe mit den Studiengebühren, das müsse Hans verstehen.

Der andere Besuch ist von noch weniger Erfolg gekrönt gewesen: Man wolle von solchen Dingen nichts hören, hat Roses älterer Bruder gezischt, es sei zu gefährlich und noch dazu völlig sinnlos, als würde Hitler sich beeindrucken lassen von ein paar schön zusammengedichteten Worten – Hans hat natürlich heftig dagegen protestiert, aber in Wahrheit denkt er selbst ja oft ganz ähnlich. Was, wenn Worte nicht reichen, was dann?, aber immer wischt er den Gedanken schnell fort, wie alle unangenehmen Gedanken, er ist nicht in der Stimmung für herbstliche Schwermütigkeit. Eine verlorene Schlacht ist kein verlorener Krieg, Hans fühlt sich nur angestachelt von den zweifelnden Worten der anderen. Ihr werdet noch sehen, ihr werdet alle noch sehen! Und morgen fahren wir nach Chemnitz zu diesem Harnack, der wird uns weiterhelfen!

Alex ist auf dieser ganzen kleinen Missionsreise sehr schweigsam gewesen. Wenn er doch einmal gesprochen hat, dann fast ausschließlich mit den anwesenden Damen. Sehr lange und eingehend hat er sich mit Rose unterhalten, und da ist er plötzlich wieder ganz der gesellige Russe gewesen, und sie hat herzlich gelacht, kein Wort ist gefallen über die Politik.

Darüber hat Hans sich geärgert: Nicht, dass ihm Rose noch etwas bedeutet hätte, ganz im Gegenteil, aber dass Alex mit ihr Späße macht und dann ausgerechnet schweigt bei den wichtigen, bei den ganz entscheidenden Dingen, das stört ihn ungemein.

Hans muss dann an die Zeit zurückdenken, als sie noch miteinander schweigen konnten, Alex und er. Da ist es etwas anderes gewesen, da haben sie einander doch immer verstanden. Nun hat er keine Ahnung mehr, woran Alex denkt. Weil er nur noch auf Russisch denkt, vermutlich.

Woran denkst du gerade, Alex?

Ich? ... An nichts.

Solltest du aber!, entgegnet Hans, etwas harscher als gewollt: Denk nur, was wir alles erreichen können, gerade jetzt, wo die Alliierten schon so nah sind, denk an die Freiheit, die Zukunft!

Aber Alex antwortet nicht.

Winter 1942.

So, sagt Sophie und stellt den Adventskranz auf den Tisch, jetzt haben wir auch im tiefsten Winter noch ein bisschen Grün in unserer Wohnung.

Hans findet, dass der Adventskranz viel zu groß ist für das Tischchen, er wird beim Essen immer im Weg sein. Dennoch lächelt er und zieht die Streichhölzer hervor.

Doch erst am Sonntag!, rügt ihn Sophie, und Hans denkt, dass er sich noch daran wird gewöhnen müssen, mit einer Frau zusammenzuleben.

Wieder einmal hat Hans seine ganze Überredungskunst aufwenden müssen, um Sophie von der Familie loszueisen. Sie könne ja an den Wochenenden kommen, hat er vorgeschlagen, und in den Ferien daheim mithelfen, aber jetzt sei es nun einmal wichtiger, dass Sophie endlich ihr Studium fortsetzen könne, bei den vielen Semestern, die sie durch diese verdammten Arbeitsdienste schon verloren habe. Letztendlich hat ihm sogar Inge zugestimmt, und Sophie durfte fahren.

So hat Hans sich also auf die Suche nach einer gemeinsamen Wohnung für seine Schwester und sich gemacht. Die Liebe wächst ja bekanntlich im Quadrat zur Entfernung, in Russland hat er oft an Sophie gedacht. In der Erinnerung sind ihm ihre moralischen Zurechtweisungen nie anstrengend, sondern immer nur liebenswert erschienen, und bewundernswert die gewisse Strenge, mit der sie jene Dinge und Menschen behandelt, die ihr wirklich wichtig sind, glücklich muss er sich schätzen, dazuzugehören. Besonders häufig hat er an sie gedacht, wenn Alex wieder mit seinen Russen umhergezogen ist. Hans ist ja selbst oft dabei gewesen, aber dann auch wieder nicht wirklich dabei, er hat von ihren Gesprächen so wenig verstanden, einzelne Wörter nur und das, was Alex ihm übersetzt hat. Dann hat er daran gedacht, dass er mit Sophie reden kann, über alles, immer.

Auch an Christel hat er oft gedacht. Ganz begierig ist er darauf gewesen, zurück in Deutschland ihre Gespräche über Gott und die Welt wieder aufzunehmen. Diese Aussicht ist ihm jedoch jäh zerschmettert worden. Christel wird schon wieder versetzt, diesmal nach Innsbruck, in jenen trostlosen Kessel zwischen den Bergen, wo kaum Licht hinfällt, und seine Frau schon wieder hochschwanger und verzweifelt. Christel hat sehr deprimiert ausgesehen, als er mit Alex und Hans zusammensaß und sie ein letztes Glas Wein getrunken haben, schon wieder ein Abschied, wie viele noch, wie viele kann man ertragen.

Wenn das alles stimmt, was man von Stalingrad hört, dann weiß ich nicht, was werden soll, hat Christel geseufzt.

Wenn das alles stimmt, was man von Stalingrad hört, dann ist der Krieg vorbei, dann hat Russland triumphiert, hat Alex geantwortet.

Und er hat es in einem zufriedenen Tonfall gesagt, der Hans missfallen hat, auch wenn er sich selbst ja im Grunde nichts anderes wünscht. Aber Sophies Fritz ist bei Stalingrad stationiert. Und so viele andere Männer, junge Männer, jüngere noch, als er selbst es ist, die Söhne von irgendjemandem, das ist es vermutlich auch, woran Christel in diesem Moment gedacht hat. Die Söhne. Wenn einem etwas an der Zukunft liegt, dann Christel. Ihm müsste es doch von ihnen allen am besten gelingen, den drohenden Wahnsinn in Worte zu fassen.

Schreib's auf, hat Hans ihm zugeflüstert, als sie sich zur Verabschiedung in der Tür noch einmal umarmten.

Frag nicht, warum, aber schreib alles auf, was du gesagt hast, all deine Sorgen. Du triffst den Ton besser als ich.

Ich muss gar nichts fragen, hat Christel geantwortet, ich weiß auch so, dass ihr politische Flugblätter schreibt.

Hans wich überrascht zurück: Hat Alex dir …?, aber Christel schüttelte den Kopf: Verraten hat er nichts, aber geheim halten kann er eben auch nichts. Er redet sich um Kopf und Kragen, aber am Ende weiß man alles ziemlich genau. Ich weiß sehr gut, was auf dem Spiel steht. Mein Leben auf der einen Seite. Auf der anderen die Zukunft meiner Kinder.

Und das hat Hans als Zusage aufgefasst.

Am nächsten Tag ist Christel nach Innsbruck abgefahren und Sophie aus Ulm angereist. Sie ist sofort begeistert gewesen von der kleinen Hinterhauswohnung, die Hans für sie beide gefunden hat: Zwei kleine Zimmer verbunden durch die Wohnstube mit dem Esstischchen und dem Regal mit dem Volksempfänger, der auch die BBC empfängt, zumindest zu bestimmten Uhrzeiten. Die Mutter hat die elektrische Kochplatte geschickt, daneben surrt schon Hans' Samowar, und Sophie hat im Ofen der Hausmeistersfrau einen Kuchen gebacken aus fast allem, was man auf Lebensmittelkarten noch kriegt.

Er wird fürchterlich schmecken, sagt sie, aber immerhin ist das nicht meine Schuld.

Und wessen Schuld ist es dann?, fragt Hans.

Hitlers, antwortet Sophie. Aber von mir aus soll die Knappheit an allen Enden nur noch größer werden, wenn die Leute dann nur endlich begreifen. Oh, ich bin mir sicher, die meisten begreifen es schon jetzt.

In diesem Moment schrillt die Türglocke.

Das muss Alex sein, denkt Hans.

Das muss Gisela sein!, ruft Sophie und läuft hinaus. Kurz darauf kommt sie zurück, tatsächlich in Begleitung einer jungen, blonden Dame.

Das ist Gisela Schertling, sagt Sophie zu Hans, und zu Gisela: Das ist mein großer Bruder Hans. Du weißt schon, der, von dem ich dir allerhand erzählt habe!, und dann zwinkert Sophie.

Gisela spielt schüchtern an den Knöpfen ihres Lodenmantels herum, sichtlich unentschlossen, ob sie ihn ablegen oder anbehalten soll, sie lächelt freundlich.

Sie haben hoffentlich nur Gutes über mich gehört, sagt Hans, während er ihr den Mantel und somit die Entscheidung abnimmt, Gisela blickt ihn dankbar an. Sophie steht auf, um Tee und Kuchen zu holen, und Hans bietet Gisela einen Platz am Tisch an.

Wie Sophie das nur macht, denkt Hans währenddessen, dass ihre Freundinnen immer so gut aussehen. Natürlich ist Gisela nicht so jung und kindlich wie Lisa damals, aber sie hat den gleichen madonnenhaften Augenaufschlag, die gleich zarten Hände, brav im Schoß gefaltet wie in der Sonntagsschule. Ob Lisa Sophie wohl von seinen Briefen berichtet hat? Sicher hat sie das getan, und Hans kann sich selbst nicht mehr erinnern, was er da alles hineingekritzelt hat. Kein Wunder, dass Lisa ihm nicht geantwortet hat. Wirre Nächte und Tage sind das gewesen in Russland, jetzt aber sieht er wieder klar. Jetzt sieht er Gisela.

Sophie kommt mit dem Tee zurück und einem Teller, auf dem ein paar Stücke von dem staubtrockenen Kuchen liegen, Fett ist am schwierigsten zu bekommen.

Während sie essen, fragt Hans Gisela alles Mögliche, zum Beispiel, wo sie geboren ist (in Pößneck in Thüringen), und was sie studiert (Philologie). Ihre Antworten interessieren ihn zwar nicht wirklich, aber er hört sie gern reden mit ihrer leisen, hohen Stimme, die so ganz anders ist als Trautes.

Sophie berichtet, dass Gisela im vorletzten Sommer mit ihr gemeinsam den Reichsarbeitsdienst verrichtet habe, bei der Feldarbeit seien sie ins Plaudern gekommen.

Die Trostlosigkeit der Eintönigkeit hast du auch nicht ausgehalten, nicht wahr?, sagt Sophie, und Gisela nickt artig.

Da haben wir uns abends also davongestohlen, fährt Sophie strahlend fort, und sind in die Kirche geflohen, um vierhändig Orgel zu spielen. Endlich wieder etwas Sinnvolles anfangen mit seiner Zeit! Und Gisela ist eine Virtuosin auf der Orgel!

Ach, gar nicht wahr ...!, ruft Gisela dazwischen und kichert, schlägt Sophie dabei mädchenhaft auf den Oberarm, aber Hans blickt ihr fest in die Augen und sagt: Ich würde Sie gerne einmal spielen hören!

Gisela senkt schamhaft den Kopf und faltet sofort wieder die Hände.

Oder wenigstens mit Ihnen gemeinsam auf ein Konzert gehen, sagt Hans, vielleicht ein Orgelkonzert. Das können Sie mir nicht ausschlagen!

Gisela lächelt: Mal sehen ...

Und obwohl er Alex eigentlich schon den ganzen Nachmittag über erwartet hat, ist Hans dann doch ein wenig überrascht, als es erneut an der Tür klingelt, wo es doch gerade so nett ist mit dem Fräulein Gisela, schade.

Jetzt werden Sie gleich einen Freund von mir kennenlernen, erklärt Hans ihr, Sie werden ihn mögen, er ist ein echter Russe!

Ein Russe!, wiederholt Gisela und macht ein so erschrockenes Gesicht, dass Hans lachen muss, Sophie hingegen blickt die Freundin tadelnd an.

Ach Gisela, sagt sie streng, du weißt doch selbst, dass man der Propaganda keinen Glauben schenken darf, dass die Russen nicht annähernd so sind, wie man sie uns im *Stürmer* oder im *Völkischen Beobachter* zeigt. Die Ostarbeiterinnen, die jetzt hier überall an den Fließbändern und in den Feldern stehen, haben die auch nur im Geringsten etwas gemein mit den dämonischen Wesen in den Zeitungskarikaturen? Na eben. Und Schurik wird dir gefallen. Der gefällt allen.

Gisela blickt schuldbewusst in ihre Tasse und verschluckt sich am Kuchenbissen.

Alex hat sichtlich nicht damit gerechnet, dass weiterer Besuch anwesend sein würde, trägt ganz offen die erneut von seinem Nachbarn ausgeliehene Schreibmaschine vor sich her. Das fünfte Flugblatt muss unbedingt fertig sein, wenn Hitler am 30. Januar sein zehnjähriges Kanzlerjubiläum feiert, hatte Hans gesagt, beinahe übersprudelnd vor Ideen. Man ist darauf übereingekommen, dass es diesmal in der Scholl'schen Wohnung geschrieben werden sollte, da tummeln sich weniger Menschen, außerdem hat Alex sich noch nicht so wirklich mit seinem Vater ausgesöhnt und ist darum überall lieber als zu Hause.

Nun steht Alex also da und starrt die ihm fremde Blondine mit großen Augen an.

Guten Tag, sagt er, die Remington fest an die Brust gedrückt.

Heil Hit... ich meine, ebenfalls guten Tag!, entgegnet Gisela und lächelt höflich.

Alexander Schmorell, sagt Alex.

Gisela Schertling, antwortet Gisela.

Aber Alex hört ihr schon gar nicht mehr zu.

Du, Hans, ruft er schon in die letzte Silbe ihres Namens hinein, viel zu laut, er verhaspelt sich mehrmals, während er zu erklären versucht: Ich komme nur, weil ... Also, ich wollte dir nur die Schreibmaschine bringen ... wegen ... du weißt schon ... Die studentischen Zwecke ...!

Ach Alex, wenn du nur ein bisschen besser lügen könntest, was soll nur werden, wenn dich einmal die Gestapo in die

Mangel nimmt? Weil wir die Wahrheit gesagt haben, müssen wir jetzt schleunigst lügen lernen, so ist das.

Danke, murmelt Hans, danke.

Mach dir keine Sorgen, Schurik, fährt Sophie lachend dazwischen, Gisela ist verlässlich. Nicht wahr, Gisela?

Und Gisela nickt heftig, fast so, als fürchte sie, etwas falsch zu machen, als fürchte sie sich vor Sophies Reaktion.

Eben, sagt Sophie. Stell die Schreibmaschine nur gleich in mein Zimmer, Schurik, bei Hans ist doch kein Platz in seinem ewigen Chaos.

Alex tut, wie ihm befohlen, und bleibt dann noch für eine Tasse Tee, aber wie damals bei Traute hat er es ganz gut im Gespür, wann er nicht mehr gebraucht wird.

Recht bald also stammelt er, dass er ohnehin gleich weitermüsse: Zu Lilo ... Mit ihr reden ... wegen ... äh ... du weißt schon ..., er bedankt sich noch brav für den Kuchen, den er nicht angerührt hat, und verschwindet.

Sophie macht sich daran, frischen Tee zu kochen, und braucht dafür unsagbar lange. Also nimmt Hans in der Zwischenzeit seine Konversation mit Gisela wieder auf, und diesmal fragt er sie nichts, sondern erzählt von sich, erzählt vor allem von Russland, nicht von dem wurmzerfressenen Soldaten natürlich, sondern vom Balalaikaspiel und von der geistlichen Musik in den Kirchen, da beginnen Giselas Augen zu strahlen.

Sie geht spät, sehr spät, drei Mal schon wollte sie aufbrechen, drei Mal hat Hans sie zum Bleiben überredet. Irgendwann reißt sie sich doch erfolgreich los, Hans legt ihr den Lodenmantel über die Schultern und begleitet sie zur Tür.

Soll ich Sie nach Hause bringen?

Das ist wirklich nicht nötig.

Na dann.

Na dann ...

Auf ein baldiges Wiedersehen, Fräulein Schertling!

Auf ein baldiges Wiedersehen, Herr Scholl!

Gisela deutet einen Knicks an, scheint sich im selben Moment dafür zu genieren, lächelt unsicher und huscht dann davon, Hans blickt ihr hinterher, bis sie vollständig zwischen den Häuserfronten verschwunden ist.

Als er in die Wohnung zurückkommt, steht Sophie in der Zimmertür, die Hände stolz in die Hüfte gestemmt.

Na?, fragt sie.

Nett, antwortet Hans.

Nur nett?, Sophie lacht: Gisela ist perfekt für dich!

Wenn du das sagst, erwidert Hans.

Wirklich, Hans, entgegnet Sophie, diesmal in gewohnter Strenge: Du brauchst eine Freundin!

Natürlich hat Lisa ihr seine Briefe gezeigt. Die verlobte Lisa, seine konfusen Liebesbriefe von der Front. Aber wenn Sophies moralische Interventionen aussehen wie das Fräulein Schertling, hat Hans nichts dagegen einzuwenden. Er macht es sich auf dem Stuhl bequem und zündet eine Zigarette an, während Sophie in ihr Zimmer geht und dort eine Platte auf das Grammophon legt. Schuberts Lieder, *Die Forelle*, das fröhliche Klaviergeplätscher überschwemmt die Wohnung, das Leben könnte schön sein, so schön.

Winter 1942.

Mit klirrender Kälte ist die Adventszeit angebrochen, Hans will wieder vermehrt an die Ankunft Christi denken, doches gelingt ihm nicht, es ist nicht mehr die rechte Zeit zum Warten. Wenn er zu beten versucht, mischt sich immer etwas anderes hinein in seine Gedanken, Thomas Manns Worte aus dem Radio und die sich häufenden Nachrichten von großen Verlusten bei Stalingrad, das Fräulein Schertling mit ihrem Engelsgesicht, die nahende Demokratie und wie man sie wohl formen wird, von Berlin aus oder doch von München, von München aus wäre besser, zumal Süddeutsche zumindest keine Preußen sind, und wie teuer Papier geworden ist, und Briefumschläge sind auch nur noch in kleinsten Auflagen zu bekommen.

So sehr er sich auch anstrengt, seine Gedanken lassen sich nicht ordnen, im Gebet nicht mehr und auch sonst nicht, er schreibt Flugblattentwurf um Flugblattentwurf, reißt sie alle in Stücke. Er versucht, mit Alex zusammenzuarbeiten wie früher, Satzfetzen hin- und herzuschmeißen, Gedanken zu vermengen, sich gegenseitig Anregungen zu geben, das funktioniert noch weniger. Ihre Sätze stoßen hart aneinander, als würde nicht eine Weisse Rose, sondern viele einzelne Dornen gegeneinander anschreiben. Sie versuchen, sich die Arbeit wieder absatzweise aufzuteilen, den ersten Teil Hans, den zweiten Alex oder umgekehrt, nichts passt je zusammen. Hans kommt es so vor, als sei auch Alex' geschriebenes Deutsch schlechter geworden über den Sommer, und letztendlich läuft bei ihm immer alles auf die Überlegenheit Russlands hinaus.

Wir wollen doch die Deutschen erreichen, ermahnt ihn Hans, und wie du weißt, haben die meisten von ihnen keine Ahnung von den Russen. Wir müssen ihnen die Folgen des Krieges für ihr eigenes Land vor Augen halten, um Deutschlands Zukunft muss es gehen!

So?, erwidert Alex stur, und mir geht's um den Frieden.

Letztendlich schlägt Hans vor, Sophie dazuzuholen, sozusagen als Schiedsrichterin und weil er hofft, dass sie Alex vielleicht zur Vernunft bringen kann.

Sophie sitzt gerade in ihrem Zimmer und liest, oder starrt vielmehr die Buchseiten an, Hans fragt sich, wann sie das letzte Mal umgeblättert hat. Er sieht sie jetzt häufiger so sitzen, scheinbar in irgendeine Arbeit, aber in Wahrheit nur in Gedanken vertieft, und dann erinnert sie ihn an ihn selbst, wenn der innere Herbst kommt.

Sophie scheint erleichtert darüber, dass es endlich etwas zu tun gibt für sie, sie klappt das Buch zu und kommt mit hinüber. Dort sitzt sie andächtig auf Hans' Bett und lässt sich beide Entwürfe vorlesen, erst den von Hans, hinterher den von Alex, ihr konzentriertes Gesicht verrät keinerlei Regung. Als Alex seinen letzten Satz beendet hat, blickt sie nachdenklich zwischen den beiden hin und her und schüttelt schließlich den Kopf.

Es ist gut, sagt sie schnell, es ist wirklich alles wahr und gut, was ihr schreibt, aber wenn wir das drucken wollen, in einer so großen Auflage, meine ich, dann muss es einfach ... eindeutig sein. Versteht ihr? Worte so klar wie eine Bach-Fuge. Die Leute müssen es verstehen und spüren gleichermaßen.

Und dann macht sie einen Vorschlag, der Hans überrascht. Nicht, dass Sophie gerade diesen Vorschlag macht, überrascht ihn, sondern eher, dass er selbst nicht schon daran gedacht hat.

Nun steht Hans daher vor dem kleinen, ein wenig heruntergekommenen Gebäude und denkt: Wie bescheiden dieses Häuschen doch ist, so gar nicht passend für einen Professor von Rang und Namen. Aber natürlich, die Nazis würden einen wie ihn nicht anders hausen lassen, die fehlende Pracht ist eine Auszeichnung.

Auch Alex hat die Adresse bisher nur aus dem Telefonbuch gekannt, als eine Reihe von Buchstaben, mitten in der Nacht hastig auf Briefumschläge abgeschrieben. Jetzt lehnt er sein Fahrrad vorsichtig gegen die Hauswand, trotz aller Sorgfalt bröselt ein wenig Putz auf den Lenker.

Das ist es?, fragt er ungläubig, und Hans nickt.

Aus dem oberen Stockwerk dringt leise ein Menuett aus dem *Notenbüchlein für Anna Magdalena Bach*, man hört's trotz der geschlossenen Fenster. Hin und wieder mischt sich eine falsche Note mit hinein, dann stockt die Musik kurz und beginnt aufs Neue.

Hans räuspert sich und betätigt die Türklingel, mit ihrem Schrillen unterbricht sie das Klavierspiel. Dann passiert lange nichts, Hans schlingt die Arme um den Körper, er friert und beneidet nun Alex ein wenig um seine Pelzmütze, so lächerlich sie auch aussehen mag.

Und wenn er ... dagegen ist?, fragt Alex leise.

Aber du hast ihn doch reden gehört, antwortet Hans, und wir haben ihm ja Briefe geschrieben aus Warschau und aus Russland, er ist ganz im Bilde. Er wird uns helfen.

Alex nickt, aber man sieht seinem Gesicht an, dass er nicht vollständig überzeugt ist.

Gerade als Hans ein zweites Mal auf die Klingel drücken will, öffnet sich mit lautem Quietschen die Haustüre. Vor ihnen steht ein Mädchen von zwölf oder dreizehn Jahren, mit zwei streng geflochtenen Zöpfen und noch viel strengerem Blick.

Hans lächelt, Mädchen in diesem Alter sind ihm eigentlich immer wohlgesinnt. Dieses offensichtlich nicht.

Sie wünschen …?, fragt das Mädchen und verschränkt die Arme vor der Brust.

Scholl mein Name, das ist mein Kommilitone Schmorell, wertes Fräulein, wir sind Studenten Ihres Vaters, entgegnet Hans, er versucht, besonders charmant zu sein, das Mädchen blickt jedoch unverändert streng zu ihm hinauf.

Der Papaaa ist in seinem Arbeitszimmer, antwortet es unbeeindruckt, er will nicht gestört werden, ist es dringend?

Ausgesprochen dringend, antwortet Hans und lächelt noch breiter.

Das Mädchen überlegt einen Moment lang, dann erbarmt es sich endlich: Kommen Sie!

Hans wirft Alex einen triumphierenden Blick zu und fühlt sich, als liege der härteste Teil der zu leistenden Überzeugungsarbeit bereits hinter ihnen.

Die Kleine führt sie eine knarrende Diele entlang, überhaupt scheint in diesem Haus alles zu knarren und zu ächzen, aber es ist sehr sauber und die Einrichtung liebevoll bäuerlich. Die Bilder an den Wänden zeigen hauptsächlich oberbayrische Landschaften und Volksszenen, Männer in Lederhosen, Frauen in Dirndlkleidern, Almen und Kühe. Dazwischen ein Familienfoto: Huber wiegt einen Säugling im Arm, davor grinsend das Mädchen mit den Zöpfen, eine jüngere Version ihrer selbst, aber dieselben Zöpfe.

Rasch gehen sie an dem Foto vorbei, trotzdem muss Hans beim Anblick dieses Bildes schlucken, er weiß selbst nicht recht, warum. Am Ende der Diele angekommen hämmert das Mädchen gegen eine verschlossene Tür: Papaaa?

Statt einer Antwort erhält sie nur ein widerwilliges Grummeln, das unverständlich aus dem Inneren des Zimmers dringt.

Papaaa, versucht sie es noch einmal, es ist dringend, zwei Studenten sind hier, ein Herr Scholl und ein Herr Schmorell ...

Herein!, brummt es endlich, und das Mädchen öffnet die Tür zu Professor Hubers Büro.

Huber sitzt dort, wie Hans ihn sich vorgestellt hat: kaum zu sehen hinter den zahlreichen Bücherstapeln auf seinem Schreibtisch, und das ist nur ein Bruchteil von den Büchern, die sich in dem Raum befinden, die Wände sind bis obenhin zugepflastert. Es riecht nach vergilbtem Papier, Ledereinbänden und endlos zirkulierter Luft, hinter den Stapeln hört man unverdrossen Hubers Füllfeder kratzen.

Danke, Birgit, murrt der Professor, ohne dabei den Stift abzusetzen. Und mach den beiden Herren doch bitte einen Kaffee!

Bevor Hans und Alex noch erwidern können, dass das gar nicht notwendig sei, weil sie nur ganz kurz bleiben wollen, ist die kleine, gestrenge Birgit schon gehorsam hinausverschwunden.

Eine ganz reizende Tochter, sagt Hans.

Setzen Sie sich doch, murmelt Huber.

Da vor dem Schreibtisch jedoch nur ein einziger Stuhl steht, bleiben Hans und Alex unschlüssig rechts und links davon stehen, Huber ist schon wieder vollkommen in sein Schreiben vertieft. Die Küche muss sich ganz in der Nähe befinden, zum Füllfederkratzen mischt sich das Klirren von Geschirr, Hans inspiziert inzwischen die Buchrücken, Alex die Gipsbüsten in den Regalen. In Büchern wie Büsten sind alle großen deutschen Denker vereinigt, und einer davon, überlegt Hans, sitzt ihm jetzt in Fleisch und Blut gegenüber. Schwungvoll setzt Huber einen Punkt hinter seinen letzten Satz und legt die Füllfeder zur Seite.

Sie entschuldigen meine Unhöflichkeit, erklärt er mit einem

etwas eitlen Lächeln, aber mein Verlag hat mir einen strikten Abgabetermin gesetzt. Eine Leibniz-Monografie. Aber bitte, wie kann ich Ihnen helfen?

Alex und Hans blicken beide auf den einen Stuhl zwischen ihnen hinab und bleiben stehen. Hans räuspert sich, aber da kommt auch schon Birgit mit dem Kaffee zurück, sie trägt die drei dampfenden Tassen mit der ruhigen Versiertheit einer Kellnerin herein.

Danke, Birgit, sagt der Professor, und nun kannst du dich wieder deinem Bach widmen. Und Himmelherrgott, denk doch wenigstens ein einziges Mal an das Kreuzzeichen, jedes Mal der gleiche Fehler!

Birgit nickt schuldbewusst: Ja, Papaaa.

Ein talentiertes Mädchen, erklärt Huber, nachdem Birgit das Zimmer verlassen hat, aber leider so träge beim Üben. Also noch einmal, was kann ich für Sie tun?

Hans blickt Hilfe suchend zu Alex hinüber, der sichtlich unwillig an der Tasse mit dem Kaffee-Surrogat-Extrakt nippt, diese Überwindung verlangt offenbar seine ungeteilte Konzentration. Außerdem ist der Philosoph Hans' Sache. Huber beginnt, ungeduldig mit den Fingern auf den Schreibtisch zu klopfen.

Herr Professor Huber, sagt Hans schließlich und hüstelt wieder, da hat er plötzlich einen Einfall.

Herr Professor, was sagen Sie eigentlich zu Leibniz' »bester aller möglichen Welten«?

Huber und Alex blicken ihn nun gleichermaßen überrascht an, aber Hans weiß, dass es die richtige Frage gewesen ist.

Nun, die »beste aller möglichen Welten« ..., antwortet Huber irritiert, tja, in jedem Fall hat Leibniz es nicht in jenem naiven Sinn gemeint, den ihm Voltaire später spöttisch unterstellen sollte. Viel eher hat er Gott als einen der Logik unterworfenen Schöpfer beschrieben ...

Alex verzieht sein Gesicht ein wenig, er muss jetzt schon ein Gähnen unterdrücken. Von oben ist wieder Klaviergeklimper zu hören, und tatsächlich gehorcht Birgit ihrem Vater, sie spielt nun viel weniger falsche Töne als zuvor.

... das Gute also bedingt das Böse ..., fasst Hans zusammen.

Vereinfacht gesagt, erwidert Huber unzufrieden, sehr stark vereinfacht ...

Und umgekehrt, fragt Hans, bedingt dann das Böse auch das Gute?

Nun scheint der Professor langsam zu verstehen. Er stellt seine Tasse ab und erhebt sich, auch im Stehen ist er noch um einiges kleiner als seine beiden Studenten, er muss zu ihnen hinaufschauen.

Herr Scholl, Herr Schmorell, sagt er, wobei er einen nach dem anderen eindringlich mustert. Wären Sie bitte so gnädig, mir zu verraten, warum Sie wirklich gekommen sind?

Und weil Hans nichts sagt, antwortet jetzt Alex: Wegen der Weissen Rose, Herr Professor.

Er hätte ebenso gut sagen können: Um Sie zu ermorden, Herr Professor!, Huber hätte nicht erschrockener aussehen können. Er reißt die Augen auf und presst beide Hände gegen seine schiefgezogenen Lippen.

Scholl, Scholl, Scholl ..., nuschelt er, ich hätte es wissen können, wissen müssen! Dieser ausschweifende Stil, diese Lawine an bildungsbürgerlichen Zitaten, ich wusste doch, dass mich das an irgendjemanden erinnert.

Also haben Sie die Flugblätter gelesen!, stellt Hans fest und kann sich trotz der offenkundigen Kritik ein stolzes Lächeln nicht verkneifen.

Gelesen und sofort ins Feuer geworfen, wie jeder andere vernünftige Mensch auch, zischt Huber, wenn man ein solches Schreiben bei mir gefunden hätte, nicht auszudenken!

Aber man muss doch etwas tun, verteidigt sich Hans, Sie haben es selbst gesagt!

Natürlich, aber es muss doch mit Vernunft getan sein!

Mit Vernunft, wiederholt Alex. Und die Männer bei Stalingrad, verrecken die etwa mit Vernunft?

Er hat es mit einer ganz ruhigen Stimme gefragt, aber Huber scheint die Erwähnung Stalingrads ganz besonders zu treffen, er taumelt sogar ein wenig zurück.

Man weiß doch noch nicht, murmelt er, man kann doch noch nichts sagen …

Man weiß alles, wenn man es nur wissen will, unterbricht ihn Alex: Mittlerweile gibt selbst der *Völkische Beobachter* zu, dass die Russen bei Stalingrad die deutsche Verteidigungsfront durchbrochen haben. Und wie die Lage dann in Wirklichkeit erst aussehen muss, kann man sich ja vorstellen …

Alex hört abrupt auf zu sprechen und senkt den Blick. Am Ende hat er schon wieder fast euphorisch geklungen, Hans hofft nur, der Professor hat's nicht bemerkt.

Huber reagiert allerdings erst einmal gar nicht, er steht hinter seinem Schreibtisch wie eine Statue, den Blick irgendwohin, auf einen Punkt weit über den Köpfen der Studenten gerichtet, nichts ist mehr zu hören als zum hundertsten Mal Bachs Menuett.

Hans greift in seine Sakkotasche und zieht ein paar dicht beschriebene Zettel hervor, Alex tut es ihm rasch gleich.

Lesen Sie das, sagt Hans, und wie einstudiert legen sie die Notizen gleichzeitig auf Hubers Schreibtisch, links die von Alex, rechts die von Hans. Huber reagiert nicht, steht da wie versteinert.

Ich weiß, dass es schlecht geschrieben ist, sagt Hans schnell, und wir können uns auch nicht einigen, wie wir all diese Ideen zusammenbringen können … Wenn Sie daraus etwas machen könnten, Herr Professor, das jeder Deutsche, ich meine, wirklich jeder Deutsche versteht, wissen Sie, so etwas wie eine Bach-Fuge ... Worte, die einen Krieg zu beenden vermögen! Wenn das jemand schaffen kann, Herr Professor, dann Sie.

Nun kommt doch noch Bewegung in Huber, oder zumindest in sein Gesicht. Er lässt seinen Blick zwischen Hans und Alex hin- und herschweifen, und obwohl er zu ihnen hinaufschauen muss, kommt es Hans nun so vor, als sehe er von oben auf sie herunter wie ein Vater auf zwei unartige und doch geliebte Söhne. Birgit spielt den letzten Ton ihres Menuetts, vielleicht zum ersten Mal überhaupt ist sie fehlerfrei durchgekommen.

Ich habe eine Frau und zwei Kinder, sagt Huber. Sie sind abhängig von mir. Von meiner Arbeit.

Ich verstehe, sagt Hans.

Er will schon nach den Zetteln greifen, da aber hält Huber seinen Arm fest.

Ich werde mir Ihr Geschreibsel durchlesen, murmelt der Professor, nur einmal durchlesen, wissen Sie, es sind ja gewissermaßen philosophische Aufsätze.

Sind sie nicht, interveniert Alex, aber Huber spricht unverdrossen weiter: Die Fleißaufgaben zweier übereifriger Mediziner, die mich gebeten haben, ein fachmännisches Urteil abzugeben. Ich nehme meinen Lehrauftrag sehr ernst, und für den Inhalt, der selbstverständlich höchst vertraulich behandelt wird, kann man mich in keinem Fall verantwortlich machen. Ist es nicht so, meine Herren?

Hans lächelt: Danke, Herr Professor.

Und oben beginnt Birgit aufs Neue mit ihrem Menuett.

Winter 1943.

Es ist einer der ersten Tage nach den Weihnachtsferien, an dem alle wieder nach München zurückgekehrt sind, um das Studium weiterzuführen offiziell, und zur fieberhaften Arbeit am Umsturz in Wirklichkeit. Willi und Alex sind zu Hans und Sophie in die Wohnung gekommen, wie Generäle stehen sie alle vier um den Esstisch herum, die Hände auf die Tischplatte gestützt, die Schlachtpläne nur in den Köpfen. Willi berichtet von seinen Fahrten kreuz und quer durchs ganze Land zu seinen alten Bekannten, die er zu seinen Verbündeten machen will. Bisher allerdings mit mäßigem Erfolg, immer das gleiche Geschwafel von zu großen Gefahren und zu kleinen Erfolgsaussichten, zu viele Wenns und Abers, zu viel unumstößliche Zögerlichkeit. Willi wirkt recht niedergeschlagen, von gläubigen Katholiken hat er mehr erhofft als nur beschwichtigende Phrasen. Hans' Optimismus hingegen bleibt trotz allem ungebrochen: Sie werden schon noch zur Vernunft kommen, Willi, sie werden uns schon noch unterstützen. Sie werden einsehen, dass es die einzige Möglichkeit ist. Ich setze viel Hoffnung in diesen Falk Harnack!

Er verliert kein Wort darüber, dass das Treffen in Chemnitz im November keineswegs so gut gelaufen ist wie erhofft. Zuerst hat Harnack Alex nur über Lilo ausgefragt, wie es ihr ginge und was sie so machte und: Richte ihr bitte mein herzliches Beileid aus wegen des gefallenen Gatten!, da hat Hans schon gemerkt, dass Lilo den guten Mann keineswegs auf den wahren Zweck dieses Besuchs vorbereitet hat. Als Hans nach einer gefühlten Ewigkeit voll belanglosem Geplauder das Gespräch endlich auf politische Aktivitäten zu richten versuchte, versteinerte sich Harnacks Miene auf der Stelle.

Sie wissen, hat er mit leiser, trockener Stimme gesagt, dass mein Bruder und meine Schwägerin gerade wegen Hochverrats in Haft sitzen?

Gerade darum kommen wir, hat Hans geantwortet, Sie müssen uns helfen. Wir brauchen Sie, Ihre Kontakte!

Daraufhin folgte aber nichts als die immer gleiche Rede von der Gefahr und dem geringen Nutzen, von dem »Ihr seid zu wenige« und »Die sind zu viele«, vom Abwarten. Dabei sprach Harnack, als sei er ein alter, weiser Mann und Hans und Alex zwei Schulkinder, wo doch in Wahrheit nur wenige Jahre zwischen ihnen liegen. Hans ärgerte sich darüber und unterbrach immer wieder: Wir können nicht mehr warten, verstehen Sie doch, darum sind wir ja gerade zu Ihnen gekommen!

Alex hingegen hat gar nichts mehr gesagt, sondern nur noch traurig vor sich hin gestarrt, ob vor Enttäuschung oder mit den Gedanken wieder in Russland, Hans hat es nicht sagen können.

Letztendlich haben sie immerhin die Adresse eines gewissen Herrn Bonhoeffers erhalten, ein Theologe und Hitlergegner, ihn sollten sie aufsuchen, der könnte möglicherweise helfen.

Und vielleicht, hat Harnack zum Abschied gesagt, komme ich im neuen Jahr einmal nach München und besuche meine liebe Lilo. Aber mehr kann ich wirklich nicht für euch tun.

Und das hat Hans, natürlich, als Zustimmung aufgefasst.

Ich setze meine Hoffnung in diesen Harnack, der kennt die richtigen Leute!

Auch, dass Harnacks Bruder im Dezember als Hochverräter

hingerichtet worden ist und auch dessen Frau in der Todeszelle sitzt, spricht Hans nicht aus. Die anderen wissen es ohnehin, wozu sich ständig den drohenden Tod vor Augen führen, wenn es doch die Ideen sind, auf die man immer blicken muss. Ideen, die Berlin mit München verbinden und über geheime Untergrundlinien ganz Deutschland vereinen, Ideen, die unsterblich sind. An nichts anderes als diese Unsterblichkeit will Hans denken, von nichts anderem redet er.

So also stehen sie beisammen, diskutieren, rauchen und trinken zwischendurch Tee, und niemand denkt mehr an die Rede des Gauleiters zur 470-Jahr-Feier der Universität, die zu dieser Stunde im Deutschen Museum stattfindet. Natürlich ist sie für alle Studenten verpflichtend, natürlich geht keiner von ihnen hin. Sabotage aller faschistischer Veranstaltungen, das ist vielleicht der angenehmste Teil des passiven Widerstands. Man kann sich schwer etwas so Grauenhaftes und zugleich so Langweiliges vorstellen wie die Selbstbeweihräucherung eines Parteibonzen, und der Gauleiter von München-Oberbayern ist ein besonders widerliches Exemplar.

Gisela Schertling hingegen ist wie befohlen und pünktlich zur Gauleiterrede im Kongresssaal des Deutschen Museums erschienen. Dort hat sie noch eine Zeit lang Ausschau nach Sophie gehalten, aber weil diese nirgendwo zu sehen gewesen ist, hat Gisela sich schließlich allein einen Platz gesucht, oben auf der Empore. Dort sollen die Mädchen sitzen, die Männer unten, das ist so angeordnet, und die Soldaten aus den Studentenkompanien müssen in Uniform aufmarschieren. Manche dieser Einheiten sind bereits im Vorfeld stundenlang durch die Stadt gezogen, zu Ehren des Gauleiters, ebenfalls aus Pflicht natürlich und nicht etwa aus ehrlich empfundener Freude. Ganz vorne in den ersten Reihen werden nun die im Krieg

Verwundeten platziert, als würden die Worte des Gauleiters sie heilen können wie die eines Messias.

Gisela hat schon beim Hereinkommen bemerkt, wie aufgeheizt die Stimmung ist, und jede Minute, die sie warten müssen, wird es schlimmer. Natürlich hätten alle Besseres zu tun, auch Gisela würde lieber zu Hause an ihrem Schreibtisch sitzen und für die Prüfungen lernen. Die Studentinnen neben ihr zeigen abwechselnd ärgerlich auf ihre Armbanduhren, aber ihre Zeit hat offensichtlich keinen Wert für einen Gauleiter. Gisela fragt sich, was Sophie wohl gerade treibt. Was auch immer es ist, sie tut sicher gut daran, denn nichts ist so quälend wie diese absolute Sinnlosigkeit. Immer wieder ist im Saal ein empörtes Räuspern, ein entnervtes Seufzen, ein widerwilliges Murren zu hören, Gisela aber sitzt alles ertragend still aus. Mit unzähligen Minuten Verspätung tritt zumindest einmal der Gaustudentenführer auf, halbherziger Applaus schwillt an und schon wieder ab, ehe Gisela noch richtig in die Hände klatschen konnte. Der Gaustudentenführer ignoriert den kühlen Empfang, mit siegessicherem Blick brüllt er seine Begrüßung und dankt dem Gauleiter für dessen Erscheinen. Wie gütig vom Herrn Gauleiter, dass er endlich doch noch erscheint!, denkt Gisela, während der Gaustudentenführer bereits über die besondere Aufgabe schwadroniert, die momentan den Studenten an der Front zukommt. Der Student als Soldat – das sei die wahre Erfüllung jedes gebildeten Mannes!, und die Studentinnen! – nun hebt der Gaustudentenführer den Blick theatralisch zur Empore hinauf – diese geistigen Wühlmäuse, die es sich so gerne in den Bibliotheken bequem machen, sie sollten sich bloß nicht beschweren über die Arbeitsdienste in den Fabriken und auf den Feldern, denn der Krieg sei nun die Sache von jedermann und, nicht zuletzt, auch von jeder Frau!

Begierig auf Jubelstürme wartend hält der Gaustudentenführer beide Arme weit von sich gestreckt, aber er wird abermals nur mit verhaltenem Applaus belohnt. Gisela blickt nervös zwischen den Studentinnen neben ihr hin und her. Die meisten von ihnen machen sich nicht mehr die Mühe, überhaupt zu klatschen, also lässt Gisela es ebenfalls sein.

Und dann betritt er also endlich höchstpersönlich die Bühne, der lang erwartete Herr Gauleiter. Mit seinem aufgedunsenen Gesicht grinst er selbstgefällig in die Menge, wobei seine besondere Aufmerksamkeit den Mädchen oben an der Balustrade gilt, an denen klebt sein glasiger Blick besonders hartnäckig. Auch an Gisela klebt der Blick, und noch bevor der Gauleiter zu sprechen beginnt, weiß sie, dass er vollkommen betrunken ist.

Er stößt zunächst einmal ins selbe Horn wie schon der Studentenführer vor ihm, zeichnet ein schwülstiges Bild von der Front und den Frontkämpfern und freut sich wortreich über die vielen Fronturlauber im Publikum, als wüsste er nichts von den Befehlen und der Anwesenheitspflicht. Gisela unterdrückt ein Gähnen und denkt an die zahllosen Bücher, die sie für die Prüfung bei Professor Huber noch zu lesen hat. Stattdessen muss man hier seine Zeit versitzen, und wofür?, für leere Parolen, die man genauso gut in jeder Zeitung, in jedem Kinofilm aufschnappen kann. Wenigstens ihr Strickzeug würde Gisela jetzt gern auspacken, aber auch das wagt sie nicht und sitzt darum still wie eine Salzsäule, einmal mehr mit artig gefalteten Händen. Da hebt der Herr Gauleiter plötzlich wieder seinen Blick, hinauf zur Empore, direkt zu ihr.

Und meine werten Damen, lallt er nun, in einem Tonfall, als würde er Witze in einer Bierhalle erzählen, seine Lippen ziehen sich spöttisch weit auseinander: Es ist ja erstaunlich, wie viele von Ihnen sich heutzutage an den Universitäten herumtreiben! Interessant, wie viele Mütter und Väter in ihren Töchtern auf einmal ungeahnte Talente entdecken, nur um sie statt dem gerechten Arbeitsdienst der weichlichen Umarmung der höheren Bildung zuzuführen! Oder ist es vielleicht so, dass Sie im Hörsaal nur Ihr Glück suchen? O, ich wünsche einer jeden von Ihnen, dass Sie dieses Glück finden! Nämlich in der Gestalt eines Mannes mit Kraft und Saft, sodass Sie sich möglichst bald den wahrlich weiblichen Aufgaben widmen können, anstatt hier Ihre Zeit zu verschwenden ...

Da geht es los, da bricht es auf. Gisela weiß nicht, wer damit angefangen hat, aber auf einmal ist von allen Seiten aufgebrachtes Stampfen und Fußschaben zu hören, zuerst nur auf der Empore, doch schließlich auch unten, die Soldatenstiefel der Männer machen einen ganz besonderen Radau.

An eine so öffentlich zur Schau gestellte Missgunst ist der Herr Gauleiter sichtlich nicht gewöhnt, Hilfe suchend blickt er hierhin und dorthin und klammert sich wankend an sein Stehpult, jetzt trommeln selbst die Verwundeten in den ersten Reihen mit ihren Krücken und Prothesen.

Da scheint ihm plötzlich ein letzter, rettender Einfall zu kommen, ein alles in Wohlgefallen auflösender Scherz. Versöhnlich breitet er die Arme aus und seine Augen blitzen schelmisch, als er über alles Lärmen hinwegruft: Seien Sie nicht so missmutig, meine Damen, auch Sie werden dem Führer noch ein Kind schenken! Und den Hässlicheren unter Ihnen stelle ich zu diesem Zwecke sehr gern einen meiner Adjutanten zur Verfügung!

Nun ist die Explosion nicht mehr aufzuhalten. Einige der Studentinnen springen auf und verlassen fluchtartig den Saal, andere bleiben und hämmern mit den Fäusten gegen Pulte und Wände, ein Rhythmus zu den Sprechchören der Männer: Wir lassen die Ehre unserer Frauen nicht beschmutzen!, Wir lassen die Ehre unserer Frauen nicht beschmutzen!, Wir ...!, selbst die in Uniform, selbst die Hochdekorierten schreien mit, einige von ihnen sind zu ihren Freundinnen hinaufgerannt und Frauen zu ihren Freunden hinunter, immer mehr Menschen stürzen aus dem Saal, sogar die Verwundeten begleitet vom lärmenden Klopfen ihrer Krücken. Schutzmänner versuchen, einige der Hinausstürmenden aufzuhalten, es kommt zu Rangeleien und regelrechten Prügeleien, der Gaustudentenführer brüllt einsam vor sich hin: Das wird Konsequenzen haben! Das ist Hochverrat, ihr seid alle Hochverräter!, es ist nur ein weiteres Geräusch im allgemeinen Trubel. Der Gauleiter hingegen blickt nur noch stumm und verdattert aus der Wäsche, als könnte und wollte er das alles nicht begreifen. Und da springt auch Gisela auf die Beine und schreit und schlägt mit den Fäusten gegen die Wände im unbändigen Takt ihres aufgescheuchten Herzschlags. Wie lange ist sie immer nur eine Salzsäule gewesen und wie gut ist es nun, sich endlich einmal zu rühren! Sie lässt sich mitspülen im Menschenmeer aus dem Museum hinaus bis auf die Straße, Wir machen eine Demonstration!, verkündet eine neben ihr, Wir ziehen jetzt gemeinsam zum Isartor! So eine Frechheit lassen wir uns nicht bieten!

Für etwas auf die Straße gehen, sich etwas nicht bieten lassen – Phrasen aus längst vergangenen Zeiten, die plötzlich wieder eine Bedeutung bekommen, und auf einmal spürt Gisela einen Hauch von dem, wovon Sophie ständig redet und was sie selbst bisher nie richtig verstanden hat.

So ziehen sie also alle gemeinsam vom Museum fort durch die Stadt und grölen alte Studentenlieder von Freiheit und Unabhängigkeit, Gisela kennt die Texte nicht, aber sie singt aus vollem Herzen bedeutungslose Silben, in der Gemeinschaft erhalten sie Bedeutung. Sie gehen nicht nur bis zum Isartor, sie gehen weiter, und keine Schüsse fallen, und die willkürlichen Verhaftungen einiger Protestierender können die Prozession nicht stoppen, sie sind zu viele, einfach zu viele. Nur die einbrechende Dunkelheit schafft irgendwann, was den Staatsdienern nicht gelingen wollte, im Finstern verklingt langsam das Singen und Rufen, die meisten Studentinnen und Studenten lösen sich aus dem Pulk, gehen nach Hause zu ihren Lernunterlagen und Luftschutzkellern, nur ein paar wenige Unbeirrbare ziehen noch immer Parolen grölend durch die Gassen.

Gisela aber bleibt stehen, mitten auf der Straße.

Ich muss sofort zu Sophie, sagt sie sich, ich muss Sophie davon berichten, Sophie!

Dann rennt sie los.

Sophie ist aber gar nicht zu Hause, sondern nur ihr Bruder. Missmutig öffnet er die Wohnungstür und sieht dabei aus, als wäre er eben erst aus dem Bett gestiegen, und gleichzeitig, als hätte er seit Tagen nicht mehr geschlafen. Als er jedoch Gisela erkennt, strahlt er über das ganze müde Gesicht.

Sophie ist leider weggegangen, sagt er, auf ein Konzert mit Alex. Aber kommen Sie doch herein, Fräulein Schertling, Sie sehen aus, als könnten Sie dringend eine Tasse Tee vertragen!

Jetzt erst bemerkt Gisela, dass sich einer ihrer beiden Zöpfe gelöst hat, auf der einen Seite hängt ihr Haar nun ungestüm über die Schulter hinab, und ihr Mantel ist schief zugeknöpft. Nur einen Augenblick lang denkt sie darüber nach, was ihre Mutter dazu sagen würde, ein Mädchen so ganz allein in der Wohnung mit einem jungen Mann. Aber dann spürt sie deutlich, dass sie es nicht länger aushält, still zu sein, sie muss jemandem erzählen von dem Ausbruch, dem Aufbruch auf den Straßen und in ihr selbst, und in diesem Moment ist ihr Hans ebenso recht wie Sophie.

Kaum hat er die Wohnungstür hinter ihr geschlossen, sprudelt es auch schon hervor aus Gisela, sie spricht über den besoffenen Gauleiter und dessen Beleidigungen, die Sprechchöre und Schimpftiraden, die klappernden Krücken und schabenden Stiefel. Und wie sie dann gegangen sind, Arm in Arm singend durch die Straßen, als sie das erzählt, kann Hans nicht länger still stehen. Er will hinaus zu den Demonstranten, aber Gisela hält ihn zurück: Da ist jetzt doch niemand mehr!

Sie weiß nicht, ob das stimmt, aber sie will nicht, dass er jetzt weggeht.

Hans beginnt wie ein eingesperrtes Wildtier im engen Zimmer auf und ab zu rennen, und immer öfter unterbricht er sie: Wirklich? Wie viele Studentinnen sind es gewesen, wie viele Studenten? Und sie alle, alle haben protestiert?

Gisela bejaht, und nun fällt ihr selbst auf, wie unwahrscheinlich das alles klingt. Plötzlich traut sie ihrer eigenen Erinnerung nicht mehr: Ist da nicht doch auch der eine oder andere Heil-Hitler-Ruf zu hören gewesen in dem ohrenbetäubenden Getöse, dort und da ein lautes Lachen über die grausigen Witze des Gauleiters?

Je mehr Hans fragt, desto mehr kommt sie durcheinander: Ich weiß es nicht mehr so genau, Hans, ich weiß es nicht mehr ..., und ist überhaupt etwas Großes passiert oder hat sich ein unbedeutender Vorfall nur in ihrer Einbildung so aufgebläht? Aber sie merkt, dass es mittlerweile völlig egal ist, was sie sagt, Hans scheint sich in seinem Kopf bereits eigene Bilder zurechtgelegt zu haben, die Bilder einer Revolution.

Das ist es, murmelt er, darauf haben wir immer hingearbeitet, Alex und ich, und Sophie. Jetzt ist es endlich so weit!

Und auf einmal steht er ganz nah an Gisela und hält sie fest umschlungen, sie erschrickt und will ihn wegstoßen, aber nur im ersten Moment. Im zweiten will sie sich fallen lassen, weil sie in Hans' Armen plötzlich wieder diese Aufbruchsstimmung spürt, den Hauch der großen Freiheit wie vorhin auf der Straße. Sie hat sich nicht geirrt, da gibt es eine Kraft, die größer ist als

Hitler, und wie fern scheint ihr plötzlich das Elternhaus mit den nicht zu hinterfragenden Dogmen von Nationalsozialismus und Moral. Sie fühlt sich, als wäre sie erst heute ein selbstständiger Mensch geworden. Sie drückt ihren Körper noch fester an Hans.

Ein Kuss nur, flüstert er, ein Kuss auf diesen besonderen Tag!, und sie küsst ihn auf die Lippen, aber natürlich will er mehr. Wie immer, immer mehr, ein Hauch von etwas reicht ihm nicht: Du kannst einem toten Mann seinen letzten Wunsch doch nicht abschlagen!

Bist du denn ein toter Mann?, fragt sie und lacht, aber dann denkt sie daran, was er vorhin gesagt hat, *Darauf haben wir hingearbeitet, Alex und ich, und Sophie.* Kurz schaudert sie.

Wenn du mich nicht erhörst, Gisela, antwortet Hans, dann sowieso, dann muss ich mich nämlich umbringen.

Sag so was nicht, du machst mir Angst!

Ach ja, die Angst, beängstigende Zeiten sind das, aber heute hat der Freiheitsdrang gesiegt, jetzt kann es nicht mehr lange dauern! Lass uns das feiern, Gisela, anständig miteinander feiern!

Dann verspricht er ihr noch, dass er sie auch bestimmt heiraten wird, wenn der Krieg erst vorbei ist: Jetzt kann es ja nicht mehr lang dauern!

Und heute glaubt Gisela ihm, glaubt ihm beides, weil sie so gern glauben will.

Der Aufstand der Münchner Studentenschaft endet ebenso abrupt, wie er begonnen hat. Die allermeisten der Demonstranten haben sich sehr schnell wieder auf die eigenen Probleme besonnen, auf Prüfungsvorbereitungen und Wehrsportübungen, oder die Strafandrohungen des Gaustudentenführers haben doch noch gefruchtet.

Die politische Führungsriege scheint fest dazu entschlossen zu sein, die ganze Sache zu vergessen. In den Zeitungen erscheint kein einziges Wort zu den Vorfällen. Die wenigen festgenommenen Studentinnen und Studenten werden allesamt gleich am nächsten Tag und mit geringfügigen Strafen wieder entlassen. Eine Zeit lang kursieren noch Gerüchte, dass der Gauleiter oder der Gaustudentenführer oder alle beide von Demonstranten in die Isar geworfen worden seien. Dann versiegen auch diese Geschichten und auf den Münchner Straßen, in der Münchner Universität ist es stiller als zuvor.

Winter 1943.

Die Stadt geht über vor Russen. In der orthodoxen Kirche herrscht sonntags ein Gedränge wie noch nie, der Pope erzählt, dass er gar nicht mehr nachkommt mit dem Bestellen von neuen Kruzifixen und Ikonen. Nichts haben sie, die sogenannten Ostarbeiter, kaum genug zum Überleben, aber nach Kruzifixen und Ikonen verlangen sie beständig, nur nach diesem kleinen Hoffnungsschimmer.

Alex' Rucksack ist vollgestopft mit Brot und Selbstgestricktem von Njanja. Den ganzen Herbst hat die Ärmste damit verbracht, alte Pullover aufzutrennen und aus der gewonnenen Wolle Fäustlinge zu stricken. Das sind die einzigen Stunden gewesen, die Alex zu Hause ertragen konnte: an Njanjas Seite mit einer Tasse russischem Tee, Sing, Njanja, sing etwas!, und dann hat sie gesungen, von Kosaken und Kadetten und immer wieder *Kalinka moja*, vor den Fenstern fiel der Schnee in rauen Mengen und er konnte sich vorstellen, in Russland zu sein. Er dachte an Nelly, in der Erinnerung ist er verliebt in sie, ist verliebt in die Erinnerung an sie, stellt sie sich vor in ihrer zugigen Wohnung oder bei ihrem Bruder in den Wäldern bei dieser Eiseskälte, und doch hätte er jetzt alles gegeben, um bei ihr zu sein. Wann immer es geht, trägt er nun seine Russenbluse und den Wintermantel und die Pelzmütze, und von der Uniform überhaupt nur noch die Stiefel, ausgerechnet die einst so verhassten Stiefel. Jetzt aber tragen sie russische Erde in ihren Profilen, und Alex weigert sich standhaft, sie zu putzen. So steht er also in Wahrheit doch immer auf russischer Erde, egal, wohin er geht.

Sein Fahrrad rollt über schneeverwehte Straßen, es geht ganz leicht, auch der Rucksack wiegt nicht schwer, da vorn erhebt sich schon der Zaun. In den heruntergekommenen Baracken dahinter sind einige der Männer untergebracht, die in einem hiesigen Rüstungsunternehmen eingesetzt werden, Alex kennt sie aus der Kirche vom Sehen. Mit ihnen zu sprechen ist strengstens verboten, Alex hat es trotzdem versucht, sie haben immer nur scheu und einsilbig geantwortet, vermutlich aus Angst vor Strafen. Als sie hier angekommen sind, hat der Pope erzählt, war kaum einer von denen gleich für die Arbeit einsatzbar, so schwach und kränklich sind sie allesamt gewesen, man hat sie erst einmal aufpäppeln müssen. Auch viele Mädchen hat man hergebracht, die nun wie Sophies Kolleginnen in Fabriken arbeiten oder als Mägde auf Bauernhöfen, als Haushaltshilfen bei deutschen Familien. Christels Frau hat ein solches Mädchen zugeteilt bekommen, eine junge Ukrainerin. Eine echte Slawin durch und durch, hat Christel geschrieben, sie sei nur fürchterlich verschreckt, man kann nur ahnen, was sie schon alles durchgestanden haben muss in ihren jungen Jahren, und dann gebe es da ja noch die Sprachbarrieren. Aber immerhin sei es gut, wenigstens einer von den vielen Verlorenen ein angenehmes Heim zu schaffen.

Alex steigt vom Fahrrad ab und nimmt den Rucksack vom Rücken, er späht zwischen den Gitterstäben des Zaunes hindurch, hofft, einen Blick werfen zu können auf einen seiner russischen Brüder. Darum bin ich noch hier und nicht in Russland, oh nein, Deutschland braucht mich nicht, aber ihr, ihr könnt mich noch gebrauchen!

Da endlich schleicht ein junger Kerl aus der Baracke, ein Kind fast noch und unterernährt, vielleicht zu unterernährt für die Arbeit, erschrocken blickt der Junge ihn an.

Priwjet! S nowym godom!, ruft Alex ihm zu, er kann es sich nicht verkneifen, wenigstens ein »Hallo« und ein verspätetes »Prosit Neujahr«, der Junge blickt ihm erschrocken entgegen. Da hat Alex aber schon das Paket aus dem Rucksack geholt, das Paket mit dem Brot und den vielen Fäustlingen darin. Er schleudert es mit einiger Geübtheit über den Zaun hinweg, der Junge schaut immer noch, das Paket fällt lautlos vor seine Füße in den tiefen Schnee. Jetzt erst scheint er zu verstehen. Blitzschnell greift er danach und versteckt das unverhoffte Geschenk unter seinem flatternden Hemd, seine Lippen formen das Wort *Spasiba*, dann verschwindet er eilig wieder in seiner Baracke. Alex springt aufs Fahrrad und fährt, so schnell er kann. Kein Aufseher, kein zufälliger Beobachter soll ihn erwischen können, er kommt ganz außer Atem dabei, nicht nur wegen der Anstrengung. Aber auch diesmal hat alles hingehauen, auch diesmal wird er nicht verfolgt.

Als er weit genug gekommen ist, hält er kurz an, bis sich sein Herzschlag wieder beruhigt hat. Er versucht zu schätzen, wie viele Männer in den Fabrikbaracken untergebracht sind, vielleicht siebzig, achtzig, einhundert höchstens. In Berlin soll es Gefangenenlager geben, die zehn Mal so groß sind. Man müsste nur die richtige Kleidung auftreiben und sich abends einer der vielen Kolonnen anschließen, die aus den Fabriken zurückkehren, ein Fremder unter Fremden, niemand kann in einem so großen Lager jeden kennen, nicht einmal die Aufseher. Und wenn ihn doch jemand fragte, wer er eigentlich sei, würde er antworten: Weißt du das denn gar nicht? Ich bin doch Sascha, Sascha aus Gshatsk!

In keinem Groschenroman würde so etwas funktionieren, und doch, allein die Vorstellung macht Alex gleich ruhiger. Untertauchen, verschwinden, wenn schon nicht in Russland, so doch wenigstens unter Russen, und lange kann dieser Krieg ohnehin nicht mehr dauern. Er fängt wieder an zu treten, sein

Rucksack ist viel leichter als zuvor und drückt ihn doch schwerer auf die Schultern, das Fahrrad kommt kaum noch vom Fleck. Er fährt zu Hans und Sophie, wie jeden Abend. Alex hat mittlerweile sogar schon einen eigenen Schlüssel für die Scholl'sche Wohnung erhalten.

So oft, wie du hier bist!, hat Hans gesagt und dabei wie Lilo geklungen, gemeint hat er aber etwas ganz anderes. Die gesamte Wohnung ist nämlich voll Beweismaterial. Sollte Sophie etwas zustoßen, sollte ihm selbst etwas zustoßen, würde Alex zumindest noch Zugriff haben, »aufräumen« können. So direkt würde Hans das natürlich nie formulieren, nicht einmal denken würde er daran.

Die Natur einer Geheimorganisation ist, dass sie geheim bleibt, sagt er immer. Auf jedes »aber wenn« und »gesetzt den Fall« reagiert er ärgerlich, es darf kein Wenn und Aber und keine gesetzten Fälle geben, es gibt nichts als einen Plan A.

Manchmal sagt er aber auch: Wenn wir auffliegen, setze ich mich eben in Jugoslawien ab.

Als wäre das das Einfachste der Welt.

Es ist bereits dunkel geworden, als Alex bei Hans ankommt, keine Straßenlaterne leuchtet den wenigen Menschen auf den Straßen oder den unzähligen Alliierten in ihren Flugzeugen den Weg. Alex erinnert sich, wie er letztes Jahr zu Hans gekommen ist, zu ihrer eigenen stillen Weihnachtsfeier, heute scheint ihm dieses Weihnachten so fern wie seine Heimat. Das Haustor ist noch nicht abgesperrt, Alex geht hindurch und über den Hof zum Hinterhaus. Noch bevor er seinen Schlüssel in die Wohnungstür stecken kann, wird sie auch schon aufgerissen. Überraschenderweise ist es nicht Hans und nicht Sophie, sondern Willi, der ihm öffnet.

Wir haben deine Schritte gehört, sagt Willi zur Begrüßung, und dachten, es sei Professor Huber.

Seid ihr jetzt enttäuscht?, fragt Alex. Er hat es natürlich spaßhaft gemeint und doch ist ihm der Tonfall irgendwie beleidigt geraten.

Natürlich nicht!, sagt Willi hastig, Herein mit dir!

Hans kommt so schwungvoll mit dem frisch gebrühten Tee angerannt, dass er ihn beinahe verschüttet.

Für später sei auch Wein im Haus, erklärt er währenddessen, der Hausmeister habe sich als tadelloser Schwarzhändler erwiesen, hier würde es an nichts fehlen. Und so hat man zumindest etwas gegen ihn in der Hand, sollte er doch einmal etwas mitbekommen.

Irgendetwas fehlt, denkt Alex, aber da fällt ihm schon auf, was es ist, wer es ist.

Die arme Sophie ist nach Ulm beordert worden, erklärt Hans, der Mutter geht es immer noch nicht besser und nun ist auch noch Inge krank geworden.

Alex wundert sich darüber, wie sehr er Sophie jetzt vermisst. Aber seit er aus Russland zurückgekommen ist, hat sie sich ihm gegenüber nie mehr seltsam benommen, nie hat sie grundlos gekichert oder ist im Gespräch mit ihm ins Stottern gekommen, und obwohl sie ihn immer noch »Schurik« nennt, klingt es jetzt nicht mehr seltsam. Bei der Arbeit in der Fabrik hat sie wohl genug Zeit gehabt, um nachzudenken. Auch über ihn.

Ja, jetzt vermisst er Sophie, vor allem ihre Ruhe, denn Hans redet und redet, was ist nur aus dem innigen Schweigen geworden? Alex setzt sich auf einen der Stühle und zündet seine Pfeife an, denkt erst an Sophies sanfte und dann an Nellys feurige Augen, sieht Hans eine Zeit lang beim Reden zu, ohne ihm zuzuhören, und denkt: Jetzt verstehe ich, was meine Stiefmutter mit den »fanatischen Augen« meint.

Und immer spricht Hans über die Demokratie, als wäre sie schon da, als ginge es nur noch darum, ein paar lästige

Details auszuhandeln. Er scheint kurz davor, Ministerposten zu vergeben.

Vielleicht ist das alles ja gar nicht das Richtige, denkt Alex trotzig, vielleicht folgt auf den Nationalsozialismus ein Zarenreich, mit einem gütigen, gottgläubigen Väterchen auf dem Thron, aber dann wiederum ist das hier Deutschland. Was bedeutet hier schon Güte und Gottgläubigkeit, was verstehe ich schon von Deutschland, woher soll ich wissen, was das Beste ist für dieses Land, nur dass der Hitlerstaat enden muss, das weiß ich, ein Hundertstel vom Tausendjährigen Reich ist mehr als genug.

Und Hans redet und redet und Willi nickt immerzu und Alex versteht ihre Sprache nicht mehr.

Die Flasche Wein ist bereits zur Hälfte ausgetrunken, Willi und Hans sind dabei schon ganz lustig geworden mit ihren Zukunftsfantastereien, als es an der Wohnungstür klingelt.

Der Professor!, flüstert Hans mit leuchtenden Augen und erhebt sich feierlich.

Huber huscht herein wie einer, der nachts zu einer Geliebten eilt. Er blickt noch nervös über die Schulter, als Hans die Tür schon längst geschlossen hat, Hut und Mantel behält er an. Einer, der jederzeit auf und davon sein kann, denkt Alex, für den noch nichts entschieden ist. Für einen kurzen Moment beneidet er ihn dafür.

Als Huber Willi erblickt, zieht er überrascht die Augenbrauen hoch, murmelt aber nur: Das hätte ich mir ja denken können!, und Willi grinst ein wenig entschuldigend.

Hans schleppt einen bequemeren Sessel aus Sophies Zimmer heran, der Professor lässt sich hineinsinken und wirkt jetzt noch kleiner als ohnehin, das angebotene Glas Wein lehnt er ab.

Kommen wir gleich zum Punkt, meine Herren!, brummt er,

und bei dem Wort »Punkt« klatscht er die Zettel mit den handgeschriebenen Flugblattentwürfen auf die Tischfläche.

Schmorell, sagt er dann und schiebt Alex dessen Notizen hinüber, mit einer Mischung aus zur Schau gestellter Gleichgültigkeit und nicht zu übersehender Abscheu. Genau so hat der Lateinlehrer Alex früher immer die Klausuren zurückgegeben, nicht umsonst ist er in Latein durchgefallen.

Schmorell, wiederholt der Professor streng, das ist kommunistische Phrasendrescherei ohne Leitidee, völlig unbrauchbar.

Das ist was ...?, aber Huber lässt Alex gar nicht ausreden, stattdessen wendet er sich Hans zu: Aus Ihrem Entwurf, Herr Scholl, kann man hingegen durchaus etwas machen!, und schon grinst Hans mit der stolzen Eitelkeit eines Musterschülers.

Es ist alles noch etwas ungelenk formuliert, wendet Huber rasch ein, gewisse Gedanken sind nicht zu Ende gedacht, aber doch, daraus kann man durchaus etwas machen. Mir gefällt die Argumentation, dass wir Deutschen ein Volk ohne Land sein werden, wenn der Krieg erst so schmachvoll zu Ende gebracht wird, wie es zurzeit den Anschein hat ... Höre ich da etwas Thomas Mann heraus? Aber bevor wir schon auf solche Einzelheiten eingehen, meine Herren: Dieses Emblem, diese Weisse Rose muss verschwinden. Wir sind doch kein Jungfernverein. Ein Aufruf von Deutschen an alle Deutsche, das ist stärker als alle Fantasienamen!

Hans und Willi nicken begeistert und Alex ist überrascht, wie rasch Hans den von ihnen beiden gegründeten Geheimorden aufgibt. Nicht, dass er selbst besonders an dem Namen hängt, es ist ja von vornherein Hans' Idee gewesen, und wahrscheinlich hat Huber sogar recht mit seinen Ansichten. Es ist tatsächlich nicht mehr die Zeit für elitäre Wortklaubereien, allerdings hat Alex die »kommunistische Phrasendrescherei« noch nicht verdaut, er spürt, wie ihm das Blut wieder ins

Gesicht steigt. Was weiß ein Deutscher schon vom wahren Russland und wie wenig es mit dem Kommunismus zu tun hat, und was weiß ein Philosoph von leeren Phrasen und Leitideen, wenn er doch immer nur mit Logik liest und niemals mit dem Gefühl eines Künstlers, was haben Huber und Schmorell schon gemeinsam?

Den Feind, denkt Alex, eigentlich nur den. Und in Tagen wie diesen, wo Freundschaften vor allem Schicksalsgemeinschaften sind, muss das genügen. Er lässt Huber, Hans und Willi reden und raucht still seine Pfeife.

Winter 1943.

Ein junges Paar stapft auf den Bahnhof zu, vielleicht wollen sie zu den Brauteltern fahren oder eine Reise machen, auf jeden Fall fahren sie für längere Zeit fort, je einen schweren Koffer tragen sie in jeder Hand. Würde man sie fragen, was sich in diesen Koffern befände, würden sie sagen: Wäsche.

Aber niemand fragt, warum sollte auch jemand fragen, sie sehen nur allzu alltäglich aus, wie sie da nebeneinanderher gehen, leise ins Gespräch vertieft.

Sophie hat sich ausgedungen, dass sie diese Botenfahrt unternehmen darf, obwohl Hans strikt dagegen gewesen ist. Niemand ist so unverdächtig wie ein junges Mädchen!, hat sie argumentiert: Niemand ist so unverdächtig wie ich!

Das hat Hans dann eingesehen: Aber pass auf dich auf, und keine unnötigen Risiken! Sophie hat nur mit den Augen gerollt und gelächelt.

Dass Alex der zweite Kurier sein soll, ist schnell entschieden gewesen, denn er kann als Einziger die Fahrkarten ohne Probleme von seinem Taschengeld bezahlen. Alex selbst hat bei seiner Zusage weniger an die Gefahren der Fahrt gedacht als an die verlockende Möglichkeit, endlich wieder dieser Stadt zu entkommen, dem Elternhaus, Hans' Wohnung, sogar Lilo, einfach wegzufahren, weg.

Alex und Sophie versuchen, auf ihrem Weg zum Bahnhof nur über Belanglosigkeiten zu plaudern, falls jemand zuhört. Aber sofort verlieren sie den Faden, wenn ihnen ein Mann in

Uniform entgegentritt, oder ein Mann ohne Uniform, Menschen, die ihnen verdächtig nahekommen, nur um dann freundlich zu grüßen oder sich wortlos an ihnen vorbeizuschlängeln, und Sophie erzählt mit zittriger Stimme von ihren letzten Wanderungen und Skitouren.

Am besten wäre es, denkt Alex, auf allen Seiten Augen zu haben, und ständig eines nur auf die Koffer gerichtet und eines Richtung Russland, aber wie der Mensch beschaffen ist, muss er eben immer nach vorne blicken, ob er nun will oder nicht.

Sie erreichen endlich den Bahnhof, am Bahnsteig trennen sich ihre Wege, Sophie muss nach Augsburg, Alex Richtung Wien. Sophie küsst ihn zum Abschied auf die Wange: Pass auf dich auf, Schurik! Du auch! Aber ihr Zug steht schon abfahrbereit, Sophie hievt die beiden Koffer in den Waggon. Alex fürchtet, jemand könnte anbieten, ihr dabei behilflich zu sein. In einem Koffer fühlt sich Papier doch nicht anders an als etwa Wäsche, niemand könnte ahnen, was sich wirklich darin befindet, aber trotzdem, er zittert ein wenig. Bald sieht er Sophies Gesicht in einem der Zugfenster auftauchen, sie lächelt und winkt: Alles in Ordnung. Er atmet auf und geht zu dem anderen Bahnsteig hinüber, zu seinem Zug nach Wien. Via Salzburg, via Linz.

Sophie und er haben alles ganz genau erörtert und abgesprochen: die Koffer nicht zum Sitzplatz mitnehmen, sondern im Gepäckfach neben dem Einstieg stehen lassen, nach kurzer Zeit wird sich niemand mehr so genau daran erinnern können, wer sie dort abgestellt hat. Belastendes, gar wehrkraftzersetzendes Material, soso, aber meine Koffer sind das nicht, ich schwöre!

Der Zug ist überraschenderweise nicht so restlos überfüllt wie die meisten dieser Tage, Alex ist sich nicht sicher, ob das gut für ihn ist oder schlecht, hastig stellt er seine Koffer ins

Gepäckfach und sucht sich einen Sitzplatz am anderen Ende des Waggons. Als der Schaffner kommt und nach dem Reisebillett verlangt, beginnt Alex aufs Neue zu zittern.

Reiß dich zusammen, Sophie zittert sicher nicht so fürchterlich wie du, aber dieser Gedanke bringt seine Hände auch nicht zum Stillhalten. Ein Glück nur, dass der Schaffner über keinerlei Menschenkenntnis verfügt, geduldig wartet er, bis Alex umständlich erst das Portemonnaie aus der Hosentasche und dann die Fahrkarte aus dem Portemonnaie geklaubt hat.

Wien, via Salzburg und Linz, liest der Schaffner so laut vor, als sei Alex' Reiseroute die Sache des gesamten Waggons, dann wünscht er noch eine angenehme Fahrt, keinen Ausweis will er sehen und keine Reiseerlaubnis der Wehrmacht. Letztere hat Alex gestern Abend noch eigenhändig gefälscht und, wie er befürchtet, nicht besonders überzeugend.

Alex steckt das Portemonnaie wieder in die Hosentasche und lehnt sich zurück.

Sie wollen so tun, als würden sie schlafen, haben Sophie und er ausgemacht, niemand spricht einen Schlafenden an, unverdächtiger als der Schlafende ist nur noch der Tote. Die Kunst aber ist es, dabei nicht wirklich einzuschlafen, der Geist muss immer wach sein und für alle Eventualitäten gerüstet. Sophie wird das sicherlich gelingen, denkt Alex, sie hat die Willenskraft dazu.

Dieses fünfte Flugblatt hat ihn viele Nächte gekostet, bis in die Früh hat er oft an der Schreibmaschine gesessen oder an dem brandneuen, leistungsfähigeren Vervielfältigungsapparat gestanden, danach hat er zusammen mit Hans, Willi und Sophie, manchmal auch Traute Abertausende Zettel gefaltet und Kuverts zugeklebt. Diese sind ihnen jedoch ziemlich bald ausgegangen, Kuverts sind streng rationiert mittlerweile, und nicht einmal Sophie mit ihren Rehaugen und ihrer Geschichte vom

Verlobten in Stalingrad hat noch irgendwo welche auftreiben können. Also haben sie letztendlich die Adressen einfach direkt auf die gefalteten Blätter geschrieben, und wie unzählbar viele Adressen das gewesen sind, wahllos aus dem Telefonbuch abgeschrieben die meisten, Huber hat ihnen auch sein Studentenverzeichnis zur Verfügung gestellt.

Alex gibt es ungern zu, aber letztendlich ist er doch ganz zufrieden gewesen mit der Arbeit des Philosophieprofessors. Immerhin sind ihm tatsächlich einige schön prägnante Sätze gelungen: *Zerreißt den Mantel der Gleichgültigkeit, den Ihr um Euer Herz gelegt!* Und dass man sich von der Bolschewikenschreck-Propaganda nicht täuschen lassen soll, dass alle Völker, jeder einzelne ein Recht auf die Güter der Welt hat, das hat beinahe wortgleich auch in Alex' eigenem Entwurf gestanden. Das Flugblatt wird seine Wirkung nicht verfehlen, da ist Alex sich sicher.

Die ganze Produktion ist überhaupt nur möglich gewesen, weil Hans in den Weihnachtsferien noch einmal zu Grimminger gefahren ist, und diesmal hat er das Geld sofort bekommen. Verzweifelte Lagen verlangen nach verzweifelten Taten, soll Grimminger gesagt haben, das Fiasko in Stalingrad lässt niemanden kalt. In München hat Sophie das Geld sofort in Verwahrung genommen: Damit wir unsere Ziele erreichen, müssen wir es uns gut einteilen. Und du weißt, Hans, das ist deine Sache nicht!

Mit diesem Geld und zahlreichen durchwachten Nächten haben sie mehrere Tausend Flugblätter hergestellt – Hans sagt, es sind zehntausend mindestens, dann sind es wohl etwas weniger, Alex hat schon lange zu zählen aufgehört. Da die Wohnung der Scholls bereits übergegangen ist vor lauter bedrucktem Papier, hat Alex die Flugblätter kistenweise zu Lilo geschleppt, und als die Abstellkammer voll gewesen ist, hat er sie im Keller gestapelt. Während des nächtlichen Bombenalarms saß Lilo dann wie versteinert zwischen all ihren Nachbarinnen auf den Kisten mit dem hochverräterischen Inhalt: Das geht so nicht mehr, Alex, das muss alles fort!

Inzwischen hat Hans glücklicherweise die Schlüssel zu Eickemeyers Atelier erhalten: Solange er in Polen ist, braucht er es ja nicht!

Den Architekten hat er allerdings lieber im Glauben gelassen, er wolle dort nur wieder seine Leseabende veranstalten und viel Wein trinken, sicher ist sicher. Platz gibt es im Atelier jedenfalls mehr als genug, für den großen Vervielfältigungsapparat und auch für die Flugblätter. Nur wurden diese ja eigentlich nicht hergestellt, um dann in dunklen Atelierräumen zu vermodern, und so ist dann die Idee mit den Kurierfahrten aufgekommen.

Und stellt euch vor, wie die Gestapo Augen machen wird, hat Sophie fantasiert: Gerade noch eine kleine Münchner Widerstandszelle, und plötzlich kommen die Flugblätter aus Hamburg, aus Augsburg, aus Wien. Und was wir uns an Portokosten ersparen!

Nach Hamburg sollte Traute die Flugblätter bringen, wenn sie wieder einmal ihre Familie besucht, blieben also Augsburg, Stuttgart, Frankfurt am Main für Sophie, Salzburg, Linz, Wien für Alex. Nicht Innsbruck, absichtlich nicht Innsbruck, vor wenigen Tagen ist Christels Tochter auf die Welt gekommen. Ein Mädchen, endlich das lang ersehnte Mädchen, und Gott sei Dank gesund!, Christel hat seinen Sonderurlaub auch dazu genutzt, um Hans und Alex persönlich die frohe Nachricht zu überbringen, und nachdem das Wichtigste zur kleinen Katja gesagt gewesen ist, haben sie wieder lange und hitzig über die politische Lage diskutiert. Alex ist aufgefallen, dass Hans sich keine Mühe mehr macht, irgendetwas geheim zu halten, weder im Gespräch noch in seiner Wohnung, die Stapel mit den

Flugblättern sind nur nachlässig an die Wand geschoben gewesen, nicht einmal ordentlich abgedeckt.

Ach, von Christel geht doch keine Gefahr aus, der ist auf unserer Seite wie kaum ein anderer, hat Hans geantwortet, als Alex ihn später darauf angesprochen hat.

Ich spreche ja auch nicht von einer Gefahr für uns, Hans, sondern umgekehrt.

Aber da hat Hans schon gar nicht mehr zugehört, er ist in Gedanken wohl wieder bei irgendwelchen neuen Unternehmungen gewesen, die den Umsturz herbeiführen und diesmal wirklich und diesmal endgültig, und jede noch so kleine Vorsicht ist für ihn dann nicht mehr als ein nutzloses Hindernis.

Diese Blonde, diese Gisela, läuft in Hans' Wohnung mittlerweile sowieso ein und aus, wie sie will, oder besser gesagt, wie Hans es will, er nimmt sie sogar ins Atelier mit, auch zu den nächtlichen Aktionen, zum Tippen und Vervielfältigen und Diskutieren, da sitzt sie dann die ganze Zeit über stumm und scheu wie ein Kaninchen in der Ecke.

Alex hat mit Gisela bisher kaum zehn Worte gewechselt. Irgendwie hat er immer das Gefühl, dass sie Angst vor ihm hat. Vielleicht weil er Russe ist. Dann wiederum scheint sie manchmal auch vor Hans Angst zu haben, und sogar vor Sophie. Na bitte, wenn Hans so eine gefällt, Alex' Problem ist es ja nicht. Solange sie nur nichts ausplaudert.

Als der Zug in Salzburg hält, schreckt Alex auf. Er ist wohl doch ein wenig eingeschlafen, da ist wieder ein Hauch von Russland in seinem Kopf, ein Kinderlied und ein Brennen auf der Zunge, die Überreste eines Traumes. Nun mahnt er sich zur Konzentration, sofort sucht sein Blick nach den beiden Koffern, da stehen sie noch brav nebeneinander im Gepäckfach wie zwei stramme Soldaten. Im schwarzen Koffer sind die Flugblätter für Salzburg und Linz, im braunen die für Wien. Die österreichischen Adressen haben Sophie und er dem Telefonbuch entnommen, das im Deutschen Museum ausliegt, so zufällig wie nur möglich, da wird die Gestapo kein Muster finden können, keine Spuren sind zurückzuverfolgen. Alex greift nach den beiden Koffern und steigt aus, durchquert rasch die Bahnhofshalle, in der es recht geschäftig zugeht, niemand interessiert sich für ihn und seine Koffer. Vor dem Gebäude findet er sofort einen Briefkasten, sogar etwas versteckt angebracht in einer schattigen Seitengasse. Kurz lässt er seinen Blick noch umherschweifen, nein, niemand da, der ihn beobachten könnte, dann öffnet er den schwarzen Koffer. Schon sind die Blätter mit den Salzburger Adressen verschwunden in dem Briefkastenschlund, schon ist nicht mehr eindeutig festzustellen, wer sie da hineingeworfen hat. Schnell ist das gegangen, viel schneller, als er gedacht hat, er erreicht den nächsten Zug ohne Mühe und kann kaum glauben, wie einfach das gewesen ist. Schon kommt ihm die Reibungslosigkeit verdächtig vor, er ist paranoid, das weiß er, diese ständige Angst, kann es denn nicht sein, dass Gott einfach auf ihrer Seite ist? Hans und Huber wüssten dazu sicherlich etwas zu sagen, Leibniz und so weiter. Alex weiß nichts, er hofft nur, dass Sophie gerade genauso viel Glück hat wie er.

Linz ist die nächste Station, die sogenannte Führerstadt, wo Hitler einst die Schulbank drückte. Es ist kaum vorstellbar, Alex scheint es, als wäre Hitler schon mit Rotzbremse auf die Welt gekommen, von Anfang an mehr Karikatur als Mensch, stünde nicht alles auf dem Kopf, man würde nur lachen.

Alex ist froh darüber, sich nur wenige Minuten lang in Linz aufhalten zu müssen, wieder findet er sofort einen Briefkasten, wieder ist niemand da, um zu sehen, wie er sich der restlichen Briefe aus dem schwarzen Koffer entledigt und scheinbar seelenruhig zum nächsten Zug nach Wien schlendert.

Und diesmal zeigt er seine Fahrkarte schon beinahe ohne

Zittern vor, und wieder will der Kontrolleur von Ausweis oder Reiseerlaubnis nichts wissen. Alex beschließt, es zu riskieren und sich das letzte Stück bis nach Wien nicht mehr schlafend zu stellen, stattdessen raucht er, verbraucht den letzten Rest seiner monatlichen Tabakration. Der Rauch schmeckt ihm so gut, wie einem nur letzte Dinge schmecken können, und dabei denkt er an seinen ersten und bisher einzigen Besuch in Wien. Zu Pferd wie ein Kreuzritter ist er da eingezogen in Hitlers lächerlichem Triumphzug zum »Anschluss«, ein Triumph ganz ohne Schlacht. Fünf Jahre ist das erst her, trotzdem scheint Alex die Erinnerung daran seltsam verschwommen, er hat damals ja nichts anderes im Kopf gehabt als immer nur Angelika. Wenige Wochen zuvor hatte sie den Herrn Schuldirektor geehelicht, wie unbedeutend schien Alex damals Hitler und dessen Einverleiben Europas verglichen mit seinem eigenen bodenlosen Unglück. Damals hätte er ohne zu zögern die Zukunft der ganzen Welt geopfert für seine Zukunft mit Angelika. In Wien wird er wohl überhaupt nichts mehr wiedererkennen, denkt er jetzt, so sehr ist die Stadt damals hinter dem Schleier seines Liebeskummers verborgen gewesen. Nur der Lärm ist ihm in Erinnerung geblieben, der Jubel der Wiener über die »Heimholung«, und ein paar verschmierte Geschäftsfassaden, Davidsterne und Schimpfwörter in öliger Farbe. Und trotzdem hat er an nichts als an Angelika denken können, damals. Es ist gut, dass sie ihn endgültig verlassen hat, etwas musste ja einmal geschehen.

Als Alex' Zug in Wien ankommt, ist es draußen bereits dunkel geworden. Straßenlaternen spenden etwas Licht, noch darf Wien erstrahlen, noch kümmern sich die Alliierten nicht um diese Stadt. Oh, du glückliches Österreich, warum hast du nur den Führer in die Welt hinausspucken müssen, Alex verteilt den Inhalt des braunen Koffers auf mehrere Briefkästen, die er rund um den Bahnhof findet. Dann ist es vollbracht. Dann ist er kein Verräter mehr, sondern nur noch ein komischer Kauz mit zwei leeren Koffern.

Mit dem Abfall der Anspannung aber kommt die Müdigkeit, legt sich über ihn wie eine schwere Decke und will ihn ersticken, Alex ist versucht, sich einfach auf einer der Sitzbänke am Bahnhof auszustrecken. Aber das ist zu riskant, man könnte ihn für einen Bettler halten, einen Asozialen. Nichts lieber als das, einfach als Landstreicher durch die Welt ziehen und von dem leben, was einem in die Finger fällt, ganz und gar frei, aber Nazis haben nun einmal kein Verständnis für Vagabunden.

Geld hat Alex mehr als genug bei sich. Seit einigen Tagen trägt er sein gesamtes Erspartes ständig mit sich herum, außerdem ein aktuelles Passfoto, nur für alle Fälle. Wenn Hans davon wüsste, würde er ihn wohl auslachen. Oder, sogar wahrscheinlicher, ärgerlich werden: Es liegt doch in der Natur einer Geheimorganisation, dass sie geheim bleibt ..., ja, sicher hat Hans recht damit, aber die Geheimorganisation liegt nun einmal nicht in der Natur von Alex: Heute bin ich davongekommen, und vielleicht werde ich wieder davonkommen und wieder, aber wie lange kann ich noch so leben, nur von einem knappen Entrinnen ins andere? Ich bin eben nicht geboren für den Untergrund, ich brauche das Licht und die Luft, brauche die endlosen Weiten der russischen Landschaft und nicht die engen Grenzen der Geheimnistuerei, und warum zittere ich schon wieder, höre nicht mehr auf zu zittern, ist doch weit und breit keine Menschenseele zu sehen.

Alex sagt sich, dass er im Moment nichts als ein Bett braucht und ein wenig Schlaf, ein Zimmer für die Nacht, dann wird es schon wieder gehen. Es ist mehr Vernunft als Gefühl.

Am 3. Februar 1943 wird die deutsche Niederlage bei Stalingrad offiziell verkündet.

Februar 1943.

Alex geht nicht mehr nach Hause.

Weil ich kein Zuhause mehr habe, erklärt er, und Hans fragt nicht lange nach.

Bis weit nach Mitternacht ziehen sie noch mit Willi durch ganz München und verstreuen überall Flugblätter, trotz der Kurierfahrten haben sie noch viel zu viele davon, und bald soll Nachschub kommen, Huber arbeitet bereits am nächsten. Stalingrad muss die Flamme sein, die den Flächenbrand befeuert, jetzt gibt es keinen Weg mehr als den Frieden, jetzt müssen alle es erkennen!, nicht einmal Ausreden haben sie sich mehr einfallen lassen für den Fall, dass sie erwischt werden. Sie werden nicht erwischt, wieder nicht, Hans tastet noch einmal nach der Pistole in seiner Jackentasche. Ein Relikt aus der Zeit, als er noch Offizier werden wollte, seit damals unbenutzt, jetzt gibt sie ihm zumindest das Gefühl, nicht ganz so schutzlos zu sein. Er legt einen letzten Stapel Flugblätter in einem Hauseingang ab, dann schlendern sie gemächlich zur Wohnung zurück wie drei Nachtschwärmer, die vom Tanzen kommen oder von einem heimlichen Treffen mit Mädchen. Sie lachen viel und reden laut. In der Tür wartet schon Sophie mit verschränkten Armen: Ich dachte, ihr kommt gar nicht mehr!

Ach Sopherle, zieh kein solches Gesicht, hol lieber den Wein aus dem Küchenkasten, ein guter Tropfen beruhigt die Nerven!

Viel trinken sie aber nicht an diesem Abend, nach wenigen Schlucken schon wird ihre heitere Ausgelassenheit von der

Müdigkeit verdrängt, bleierne Müdigkeit und eisige Angst, beides ist lähmend. Willi verabschiedet sich recht bald und auch Sophie zieht sich in ihr Zimmer zurück, Hans richtet neben seinem Bett auf dem Fußboden aus groben Wolldecken, ein paar Zierkissen und einem Schlafsack ein Nachtlager für Alex her.

Schlaf gut, Alex!

Du auch!

Aber sie wissen beide, dass das nicht mehr als eine Floskel ist. Im Dunkeln hält nichts mehr die düsteren Gedanken zurück, ungehemmt kreisen sie in den Köpfen. Gedanken daran, was kommen wird, wenn nicht bald etwas geschieht. *Hitler kann den Krieg nicht mehr gewinnen, sondern nur noch verlängern.* Aber wie lange noch? Jeder neue Kriegstag bringt zahlreiche Todesopfer und genauso viele Möglichkeiten, den Nazis doch noch in die Falle zu gehen. Wer wird wohl mehr Durchhaltevermögen beweisen: Hitler und seine Schergen oder ein Haufen schlafloser Studenten?

Hans wälzt sich stundenlang in seinem Bett hin und her wie ein Fieberkranker und hört, dass es Alex nicht besser geht. Einmal knarren die Holzdielen, dann raschelt die Wolldecke, dann wieder rafft Alex sich endgültig auf und schleicht aus dem Zimmer, aus der Wohnung hinaus, vielleicht auf die Toilette oder sonst wohin, Ausschau halten, Ausschau wonach?, dann wird Hans jedes Mal von der irrationalen Furcht geplagt, Alex könnte nicht mehr wiederkommen. Aber er kommt immer wieder, legt sich auf seine Schlafstätte zurück, je angestrengter er dabei versucht, leise zu sein, desto mehr Lärm macht er. Und wenn er doch irgendwann einmal kurz einnickt, spricht er im Schlaf.

Was sagst du da, Alex?

Aber er murmelt immer nur Unverständliches auf Russisch, kurz darauf schreckt er jedes Mal hoch, dann hört Hans ihn noch lange schwer atmen.

Sie halten einander wach, und doch weiß Hans, er könnte allein noch viel schlechter einschlafen.

Irgendwann geht dann die Zimmertür auf und Sophie tapst herein, bleibt vor Hans' Bett stehen wie ein von Albträumen geplagtes Kleinkind, die Arme fest um den Körper geschlungen. Hans lässt sie unter seine Bettdecke schlüpfen, die Kälte ihrer Füße lässt ihn erschaudern und er muss an Fritz denken, der es gerade noch herausgeschafft hat aus Stalingrad, Nur ein paar erfrorene Zehen!, hat er Sophie geschrieben. Natürlich ist sie ungemein erleichtert gewesen, als sie davon erfahren hat, aber schlafen kann sie trotzdem nicht, nicht allein und bei Hans auch nicht wirklich. Jetzt sind sie drei, die rotieren und schnaufen und unglaublichen Lärm machen, und doch, denkt Hans, Nähe ist das Einzige, das noch so etwas wie Ruhe bringt. Nähe, und vielleicht noch ein wenig Morphium.

Alex geht nicht mehr nach Hause, manchmal besucht er aber Lilo. Er kann ihr bei nichts mehr helfen, er ist zu rein gar nichts mehr zu gebrauchen, und trotzdem geht er hin. Dann liegt er auf ihrem Sofa und starrt zur Zimmerdecke hinauf, sie bringt ihm ihren fürchterlichen Kaffee und er trinkt ihn ohne Widerworte.

Du siehst gar nicht mehr aus wie du selbst, sagt sie.

Wie sehe ich denn aus?, fragt er.

Du siehst müde aus, antwortet sie.

Ich schlafe schlecht.

Du schläfst gar nicht mehr.

Stimmt. Oder ich schlafe die ganze Zeit, je nachdem.

Er blickt zu Lilo hinauf, die nervös neben dem Sofa stehen geblieben ist und bekümmert den Kopf schüttelt.

Nicht du auch noch, Lilo, jammert er und versucht dabei scherzhaft zu klingen, mach du dir jetzt nicht auch noch Sorgen, es gibt doch schon viel zu viele Sorgen auf der Welt!

Er setzt sich auf und wundert sich, wie viel Kraft ihn das kostet, am liebsten würde er sich gleich wieder fallen lassen. Aber er will auf Lilo einen fröhlichen Eindruck machen, erzählt Witze und lacht, die Sorgenfalten auf Lilos Stirn bleiben, werden tiefer, desto länger er spricht.

Du, Lilo, ich bin ja in Wien gewesen ...

Davon will ich nichts wissen, das weißt du!

Nein, nur, mir ist da etwas eingefallen ... weil du ja Künstlerin bist. Hast du noch etwas dunkle Farbe übrig? Und vielleicht Sperrholz oder sonst etwas, aus dem man Schablonen basteln könnte?

Ach Alex, seufzt Lilo.

Soll Lilo nur seufzen, aber Alex will jetzt nicht mehr warten, bis der Herr Philosophieprofessor sein neues Flugblatt ausformuliert hat, adressiert diesmal explizit an die Studenten, aus dem Studentenaufständchen im Januar soll doch noch ein Umsturz gemacht werden, Alex glaubt nicht recht daran. Er will nicht mehr warten auf geschliffene Sätze und kluge Argumente, er will, dass das Einfachste, das Offensichtlichste die Menschen erreicht, dass es sie jetzt sofort erreicht und überall, wo sie auch hingehen.

Lilo ziert sich glücklicherweise nicht lang, nach kurzem Zögern steigt sie doch noch in den Keller hinunter und kommt mit einem Eimer Farbe und einigen Sperrholzplatten zurück.

Aber sei vorsichtig, mahnt sie, als könnte man bei einer solchen Sache noch vorsichtig sein, Alex verspricht es ihr.

Und übrigens, sagt sie dann, Falk Harnack kommt nächste Woche nach München. Er wird mir wieder einen Heiratsantrag machen. Ich werde ihm einen Korb geben. Und im Anschluss werdet ihr ihn trösten müssen, Hans und du.

Alex grinst: Danke, Lilo.

Wofür denn?, fragt sie, ohne zu lächeln, und reicht ihm eine Laubsäge.

Die Nacht ist nicht allein zum Schlafen da, die Nacht ist da, dass was passiert.

Als Alex mit der Farbe und den aus Sperrholzplatten angefertigten Schablonen ankommt, muss Hans ein wenig lachen: Dass er nicht schon selbst daran gedacht hat! Ein Blatt Papier kann man ungelesen verbrennen, aber eine Hauswand nicht, was auf einer Hauswand steht, ist unwiderruflich in der Welt.

Nur ein Glück, dass Sophie gerade mit Gisela unterwegs ist, sagt Hans, sonst würde sie sicher wieder dabei sein wollen!

Er ist im Moment nicht allzu gut auf Sophie zu sprechen. Vor ein paar Tagen ist sie einfach losgezogen mit einem letzten Stapel Flugblätter, den sie unter ihrem Bett verstaut und dort beinahe vergessen hatte. Ganz allein und am helllichten Tag ist sie durch ganz München gelaufen und hat die Blätter auf Windschutzscheiben parkender Autos und in Telefonzellen abgelegt. Hans hat sie davon erst am nächsten Tag und ganz nebenher berichtet, beim Kochen, als sei das alles nur ein harmloser Spaß.

Als er daraufhin zornig geworden ist, hat sie schnippisch erwidert: Ach, ihr Männer dürft das aber?, und er hat geantwortet: Da war es dunkel, und wir waren zu dritt, und bewaffnet!

Die Waffe!, hat Sophie gerufen und die Augen verdreht: Und was hättest du getan, wenn euch jemand erwischt hätte? Den Zeugen einfach über den Haufen geschossen?

Kommt drauf an, hat Hans gemurrt, und: Jetzt klingst du wie Alex.

Dann hat er Sophie das Versprechen abgenommen, nichts mehr ohne Absprache zu unternehmen.

Aber unternehmen muss ich doch etwas!, hat sie trotzig hinzugefügt und sich anschließend wieder dem Kochtopf zugewendet.

Nein, wirklich böse ist er Sophie nicht, weil sie ja recht hat, ob in der Nacht oder tagsüber, in Begleitung oder allein, mit der Waffe in der Hand oder ohne, was macht das schon für einen Unterschied, solange man sich nicht erwischen lässt, und man darf sich nicht erwischen lassen!, trotzdem trägt er in letzter Zeit seine Pistole immer bei sich. Nur so, redet er sich ein, für das Gefühl.

Während Alex mit Farbe und Schablonen im Hof wartet, läuft Hans also noch einmal ins Zimmer zurück und holt die Waffe aus der Schreibtischschublade. Als er sie in die Sakkotasche gleiten lässt, bemerkt er, dass sich darin schon etwas befindet, ein zusammengefaltetes Stück Papier. Christels Flugblattentwurf!, beinahe hätte er ihn vergessen. Bei seinem letzten Besuch hat Christel ihm dieses Blatt Papier in die Sakkotasche gesteckt, wortlos während der Abschiedsumarmung. Es ist eine unausgesprochene Abmachung zwischen ihnen beiden, dass Alex davon nichts wissen sollte. Immer will er Christel aus allem heraushalten, ihn schützen wie einen kleinen Bruder. Oder eine kleine Schwester, denkt Hans, aber warum sollte Alex dabei mehr Erfolg haben als er selbst. Etwas muss man ja unternehmen, jeder einzelne von ihnen, da hat Sophie schon recht.

Christels Notizen hat Hans bisher nur ein einziges Mal überflogen, aber sie haben ihn tief beeindruckt: So ehrlich dringt die Verzweiflung über Deutschlands unsichere Zukunft aus jedem seiner Worte, dass sie jeden Leser erschüttern, endlich wachrütteln müssen, und Huber wird das sicher genauso sehen, Huber hat ja auch Kinder.

Hans?, tönt Alex' Stimme ungeduldig von draußen her, und Hans muss daran denken, wie Sophie damals die Notizen in Alex' Malkittel entdeckt hat, wie sehr sie sich aufgeregt hat über diese Schlamperei. Erst vor Kurzem ist sie völlig ausgerastet, weil Alex seine Zugfahrkarte nach Wien mitten auf ihrem Küchentisch hat liegen lassen.

So eine Unachtsamkeit könnte uns umbringen!, Hans hat Sophies aufgebrachte Stimme noch im Ohr. Beizeiten muss er Christels Entwurf dem Professor übergeben.

Komme schon!, ruft er und folgt Alex hinaus.

Die Einfachheit der Worte, »Freiheit«, »Nieder mit Hitler«, »Massenmörder Hitler«, sie hat eine bestechende Schönheit. Am Morgen betrachtet Alex sein Werk, während er durch die Innenstadt radelt, er hört die Reinemachefrauen ätzen und stöhnen, während sie mit ihren Schwämmchen und Tüchern an den Lettern reiben, hier und dort verblasst es bereits, das eben noch so satte Grün. Das nächste Mal dann Teerfarbe, da können sie dann schrubben, wie sie wollen, Teerfarbe hält felsenfest.

Die Einfachheit der Worte, wie sehr vermisst Alex sie an diesem Abend beim Treffen mit Falk Harnack in Hans' Wohnung.

Die Stimmung ist von Anfang an gedrückt. Harnack ist so schlecht gelaunt, dass Alex vermuten muss, der abgelehnte Heiratsantrag sei vielleicht doch gar nicht so fingiert gewesen, wie Lilo behauptet hat. Zu dieser von vornherein nicht gerade vielversprechenden Ausgangslage kommt Professor Hubers Anwesenheit noch erschwerend hinzu. Hans und Willi haben darauf bestanden, ihn einzuladen. Schaut her, sogar ein Hochschulprofessor gehört zu uns!, das musste Harnack endlich von der Seriosität ihrer Organisation überzeugen, noch einmal würde er sie nicht wie Schulbuben abkanzeln.

Ursprünglich ist Alex auch dieser Ansicht gewesen, nun aber sitzen Harnack und Huber sich gegenüber und mustern einander misstrauisch wie zwei Wildtiere, die es auf dasselbe Territorium abgesehen haben. Huber fürchtet, es in Wahrheit mit einem verkorksten Kommunisten zu tun zu haben. Harnack fürchtet, es in Wahrheit mit einem verkorksten Nazi zu tun zu haben. Und so bewerfen sie einander schließlich stundenlang mit leeren Worthülsen, mit »Zentralismus« und »Föderalismus«, mit »Mehrheitsdemokratie« und »Konsensdemokratie«, Hans, Alex und Willi sind dabei ausschließlich damit beschäftigt, die ständig köchelnde Stimmung vorm Überkochen zu bewahren, hier ein Scherz, dort ein: Was der Professor damit eigentlich sagen wollte ..., Alex kommt es vor, als würde er wieder dolmetschen, diesmal vom Deutschen ins Deutsche. Wenn das die Demokraten der Zukunft sind, denkt er und blickt zwischen Harnack und Huber hin und her, dann gute Nacht, dann wird das nichts mehr mit der Demokratie. Sie verlieren sich in Details und dabei das Wesentliche aus den Augen! Und tatsächlich geht das Treffen in den frühen Morgenstunden zu Ende, ohne dass man sich auch nur auf eine einzige konkrete Aktion hätte einigen können. Hans scheint trotzdem einigermaßen zufrieden mit der so nutzlos verstrichenen Nacht: Danke, Herr Harnack, dass Sie extra gekommen sind, und danke Ihnen, Herr Professor! Alex ist nicht einmal mehr ernsthaft enttäuscht. Wenn das die Demokraten der Zukunft sind, aber dann wird er ohnehin nicht mehr da sein, nicht hier in Deutschland.

Seid ihr denn schon bei Bonhoeffer gewesen?, fragt Harnack noch beim Abschied, und als Alex den Kopf schüttelt, flüstert er nur: Fahrt bald!

Dann geht er fort und Alex fragt sich einen Augenblick lang, ob Harnack jetzt zu Lilo zurückkehrt oder zum Bahnhof oder sonst wohin, aber eigentlich ist es ihm auch egal.

So weit haben mich diese Zeiten schon gebracht, murmelt Huber, der in der Wohnungstür steht und Harnack nachdenklich hinterherblickt: Jetzt verhandle ich schon mit Kommunisten!

Gisela wird zu einer Art Tagebuch für Hans, er legt ihr all seine Gedanken in die Ohren. Sie sitzt unbeweglich wie eine Puppe auf der Bettkante, wenn er mit ihr spricht: Und dann, Giselaleinchen, ist plötzlich einer auf mich zugekommen und da habe ich mich schon vom nächsten Baum hängen sehen, aber dann wollte der in Wahrheit nur Feuer für seine Zigarette, kannst du dir das vorstellen, und hinter meinem Rücken steht Alex mit dem Farbeimer und auf der Fassade feucht-frisch das durchgestrichene Hakenkreuz ...

Ich kann es mir nicht vorstellen, ich will es nicht!, ruft Gisela.

Hans lacht nur darüber, küsst sie, liebt sie sehr in diesen Tagen, weil sie keine Heilige ist wie Lisa, die bloß durch Träume schwebt, liebt Gisela, weil sie immer anwesend ist, in Fleisch und Blut, die Zeit für Träume ist vorbei. Giselas Nähe ist ihm lebensnotwendig geworden, die körperliche Nähe, und von der geistigen weiß er nicht viel, denn Gisela sagt immer so wenig von dem, was sie denkt, und er fragt nicht lange nach.

Er legt so gern den Arm um sie, wenn sie gemeinsam durch die Straßen gehen, schwer liegt der Arm dann auf ihren Schultern, sie stützt ihn, hat auf diese Art gar keine andere Wahl, als ihn zu stützen. Einmal sind sie so dahinwandelnd auch Traute begegnet. Treue Traute, wie von Sophie erhofft, hat sie ein paar Flugblätter nach Hamburg geschmuggelt und weiß dabei immer noch nicht, wie diese »Organisation« wirklich beschaffen ist, für die sie sich engagiert. Hans kann es sich selbst nicht erklären, warum er ihr so unbedingt wehtun will mit dem Anblick seiner neuen Eroberung, er winkt Traute überschwänglich zu mit seinem freien Arm, sie senkt den Kopf und murmelt ein Grußwort, huscht hastig an ihnen vorüber. Wo musst du so schnell hin, Traute, gibt es denn noch irgendetwas Wichtiges in der Welt außer den baldigen Frieden und das eigene flatternde

Herz? Der Frühling kommt in diesem Jahr früher, Gisela, der Frühling kommt mitten im Februar!

Hans nimmt Gisela überallhin mit wie einen Talisman, Gisela-Engelchen, Schutzengelchen, solange du da bist, kann nichts passieren.

Sie sitzt auch an seiner Seite, als Willi von seiner letzten Fahrt ins Saarland erzählt. Diesmal habe er zwei Brüder getroffen, sagt er, die er ebenfalls noch aus seiner Jugend kenne. Der Ältere sei skeptisch geblieben, der Jüngere hingegen habe sich auf der Stelle dazu bereit erklärt, ihre Flugblätter vervielfältigen und verteilen zu wollen.

Schon springt Sophie auf die Füße, um den Wein aus dem Küchenkasten zu holen, es ist kein geringer Erfolg zwischen all den Warnungen und Absagen, aber Willi bedeutet ihr, sich besser wieder zu setzen: Das ist noch nicht alles!

Besagter jüngerer Bruder leiste nämlich gerade seinen Wehrdienst als Schreibkraft in einem Saarbrücker Krankenhaus ab. Dort sei es ihm gelungen, den eingelieferten Verwundeten die Waffen abzunehmen und wegzuschaffen, Maschinenpistolen hauptsächlich, mittlerweile verfüge er über ein regelrechtes Depot. Nun wolle er diese Waffen einem guten Zweck zuführen, nämlich dem Ende der Hitlerdiktatur ...

Nein, sagt Alex.

Lass ihn doch ausreden!, entgegnet Hans.

Nein!, sagt Alex noch einmal viel lauter, Gisela zuckt ein wenig zusammen.

Willi hat doch noch gar nicht gesagt ..., versucht auch Sophie ihn zu beschwichtigen, aber Alex unterbricht sie: Passiver Widerstand, darauf haben wir uns geeinigt. Wir dürfen nicht schlechter sein als die!

Sicher, murmelt Willi, aber die Situation könnte jederzeit umschlagen, wir wollen doch nur vorbereitet sein ...

Und auch Professor Huber ist der Ansicht, dass es ohne Blutvergießen nicht gehen wird!, wirft Hans ein.

Es ist mir egal, was der Philosoph sagt, ich schieße auf niemanden!, Alex springt auf, stößt sich am Tisch dabei, kalte Asche rieselt aus dem Aschenbecher auf das Tischtuch, Ich schieße auf keinen Russen, auf keinen Deutschen, auf niemanden!, er rauscht am Tisch vorbei und aus der Wohnung hinaus, schlägt noch die Tür hinter sich zu. Auf den Knall folgt angespannte Stille, Gisela vergräbt ihr Gesicht in Hans' Nacken, er streicht geistesabwesend mit den Fingern über ihr Haar, das Schweigen strengt ihn an, und doch ist nichts mehr zu sagen. Wenn Worte nicht mehr reichen, dann.

Irgendwann beginnt Sophie damit, die verschüttete Asche vom Tischtuch zu klauben.

Würde Hitler um die Ecke kommen und ich hätte eine Waffe, murmelt sie dabei, ich würde schießen. Wenn's die Männer nicht machen, muss es eben eine Frau tun.

Knisternd frisst das Feuer in Lilos Heizungskeller: Alex' Tagebücher, sämtliche Briefe von Angelika, Liebesbriefe die meisten, einige Postkarten von verschiedenen Freunden und Bekannten, eine Handvoll Skizzen und Zeichnungen, sein Adressbuch, die wenigen Briefe von Walja, den einzigen Brief, den er jemals von Nelly erhalten hat und in dem sie nicht mehr schreibt, als dass es ihr gut gehe.

Kein Vater ist da, der ihn aufhalten könnte, keine Mutter, die mit traurigen Augen aus ihrem Bilderrahmen auf ihn herunterblickt, nur das hungrige Feuer und die schweigende Lilo, Alex weiß schon, warum er mit seinen Sachen zu ihr gekommen ist. Innerhalb von fünf Minuten sind fünfundzwanzig Jahre Leben restlos zu Asche zerfallen, aber Alex spürt keine Wehmut dabei: Nur Beweismittel sind es, die da brennen, nur fatale Spuren, die zu Unschuldigen führen könnten, nur Papier. Mit ihm persönlich hat das alles schon lange nichts mehr zu tun, er wird neue Briefe bekommen, auch Liebesbriefe, neue Tagebücher schreiben, irgendwann, irgendwo in Russland.

Als er zuletzt sein Soldbuch den Flammen übergeben will, greift Lilo doch noch ein. Die ganze Zeit über hat sie in der Tür gestanden, Zum Schmierestehen!, hat sie gesagt, aber eigentlich hat sie viel öfter zu ihm geblickt als in den Gang hinaus, mit diesen fürchterlichen Sorgenfalten über ihren Augen, die einfach nicht mehr verschwinden wollen. Nun aber hält sie vehement seinen Arm fest: Wenn du das tust, bist du offiziell desertiert!

Genau das will ich doch, antwortet Alex, ich desertiere. Ich laufe zum sogenannten Feind über. Wenn schon schießen, wenn schon fallen, dann doch für Russland ...

Du bist übermüdet, sagt Lilo, immer noch umklammert sie seinen Arm, ihre Finger bohren sich fest in sein Fleisch, viel ist nicht mehr dran an ihm, wann ist er eigentlich so dünn geworden.

Du tust mir weh, Lilo!

Du bist überreizt. Wir alle sind überreizt. Die Sirenen in der Nacht, die Gefallenenmeldungen jeden Tag, Stalingrad ...

Da kennst du mich aber schlecht, murmelt Alex, ich freue mich über die Niederlage bei Stalingrad. Die deutsche Niederlage musste endlich kommen, es muss alles so sein. Und jetzt lass mich bitte los!

Und was ist mit den Flugblättern?, fragt Lilo.

Alex lässt überrascht den Arm sinken, das Soldbuch fällt zu Boden, Lilo bückt sich danach und lässt es rasch in ihrer Schürzentasche verschwinden wie Nelly damals die Brotstücke. Es wäre ein Leichtes, ihr das Büchlein wieder abzunehmen, wahrscheinlich würde sie es ihm sogar freiwillig herausgeben, wenn er nur vehement danach verlangte. Aber Alex steht schweigend da und schaut sie mit großen Augen an.

Was meinst du damit?, fragt er. Er spricht langsam, seine Zunge kommt ihm auf einmal so schwer vor, und jeder deutsche Laut so fremd.

Lilo zögert einen Augenblick lang.

Du weißt, dass ich nie dafür gewesen bin, sagt sie dann, dass ihr so etwas macht. Vielleicht habe ich es mir nicht anmerken lassen, aber ich habe von Anfang an eine Heidenangst um euch gehabt, um dich und Hans und die kleine Sophie, um euch alle. Aber irgendwie habe ich doch gehofft. Dass dieses Zittern nicht umsonst ist. Dass ... eure Worte etwas bewirken.

Das haben wir alle gehofft, denkt Alex, aber Worte sind eben nun einmal nur das: Worte. Hans hat schon recht, Worte reichen nicht immer. Alex bekommt nun überhaupt kein Wort mehr heraus, so bleiern sind sie ihm geworden, er lässt den Kopf auf Lilos Schulter sinken, sieht nichts mehr als ihr blondes Haar und die sehr weiße Haut ihres Halses.

Wenn du jetzt gehst, flüstert sie, ist doch wirklich alles umsonst gewesen, bring diese eine Sache noch zu Ende. Lang kann das alles nicht mehr dauern. Jetzt ist es vielleicht wirklich nur noch ein einziges Wort, das den Ausschlag gibt.

Ein Wort, ausgerechnet, denkt Alex, warum nicht etwas Leichteres als ein Wort, aber er bleibt, spürt Lilos Hände warm über seinen Rücken streichen, und als sie ihm später sein Soldbuch zurückgibt, steckt er es schweigend wieder ein.

Ein einziger Satz, ein einziger schlechter unter so vielen brillanten. Hans blickt bittend zu Alex hinüber, auf dessen Wangen sich schon wieder rote Flecken bilden, und Willi legt ihm besänftigend die Hand auf die Schulter: Man wird sich da doch sicherlich einigen können ...

Wieder fehlt Sophie in der Runde, Immer reißen mich die familiären Verpflichtungen weg von den moralischen!, hat sie gejammert, bevor sie einmal mehr in den Zug nach Ulm gestiegen ist. Aber vielleicht ist es ganz gut, dass sie gerade heute nicht dabei ist, denkt Hans, denn in dieser Angelegenheit stände sie wohl ziemlich vehement auf Alex' Seite, das würde den Professor nur noch mehr reizen.

Das druck ich nicht, sagt Alex.

Dann drucken Sie es eben nicht, antwortet Huber erbittert.

Wenn man nur diesen einen Satz vielleicht streichen könnte ..., versucht Willi zu vermitteln.

Ganz oder gar nicht, sagt Huber. *Stellt Euch weiterhin geschlossen in die Reihen unserer herrlichen Wehrmacht.* Warum, glauben Sie, habe ich das so hingeschrieben? Weil es meiner Überzeugung entspricht, deswegen. Ich bin gegen jede Parteiorganisation, aber wir müssen uns hinter unsere Streitmächte stellen. Das ist patriotische Pflicht. So. Entweder mit diesem Satz oder gar nicht.

Hans seufzt. Er kennt diese Art von Diskussionen ja zur Genüge, alle Argumente hat er schon mehrmals mit Gisela durchexerziert, geradezu lebhaft ist sie dabei geworden: Deine Weltanschauung in Ehren, Hans, aber zumindest das Winterhilfswerk muss man doch unterstützen, das sind wir unseren armen Soldaten schuldig, was können die denn dafür, dass sie in Russland so hungern und frieren müssen?

Was sie dafürkönnen?, Alles können sie dafür!, und dann versucht Hans Gisela von der Verantwortung jedes Einzelnen zu überzeugen. Sie nickt immer nur, überzeugt ist sie nicht:

Aber unsere armen Soldaten!

Nur ist Gisela nun einmal Gisela und Professor Huber ist einer der größten Köpfe Deutschlands, Alex tut ihnen gerade allen keinen Gefallen mit seiner undiplomatischen Sturheit.

So etwas druck ich aber nicht!

Ein Satz, ein einziger falscher Satz zwischen so vielen wahren, Hans sieht schon den Aufstand vor sich, so laut wie bei der Gauleiterrede, nein, viel lauter, und ein einziger Satz soll das jetzt zunichtemachen.

Willi bringt verzweifelt noch einen weiteren Vorschlag ein: Wenn man das Ganze ein wenig entschärft ...

Da gibt es nichts zu entschärfen, antwortet Alex, ihr wisst genauso gut wie ich, für welche Verbrechen diese herrliche Wehrmacht verantwortlich ist. Und außerdem bedeutet jede noch so kleine Unterstützung der Armee eine Verlängerung des Krieges!

Dann druckt es eben nicht, wiederholt Huber, diesmal deutlich lauter: Aber ich verbiete mir jede Herumpfuscherei an meinem Text! Dann lassen wir es eben sein, lassen wir es!

Schon springt er aufgebracht auf die Beine, Hans versucht ihn noch mit Schmeicheleien am Gehen zu hindern: Ein ansonsten ganz grandioser Text, Herr Professor!, wenigstens setzt Huber sich wieder, aber stur bleibt er dennoch: Man muss eben auch an die deutschen Männer an der Front denken ...!

Und die russischen?, ruft Alex aufgebracht dazwischen: Die polnischen? Die jüdischen? Und Sie, sind Sie vielleicht dort gewesen? Haben Sie die Verbrechen unserer Wehrmacht gesehen? Waren Sie vielleicht im Krieg?

Den letzten Satz schreit Alex beinahe, danach steht das Schweigen im Raum wie undurchdringbarer Nebel. Ein einziger Satz, ein paar provokante Worte, schon droht man die Orientierung zu verlieren.

Er hat das nicht so gemeint, Herr Professor ..., mit seinem entschuldigenden Murmeln durchbricht Hans schließlich die trennende Stille, erleichtert fällt Willi in das Gestammel mit ein, aber der wunde Punkt ist unwiderruflich getroffen. Huber brummt, dass er sich so etwas nicht anhören müsse, Nicht von so einem!, er deutet mit dem Kinn in Alex' Richtung, und ob er mit »so einem« einen Studenten, Russen oder Kommunisten meint, lässt er offen. Dann hinkt er zur Wohnung hinaus, schauderhaft geräuschvoll schleift das lahme Bein über die Holzdielen.

Musste das sein?, fragt Hans genervt, als Huber fort ist, aber Alex antwortet nicht, lässt nur seine leere Pfeife von einem Mundwinkel zum anderen wandern. Sein Gesicht ist seltsam ausdruckslos dabei, keine Reue, auch kein Triumph, und die roten Flecken sind vollkommen verschwunden. Er sitzt da, als hätte er rein gar nichts zu tun mit dem Mann, der eben noch so leidenschaftlich gegen die Wehrmacht gesprochen hat, als sei er nur ein Beobachter, nicht einmal das. Hans räuspert sich nervös, sagt aber nichts mehr, denkt nur daran, wie es weitergehen soll, so kann es nicht weitergehen, und Willi greift nach dem Flugblattentwurf. Huber hat ihn liegen lassen, aus Versehen vielleicht oder in der Hoffnung, die Studenten würden doch noch zur Vernunft kommen, zu jenen Ansichten, die er selbst für Vernunft hält.

Schnell überfliegt Willi das Geschriebene noch einmal, dann schüttelt er den Kopf.

Alex hat schon recht, seufzt er, so können wir das wirklich nicht drucken.

Den Satz über die Wehrmacht streichen wir natürlich, antwortet Hans, vielleicht wird es ohnehin das letzte Flugblatt sein. Vielleicht ist dieses Flugblatt genau das, was noch gefehlt hat ...

Während er das sagt, erinnert Hans sich wieder an Christels Entwurf in der Sakkotasche und dass er erneut vergessen hat, ihn Professor Huber zu überreichen. Na, womöglich ist's besser so.

Das letzte Flugblatt wird also den Ausschlag geben, murmelt Alex, und plötzlich kommt wieder Leben in ihn, er lächelt sogar: Das habe ich Lilo versprochen!

Dann steht er auf und holt die Schreibmaschine aus Sophies Zimmer.

Und in dieser Nacht ist alles fast wie früher, Alex pfeift seine russischen und Hans summt seine deutschen Lieder, Willi trällert Choräle dazwischen und in diese Mehrstimmigkeit mischt sich harmonisch das Schreibmaschinengeklapper und das Surren des Vervielfältigungsapparats. In dieser lärmigen Geschäftigkeit glauben sie fest an das, was sie tun, an den Frieden und die Freiheit, glauben an eine Zukunft, als könnte es doch so weitergehen, immer nur weiter.

17. Februar 1943

Und wenn gar nichts den Ausschlag gibt, wenn wir nächtelang drucken und verschicken und die Worte nicht mehr ankommen, wenn wir die Flugblätter wie immer an unsere eigenen Adressen schicken und sie einfach nicht mehr ankommen, wenn wir sie nachts auf den Straßen auslegen, und noch bevor es hell wird, sind sie verschwunden, und wenn sie nicht verschwunden sind, steigen die Leute darüber hinweg, weil sie nicht sehen wollen, was sie nicht sehen dürfen, nicht sehen, was sie nicht sehen wollen, wenn wir Wände beschmieren und die Leute achtlos daran vorübergehen, einfach in die andere Richtung blicken, wenn wir seit Wochen nicht mehr richtig geschlafen haben und Deutschland doch noch nicht erwacht ist, wenn die Universität in ihrem Dämmerzustand verweilt und die Studentinnen und Studenten, Kommilitoninnen und Kommilitonen schlafwandlerisch zu den Vorlesungen trotten, als hätten sie den Aufruf der, nein, nicht nur der Weissen Rose, den Aufruf von Deutschen an alle Deutschen nie erhalten, als wüssten sie nicht, dass viele denken wie sie, so unglaublich viele, wenn sie es vielleicht wirklich nicht wissen, nichts gesehen haben, nichts sehen wollten, und wenn wir dich ansehen und wissen, dass du wieder nur an Nelly denkst, an Walja und deine Mutter, an dein Mütterchen Russland, wenn wir wissen, dass Lilo dir einen Ausweis fälschen könnte, weil sie doch Künstlerin ist, sie würde es nicht gern tun, aber tun würde sie es doch für dich, wenn wir wissen, dass du gerade an die Freiheit denkst, wenn wir Freiheit und Ehre sagen und etwas ganz anderes damit meinen als Hitler, du aber noch einmal etwas ganz anderes meinst als wir, wenn wir wieder einmal viel zu spät zusammensitzen und unser weiteres Vorgehen besprechen und uns eigentlich nichts mehr zu sagen haben, weil es kein weiteres Vorgehen mehr gibt, weil es keine Zukunft mehr gibt ohne den Umsturz, weil wir noch an diesen Umsturz glauben, du aber nicht mehr, wenn das letzte Zusammenraffen, das letzte Flugblatt eben nicht den Ausschlag gegeben hat, wenn wir das nicht glauben wollen, du aber schon, wenn Willi bereits nach Hause gegangen ist und du nicht, weil unsere Wohnung dein Zuhause ist, weil Russland dein Zuhause ist, weil du kein Zuhause hast, wenn wir uns nichts mehr zu sagen haben und das Schweigen doch nicht ertragen können, wenn wir zurückdenken an den Sommer, an *Da muss man doch etwas tun!*, und wir haben doch etwas getan, aber nie genug, niemals ist es genug, und wenn es schließlich Sophie ist, die es ausspricht: So geht es nicht mehr weiter. Wir müssen die Flugblätter auf die Universität bringen. Ja, am helllichten Tag. Wir werden sie direkt vor die Hörsäle legen und niemand wird mehr daran vorbeigehen, darüber hinwegsteigen können. Dann wird sich etwas bewegen. In die eine Richtung oder in die andere. Aber so kann es doch nicht mehr weitergehen!

... und wenn du weißt, dass sie recht hat, was dann?

Alex steht langsam vom Tisch auf.

Das muss ich mir überlegen, murmelt er, ohne Hans oder Sophie anzusehen, wisst ihr, ich als Russe, ich bin ja von vornherein verdächtig ...

Ich verstehe, sagt Hans.

Es ist kein Nein, erwidert Alex.

Ich weiß, sagt Hans.

Alex zerrt seinen Mantel von der Stuhllehne und zieht ihn sich so umständlich über, als wollte er Zeit gewinnen. Aber Sophie hat schon recht, die Zeit ist gekommen, für das eine oder für das andere, etwas wird sich bewegen müssen.

Wo gehst du hin?, fragt Sophie.

Alex denkt einen Augenblick lang nach.

Zu meinen Eltern, antwortet er dann, sie haben mich in den letzten Wochen kaum zu Gesicht bekommen.

Hans nickt: Vergiss deine Mütze nicht.

Er begleitet Alex noch zur Wohnungstür und muss in diesem Moment an ihr erstes Zusammentreffen denken, an den Nebenmann, der einfach ausschert.

Na dann, sagt Alex, macht es gut.

Ja, antwortet Hans, du auch. *Do swidanja, Schurik.*

Alex lächelt: *Do swidanja.*

Und dann macht er sich auf den Weg in die Dunkelheit hinaus, und Hans hat ganz vergessen zu fragen, wann er wiederkommt, ob er morgen hier in der Wohnung auf Sophie und ihn warten wird oder nicht, aber eigentlich ist es auch egal, Alex hat ja den Schlüssel.

Als Hans in sein Zimmer zurückkehrt, liegt in seinem Bett schon Sophie, ihre Füße sind gar nicht kalt. Und Hans schläft so tief in dieser Nacht wie schon lange nicht mehr.

Nachwort

Eine erste Manuskriptfassung dieses Romans sowie ein anderes Nachwort waren bereits fertiggestellt, als durch den Überfall Russlands auf die Ukraine der Krieg plötzlich wieder ins Zentrum und Bewusstsein Europas rückte. Panzer, zerbombte Städte, verwundete und getötete Soldaten sowie Zivilpersonen, Kriegsverbrechen, Menschen auf der Flucht - die Medien füllten sich mit längst vergangen geglaubten Schreckensbildern.

Aber auch andere Bilder sahen wir. Wir sahen große Demonstrationen, an denen zahllose Menschen teilnahmen, obwohl sie genau wussten, dass sie dafür ins Gefängnis gehen könnten. Wir sahen eine Journalistin, die während einer Live-Nachrichtensendung ein Pappschild in die Höhe hielt, um so auf die Propagandalügen aufmerksam zu machen. Wir sahen Rücktritte von Offizieren und Diplomaten, die dem Unrecht nicht weiter dienen wollten.

Es sind diese Bilder, die wir lieber sehen als die der blanken Zerstörung. Es ist der alte Traum vom Krieg, zu dem keiner hingeht. Das Problem allerdings ist: Die meisten gehen ja hin. Die meisten Offiziere und Diplomaten bleiben in ihrem Amt, die meisten Journalistinnen verbreiten weiterhin die vorgegebene Propaganda, die meisten Leute gehen eben nicht gegen die Regierung auf die Straßen. Aus purer Angst vor Repressionen oder aus Zustimmung für das Regime? Aus Gleichgültigkeit, Opportunismus, Machtlosigkeit? Wie konnte es überhaupt so weit kommen? Was würde die Stimme des Volkes wirklich sagen, wenn sie noch sprechen dürfte? Zu diesem Thema kann man sich in Internetforen in frucht- und endlose Diskussionen verwickeln. Während ich diese Zeilen schreibe, ist der Fort- oder gar Ausgang dieses Krieges noch völlig offen. Sie, liebe Leserschaft der Zukunft, wissen vielleicht schon mehr.

Aber springen wir einmal nach Deutschland.

Max Czollek zitiert in *Desintegriert euch!* eine Studie aus dem Jahr 2018*, bei der 1000 zufällig ausgewählte Haushalte in Deutschland angerufen und zum Verhalten ihrer Verwandten im Zweiten Weltkrieg interviewt wurden. 69 % der Befragten gaben an, ihre Vorfahren seien keine Nazis gewesen. Selbst wenn man davon ausgeht, dass einige der Kontaktierten einen Migrationshintergrund haben, ist offensichtlich, dass diese Aussagen mit der historischen Wirklichkeit nichts zu tun haben können.

Eine andere Studie**, die sich mit dem Nationalsozialismus und Holocaust im Familiengedächtnis beschäftigt, zeigt auf, dass die Erzählungen, die von Zeitzeugen an ihre Kinder und von denen wiederum an die Enkelgeneration weitergegeben werden, überproportional oft von Akten des Widerstands und des Anstands handeln. Denn es ist sicherlich angenehmer, sich mit den möglichen Heldentaten der (Ur)Großeltern oder Eltern auseinanderzusetzen als mit deren möglichen Verbrechen. Widerstand gegen den Nationalsozialismus – ein Wohlfühlthema?

Sehen wir uns die Rezeptionsgeschichte der Weissen Rose einmal an. Anders als die meisten anderen Widerstandsgruppen gelangt sie nämlich sogar noch während des Zweiten Weltkrieges

---

* Vgl. Czollek, Max: Desintegriert euch! München 2018. S. 97

** Welzer, Harald et. al.: »Opa war kein Nazi!« Nationalsozialismus und Holocaust im Familiengedächtnis. Frankfurt am Main 2002.

zu großer Bekanntheit. Helmuth James Graf von Moltke* schafft es, noch im Frühling 1943 das sechste Flugblatt sowie einen Bericht über die widerständige Münchner Studentenschaft aus Deutschland hinauszuschmuggeln. Dieser (faktisch allerdings sehr ungenaue) Bericht erzielt im Ausland eine große Aufmerksamkeit: Thomas Mann spricht darüber im Radio, zumindest zwei Exilschriftsteller lassen sich zu Romanen inspirieren (Vicki Baum: *Hotel Berlin*, Alfred Neumann: *Es waren ihrer sechs*) und 1945 wirft die Royal Air Force sogar Kopien des sechsten Flugblattes über mehreren deutschen Städten ab.

Woher kommt diese Begeisterung? Das Ausland bekommt junge Menschen präsentiert, die von frühester Jugend an mit nationalsozialistischem Gedankengut infiltriert wurden. Sie sind Vertreter einer Generation von Deutschen, die von den Alliierten bereits verloren geglaubt ist. Und jetzt beweisen ausgerechnet sie den Sieg des Anstands über die Propaganda!

Aber nicht nur im Ausland macht das Eindruck. In München findet die erste Gedenkveranstaltung für die Weisse Rose bereits im Herbst 1945 statt. Werke über den innerdeutschen Widerstand sind die ersten in Deutschland, in der die damals noch schmerzhaft junge Vergangenheit aufgearbeitet wird. Autorinnen und Autoren, die den Nationalsozialismus im sogenannten »Inneren Exil« in Deutschland überstanden haben, wollen nun jenen ein Denkmal setzen, die integrer als sie selbst gehandelt haben. Und die Weisse Rose nimmt in der Rezeption von Anfang an eine Sonderstellung unter anderen Widerstandsbewegungen ein. Das hat mehrere Gründe. Einerseits erlangt sie,

---

* Helmuth James Graf von Moltke (* 11. März 1907; † 23. Januar 1945) gilt als Begründer des sogenannten »Kreisauer Kreises«, einer zivilen, intellektuellen Widerstandsgruppe, der etwa 20 Personen aus unterschiedlichen gesellschaftlichen Schichten angehören. 1944 wird er deswegen von der Gestapo aufgegriffen und 1945 in Berlin-Plötzensee gehängt.

wie bereits erwähnt, schon ziemlich zeitnah internationale Bekanntheit und musste dadurch nicht erst »wiederentdeckt« werden. Zweitens zementiert Inge Aicher-Scholl diesen Ruhm in den 1950er-Jahren mit ihrem Bestseller *Die Weiße Rose*. Dass das Buch überhaupt ein Bestseller wird, liegt sicherlich auch an Inge Aicher-Scholls streng religiöser Deutung der Taten ihrer Geschwister (auf die anderen Akteurinnen und Akteure geht sie nur am Rande ein, was ihr die ziemlich vehemente Kritik der Angehörigen ebenjener einbringt), die sehr dem damaligen Zeitgeist entspricht. Wäre das aber schon alles gewesen, hätte die Weisse Rose ihre Faszination nicht über so viele Jahrzehnte behalten können. Und hier kommt das große Identifikationspotenzial ins Spiel: Denn wir haben es bei der Weissen Rose mit Menschen zu tun, die es sich im Dritten Reich relativ bequem hätten einrichten können, sie werden durch keine äußeren Umstände zum Handeln gezwungen. Anders als z. B. Claus Graf von Stauffenberg bewegen sie sich nicht in höheren Kreisen, sie haben keine tieferen Einblicke in die Politik oder das Militärwesen als die Mehrheitsbevölkerung. Sie erinnern uns, nun ja, an uns. Und zu guter Letzt handelt es sich bei der Weissen Rose um keine Gruppe mit streng ideologischer Linie. Sie sind keine Kommunisten, keine Monarchisten, und obwohl das Christentum in der persönlichen Motivation mancher Mitglieder sicher eine große Rolle spielte, kann man die Widerstandsaktionen keiner spezifischen Kirche zuordnen. Es existiert kein gemeinsames politisches Manifest, und wo einzelne Mitglieder in der Haft zu politischen Bekenntnissen gezwungen waren, wird die Heterogenität ihrer Ansichten nur besonders deutlich ersichtlich. Jeder findet irgendwo Anknüpfungspunkte für seine eigene politische Meinung. Aber genau aus diesem Grund lässt sich die Weisse Rose so gut instrumentalisieren, und zwar auch und vor allem von unerwarteten

Seiten. So warb zum Beispiel die AfD mit Sophie Scholls Gesicht um Wählerstimmen, bei Coronademonstrationen wurden unpassende Vergleiche mit ihrer Person gezogen, und Zitate aus den Flugblättern sind auf sämtlichen »Reichsbürger«- und ähnlich bedenklichen Protestveranstaltungen allgegenwärtig. Identifikation bis zur Geschichtsrevision, auch das ist möglich.

Aber nicht erst da fängt das Problem an: Wir erinnern uns an die Telefonbefragung und die 69 %. Man kann es drehen und wenden, wie man will: Die Aktivistinnen und Aktivisten der Weissen Rose stehen nicht repräsentativ für das deutsche Volk im Nationalsozialismus. Sie waren in der Minderheit. Widerstand ist, sofern er nicht in einen tatsächlichen Umsturz mündet, zumeist ein Minderheitenphänomen. Aber gerade in diesem kleinen »sofern« liegt der Hund begraben.

Warum habe ich dieses Thema gewählt? Mir ist bewusst, dass alles, was ich bisher geschrieben habe, eher wie eine Warnung davor klingt, ausgerechnet diesen Stoff zu bearbeiten. Ich habe auch tatsächlich genug Warnungen gehört: Es ist doch schon alles darüber gesagt, mittlerweile völlig uninteressant, das ist doch nur Märtyrerkitsch.

Aber: Widerstandsgeschichten sind Geschichten der Hoffnung. Ich habe eingangs erwähnt, dass wir uns viel lieber die Bilder der widerständigen Russen und Russinnen ansehen als die der Verzweiflung und Zerstörung. Weil es eben Bilder der Hoffnung sind. Und Hoffnung ist kein Kitsch und keine Wohlfühlzone. Hoffnung ist der zentrale Antrieb für eine konstruktive Gestaltung der Zukunft. Und gerade darum ist es wichtig, diese Bilder immer und immer wieder zu zeigen, Geschichten des Widerstands immer wieder zu erzählen. Nein, sie sind nicht repräsentativ. Aber sie zeigen alternative Möglichkeiten auf. Sie stellen sich gegen die »Wir haben nichts gewusst«- und »Wir konnten nichts tun«-Mythen. Sie geben Perspektiven, wo alles perspektivlos scheint. Und sie zeigen: Man ist niemals allein.

> *»Es liegt nur an uns, diesen ganzen Wahnsinn zu beenden. Geht demonstrieren. Fürchtet nichts. Sie können uns nicht alle einsperren.«**
>
> ***Marina Owsjannikowa, russische Journalistin***

Nach dieser etwas lang geratenen Ausführung, warum ich geschrieben habe, WAS ich geschrieben habe, sollte ich noch ein paar Worte darüber verlieren, warum ich geschrieben habe, WIE ich geschrieben habe. Als ich also beschlossen hatte, dass ich aller Warnungen zum Trotz etwas über die Weisse Rose schreiben wollte, stellte sich mir zuerst die Frage der Hauptfiguren. Diese ist bei historischen Stoffen immer schwierig, denn indem man den einen oder die andere zur Hauptperson erkoren hat, degradiert man alle anderen zu Nebenpersonen, Inge Aicher-Scholl hat es vorgemacht. Aber mit dieser Ungerechtigkeit würde ich leben müssen. Bei der Weissen Rose ist ja der in der Geschichtswissenschaft wohl eher seltene Fall eingetreten, dass in der Rezeption eine Frau die Männer in ihrem Umfeld in den Schatten stellt. Tatsächlich beschäftigen sich die meisten Werke, ob fiktiv oder wissenschaftlich, mit Sophie Scholl. Das ist aus feministischer Sicht wunderbar, allerdings bleiben durch diese Fixierung auf eine einzige Person viele andere Geschichten und Perspektiven auf der Strecke, die genauso interessant zu erzählen wären. Also entschied ich mich für die Männer. Genauer gesagt für die Männer, die die Weisse Rose

---

* Zit. aus: Der Standard vom 15. März 2022

gegründet haben: Hans Scholl und Alexander Schmorell. Denn letztendlich ist die Geschichte der Weissen Rose auch die Geschichte ihrer Freundschaft.

Die nächste Entscheidung, die ich traf, war jene, im Präsens zu erzählen, um die historische Distanz zu minimieren – für die Leserschaft, aber auch für mich selbst.

Die dritte Entscheidung war weitaus schwieriger: Welche Perspektive sollte ich wählen? Wie schon bei der Frage nach der Erzählzeit habe ich mich auch hier für eine Perspektive entschieden, die eine möglichst große Nähe ermöglicht. Das ist natürlich kein unstrittiges Unterfangen: Ist es denn moralisch vertretbar, real existierende Menschen zu Figuren zu machen, ihnen Worte, die sie so wohl nie gesagt haben, in den Mund, und Gedanken, die sie so wohl nie gedacht haben, in den Kopf zu legen? Muss man die Distanz zu dem Geschehen, die man als Autorin der heutigen Zeit ganz selbstverständlich hat, nicht auch sprachlich reflektieren? Zumal nicht einmal persönliche oder familiäre Bezüge zu den historischen Personen bestehen? Das sind alles zulässige Fragen. Allerdings wollte ich aber gar kein »So war es!«-Buch schreiben, nicht einmal ein »So könnte es gewesen sein!«-Buch, sondern einen Roman. Vielleicht ist dieses Werk am besten vergleichbar mit einem Spielfilm, bei dem alle Kinobesucher wissen, dass sie Schauspielerinnen und Schauspieler vor sich haben, die bloß vorgeben, jemand anderes zu sein. Und doch wird ihre Geschichte auf der Leinwand irgendwie wahr.

Dank der relativen Bekanntheit der Weissen Rose hatte ich zahlreiche, vielleicht zu zahlreiche Fremdtexte zur Verfügung, auf deren Basis ich meinen Text entwickeln konnte. Es war mir wichtig, meine Protagonisten nicht als blutleere Posterboys eines imaginiert besseren Deutschlands darzustellen, sondern als junge Leute mit ihren alltäglichen Sorgen und alterstypischen

Beziehungsproblemen, durchaus mit Ecken und Kanten und voller Widersprüche. Also habe ich die veröffentlichten Briefe und Notizen von Hans Scholl und Alexander Schmorell, aber auch Zeitzeugenberichte und Biografien gelesen, habe viel recherchiert, geblättert und nachgedacht. Ich halte mich im Roman grundsätzlich an die historischen Fakten, habe die Daten, Zitate und Anekdoten aufgegriffen, von allen Seiten betrachtet, miteinander verglichen und manchmal neu arrangiert, schließlich die Leerstellen so lange mit literarischen Mitteln ausgestaltet, bis ich Figuren und Handlungen vor mir hatte, die vielleicht nicht historisch belegbar »wahr«, aber doch in sich wahrhaftig waren. »Erzählen« bedeutet ja auch immer »Auslassen«, viele meiner Rechercheergebnisse und Gedanken während des Schreibens konnte ich nicht in den Roman einfließen lassen, einiges davon findet sich nun in diesem Nachwort und im angehängten Personenregister wieder. Außerdem finden Sie eine Liste mit Angaben zu meinen Quellen.

Ein paar abschließende Worte.

Elisabeth Hartnagel, die bis 2020 die letzte Überlebende der Scholl-Geschwister war, mochte Gedenkveranstaltungen nicht. Die Heroisierung insbesondere ihrer Geschwister, aber auch der anderen Mitglieder der Weissen Rose konnte sie nicht ausstehen: »Denn wenn sie als Helden betrachtet werden, dann ist das eine Entschuldigung auch für die anderen. Jeder kann dann sagen, zum Helden bin ich nicht geboren.«*

Ich habe weiter oben schon über die Gefahren der Identifikation geschrieben. Und doch können wir nicht umhin, und sollen das vielleicht auch gar nicht. Begeisterung und Zweifel,

---

* Zit. nach: Bassler, Sibylle: Die weiße Rose, Zeitzeugen erinnern sich. Hamburg 2006, S. 9

Tatkraft und Erschöpfung, Hoffnung und Ernüchterung - wir alle kennen diese Gefühle, die Hans und Alex auf ihrem Weg in den Widerstand begleiten. Nein, natürlich wissen wir nicht, wie es ist, in der Nazi-Diktatur zu leben. Aber wir wissen, wie es ist, sich machtlos zu fühlen gegenüber verbrecherischen Ungerechtigkeiten, aktiv werden zu wollen und doch nicht zu wissen, was zu tun ist, wir kennen die Wichtigkeit von Gleichgesinnten und die Schwierigkeit, zu Andersdenkenden vorzudringen.

Hans, Alex, Sophie, Christel, Willi, Professor Huber ... Sie alle sind keine Helden. Wir auch nicht.

Aber Menschen. Und zumindest das sollten wir nie vergessen.

Personenverzeichnis

Hans Scholl

* 22. September 1918; † 22. Februar 1943.

Während an diesem verhängnisvollen 18. Februar 1943 gegen 11 Uhr die Vorlesungen stattfinden, verteilen Hans und Sophie Scholl die Flugblätter in der Universität. Sie haben das Gebäude eigentlich schon wieder verlassen, beschließen jedoch, noch einmal umzukehren – vermutlich, weil sich noch Flugblätter in ihren Koffern befinden. Dabei werden sie fatalerweise vom Hausmeister Jakob Schmid beobachtet und festgehalten, bis die Gestapo eintrifft. Diese sucht schon seit dem Sommer 1942 nach den Verfassern der Flugblätter, seit Januar 1943 gibt es sogar eine Sonderkommission, die sich ausschließlich mit dem Fall der Widerstandsgruppe befasst – bis zu dieser Festnahme allerdings ohne nennenswerte Erfolge.

Hans Scholl hat bei seiner Verhaftung noch den handschriftlichen Flugblattentwurf Christoph Probsts bei sich. Er versucht, den Zettel unbemerkt zu vernichten, wird dabei aber erwischt. Die Geschwister werden anschließend im Wittelsbacher Palais unabhängig voneinander verhört, wodurch sich Widersprüche in ihren Aussagen ergeben. In der Befragung versucht Hans Scholl der Gestapo glaubhaft zu machen, dass er den Entwurf zufällig in seinem Briefkasten gefunden habe und den Verfasser nicht kenne. Außerdem beteuert er, mit der Flugblattaktion nichts zu tun zu haben und die leeren Koffer nur mit sich zu tragen, um im Anschluss frische Wäsche aus Ulm zu holen. Als er mit den belastenden Ergebnissen der Hausdurchsuchung in seiner Wohnung konfrontiert wird, muss Hans Scholl allerdings gestehen. Von da an versucht er, genauso wie seine Schwester, möglichst viel Schuld auf sich zu nehmen und so die Mitwissenden zu decken. Bereits am 22. Februar 1943 findet der Prozess des Volksgerichtshofs unter der Leitung von dessen berüchtigten Präsidenten Roland Freisler statt. Die Angeklagten sind Hans Scholl, Sophie Scholl und, trotz aller Bemühungen der Geschwister, Christoph Probst. Alle drei werden zum Tod durch Enthauptung verurteilt. Die Hinrichtungen werden noch am selben Tag durchgeführt, die Abschiedsbriefe der Verurteilten werden den Familien nicht ausgehändigt. Ein gemeinsames Abendmahl wird ihnen zwar verwehrt, aber kurz vor der Hinrichtung rauchen Hans Scholl, Sophie Scholl und Christoph Probst noch gemeinsam eine letzte Zigarette. Hans Scholls letzte Worte lauten: »Es lebe die Freiheit!«

Alexander Schmorell

* 3. September 1917; † 13. Juli 1943.

Laut eigenen Aussagen erfährt er zufällig in der Straßenbahn von den Verhaftungen an der Universität. Daraufhin ruft er von einer Telefonzelle aus in der Wohnung der Scholls an. Als sich dort ein fremder Mann meldet, weiß Alexander Schmorell, was passiert ist. Er trifft daraufhin mit Willi Graf zusammen, der sich aber nicht zur Flucht überreden lässt. Mit der Hilfe von seinem bulgarischen Freund Nikolay D. Nikolaeff-Hamazaspian und von Lilo Berndl kommt Alexander Schmorell an einen gefälschten Ausweis und etwas Geld sowie warme Kleidung. Das Ziel seiner Flucht ist vermutlich die Schweiz, vielleicht aber auch ein russisches Kriegsgefangenenlager in der Nähe von

Innsbruck. Am 21. Februar 1943 kommt er jedenfalls beim Schloss Elmau an, das ihm von früheren Familienurlauben bekannt gewesen ist. Ein russischer Kutscher versteckt ihn auf dem Gut. Von dort aus ruft er Christoph Probsts Mutter an, um sich nach dessen Wohlergehen zu erkundigen, und nennt sich dabei selbst »Alexi«. Vermutlich aufgrund dieses belauschten Telefongesprächs wird die Gestapo auf ihn aufmerksam gemacht, zwei Gendarmerie-Beamte tauchen auf Elmau auf und wollen seine Papiere sehen. Er zeigt seinen gefälschten Pass vor, die Beamten geben sich zufrieden und ziehen wieder ab. Trotzdem dürfte dieser Vorfall Alexander Schmorell dazu bewogen haben, lieber nach München zurückzukehren und sich dort mit der Hilfe von Bekannten durchzuschlagen. Allerdings weiß er nicht, dass er bereits steckbrieflich gesucht wird. Am 24. Februar versucht er in Schwabing bei einer ehemaligen Studienkollegin unterzukommen, dabei wird er vom Bombenalarm überrascht. Als er seine Bekannte im Luftschutzkeller aufsucht, wird er verraten und von den anderen Hausbewohnern festgehalten. Ein weiterer Fluchtversuch schlägt fehl, er wird festgenommen und ins Wittelsbacher Palais gebracht, wo er verhört wird. Dass Hans und Sophie Scholl sowie Christoph Probst bereits tot sind, erfährt er nicht vor dem 3. März.

Alexander Schmorell ist einer der Hauptangeklagten im zweiten Weisse-Rose-Prozess, der am 8. April 1943 wieder von Roland Freisler geführt wird. Diesmal sind elf Personen angeklagt. Alexander Schmorell wird wie Willi Graf und Kurt Huber zum Tod durch Enthauptung verurteilt. Diesmal lässt man sich mehr Zeit, erst am 17. Juli 1943 werden die Todesurteile gegen Alexander Schmorell und Kurt Huber vollstreckt. Erstere Hinrichtung verschiebt sich allerdings noch einmal um einige Minuten, weil überraschend drei SS-Offiziere zusehen wollen und ihnen vorher noch die Funktionsweise des Fallbeils erklärt wird.

Am 4. Februar 2012 wird Alexander Schmorell von der russisch-orthodoxen Kirche heiliggesprochen und wird seitdem als heiliger Alexander von München verehrt.

Sophie Scholl

* 9. Mai 1921; † 22. Februar 1943.

Als Hans Scholl und sie noch einmal in die Universität zurückkehren, um die übrigen Flugblätter auszulegen, stößt sie einen Stapel von der Balustrade in den Lichthof. Vermutlich zieht sie dadurch die Aufmerksamkeit des Hausmeisters auf sich. Im Verhör gibt sie zwar zu, dem Papierstapel den fatalen Stoß versetzt zu haben, vom Inhalt der Flugblätter will sie aber nichts gewusst haben. Erst als man sie mit dem Geständnis ihres Bruders konfrontiert, lenkt auch sie ein. Nun versucht sie, so viel Schuld wie möglich auf sich zu nehmen, und gesteht nun sogar Aktionen, bei denen sie gar nicht beteiligt gewesen ist. Wie Hans Scholl und Christoph Probst wird auch sie am 22. Februar zum Tode verurteilt und noch am selben Tag hingerichtet. Zeitzeugen sind sich über ihre bewundernswert gefasste Haltung während der Verhöre, dem Prozess und dem Gang zur Guillotine einig. Auf dem vorgefertigten Formular, das ihre Hinrichtung protokolliert, sind sämtliche männliche Bezeichnungen nachträglich in weibliche ausgebessert – eine Frau als Widerstandskämpferin scheint nicht ins allgemeine Prozedere der nationalsozialistischen Behörden zu passen.

Nach ihrem Tod wird Sophie Scholl schnell nicht nur zum Gesicht der Weissen Rose, sondern des deutschen Widerstands an sich. Über ihre Person erscheinen zahlreiche Bücher, Fernsehfilme, eine Graphic Novel und 2005 auch der Kinofilm Sophie Scholl – Die letzten Tage, der für den Auslands-Oscar nominiert wird. 2021, anlässlich ihres 100. Geburtstags, bringt die ARD ihr fiktionalisiertes Leben unter dem Namen »ichbinsophiescholl« sogar auf Instagram.

Christoph (Christel) Probst

* 6. November 1919; † 22. Februar 1943.

Er entstammt einer kunstaffinen Familie, seine Eltern waren u. a. mit dem Maler Emil Nolde befreundet. Nach der Scheidung 1922 heiratet sein Vater die Jüdin Elise Jaffée. Sie wird den Krieg bei einer Bauernfamilie versteckt überleben.

Nach vielen Orts- und Schulwechseln besucht Christoph Probst 1935 schließlich die siebte Klasse des Neuen Realgymnasiums in München an der Müllerstraße, wo er Alexander Schmorell kennenlernt. Die beiden werden unzertrennlich. Schon im folgenden Schuljahr wechselt Christoph Probst erneut die Schule – die enge Freundschaft dauert aber ein Leben lang an.

Durch den Flugblattentwurf, den Hans Scholl bei seiner Verhaftung bei sich trägt, gilt Christoph Probst schnell als einer der Hauptverdächtigen, ein Handschriftvergleich kann ihn als Verfasser identifizieren. Er wird am 20. Februar in seiner Kaserne in Innsbruck verhaftet. Zu diesem Zeitpunkt weiß er noch nichts von der Aktion und Verhaftung der Geschwister Scholl. Im Verhör versucht er sich seiner Familie zuliebe von den Widerstandsaktionen zu distanzieren, die Niederschrift des Flugblattentwurfs begründet er mit seelischer Depression. Auch die Scholls sind bemüht, möglichst viel Schuld auf sich zu nehmen und Christoph Probst damit zu entlasten. Dennoch wird er im ersten Weisse-Rose-Prozess am 22. Februar gemeinsam mit Hans und Sophie Scholl angeklagt und zum Tode verurteilt. Die Hinrichtung wird noch am selben Tag durchgeführt. Kurz davor empfängt Christoph Probst die katholische Taufe und Kommunion.

Seine Frau Herta liegt zu dieser Zeit im Krankenhaus, da sie nach der Geburt ihres dritten Kindes an Kindbettfieber leidet. Sie wird ihren Mann um 73 Jahre überleben.

Kurt Huber

* 24. Oktober 1893; † 13. Juli 1943.

Er kommt aus einem bildungsbürgerlichen Elternhaus und tut sich früh durch schulische Glanzleistungen hervor. Er studiert Musikwissenschaften sowie Psychologie und Philosophie, in welcher er sich 1920 habilitiert. 1929 heiratet er Clara Schlickenrieder, mit der er die zwei Kinder Birgit (* 1930; † 2012) und Wolfgang (* 1939) bekommt. Vor allem durch seine Publikationen zur Volksliedkunde und Musikpsychologie erwirbt er sich in der akademischen Welt bald einen guten Ruf. Wegen der halbseitigen Lähmung an Gesicht und Gliedmaßen, der Folge einer Rachitis aus Kindertagen, verwehrt ihm die nationalsozialsozialistische Hochschulführung vorerst jedoch einen ordentlichen Lehrstuhl. Außerdem wird er als »parteifeindlich« und zu katholisch eingestuft. Ab 1938 erhält er dennoch eine Professur an der Universität München, 1940 wird er sogar Mitglied der NSDAP. Seine politische Haltung ist zeitlebens widersprüchlich: Einerseits verurteilt er den nationalsozialistischen Staat, andererseits ist sein Denken stark völkisch geprägt, auch glaubt er bis zum Ende an eine Überlegenheit der deutschen Wehrmacht.

Die Verhaftung der Geschwister Scholl erlebt er als Augenzeuge mit, da er sich zu dieser Zeit ebenfalls in der Universität aufhält. Im Anschluss verbrennt er alles belastende Material, dennoch wird er am 27. Februar 1943 verhaftet. Im zweiten

Weisse-Rose-Prozess wird er zum Tode verurteilt und am 13. Juli 1943, nur wenige Minuten nach Alexander Schmorell, hingerichtet.

Willi Graf

* 2. Januar 1918; † 12. Oktober 1943.

Er kommt aus einer streng katholischen Familie und ist Mitglied des Grauen Ordens, einem katholischen Jugendverband. Als dieser verboten wird, verweigert Willi Graf die Mitgliedschaft in der Hitlerjugend. Wie Hans Scholl sitzt auch er 1938 wegen »bündischen Umtrieben« eine Zeit lang im Gefängnis. Von 1940 bis 1942 ist er immer wieder als Sanitäter zum Kriegsdienst eingezogen. Anders als Hans Scholl und Alexander Schmorell wird er in dieser Zeit schon an der Ostfront eingesetzt, ganz in der Nähe ihres späteren Aufenthaltsortes Gshatsk.

Am 18. Februar trifft Willi Graf gemeinsam mit Traute Lafrenz in der Universität zufällig auf die Geschwister Scholl, ohne etwas von ihrem Vorhaben zu wissen. Nach ihrer Verhaftung verabredet Willi Graf sich mit Alexander Schmorell, um ihr weiteres Vorgehen zu besprechen. Während Alexander Schmorell auf eine Flucht besteht, möchte Willi Graf lieber abwarten, um sich nicht durch den Verdacht auf Fahnenflucht noch weiter zu belasten. Gegen Mitternacht wird er in seiner Wohnung gemeinsam mit seiner Schwester und Mitbewohnerin Anneliese von der Gestapo verhaftet. Im zweiten Weisse-Rose-Prozess wird er zum Tode verurteilt. Anneliese, die tatsächlich nichts von der Betätigung ihres Bruders im Widerstand gewusst hat, wird nicht angeklagt.

Willi Graf wird nicht gemeinsam mit Alexander Schmorell und Kurt Huber hingerichtet, da man sich von ihm noch wichtige Hinweise zu Kontakten im Widerstand erhofft. Er gibt allerdings keine weiteren Namen preis, und so wird er im Oktober ebenfalls durch Enthauptung hingerichtet. Seine Schwester Anneliese bewahrt sein Tagebuch auf, das später veröffentlicht wird.

Seit 2017 wird eine Seligsprechung Willi Grafs diskutiert.

Seine Hinrichtung bleibt allerdings nicht die letzte im Fall der Weissen Rose: Am 29. Januar 1945 wird der Chemiestudent Hans Leipelt enthauptet, weil er Kopien der Flugblätter verbreitet und Spenden für Kurt Hubers Witwe gesammelt hat.

Traute Lafrenz, später Lafrenz-Page

* 3. Mai 1919.

Sie gilt als das wichtigste Bindeglied zur »Hamburger Weißen Rose«, wie die Geschichtswissenschaft heute ein loses Netz aus oppositionellen Familien und Gruppierungen in Hamburg bezeichnet. Nachdem auch Traute Lafrenz in den Fokus der Gestapo geraten ist, wird sie im zweiten Weisse-Rose-Prozess zu einem Jahr Haft verurteilt, da sie ihre wahren Widerstandsaktivitäten verschleiert und nur der Mitwisserschaft schuldig gesprochen wird. Allerdings wird sie nur wenige Wochen nach ihrer Haftentlassung 1944 nach Ermittlungen gegen Hamburger Widerstandsgruppen erneut inhaftiert und verbringt die Zeit bis Kriegsende in verschiedenen Gefängnissen. 1947 emigriert sie in die USA, wo sie ihr Medizinstudium abschließt und eine Schule für geistig behinderte Kinder in Chicago leitet. Heute lebt Traute Lafrenz-Page auf Yonges Island in South Carolina.

Sämtliche Familienmitglieder der Hauptbelasteten (Hans und Sophie Scholl, Christoph Probst, Alexander Schmorell, Willi Graf, Kurt Huber) werden im Frühjahr 1943 für mehrere Monate in Sippenhaft genommen.

Die Familie Scholl:

Robert Scholl

* 13. April 1891; † 25. Oktober 1973.

Er entstammt einer armen Kleinbauernfamilie. Seine Erlebnisse im Ersten Weltkrieg, in dem auch zwei seiner Brüder fallen, machen ihn lebenslang zu einem Pazifisten. Als er 1916 die zehn Jahre ältere Magdalena Müller heiratet, bringt er bereits einen Sohn mit in die Ehe, den 1915 geborenen Ernst Gruele, der als »Pflegesohn« in der Familie aufwächst. Ab 1917 ist Robert Scholl Bürgermeister in Ingersheim an der Jagst, ab 1919 auch in Forchtenberg. 1930 wird er nach Auseinandersetzungen mit der Gemeindeverwaltung allerdings nicht mehr wiedergewählt, 1932 zieht die Familie letztendlich nach Ulm, wo er eine Wirtschaftsprüfer- und Steuerberaterkanzlei betreibt.

Seine Frau und er wohnen dem Prozess um ihre Kinder bei. Als Robert Scholl versucht, eigenhändig ihre Verteidigung zu übernehmen, wird er des Saales verwiesen. Die Eltern erreichen aber, dass sie Hans und Sophie Scholl noch einmal kurz sprechen und sich verabschieden können. Robert Scholl bleibt von allen Familienmitgliedern am längsten in Haft, angeblich wegen des Hörens von Feindsendern.

Nach dem Krieg ist er von 1945 bis 1948 Oberbürgermeister von Ulm, 1950 zieht er mit seiner Frau nach München. In den folgenden Jahren begründet er mit den späteren deutschen

Bundespräsidenten Gustav Heinemann und Johannes Rau die Gesamtdeutsche Volkspartei (GVP), die sich gegen die Wiederaufrüstung Deutschlands starkmacht. Nach dem Tod seiner Frau heiratet er 1960 ein zweites Mal und verbringt seine letzte Lebenszeit in Stuttgart.

Magdalena (Lina) Scholl, geb. Müller

* 5. Mai 1881; † 31. März 1958.

Ebenfalls aus einfachen Verhältnissen stammend tritt sie mit 23 Jahren einem Diakonissenorden bei und lernt dort den Beruf der Kranken- und Familienpflegerin. Der protestantische Glauben bleibt ein wichtiger Pfeiler ihres Lebens. Im Ersten Weltkrieg wird sie als Krankenschwester im Ludwigsburger Lazarett eingesetzt, wo sie Robert Scholl kennenlernt. Das Ehepaar hat sechs Kinder miteinander, wobei die jüngste Tochter Thilde (* 1926) mit nicht einmal einem Jahr an Masern stirbt. Magdalena Scholl leidet viele Jahre lang an chronischen Magen- und Darm-Krankheiten, die vielleicht auf den großen Druck zurückzuführen sind, dem sie als Familienfürsorgerin ausgesetzt ist.

Inge Scholl, später **Aicher-Scholl**

* 11. August 1917; † 4. September 1998.

Beeinflusst von ihrem Verlobten und späteren Ehemann, dem gläubigen Katholiken und sehr bekannten Grafikdesigner Otl Aicher, tritt sie am Tag des Begräbnisses ihrer Geschwister zum katholischen Glauben über. 1946 gründet sie mit Otl Aicher gemeinsam die Ulmer Volkshochschule, welcher sie auch als Leiterin vorsteht, 1950 die Hochschule für Gestaltung Ulm. 1972 zieht die Familie nach Rotis im Allgäu. In den 1970er- und 80er Jahren engagiert sie sich intensiv in der Friedensbewegung.

Inge Aicher-Scholls Bedeutung für die Rezeption der Weissen Rose ist nicht zu unterschätzen, so zementiert ihr Buch *Die Weiße Rose* von 1952 überhaupt erst den Namen des Widerstandskreises, welcher die Bezeichnung ja eigentlich nur auf den ersten vier Flugblättern verwendet. Entsprechend ihres eigenen katholischen Glaubens überbetont sie außerdem die religiösen Einflüsse. Des Weiteren ist sie verantwortlich dafür, dass auch heute noch die Weisse Rose oft mit den Geschwistern Scholl gleichgesetzt wird, in ihren Publikationen stellt sie nämlich vor allem ihre eigene Familie in den Mittelpunkt. Allerdings hat sie den Nachlass ihrer Geschwister auch nach ihren eigenen Vorstellungen zensiert und somit lange ihr Bild in der Öffentlichkeit bestimmt. Beispielsweise verschweigt sie bis zu ihrem Tod den Prozess gegen Hans Scholl wegen Homosexualität.

Elisabeth (Liserl) Scholl, später Hartnagel

* 27. Februar 1920; † 28. Februar 2020.

Obwohl sie noch zwei Wochen vor der Festnahme ihrer Geschwister bei ihnen in München zu Besuch gewesen ist, hat sie nichts von deren Widerstandsaktionen mitbekommen, von der Verhaftung erfährt sie aus der Zeitung. Genau an ihrem 23. Geburtstag wird sie mit dem Rest der Familie in Sippenhaft genommen, wo sie an einer chronischen Blasenentzündung erkrankt, weshalb sie als erstes Mitglied der Familie Scholl wieder freigelassen wird. Sie arbeitet von nun an als Kindergärtnerin. 1945 heiratet sie Fritz Hartnagel, den einstigen Verlobten ihrer Schwester Sophie. Das Ehepaar tritt der SPD bei und engagiert sich in der Friedensbewegung. In die Öffentlichkeit tritt sie erst nach dem Tod ihrer Schwester Inge, um die Erinnerung an ihre Geschwister zu bewahren. Sie stirbt genau einen Tag nach ihrem 100. Geburtstag.

Werner Scholl

* 13. November 1922; vermisst seit dem 7. Mai 1944.

Anders als Hans und Sophie Scholl tritt er bereits als Schüler aus der Hitlerjugend aus. Als Sanitätssoldat dient er erst in Frankreich, dann in Russland. Als Hans und Sophie Scholl verhaftet werden, befindet er sich gerade auf Heimaturlaub in Deutschland und kann seine Geschwister nach der Verurteilung so noch einmal kurz sehen. Er unternimmt u. a. gemeinsam mit Traute Lafrenz wichtige Botenfahrten, etwa zu Christoph Probsts Frau Herta. Anders als die anderen Familienmitglieder wird er nicht in Sippenhaft genommen, sondern zurück an die Ostfront geschickt. Anfang Mai 1944 hält er sich mit seiner Einheit bei den Prypjatsümpfen, einer Flusslandschaft im Süden Weißrusslands, auf. Von dort verschwindet Werner Scholl, der laut Aussagen eines Kameraden nach dem Mord an seinen Geschwistern sehr depressiv gewesen sein soll, spurlos. Ob er wirklich von Partisanen entführt und erschossen worden ist, wie es der Familie von Wehrmachtsseite mitgeteilt wird, oder womöglich desertiert ist, kann nie geklärt werden. 1961 schreibt Robert Scholl an das Rote Kreuz, dass die Suche nach seinem vermissten Sohn eingestellt werden könne.

Die Familie Schmorell:

Hugo Schmorell

* 19. Februar 1878, † 19. Juli 1964.

Seine Familie lebt seit den 1860er-Jahren in Orenburg und gehört bis zum Ersten Weltkrieg zu einer der wohlhabendsten und angesehensten deutschen Familien der Stadt. Hugo

Schmorell verbringt dort eine idyllische Kindheit und Jugend, die sein romantisches Bild vom zaristischen Russland, welches er auch an seine Kinder weitergibt, geprägt hat. Er studiert in München Medizin und arbeitet bis zum Ausbruch des Ersten Weltkriegs als Assistenzarzt an der Moskauer Universitätsklinik für Innere Medizin. Danach wird er als »Zivilkriegsgefangener« zurück nach Orenburg gebracht und leitet dort ein Krankenhaus für deutsche und österreichische Staatsangehörige. In Deutschland erwirbt er sich die Zulassung als Facharzt für Orthopädie und führt dort eine Praxis. Zum russischen Freundeskreis der Schmorells in München gehört auch die Familie von Boris Pasternak, der 1958 für *Doktor Schiwago* den Literaturnobelpreis gewinnt. Anders als Hugo Schmorell sind viele seiner Geschwister in der Sowjetunion verblieben - sie werden aufgrund ihrer deutschen Herkunft nach Sibirien deportiert.

Natalija Schmorell, geb. Wwedenskaja

* 1890; † 1918.

Sie entstammt einer orthodoxen Pfarrersfamilie aus Krementschuk in der Ukraine. 1911 studiert sie in Moskau an der Wirtschaftsakademie und lernt dort Hugo Schmorell kennen. Sie folgt ihm nach Orenburg, wo sie 1916 heiraten. Ein Jahr später wird ihr gemeinsamer Sohn Alexander geboren. 1918 stirbt Natalija an Typhus, ein genaues Todesdatum ist nicht bekannt.

Elisabeth Schmorell, geb. Hoffmann

* 30. August 1892; † 3. Februar 1982.

Sie ist als Tochter eines deutschen Bierbraumeisters in Orenburg geboren und hat elf Geschwister, von denen die meisten während des Russischen Bürgerkriegs ebenfalls nach Deutschland fliehen. Zwei ihrer Schwestern sind mit Juden verheiratet und müssen deshalb nach der Machtergreifung der Nationalsozialisten nach Schweden bzw. in die USA emigrieren. Drei ihrer Brüder sind hingegen Träger des goldenen Parteiabzeichens der NSDAP.

Im Haushalt der Schmorells lebten auch noch Elisabeths jüngere Schwester Antonie (»Tante Toni«) Hoffmann sowie die Hausangestellte Maria Kiermeier, die in dem Roman allerdings keine Erwähnung finden.

Erich Schmorell

* 8. August 1921; † 5. Juli 2005.

Während der Kriegsjahre ist er zumeist mit seiner Wehrmachtseinheit unterwegs, im Februar 1943 ist er in Freiburg stationiert. Er studiert wie sein Halbbruder Medizin und wird wie sein Vater Orthopäde. Später verwaltet er Alexander Schmorells Nachlass und übersetzt einige seiner russischen Schriftstücke ins Deutsche.

Natalie (Natascha) Schmorell, später Lange

* 15. März 1925; † 17. Januar 2016.

Viel ist nicht über sie bekannt, aber Briefe aus dem Gefängnis zeigen, dass Alexander Schmorell sich immer besonders um seine jüngere Halbschwester sorgt. Auch sie setzt sich später für das Gedenken an ihren Halbbruder sowie für deutsch-russische Verständigung ein.

Njanja, gemeint ist **Feodosia Konstantinowna Lapschina**

* 1884 oder 1885; † 20. September 1960.

Sie entstammt einer kinderreichen Familie aus der Gegend von Wolgograd, bleibt ihr Leben lang im Dienst der Familie Schmorell und betreut auch noch die Kinder Erich Schmorells. In Deutschland lebt sie offiziell unter dem Namen »Franziska Schmorell«, auf diesen Namen ist auch ihre Sterbeurkunde ausgestellt, auf ihrem Grabstein aber steht nur »Njanja«.

Weitere Personen (in Reihenfolge ihres Auftretens):

Der alte Theologe, gemeint ist **Carl Muth**

* 31. Januar 1867; † 15. November 1944.

Publizist und Vertreter des katholischen Existenzialismus. Gemeinsam mit Theodor Haecker (* 4. Juni 1879; † 9. April 1945) gilt er als wichtigster religiöser Mentor der Geschwister Scholl, bei den von Hans Scholl organisierten Zusammenkünften hält er öfter Vorträge und Lesungen. Nachdem sein Haus beim Bombenangriff zerstört worden ist, zieht er nach Achenkirch um. Infolge der Verhaftung der Geschwister Scholl wird auch bei ihm eine Hausdurchsuchung durchgeführt, die aber zu keiner Anklage führt.

Manfred Eickemeyer

* 30. Oktober 1903; † 6. Dezember 1978.

Der Maler und Architekt, der der Weissen Rose sein Atelier in der Leopoldstraße zur Verfügung stellt und als ihre Hauptinformationsquelle für die Gräueltaten im Osten gilt, wird am

13. Juli 1943, dem Tag der Hinrichtung von Alexander Schmorell und Kurt Huber, wegen »Nichtanzeige eines geplanten Hochverrats« vor Gericht gestellt, aber freigesprochen.

Angelika (Angeli) Knoop, geb. **Probst**

* 7. April 1918; † 1976.

Als ältere Schwester von Christoph Probst und zeitweilige Freundin von Alexander Schmorell ist sie die wichtigste Korrespondenzpartnerin von beiden. Nach der Scheidung ihrer Eltern lebt sie mit ihrer Mutter und einem Halbbruder namens Dieter Sasse in München. Sie pflegt eine enge Beziehung zu Christoph Probst, die sich durch den frühen Tod des Vaters 1936 noch intensiviert. Ab 1936 besucht sie die Gymnastik- und Musikschule des vierzigjährigen Komponisten Carl Orff, mit dem sie auch ein Liebesverhältnis eingeht. Als dieses 1937 endet, verlässt sie die Schule abrupt und heiratet kurz darauf Bernhard Knoop, den zehn Jahre älteren Leiter des Landerziehungsheims Marienau in der Nähe von Lüneburg. Die Ehe, die durch Angelika Knoops Beziehung mit Alexander Schmorell belastet gewesen ist, wird Ende 1945 beendet, bereits im Januar 1946 heiratet Bernhard Knoop die jüngere Schwester von Willi Graf, Anneliese. Die beiden haben sich während der Sippenhaft kennengelernt.

Angelika Knoop-Probst, wie sie sich später nennt, bewahrt Alexander Schmorells zahlreiche Liebesbriefe zeitlebens auf, verfügt allerdings, dass diese nach ihrem Tod zu vernichten seien. Ihre Familie kommt diesem Wunsch jedoch nicht nach, sondern übergibt die Briefe an eine ältere Ordensmutter, die die Korrespondenz als neutrale Zeitzeugin lesen, bewerten und über die weitere Vorgehensweise entscheiden soll. Da die Ordensmutter sich gegen eine Vernichtung ausspricht, werden die Briefe schließlich der Familie Schmorell übergeben und 2011 zusammen mit den Briefen Christoph Probsts veröffentlicht.

Fritz Hartnagel

* 4. Februar 1917; † 29. April 2001.

Bereits 1936 meldet er sich freiwillig zur Wehrmacht und bleibt bis zum Ende des Krieges Berufsoffizier. Sophie Scholl lernt er 1937 bei einem »Tanztee« einer gemeinsamen Freundin kennen, die beiden bleiben bis zu Sophie Scholls Tod ein Paar. Durch Fritz Hartnagels Kriegseinsätze führen sie allerdings die meiste Zeit eine Fernbeziehung, der Briefwechsel ist noch zum Großteil erhalten und publiziert. Daraus lässt sich nachvollziehen, wie Fritz Hartnagel sich durch Sophie Scholls Einfluss, aber auch durch eigene Kriegserlebnisse immer mehr zu einem Gegner des Krieges und des Naziregimes wandelt. Von der Verhaftung seiner Verlobten erfährt er in einem Lazarett in Lemberg und macht sich sofort auf den Weg nach Berlin, wo er aber am Telefon von Werner Scholl erfahren muss, dass die Hinrichtung bereits vollzogen worden ist. 1945 begibt sich Fritz Hartnagel freiwillig in amerikanische Kriegsgefangenschaft, nach seiner Freilassung heiratet er im selben Jahr Elisabeth (Liserl) Scholl. Er studiert Jura, wird zusammen mit seiner Frau SPD-Mitglied und engagiert sich gegen die deutsche Wiederbewaffnung und für Kriegsdienstverweigerer. Zuletzt wirkt er als Vorsitzender Richter am Landesgericht Stuttgart.

Lieselotte (Lilo) Berndl, geb. Ramdohr, später **Fürst-Ramdohr**

* 11. Oktober 1913; † 13. Mai 2013.

Ihr erster Ehemann, Otto Berndl, ist der Sohn des bekannten Münchner Architekten Richard Berndl und stirbt im Mai 1942 in Russland.

Lieselotte Berndl spielt eine entscheidende Rolle bei Alexander Schmorells Fluchtversuch: Gemeinsam mit einer befreundeten Kunstbuchbinderin fälscht sie für ihn einen Pass und verbrennt seine Uniform und sein Soldbuch in ihrem Heizungsofen. Nach Alexander Schmorells Verhaftung kommt sie in U-Haft, wird aber aus Mangel an Beweisen entlassen. 1944 heiratet sie zum zweiten Mal und führt seitdem den Namen Fürst-Ramdohr. Im selben Jahr zieht sie nach Aschersleben, flieht aber 1948 aus der sowjetischen Zone zurück nach Bayern. Dort arbeitet sie von nun an als Lehrerin, ist als Malerin und Autorin tätig und gibt noch bis 1999 Gymnastikstunden.

Hubert Furtwängler

* 4. April 1918; † 3. Mai 2011.

Sohn des Komponisten und Dirigenten Wilhelm Furtwängler. Im Februar und März 1943 wird Hubert Furtwängler mehrmals zur Weissen Rose verhört, es kommt dank der Fürsprache des Oberstabsarztes und Leiter der Münchner Studentenkompanien allerdings zu keiner Anklage. Nach dem Krieg arbeitet er als Kinderarzt in München und heiratet die Konzertpianistin Margaret Knittel, Tochter des Schriftstellers John Knittel. Es besteht eine entfernte Verwandtschaft zur Schauspielerin Maria Furtwängler.

Raymund Samiller,
auch **Raimund Sammüller** oder **Samüller**

* ?; † ?

Ebenfalls Medizinstudent und Angehöriger der Studentenkompanie, gehört er zum erweiterten Freundeskreis um Hans Scholl und Alexander Schmorell. Er fällt in Russland.

Nelly

* ?; † ?

In Alexander Schmorells Nachlass befinden sich einige Briefentwürfe an eine russische Freundin namens Nelly, u. a. auch ein Abschiedsbrief aus dem Gefängnis. Laut den Erinnerungen eines seiner Freunde habe es sich bei Nelly um eine Lehrerin gehandelt, die für Alexander Schmorell auch Kontakte zu den russischen Partisanen herstellen wollte. Mehr ist über sie nicht bekannt. Auch ein Briefentwurf an eine gewisse Walja existiert in Alexander Schmorells Nachlass.

Die Namen und Berufe der anderen erwähnten Russen und Russinnen sind aus verschiedenen Briefen, Tagebucheinträgen etc. entnommen.

Ernst Reden

* 10. Juni 1914; † 5. August 1942.

Ernst Reden leistet seinen Wehrdienst in Ulm ab, wo er die Familie Scholl kennenlernt. Bereits früh hat er eine Jugendgruppe gegründet, die sich an den Prinzipien der Deutschen Jungenschaft vom 1. November 1929 (d.j.1.11) orientiert, und weiht Hans Scholl in dieses Milieu ein. Besagte Jungenschaften pflegen eine Nord- und Russlandromantik, unternehmen ausgedehnte

Ausflüge in die Wildnis und übernachten gerne in Zelten. Ursprünglich sind diese Gruppierungen keinem spezifischen politischen Spektrum zuzurechnen, ab 1933 werden sie allerdings in die Hitlerjugend überführt. Da ihre Mitglieder aber weiterhin die Traditionen der d.j.1.11 pflegen, stehen sie stets unter Verdacht.

Obwohl Ernst Reden homosexuell ist und sich Werner Scholl sexuell angenähert hat, ist er eine Zeit lang mit Inge Scholl liiert. Er ist Mitglied der Reichsschriftkammer und veröffentlicht einige Gedichte. 1942 stirbt er an der Ostfront.

Lisa Remppis, später Schlehe

* 7. Juni 1923; † 1971.

Sie ist Sophie Scholls beste Freundin von Jugendtagen an. Sie lebt erst im selben Haus wie Sophies Tante, später in Langenburg in der Nähe von Forchtenberg. Als die Familie Scholl nach Ulm zieht, wird Lisa Remppis eine von Sophie Scholls wichtigsten Korrespondenzpartnerinnen. Mit Hans Scholl führt sie zwischen 1938 und 1940 eine Beziehung, die von ihren Eltern allerdings nicht gerne gesehen wird, da er fünf Jahre älter ist als sie. Im Juni 1942 verlobt sie sich mit August Schlehe, welchen sie schließlich heiratet.

Rolf Futterknecht

* 9. April 1920; † 29. Oktober 1942.

1933 tritt er dem Deutschen Jungvolk bei, von 1935 bis 1936 ist Hans Scholl sein Fähnleinführer. In dieser Zeit kommt es immer wieder zu sexuellen Handlungen zwischen den beiden Jungen. Beide sagen später vor Gericht aus, dass die Initiative zu diesen Handlungen stets von Hans Scholl ausgegangen sei.

Rolf Futterknecht fällt 1942 in der Nähe von Charkow in der heutigen Ukraine. Ob Hans Scholl von seinem Tod erfahren hat, ist nicht bekannt.

Ein Ulmer Freund, gemeint ist **Hans Hirzel**

* 30. Oktober 1924; † 3. Juni 2006.

Gemeinsam mit seiner Schwester Susanne Hirzel und seinem Schulkollegen Franz J. Müller bildet er die heute sogenannte »Ulmer Abiturientengruppe«, die die Flugblätter der Weissen Rose in der Ulmer Umgebung verbreiten. Im zweiten Weisse-Rose-Prozess werden die beiden Jungen mit jeweils fünf Jahren Gefängnis bestraft, Susanne Hirzel wird zu einem halben Jahr Gefängnis verurteilt.

Nach dem Krieg arbeitet er am Institut für Sozialforschung in Frankfurt sowie als Redakteur für die *Frankfurter Hefte*. In den 1970er-Jahren wird er Mitglied der CDU, 1993 tritt er jedoch aus der Partei aus und wendet sich der rechtskonservativen REP (Die Republikaner) zu, für die er 1994 sogar als Bundespräsident kandidiert und in jedem Wahlgang jeweils die wenigsten Stimmen erhält.

Falk Harnack

* 2. März 1913; † 3. September 1991.

Er ist ein ehemaliger Mitschüler Lilo Fürst-Ramdohrs und tatsächlich eine Zeit lang mit ihr verlobt. Nach seinem Studium arbeitet er als Regisseur und Dramaturg am Nationaltheater Weimar und am Landestheater Altenburg, bis er 1940 zur Wehrmacht eingezogen wird.

Sein Bruder Arvid Harnack gilt als einer der führenden Köpfe der »Roten Kapelle«, wie die Gestapo ein Netzwerk verschiedener, lose zusammenhängender Widerstandsgruppen bezeichnet. Arvid Harnack wird im Dezember 1942 in Berlin hingerichtet, seine Frau Mildred Harnack-Fish wenig später im Februar 1943. Im Zuge des zweiten Weisse-Rose-Prozesses wird auch Falk Harnack angeklagt, allerdings überraschenderweise freigesprochen. Er kehrt zu seiner Nachrichtenkompagnie in Griechenland zurück. Als er im Sommer 1943 von dort entlassen und doch noch in ein Konzentrationslager gebracht werden soll, gelingt ihm die Flucht. Er schließt sich der griechischen Partisanenbewegung an und gründet das Antifaschistische Komitee Freies Deutschland.

Nach dem Krieg arbeitet er wieder sehr erfolgreich als Theater- und Filmregisseur.

Eugen Grimminger

* 29. Juli 1892; † 10. April 1986.

Er stammt aus Crailsheim, also der Gegend, in der Robert Scholl eine Zeit lang Bürgermeister gewesen ist. Er unterstützt die Weisse Rose mit Geldspenden, die er teilweise zu diesem Zweck bei seinen Kunden gesammelt hat. Am 2. März 1943 wird er verhaftet und im zweiten Weisse-Rose-Prozess angeklagt. Der Staatsanwalt fordert für ihn die Todesstrafe, letztendlich wird er zu zehn Jahren Zuchthaus verurteilt. Bereits am 10. April desselben Jahres wird seine jüdische Ehefrau deportiert und in Auschwitz ermordet. Als Eugen Grimminger von ihrem Tod erfährt, unternimmt er einen Selbstmordversuch, den er allerdings überlebt. Nach dem Krieg wird er Präsident des Landesverbandes landwirtschaftlicher Genossenschaften in Stuttgart und engagiert sich im Tierschutz.

Rose Nägele, später Michel

* 20. Juli 1921; † 23. April 2013.

Im März 1941 verlieben sich Hans Scholl und Rose Nägele bei einer gemeinsamen Skitour ineinander, die Beziehung hält aber nur knapp einen Monat an. Sie bleiben einander nach der Trennung freundschaftlich verbunden und sie wird eine wichtige Korrespondenzpartnerin für Hans Scholl. Im November 1942 wollen Alexander Schmorell und er bei einem Besuch in Stuttgart Roses Bruder Hanspeter von der Mitwirkung an den Widerstandsaktionen überzeugen, was dieser allerdings als »Selbstmord« abtut.

Gisela Schertling

* 9. Februar 1922; † 8. November 1994.

Sie steht bei der Verhaftung der Geschwister Scholl im Lichthof in der Menge der Studenten, ihr gilt vermutlich auch der von Hans Scholl ausgerufene Satz: »Geh nach Hause und sag Alex, wenn er da ist, er soll nicht auf mich warten!« Am selben Tag wird sie selbst verhaftet. Sie kann dem Druck nicht standhalten und sagt umfassend aus. Das nützt ihr allerdings wenig: Im zweiten Weisse-Rose-Prozess wird sie als »Mitwisserin« zu einem Jahr Gefängnis verurteilt. Nach dem Krieg macht sie eine Ausbildung zur Religionslehrerin, Katechetin und Organistin, arbeitet in der Friedenskirche Wildau und engagiert sich im Bund der evangelischen Kirchen in der DDR.

der Gaustudentenführer, gemeint ist **Julius Doerfler**

* (vermutl.) 19. Mai 1910; † ?

Da er unveröffentlichte Memoiren verfasst hat, ist davon auszugehen, dass er den Krieg überlebt hat.

der Gauleiter, gemeint ist **Paul Giesler**

* 15. Juni 1895; † 8. Mai 1945.

Von 1941 bis 1943 Gauleiter von Westfalen-Süd, ab 1942 auch von München-Oberbayern. Zu Kriegsende begeht er Selbstmord.

zwei Brüder aus dem Saarland, gemeint sind
Heinrich (Heinz) und Wilhelm (Willi) Bollinger

Während Heinz (* 23. April 1916; † 17. Juli 1990) sich nicht an den Flugblattverteilaktionen der Weissen Rose beteiligt, da er die Aktionen für verfrüht hält, verteilt sein Bruder Willi (* 10. Juni 1919; † 7. Januar 1975) mehrere Kopien des fünften Flugblattes im Saarland. Er ist es auch, der Waffen an Gegner des Nationalsozialismus weitergibt. Während Heinz Bollinger 1943 im zweiten Weisse-Rose-Prozess zu sieben Jahren Zuchthaus verurteilt wurde, kommt Willi Bollinger erst 1944 für drei Monate in Haft, da er die wirkliche Dimension seiner Widerstandsarbeit verschleiern kann. Nach dem Krieg arbeitet Heinz Bollinger als Professor für Psychologie in Lörrach, Willi Bollinger als Chemiker in Wuppertal.

Danksagungen

Ich bedanke mich bei der Stadt Graz, die die Arbeit an diesem Roman mit einem Literaturstipendium gefördert hat, und beim Literarischen Colloquium Berlin, in dessen heiligen Hallen ich die ersten Kapitel geschrieben habe.

Ich bedanke mich bei der Jugendliteraturwerkstatt Graz, wo ich von meiner frühesten Jugend an literarisch gefördert wurde. Einige Teile dieses Romanes wurden bei der Werkstatt für junge Literatur 2020 am Retzhof er- und überarbeitet, ich danke allen Teilnehmerinnen und Teilnehmern für die konstruktive Kritik.

Ich bedanke mich bei Petra Eggers und Nora Boeckl von der Agentur Eggers, die mir seit meinem ersten Roman mit Rat und Tat zur Seite stehen und auf die ich mich bei allen Hochs und Tiefs, die so ein Schriftstellerinnendasein mit sich bringt, jederzeit verlassen kann.

Ich bedanke mich bei meiner Lektorin Magdalena Heer und bei der Programmleiterin Susanne Krones, die von Anfang an keine Angst vor dem großen Thema gehabt haben und somit verantwortlich dafür sind, dass dieser Roman das Licht der Öffentlichkeit erblicken konnte. Bei Magdalena bedanke ich mich insbesondere für die konstruktiven Gespräche und E-Mails mit Verbesserungsvorschlägen, die, auch wenn man das als Autorin ungern zugibt, tatsächlich immer zu einer Verbesserung des Textes geführt haben.

Ich bedanke mich bei Franziska Bauer, die mir bei den russischen Passagen geholfen hat. Sollten sich noch immer Fehler darin befinden, ist das ganz allein meine Schuld.

Ich bedanke mich bei meinen Geschwistern Dotty und Paul und bei meinen Eltern Kathrin und Charly. Ihr habt den Beweis erbracht, dass man eine schöne Kindheit haben und trotzdem als Schriftstellerin enden kann.

Und das allergrößte Dankeschön gilt natürlich meinem Mann Alexander, der immer an mich, aber auch ganz besonders an dieses Buch geglaubt hat, gerade dann, wenn ich selbst es nicht mehr so recht konnte. Außerdem ist er sowieso der beste Ehemann der Welt.

Literatur

Aicher-Scholl, Inge: Die Weiße Rose. Erweiterte Neuausgabe. Frankfurt am Main 1994.

Aicher-Scholl, Inge (Hg.): Sippenhaft. Nachrichten und Botschaften der Familie in der Gestapo-Haft nach der Hinrichtung von Hans und Sophie Scholl. Frankfurt am Main 1993.

Bald, Detlef: Von der Front in den Widerstand. Berlin 2004.

Breinersdorfer, Fred (Hg.): Sophie Scholl. Die letzten Tage. Frankfurt am Main 2005.

Büttner, Johannes; Grandy, Jacqueline: Weiße Rose. Die App. München 2020.

Chaussy, Ulrich; Ueberschär Gerd R.: »Es lebe die Freiheit!« Die Geschichte der Weißen Rose und ihrer Mitglieder. Frankfurt am Main 2013.

Claudel, Paul: Der seidene Schuh oder Das Schlimmste trifft nicht immer zu. Salzburg, Leipzig 1939.

Ellermeier, Barbara: Hans Scholl. Hamburg 2012.

Ellermeier, Barbara: Sophie Scholl. Lesen ist Freiheit! München 2018.

Gebhardt, Miriam: Die Weiße Rose. Wie aus ganz normalen Deutschen Widerstandskämpfer wurden. München 2018.

Gottschalk, Maren: Sophie Scholl. Wie schwer ein Menschenleben wiegt. Eine Biografie. München 2020.

Jens, Inge (Hg.): Hans Scholl. Sophie Scholl. Briefe und Aufzeichnungen. Frankfurt am Main 1988.

Knab, Jakob: Ich schweige nicht. Hans Scholl und die Weiße Rose. Darmstadt 2018.

Knoop-Graf, Anneliese; Jens, Inge (Hg.): Willi Graf. Briefe und Aufzeichnungen. Frankfurt am Main 1988.

Mertz, Thomas: Christoph Probst. Ein Student der »Weißen Rose«. Trier 2020.

MIR e. V., Zentrum russischer Kultur in München (Hg.): Alexander Schmorell und sein Weg vom Widerstandskämpfer zum Heiligen. MIR-Kalender. München 2018.

Moll, Christiane (Hg.): Alexander Schmorell. Christoph Probst. Gesammelte Briefe. Berlin 2011.

Munier, Julia Noah: Lebenswelten und Verfolgungsschicksale homosexueller Männer in Baden und Württemberg im 20. Jahrhundert. Stuttgart 2021.

Sachs, Ruth Hanna: White Rose History. Vol. 1. Coming Together. Academic Version. Utah 2003.

Sachs, Ruth Hanna: White Rose History. Vol. 2. Journey to Freedom. Academic Version. Utah 2005.

Schüler, Barbara: »Im Geiste der Gemordeten ...«: die »Weiße Rose« und ihre Wirkung in der Nachkriegszeit. Paderborn 2000.

Seybold, Katrin (Regie): Die Widerständigen. Zeugen der Weißen Rose. Dokumentarfilm. München 2015.

Vinke, Hermann: Das kurze Leben der Sophie Scholl. Ravensburg 2005.

Zankel, Sönke: Die Weisse Rose war nur der Anfang. Köln 2006.

Zoske, Robert M.: Flamme sein! Hans Scholl und die Weiße Rose. München 2018.

Das Erfolgsdebüt aus England: »Das Buch des Sommers.« ***The Times*** **– »Ein absoluter Schatz von einem Buch, das man wieder und wieder lesen kann.«** ***Sunday Times***

Dorset an der Küste Englands, 1928: In einer stürmischen Nacht wird ein Blauwal angespült. Nach dem Gesetz gehört alles Strandgut dem König – doch die zwölfjährige Cristabel Seagrave hat eigene Pläne. Sie ist wild entschlossen, aus den Walknochen ein Theater am Strand zu errichten. Eine Bühne für all die Geschichten, die sie heimlich in der staubigen Familienbibliothek gelesen oder denen sie im Verborgenen gelauscht hat. Geschichten, die nicht für ihre Ohren bestimmt sind und in denen Mädchen wie sie keine Rolle spielen. Doch nun ist Cristabels Zeit gekommen.

Während ihre Eltern hauptsächlich mit sich selbst und ausschweifenden Partys beschäftigt sind, inszeniert Cristabel gemeinsam mit ihren jüngeren Geschwistern immer neue Geschichten in ihrem Freilufttheater, das bald zu einer kleinen lokalen Sensation wird. Doch die Zeiten ändern sich, Krieg steht bevor und die Geschwister müssen erkennen, dass sie nicht nur auf der Bühne, sondern auch im Leben eine Rolle zu spielen haben. Und dass man sich diese Rolle nicht immer selbst aussuchen kann …

Ein schillernder Roman voller Wärme und Witz über eine ebenso eigensinnige wie faszinierende junge Heldin, die für das kämpft, was sie im Herzen trägt.

C.Bertelsmann